Philip Roth

# 反美阴谋

# THE PLOT AGAINST AMERICA

[美] 菲利普·罗斯——著　　陈安——译

上海译文出版社

philip
Roth

献给 S.F.R.

# 目　录

# 第一章

## 投林德伯格的票或投战争的票

一九四〇年六月至一九四〇年十月

恐惧主宰了记忆，一种永久的恐惧。当然，童年总免不了会有惊恐。不过，我还是很好奇，如果林德伯格没有当上总统，如果我不是犹太人的后裔，还是小男孩的我会不会少受些惊吓。

第一波冲击发生在一九四〇年六月——共和党在费城举行的全国代表大会上提名国际飞行英雄查尔斯 · A. 林德伯格[1]为美国总统候选人。当时，我父亲三十九岁，是个保险经纪人，只有小学文化程度，每周挣的钱五十美元不到一点，足以按时交付基本的账单，但剩下的就不多了。我母亲三十六岁——她曾想上师范学院，却因费用问题而没上成。高中毕业后，她住在家里，在外当办公室秘书。她操持家务很有能力，父亲每星期五把挣来的钱交给她，在经济大萧条最拮据的日子里，她总是精打细算，不让我们感到穷困。我哥哥桑迪，十二岁，上七年级，是个有绘画天赋的神童。我提前一年入学，才七岁已读三年级。我是个初级集邮者，像数百万孩子一样，这个兴趣是由我国最杰出的集邮家罗斯福总统激发起来的。

我们住在一幢两户半式小房子[2]的二楼。房子坐落在一条绿树成行的街道上，街两旁的木结构房子都有红砖门廊，每个门廊都有三角屋顶，门廊前面有个小院子，四周用修剪得矮矮的树篱围起来。这个社区名叫威夸希克，是第一次世界大战之后才在未开发的纽瓦克西南端的农田上建起来的。有六七条街道以美国西班牙战争中的海军常胜司令官们的名字命名，颇为威风。当地的电影院则冠以罗斯福的远房堂兄、当过第二十六届美国总统的那个罗斯福的名字。我们的街道名为顶峰大道，坐落在威夸希克的小山顶。这座小山和港口城市的其他山丘一般高，异乎寻常地比该市北边和东边感潮含盐沼泽地和深水港湾的水平面高出一百英尺。深水港湾在飞机场正东，绕过贝约纳半岛上的油罐，与纽约湾汇合，流经自由女神像，注入大西洋。从我们卧房的后窗西望，我们有时可以看见远至沃特羌群山模糊林木线的内陆。这一低矮山脉的周围，有大庄园，有人口稀少、富裕的近郊村落。这个我们所知道的世界最远边缘离我们家大约八英里，其南边隔一个街区是劳工阶级聚居的希尔赛德，镇上人口绝大多数是非犹太人。希尔赛德的边界标志尤宁郡的起始，那完全是另一个新泽西州。

在一九四〇年，我们是一个幸福家庭。我父母为人爽直热情、慷

1 见附录“主要人物真实年谱”。

2 菲利普·罗斯曾在《菲利普·罗斯访谈录》（乔治·J. 瑟尔斯编，密西西比大学出版社，1992，第 277 页）提到过这种两户半式的小房子，“一楼是一套公寓，二楼也是一套公寓，三楼只有半套公寓，住的多是年轻夫妇、单身汉或老寡妇。”

慨好客。他们的朋友要不是父亲的同事，要不就是和母亲一起协助组织了新建的法官大道学校家长-教师协会的女士，我哥哥和我就是该校的学生。所有人都是犹太人。社区的男人或有他们自己的生意——当地糖果店、食品杂货店、珠宝店、服装店、家具店、加油站和熟食店的老板，或是纽瓦克-欧文顿铁路沿线的小型工业作坊的主人，或是个体经营的管子工、电工、房屋油漆工和锅炉工，或是像我父亲那样的"步兵"推销员，每天出门到街道上、到人家里去兜售货品，挣点佣金。犹太医生、律师们以及在商业区开大公司的成功商人们，都住在由法官大道山丘东坡分叉出去的各条街道的单家庭式房子里，离威夸希克公园较近。这个三百英亩大的公园，绿草如茵，树木葱茏，风景秀丽，有可划船的湖、高尔夫球场和挽车赛马跑道。它把威夸希克这个区域与其东边的二十七号公路及宾夕法尼亚高架铁路沿线的工厂和货运站隔开，与其东边迅速发展的机场隔开，与其东边美国的最边缘隔开——人们在纽瓦克湾码头和仓库卸下来自世界各地的货物。在这个社区的西侧，我们居住的不挨着公园的那一侧，偶尔有个教师或药剂师会来住住，我们的近邻少有专门职业者，但肯定没有富裕的企业家或制造商家庭。男人们一周要工作五六十甚至七十或更多的钟头；女人们更是整天工作，当时还没有什么器械可以帮忙减轻劳动量，她们得洗衣服，烫衬衫，补袜子，整领子，缝扣子，给毛织物做防蛀处理，给家具上光，打扫擦洗地板，擦洗窗子，清洁水池、浴缸、马桶和炉子，给地毯吸尘，照顾病人，买菜，做饭，给家人喂饭，收拾壁柜和抽屉，监督粉刷和房屋修理工作，安排参加宗教活动，付账单，保存好家里的藏书，同时要关心孩子们的健康、衣着、整洁、学习、营养、表现、生日、纪律和精神面貌。有少数妇女在附近商业街自己家开的店铺里和丈夫一起做买卖，他们的大孩子们放学以后和星期六会来帮忙：送定货，照管库存，打扫卫生。

对我而言，识别和区分我们社区的是职业，而远非宗教。社区里没有人留胡子，或穿陈旧的旧大陆式的衣裳，我和我童年好友经常游荡的地方，不论是户外或室内，都没有人戴无檐便帽。成人们不再处处警觉。即使他们认真地留心观察四周，那观察的神态也不再是直愣愣的、让人一下子看得出来的。除年长一点的店主如裁缝、犹太熟食店肉商外——还有势必要与其成年子女生活在一起、有病和衰老的祖父母们也除外——在这邻近地区已几乎没有人说话会带口音。一九四〇年之前，在新泽西州最大城市西南角的犹太家长及其孩子们彼此说的是美国英语，听来更像在阿尔图纳和宾厄姆顿[1]说的语言，而不像哈得孙河对岸五大行政区的犹太人所说的广为人知的方言。希伯来语字母用模板印在肉店的橱窗上，刻在社区小犹太教堂的门楣上，可除了在墓地外，人们的目光很少会关注祈祷书所用的字母了。人们的目光会落在熟悉的本土语言的字母上，几乎每个人无时无刻不出于可以想象的或高或低的目的在使用着这种语言。在街角糖果店前面的街头报摊上，买《赛马小报》的人要比买希伯来文日报《向前》的多上十倍。

1　分别为宾夕法尼亚州和纽约州城市。

以色列当时尚未建国，六百万欧洲犹太人仍继续生存着。对我而言，和遥远的巴勒斯坦(一九一八年胜利的协约国瓦解被灭的奥斯曼帝国，其后受英国委任统治的最后一个边远省份)相关的本土事物总是很神秘。当一个留着胡子、从不见其不戴帽子的陌生人，每隔几个月，在天黑后，用结结巴巴的英语为在巴勒斯坦建立犹太国而募捐的时候，我，一个并非愚昧无知的孩子，却完全不知道此人在我们的国土上干什么。我父母常给我或桑迪几个硬币，叫我们投入他收钱的盒子，我总是寻思，这是出于仁慈的赏赐，是为了不伤害一个可怜老人的感情。年复一年，这老人的脑子看来总是想不明白，我们三代人已经有自己的祖国了。每天早晨我在学校对着国旗背诵效忠誓词。在集会活动中我和我的同学们歌唱祖国的奇迹。我热衷于庆祝国庆日，并且从不质疑我对七月四日烟火、感恩节火鸡和扫墓节连续两场棒球赛的喜好。我们的祖国就是美国。

后来共和党人提名林德伯格，一切就都变了。

有近十年时间，像在其他所有地方一样，林德伯格在我们社区也是一个大英雄。他驾驶“圣路易精神号”微型单翼飞机，用三十三个半小时完成了从长岛至巴黎的直达单人飞行。无巧不成书，正是一九二七年春天他结束飞行的那一天，我母亲发现自己怀上了我的哥哥。因此，这位以冒险精神震动了美国和世界、其成就预示了不可想象的航空业发达未来的年轻飞行员，竟在家庭掌故画廊上占据了一个特殊的地位，对孩子而言，这些家庭掌故是第一部与其紧密结合的神话。这神秘的妊娠与林德伯格的英雄主义结合在一起，给了我母亲一种近似神圣的殊荣，对她而言，这等于是一个伴随她第一个孩子的肉身而来的全球性圣母领报。桑迪后来用一幅描绘这两个光辉事件同时发生的图画来记下这个时刻。在这幅画上——他九岁时画的，无意中带上了苏联招贴画艺术的味道——桑迪想象她在离我们家几英里远的地方，置身于宽街和市场街街角的欢乐人群之中。一个二十三岁的年轻女子，身材苗条，一头黑发，满面笑容，兴高采烈。令人惊异的是，她单独一个人，站在该市两条最繁忙的通衢大道的十字路口，系着一条有花卉图案的厨房围裙，一只手伸展开横放在围裙前面，其臀部宽度给人以尚为小姑娘的假象。人群中，她独自一人，用另一只手指向空中的"圣路易精神号"，这架飞机正引人注目地通过纽瓦克市中心的上空，而就在此时此刻，她意识到，她怀上了桑福德·罗斯，对一个人来说，这个业绩的辉煌并不亚于林德伯格的成功。

一九三二年三月，查尔斯和安妮·莫罗·林德伯格[1]夫妇的第一个孩子，在新泽西州乡村霍普韦尔隐蔽的新房子里被绑架，二十个月前他的诞生曾是全国性的喜庆事件。那年，桑迪四岁；我，菲利普，尚未出生。大约十个星期后，在几英里外的树林里，这个男孩腐烂的尸体被偶然发现。那孩子不是被蓄意谋杀，就是给意外害死的。他是被人暗中从儿童床里攫走的，当时还裹着被子。他从二楼育儿室的窗户

1　见附录"作品中其他历史人物"。

被抱出去，沿着临时搭的阶梯下到地面。当时他的保姆和母亲都在另一间屋里忙着傍晚照例要干的事情。这起绑架和谋杀案的审讯在新泽西州弗莱明顿举行，一九三五年二月裁定三十五岁的德国前罪犯、与其同样来自德国的妻子居住在布朗克斯的布鲁诺·豪普特曼有罪。审讯期间，这名世界上首位单独飞越大西洋的飞行员的大无畏精神为苦难所渗透，这种苦难把他变为一个堪与林肯相比的殉道巨人。

审讯结束后，林德伯格夫妇离开美国，希望暂时移居国外保护他们的新生儿免受伤害，并使他们所渴求的隐私权能得到某种程度的恢复。这家人迁居至英国的一个小村庄，从那里，林德伯格以平民的身份开始前往纳粹德国旅行，结果使他变为大多数美国犹太人心目中的坏蛋。在他五次访德过程中，他得以亲自去熟悉德国庞大的战争机器，受到空军元帅戈林[1]的奢华款待，接受以元首名义隆重颁发的勋章，甚至相当公开地表示对希特勒的崇敬，称德国为世界上“最有趣的国家”，称其领袖为“伟人”。而所有这些兴趣和颂扬都伴随希特勒的一九三五年种族法律而来，这些法律否定了德国犹太人的公民、社会和财产权，取消了他们的公民资格，禁止他们与雅利安人通婚。

一九三八年我开始上学时，林德伯格的名字就如神父库格林[2]每个礼拜日的无线电广播一样，在我们家激起一种同样的愤慨。库格林是底特律地区的神父，主持一个名为“社会正义”的右翼每周广播节

1 见附录“作品中其他历史人物”。
2 见附录“作品中其他历史人物”。

目，其恶毒的反犹太主义言论在国家困难时期煽起了相当多听众的狂热劲头。时值一九三八年十一月——十八个世纪以来欧洲犹太人最黑暗、最不祥的一年——德国纳粹策划了现代史上最残酷的大屠杀，即所谓的“碎玻璃之夜”：犹太会堂被焚烧，犹太人住宅和商店被破坏，那一夜预示着最骇人听闻的未来，成千上万名犹太人从他们的家里被强行拖走，被转移到集中营。当时有人建议林德伯格，作为对一个国家对其本国人所干的这种史无前例的残暴行径的回应，他应该考虑退回由空军元帅戈林代表元首颁发给他的饰有四个纳粹党徽的金十字架勋章，但他没有这样做，理由是公开退回德国秃鹰服务十字勋章会造成对纳粹领袖们的“不必要的侮辱”。

林德伯格是我晓得憎恨的第一个健在的美国名人——罗斯福总统则是我被教会要热爱的第一个健在的美国名人——所以一九四〇年他被共和党提名与罗斯福竞选总统这一事件，史无前例地侵犯了个人安全的巨大权益，作为与世界和平相处，在美国、在一座美国城市、在美国一所学校的美国家长的一个孩子，我将这种权益视为天经地义。

仅能与之相比的威胁来自大约十三个月前。当时，我父亲作为大都会人寿保险公司纽瓦克办事处的经纪人，竟在经济大萧条的最糟糕时期一直保持很高的销售额，因此被晋升为助理经理，将在我家以西六英里开外的尤宁郡该公司办事处管理多名经纪人。我所知道的尤宁郡的唯一特色是那里有一家可驾车而入的露天电影院，即使下雨电影也照放不误。我父亲如果接受这份工作，公司希望我父亲及其家人能住到那里去。作为助理经理，我父亲很快就可以挣到七十五美元周薪，今后几年一星期还可挣到一百美元，在一九三九年，对我们这种状况的人而言，这可是一笔巨款。由于经济萧条，在尤宁郡单家庭式房子的售价很低，只需几千美金，我父亲就能实现他在纽瓦克分租的房子里、在穷困中长大时就萌发的梦想：当一名美国房主。“业主的骄傲”，这是我父亲最喜欢的一句话，体现了像他这种背景的男子有如面包一样实际的思想，他不是要跟社会竞争，也不是要做摆阔性的消费，作为一个养家糊口的男子汉，他得当个房主。

唯一的不利条件是，由于尤宁郡像希尔赛德一样，是一个非犹太人的劳工阶级小城，我父亲很可能将是其三十五名成员办事处的唯一犹太人，我母亲将是我们街上唯一的犹太女性，桑迪和我将是我们学校仅有的犹太学生。

我父亲获得晋升后的星期六——这一晋升，最重要的是，回应了经济萧条时期一个家庭对除日常开销外有小小经济冗余的热望——午饭后我们一家四口去尤宁郡转了一圈。我们去了那里，我们在居民区街道驾车东跑西颠，瞪眼看那些两层楼房子——虽然它们并不完全相同，然而，每一所房子都有装着纱窗的前门廊，有割得平整的草坪，有一丛灌木，有一条通往单辆车库的煤渣车道，都是不很大的房子，但比我们的两卧室公寓房还是有更多的空间，看起来就好像有关美国社会中坚小城镇的电影里的小白房子——可我们一到了那里，我们有关我家升至有房阶级的盲目乐观，不难预料地，便为有关基督教慈善范围的忧虑所替代。我父亲问道：“你怎么想，贝丝？”通常都精神饱满的母亲回答得热情洋溢，可连小孩子也明白，她那热情是装出来的。即使像我这样年幼，我也能推测出为什么：因为她在想："我们的房子将是'犹太人住的'房子。这将又像在伊丽莎白一样。"

新泽西州的伊丽莎白，当我母亲在她父亲的食品杂货店楼上被养育成人时，是一个只有纽瓦克四分之一大的工业港口。那里绝大多数是爱尔兰劳工阶级及他们的政客，在这城里许多教堂的周围过着严格的教区生活。尽管我从未听到母亲抱怨她在伊丽莎白度过的少女时代受过明显的歧视，但直至结婚并迁居纽瓦克的犹太新社区之后，她才发现自己有了自信心，从而使她先当上了家长和教师联谊会的"年级母亲"，后又当上家长和教师联谊会副主席，主持开办幼儿园母亲俱乐部，最后当上了家长和教师联谊会主席，并在特伦顿出席有关小儿麻痹症的会议后，提议把每年一月三十日罗斯福总统的生日定为"一角银币的进军"[1]舞蹈日，为纽瓦克的大多数学校所接受。作为一个具有改革思想的领导人，到一九三九年春，她已经进入第二个成功之年，正在支持一名敏锐的年轻社会学教师将"直观教育"带进校长阁下的各个课堂。可现在，她不禁预见到自己将失去她在顶峰大道当妻子和母亲所取得的所有成就。假如我们运气好，在正处于春天最佳时刻的尤宁郡任何一条街上买下并搬入一座房子，不仅她的地位将降回她在爱尔兰天主教的伊丽莎白城的状况——她是一名犹太移民杂货商的女

1　一九三八年由罗斯福总统倡议、为防治小儿麻痹症开展的全国性慈善活动，希望每人捐赠一角银币。罗斯福去世后，一角银币上镌有其头像。

儿，是在那里长大的——而且，更糟的是，桑迪和我将不得不又像她那样作为社区的外来人度过一个画地为牢的青少年时代。

不管我母亲的心情，我父亲尽其所能，要让我们保持高涨的情绪，称赞一切看来是那么干净、保持得那么好，提醒桑迪和我说，住在这样的房子里，我们俩不必再合睡一个小卧房，合用一个壁柜。他又解释付房子贷款胜于付房租的原因——这堂基础经济学课在他见到红灯必须停车时突然中断了，那红灯就在一个十字路口一角、有公园般环境的饮酒处旁边。在绿叶葱茏的树木阴凉处有几张绿色的野餐桌。这是个晴朗的周末下午，侍者们身穿饰有穗带的白色外套，端着放有酒瓶、水罐和盆子的托盘，敏捷地来回走动着。各种年龄的男子围坐在各张桌子旁，抽烟卷、烟斗和雪茄，用高脚大酒杯和有柄大陶杯大口地喝着。还有音乐——一个肥壮的小矮个男人正在拉手风琴，他穿着短裤、高统袜，戴着一顶饰有一根长羽毛的帽子。

“狗娘养的！”我父亲说，“法西斯杂种！”接着红灯变为绿灯，我们往前开，默默地看着那栋他即将有机会在那里每周挣五十多美元的办公楼。

那天晚上上床睡觉时，我哥哥向我解释了父亲失控，当着他孩子的面大声地骂骂咧咧的原因：城中心那个有着欢乐气氛、安适自在的露天场地被称为啤酒花园。这个啤酒花园与德美同盟会有某种关系，而德美同盟会又与希特勒有某种关系，而希特勒，不用对我多说，干了迫害犹太人的所有勾当。

排犹主义的酒精饮料。这就是我所想象的，那天在啤酒花园里，他们一个个都开怀畅饮的东西——似乎到处都是纳粹分子，把反犹之酒一品脱接一品脱地像服用万能药一样地喝下去。

我父亲得请上午半天假前往纽约的总部办公室——在那座高楼的顶部饰有公司引以为傲地称为“永不灭之光”的灯标——告知经销处主管人，他不能接受这次他向往已久的晋升。

“这是我的错。”父亲刚在吃晚饭时说起麦迪逊大道一号十八楼所发生的事情，我母亲就马上说。

“谁也没有错，”我父亲说，“我离开前解释了我要讲的话，我走过去，我说了，就这样。我们不搬去尤宁郡了，孩子们。我们就待在这儿了。”

“他表示什么了吗？”我母亲问道。

“他听我把话讲完。”

“后来呢？”她问道。

“他站起来和我握手。”

“他没有说什么话？”

“他说：‘祝你好运，罗斯。’”

“他生你的气呢。”

“哈切尔是位老派绅士。身材魁梧，身高六英尺，看起来像个电影明星。六十岁了，却非常健康。贝丝，有些人是做事的，他们犯不着浪费时间来跟像我这样的人生气。”

“那现在怎么办？”她问道，其意思是他跟哈切尔见面的结果，不管怎么样，都不会是好的，而可能是不吉利的。我想，我明白为什么。

只要努力，你就能干——这是双亲教导我们的道理。在晚餐桌上，我父亲会对他年幼的儿子们一再重复说：“如果有人问‘你能干这件事吗？你应付得了吗？’你就对他们说‘绝对干得了’。当他们发现你干不了的时候，你已经学会了，这工作就是你的了。天晓得，说不定这就是你的终身机会。”可在纽约，他自己却根本没有这样去做。

“老板说什么了？”她问他。“老板”是我们一家四口用来称我父亲纽瓦克办公室的经理萨姆·彼得弗罗因德的。当年，大学和专科学校不公开的配额把招收犹太学生的名额压到最低，大公司不受质疑地歧视犹太人，不给予重要的升迁，成千上万社会组织和公共机构严格限制犹太成员名额，在这种状况下，只有很小一部分犹太人能在大都会人寿保险公司取得经理地位，而彼得弗罗因德就是其中之一。“他是抬举你的人，”我母亲说，“他觉得如何呢？”

“知道我回去后他对我说些什么了？知道关于尤宁郡办事处他说了些什么吗？那里都是些酒鬼。以酒鬼著称。事先他不想影响我的决定。如果这是我想要的，他就不愿挡我的道。众所周知，那些经纪人上午工作两个钟头，其余时间就泡小酒馆，或更差劲。我，一个新来的犹太人，新来的犹太大老板，得进那地方，那些非犹太人还得为我卖命工作。我得进那地方，把他们从酒吧间地板上拖起来。我得进那地方，提醒他们对自己的妻子和孩子负有责任。唉，儿子们啊，我为他们着想，可他们怎能喜爱我呢。你们可以想象他们会在我背后叫我什么。不，我在这里要好得多。我们会好得多。”

“可你不听从他们，公司会解雇你吗？”

"亲爱的，我做了我所做的。这就结了。"

但她不相信他告诉她的老板说的那些话；她认为，他在编造老板说的话，好让她不再因不肯把孩子们迁居一个非犹太人镇——德美同盟会的安全港——因而也使他错过一个终身机会而责备自己。

一九三九年四月林德伯格夫妇回国恢复他们在美国的家庭生活。仅数月后，在那年九月，已经兼并奥地利、入侵捷克斯洛伐克的希特勒又侵略并征服了波兰，法国和英国以向德国宣战作为回应。当时，作为陆军航空兵团上校，林德伯格又被起用，开始为美国政府周游全国，就发展美国飞机制造业及扩大武装部队的空军联队并使之现代化进行游说。希特勒迅即占领丹麦、挪威、荷兰和比利时并几乎打败法国，这个世纪的第二次欧洲大战正战况激烈，这位航空兵团上校给自己的使命添加了阻止美国介入战争、不向英国和法国提供任何援助的目标，从而使自己成了孤立主义者们的偶像——以及罗斯福的政敌。他与罗斯福之间原已存在强烈敌意，而现在他在大型公众集会上、在广播网上和在通俗杂志上公开宣告，总统正在误导国家，他说是要保障和平，却在暗地里煽动并策划我国进入武装争夺。共和党某些人开始扬言，林德伯格是一个具有魔力击败"白宫战争贩子"、使之不能连任三届的人。

罗斯福越是给国会施加压力，要求取消军火禁运、放宽本国中立地位的限制以防英国被击败，林德伯格就变得越发率性行事，直至终于在得梅因向满堂欢呼喝彩的支持者发表了著名的广播演说，声称

“促使本国走向战争的最重要集团”之中的一个集团只占全国人口的百分之三，并将此集团或称为“犹太人”，或称为“犹太族”。

“没有一个诚实而有眼力的人，”林德伯格说道，“今天在这里可以旁观他们的拥护战争政策却看不见这种政策既对我们也对他们存在的危险。”接着，他用显而易见的坦率态度补充道：

少数有远见的犹太人认识到这一点并挺身反对介入。但大多数人尚未有这种认识……我们不能指责他们寻求他们所相信的自身利益，但我们也应该寻求我们的自身利益。我们不能允许其他种族与生俱来的欲念和偏见把我们的国家引向毁灭。

次日，这一引起林德伯格的艾奥瓦听众一片叫好声的指控遭到了自由派记者们、罗斯福的新闻秘书、犹太机构和组织，甚至共和党内纽约地区检察官杜威、华尔街公用事业律师温德尔·威尔基(两人均可能获总统候选人提名)的强烈谴责。来自民主党内阁成员如内政部长哈罗德·伊克斯[1]的批评是如此严厉，以致使林德伯格放弃了陆军上校的后备军衔，不再在罗斯福手下做总司令。但美国第一委员会，这个领导反介入之战、基础极为广泛的组织，却继续支持他，他仍然是该组织力争中立论战中最受欢迎的新生力量。林德伯格说，犹太人“对这个国

1　见附录“作品中其他历史人物”。

家的最严重威胁在于他们在我们的电影、我们的报刊、我们的广播和我们的政府方面拥有很大的所有权和影响力”。对第一促进会的很多成员而言，他的这一论点是无可争辩的(即使有事实也无可争辩)。当林德伯格骄傲地写下“我们的欧洲血统遗传”，当他警告要反对“外来种族的稀释”和防止“劣等血统的渗透”(都是出现在那些年日记上的话语)，他是在记录他个人的坚定信仰，而美国第一委员会相当一部分普通成员及一批狂热的支持者都赞同其观点。像我父亲这样一个痛恨反犹主义的犹太人，或像我母亲这样一个对基督徒根深蒂固地不予信任的犹太人，根本无法想象林德伯格的观点竟会风行整个美国。

一九四〇年共和党全国代表大会。那是六月二十七日，星期四的晚上，我哥哥和我去睡觉了，起居室里的收音机在响着，我们的父亲，我们的母亲，还有我们的堂兄阿尔文在一起听来自费城的实况报导。六次投票之后，共和党仍然选不出一个总统候选人来。林德伯格的名字只被一名代表提到，他没有出席或被期望出席大会，因为他在中西部一家工厂有个秘密工程会议，那家工厂在设计一种新型战斗机，他是那里的顾问。当桑迪和我上床睡觉时，代表大会仍然在杜威、威尔基以及两个有权势的参议员——密歇根州的范登堡和俄亥俄州的塔夫脱——之间举棋不定，看来并不像一桩可由前总统胡佛或州长艾尔夫·兰登这样的党内大亨随时迅即调停的幕后交易。胡佛在一九三二年罗斯福的压倒性胜利中被赶下台，四年后罗斯福以历史上最大的压倒优势击败兰登，使兰登蒙受更多的羞辱。

因为这是这年夏天第一个闷热的夜晚，每个房间的窗子都开着，桑迪和我在床上不禁继续听着自家起居室内的收音机、底楼人家开着的收音机以及我们左邻右舍和对过人家的收音机——因为分隔各座房子的通道的宽度只能供一辆汽车出入——播送出来的大会进展情况。这还是窗上冷气机之声超过社区暑热之夜喧闹声之前很久的事情，所以这广播之声覆盖了从基尔大道到法官大道的整个地段——住在这个地段三十多座两户半式的房子里的，或住在法官大道街角那座新盖的小公寓楼房里的，没一个共和党员。只要罗斯福名列选票的顶端，在像我们街一样的街上的犹太人都只投民主党的票。

可我们是两个小孩儿，不管不顾地就睡着了，如果林德伯格不在凌晨三点十八分出人意料地进入了代表大会会场（共和党员们的第二十次投票又陷入了僵局），我们要到早晨才会醒来。这个瘦削、颀长、英俊的英雄，一个身子轻巧、模样像运动员的男子，还不到四十岁，穿着飞行服，仅几分钟之前才把他自己的飞机降落在了费城机场。一见到他，那些疲惫不堪的与会者就像受到了拯救一般，一股兴奋激动的浪潮推着他们站立起来，呼喊："林迪！林迪！林迪！[1]"荣耀时刻持续达三十分钟，大会主席也不予打断。在这出自发的伪宗教戏剧成功上演的背后，北达科他州国会参议员、右翼孤立主义者杰拉尔德·P. 奈[2]搞了个阴谋诡计，他机敏地把明尼苏达州小福尔斯城查尔斯·A. 林德

1　林德伯格的昵称。

2　见附录"作品中其他历史人物"。

伯格的名字放进了提名单，国会中两名最保守的成员——蒙大拿州众议员索科尔逊和南达科他州众议员蒙特——随之赞成提名。六月二十八日，星期五凌晨四点整，共和党在欢呼鼓掌声中选定这个偏执的家伙为总统候选人，此人曾通过无线电广播向全国听众谴责作为“其他种族”的犹太人利用他们的巨大“影响……把我们的国家引向毁灭”，而不是真诚地承认我们是公民中的少数，我们的基督徒同胞的人数远远超过我们，从整体来看，宗教偏见阻挠我们取得公共权力，而我们对美国民主原则的忠诚确实不亚于一个阿道夫·希特勒的崇拜者。

“不！”这个字把我们惊醒了。这个街区每一所房子里的男人们都响亮地喊出了：“不！”不能这样。不。不能让他当美国总统。

不一会儿，我哥哥和我就又和家里其他人一起听无线电广播，没有人想到要叫我们回床睡觉。天气很热，我端庄的母亲在她薄薄的睡衣外套了一件睡袍——她也已入睡，被喧闹声所吵醒——她坐在沙发上我父亲旁边，她用手指捂住嘴，仿佛在努力让自己不要犯恶心。我的表兄阿尔文此时再也坐不住，开始在这间十八英尺长、十二英尺宽的房间里，以与一个复仇者相符合的速度和力度踱步，这名复仇者正要出门搜查那城市，去把他的劲敌干掉。

那一夜的愤怒真的是个吼叫的锻铁炉，是拿住你并把你像钢铁一样扭曲的熔炉。当林德伯格在费城讲坛上默默站着、听着自己又一次像国家的救星一样被欢呼喝彩时，这愤怒没有平息下来；当他发表接受其政党提名、同时受权要使美国不卷入欧战的演说时，这愤怒也没有平息下来。我们都诚惶诚恐地等着听他向代表大会重复他对犹太人的恶毒诋毁，尽管他没有这样做，但对人们的情绪来说没有什么两样，清晨近五点钟，愤怒把我们街区的所有家庭都引向了街头。我认识的所有家庭以前全都只穿白天的服装，可在这个黎明时分，大家都穿着睡衣睡裤，外面套着浴袍，脚穿拖鞋来回打转，好像是一场地震把他们轰出了家。而最使一个小孩儿感到震惊的是那种愤怒，是那些我所认识的人们的愤怒。他们有的是无忧无虑的爱说笑者，有的是养家糊口的人，他们不大讲话，尽自己的本分，整天在疏通排水管，或维修炉子，或零售苹果，到晚上就看看报纸，听听广播，在起居室的椅子上入睡。他们是一些平凡的人，碰巧成了犹太人，此刻正对着大街愤怒吼叫，不顾得体与否地谩骂诅咒，猛然间又冲回那悲惨的斗争，由于前一代人得到天佑而迁徙，他们以为他们的家庭已经摆脱了这种斗争。

我会想象林德伯格在接受提名演说中没有提到犹太人是一个有希望的好兆头，说明致使其放弃军衔的抗议使他有所收敛，或是他在得梅因演说后改变了主意，或是他已经把我们忘记了，或是他内心完全知道得清清楚楚，我们被不可变更地托付给了美国——他知道爱尔兰对爱尔兰人仍然很重要，波兰对波兰人仍然很重要，意大利对意大利人仍然很重要，但我们对那些从不欢迎我们进入或我们从不打算回去的旧大陆国家，不论在感情上或其他方面，我们仍都没有效忠感。如果我能用这么多话来思忖这一时刻的含义，这就可能是我所思忖的内容。但走上街头的那些人想得不一样。林德伯格没有提到犹太人，对他们而言，仅仅是一种花招，一场旨在既让我们闭嘴又使我们丧失警惕的欺骗运动的开端。“希特勒在美国！”街坊邻里们叫喊着，“法西斯在美国！纳粹冲锋队员在美国！”在他们通宵未睡之后，在他们开始零零落落地回家之前（所有的收音机都还在喧响），我们的这些困惑不知所措的长者没有什么不可想的，在我们的听觉范围内，没有什么不可大声说出来的，回家后，男人们刮胡子，穿衣裳，抓上一杯咖啡，然后去上班；女人们给孩子穿衣服、喂饭，准备好干一天的活儿。

罗斯福得知他的对手是林德伯格，而不是深得民心的参议员塔夫脱，也不是像杜威这样敢作敢为的检察官、像威尔基这样英俊玲珑的名律师后，以其强有力的反应振奋了每个人的精神。当他凌晨四点醒来被告知这一新闻时，据说他在其白宫睡床上预言道：“此事结束之时，这个年轻人不但要为他从政，而且要为他曾学过飞行感到懊悔。”于是他立刻又酣睡了——翌日这样流传的故事为我们带来了安慰。在外面大街上，当大家能想到的只是我们的安全由于这种不公正的公开侮辱而面临威胁时，说也奇怪，人们忘了罗斯福，忘了他是反对迫害的保障。林德伯格被提名所引起的绝对惊骇激活了一种过时已久的缺乏保护之感，这种感觉与基什尼奥夫和一九〇三年集体迫害事件[1]相关，

1　一九〇三年四月发生在摩尔多瓦首府基什尼奥夫的迫害犹太人事件，导致大批居住在东欧地区的犹太人移至西欧或美国。

与三十七年后的新泽西州更加相关，因此之故，他们忘了罗斯福任命费利克斯·法兰克福特[1]为最高法院法官，遴选亨利·摩根索[2]为财政部长，忘了亲密的总统顾问、金融家伯纳德·巴鲁克[3]，忘了罗斯福夫人、伊克斯和农业部长华莱士这三个人就如总统本人一样，都是犹太人的朋友。我们有罗斯福，我们有美国宪法，我们有人权法案，我们有报纸，美国的自由新闻舆论。连共和党的《纽瓦克新闻晚报》也发表社论，提醒读者注意林德伯格的得梅因演说，公开质问他被提名是否明智。新左派纽约通俗小报《午后报》(五分钱一份，我父亲下班后连同《纽瓦克新闻晚报》一起带回家来，其口号为“《午后报》反对欺侮他人之人”)在其一篇很长的社论以及多则新闻报道和专栏里，实际上在其三十二个版面的每一版上，都把攻击的矛头对准了共和党，其中包括由汤姆·米尼和乔·卡米斯基主持的体育版上的反林德伯格专栏文章。该报头版登了一幅林德伯格的纳粹勋章的大照片，其《每日图片杂志》声言刊登其他报纸忌讳的照片——那些引起争议的搞私刑处死的暴民和铁链帮[4]、挥舞棍棒的罢工破坏者、美国监狱内非人道状况的照片——一页接一页地展示这名共和党总统候选人一九三八年的纳粹德国之行，其高潮是一整版他的照片、挂在其脖子上那枚臭名昭著的勋章的照片以

1　见附录“作品中其他历史人物”。

2　见附录“作品中其他历史人物”。

3　见附录“作品中其他历史人物”。

4　指每人腿部被长铁链拴在一起的囚犯队伍，他们被迫一起走路，一起在野外干重活，南北战争后南方曾用此“链队”制度威吓敢于反抗的黑人。

及与仅次于希特勒的纳粹领袖赫尔曼·戈林握手的照片。

星期日晚上，我们等着喜剧广播节目之后、九点钟沃尔特·温切尔[1]的出场。当他出场并像我们希望的那样轻蔑地说出我们想要他说的话时，房子之间通道那边忽然爆发出一阵掌声，仿佛这位著名的新闻界人物不是给远在哈得孙河这条大分水线那边的无线电广播室的墙隔开了，而是就在我们中间，他在愤怒抗争，他的领带给扯了下来，他的领扣儿没有系上，他的灰色浅顶软呢帽歪戴在后脑勺上，通过我们邻居厨房油腻桌布上的麦克风猛烈抨击林德伯格。

这是一九四〇年六月的最后一夜。白日热了一天之后，晚上变得够凉快的，可以舒服地坐在室内而不会出汗，但在九点一刻温切尔讲话结束后，我们的父母不禁想到外头去，一家四口一起来享受这美好的夜晚。我们只是打算在附近散散步就回来——然后我哥哥和我就去睡觉——可在我们去睡觉之前，已经近午夜了，对被父母兴奋情绪所感染的孩子们而言，此时要睡觉是不可能了。因为温切尔的大无畏战斗精神也把我们所有的邻居都给推到了门外，我们起初只打算趁夜色愉快地溜达一会儿，结果遇到了大伙儿的街区即兴派对。男人们从车库拖出了海滩上用的折叠椅，在车道口打了开来，女人们从家里拿来一罐罐柠檬汽水，孩子们中最幼小的在门廊与门廊之间来回乱跑，大

1 见附录“主要人物真实年谱”。

一点的自成一伙坐在一起有说有笑，而这都因为一个继阿尔伯特·爱因斯坦之后美国最有名的犹太人向林德伯格宣战了。

毕竟是温切尔。大家知道他的专栏启用了三点省略号——居然还神秘地合法化了——用三个点来分开每则与事实不相符的热点新闻。正是温切尔，他或多或少地最先倡导了这个主意：把如同大号铅弹丸般的含沙射影的流言蜚语射到轻信而易受骗的大众脸上——以此来败坏一些人的声誉，损毁一些名流，助长一些人的名气，促进或中断某些人的演艺生涯。正是他的独一无二的专栏通过辛迪加在全国数百家报纸上登载，他的周日晚上的一刻钟是全国最受欢迎的新闻节目，连珠炮般的温切尔演讲风格、好斗的温切尔犬儒主义给每一条独家新闻添加了揭露黑幕的轰动气氛。我们称赞他是无所畏惧的局外人和机灵狡黠的知情人，是联邦调查局局长J. 埃德加·胡佛[1]的好友，也是犯罪集团成员弗兰克·科斯特洛的邻居和罗斯福核心集团的知己，有时甚至还是应邀去白宫边喝酒边逗总统高兴的客人——一个消息灵通的街头斗士和城中强硬汉，他的敌人怕他，他站在我们一边。生在曼哈顿的沃尔特·温切尔(又名温斯切尔)由纽约沃德维尔综艺表演[2]舞蹈演员改行为初出茅庐的百老汇专栏作者，把新的通俗日报的最粗俗读者的喜好具体化，用此手法赚了大钱。然而，还在希特勒发迹之前，在新闻界

1　见附录“作品中其他历史人物”。

2　一八九〇年至一九三〇年间美国最主要的舞台表演艺术形式，节目包括哑剧、杂技、歌舞和喜剧等。

任何人有先见之明或有胆气同他们较量的很久之前，法西斯分子和反犹分子就已然成了他的头号敌人。他已经给德美同盟会贴上了“鼠粹分子”的标签，在广播中和报刊上对其首领弗里茨·库恩[1]像对外国间谍一样穷追不舍。而现在——在罗斯福的笑话、《纽瓦克新闻晚报》的社论以及《午后报》的痛斥之后，沃尔特·温切尔只需向其周日晚上三千万听众揭露林德伯格的“亲纳粹哲学”，指出林德伯格总统候选资格是对美国民主制度从未有过的最严重威胁，就可以让顶峰大道这条小街上的所有犹太家庭又能像美国人一样享有安全、自由、受保护的公民的生命活力和高昂精神，而不至于像从疯人院逃出来的病人一样，穿着睡衣就往外跑。

我哥哥在整个社区以“啥都能画”著称——自行车、树、狗、椅子、像莱尔·阿布纳这样的漫画人物等等——尽管他后来的兴趣是画真的人脸。放学之后，不论他在哪里拿着一大本螺旋芯拍纸簿和自动铅笔坐下来，孩子们常会围着他看他画。围观者会情不自禁地叫起来：“画他，画她，画我。”桑迪往往接受他们的劝勉，只要能阻止他们在他耳朵边吼叫就行。他的手始终不断地工作，他往上看看，往下看看，又往上看看，往下看看——你瞧，某某人就活现在纸上了。大家都问他有什么诀窍，你是怎么弄的，仿佛寻根问底——仿佛把魔法公

1 见附录“作品中其他历史人物”。

开——或许有助于发现绘画绝招似的。桑迪对所有这些打扰的回答是耸一耸肩或笑一笑：画得好的诀窍是他本性是一个安静、认真、不夸耀的男孩。力求专心致志，按人们的要求把他人画得栩栩如生，他无论到哪儿都能做到，但对他核心优势的客观因素似乎并不起作用，天生的谦恭谨慎才是他的高强之处，后来他因此而避难脱险。

在家里，他不再从《科里尔》周刊上临摹插图或从《瞭望》周刊上临摹照片，而是从一册美术指南研究人体。他在为学生举行的植树节海报比赛中赢得这本书，这次比赛与全市范围的植树活动同时进行，主办单位是公园办事处和公共房地产部。甚至还有个颁奖仪式，他和绿化局局长班沃特先生握了手。他得奖的海报是根据我的集邮册中一枚纪念植树节六十周年、面值两美分的红色邮票设计的。这枚邮票在我看来特别美，因为在它两道竖的白色窄边之间可以看到一棵细长的树，其树枝在上端以弓形相接，形成一个棚架——直到这张邮票成了我的，我才能用我的放大镜细看它有别于其他邮票的特征，才明白这“棚架”的意思被吸收来做我们熟悉的节日的名字[1]。（这个小放大镜，连同一本有两千五百枚邮票的集邮册，一把邮票镊子，一个邮票齿孔测量仪，粘贴邮票的胶水纸，一个名叫水印检验器的黑色橡皮盘，都是我父母送给我的七岁生日礼物。他们又加一角钱给我买了一本九十多页、名为《集邮手册》的小书，在书中“如何开始集邮”这个标题

1 美国植树节英文为“Arbor Day”，“arbor”源自拉丁语，既指树、乔木，也指树枝交叉成的棚架、凉亭。

下，我着迷地读到这段文字：“旧的商业档案和私人信函常保留着已终止发行的邮票，价值甚大，所以你若有任何朋友住在旧房老屋并在其阁楼上存有此类材料，就设法把他们的贴有邮票的信封和包装纸弄到手。”我家没有什么阁楼，我们那些住平房和公寓楼的朋友家都没有阁楼，可在尤宁郡，在那些单家庭式房子的屋顶下就有阁楼——在一年前那个可怕的星期六，我们开车在这个镇上兜了一圈，我坐在汽车后座，可以看见每所房子的两侧都有阁楼的小窗，所以那天下午回家后我所想的都是秘藏在那些阁楼里的贴着邮票的旧信封和报纸包装纸上邮资已付的花饰邮票，想到因为自己是犹太人而没有机会去“弄到”它们。）

植树节纪念邮票不同于名人肖像或名胜照片，却因体现了人类活动而魅力倍增，更重要的是，植树节是孩子们参加的活动：在这枚邮票的中央，一对看来约十岁或十一岁的男孩和女孩在栽种一棵树苗，男孩在用一把铲子挖土，女孩用一只手稳稳地扶着树坑上方的树干。在桑迪的海报上，男孩和女孩改变了位置，分别站在树的两旁，男孩画在右边，而不在左边，他穿着一条长裤，而不是短裤，他的一只脚踩在铲子上往地里使劲。在桑迪的海报上还有第三个孩子，一个年纪跟我差不多的男孩，现在他是穿着短裤的。他站在后面，在树苗那边，拿着一把喷水壶准备浇水——就像我给桑迪当模特儿时拿着喷水壶的样子，穿着我上学穿的最好的短裤和高统袜。加上这个男孩是我母亲的主意，这样会有助于区分桑迪的艺术作品和植树节邮票——保护他不受到“抄袭”的指控——同时也赋予海报一种含有主题的社会内容，在一九四〇年，这种做法在海报艺术或其他任何艺术中还都不普遍，甚至连“尝试”这个理由也可能不为评委们所接受。

这第三个种树的孩子是一个黑人，促使我母亲建议加他的原因——除了给她的孩子灌输宽容这一公民美德外——是我的另一枚邮票，“教育家”这套邮票中崭新的、面值十分钱的一枚，这套邮票共五张，我是从邮局买来的，一共付了二十一分钱，花光了三月份我的每周五分的零用钱。每枚邮票都以在中央肖像画上方画有一盏灯为特色，美国邮政部称之为“知识之灯”，我却想起了阿拉丁的灯，因为《天方夜谭》中的男孩有神灯和戒指，还有两个魔仆，他要什么他们就给他什么。我要向魔仆要的是所有我最渴望得到的美国邮票：首先是著名的一九一八年面值二十四分的航空邮票，据说值三千四百美元，画面中央是一架飞机，一架陆军的“飞翔詹妮”[1]给印颠倒了；然后是一九〇一年泛美博览会邮票中著名的三枚，也都印错了，中间部分都颠倒了，每枚价值达一千多美元。

那套教育家邮票里那张绿色的、面值一分钱的，在“知识之灯”下面画着的是霍勒斯·曼[2]；红色的两分钱那张是马克·霍普金斯[3]；紫色的三分钱那张是查尔斯·W. 埃利奥特[4]；蓝色的四分钱那张是弗

1 “飞翔詹妮”是机场雷达操纵员、无线电机务人员对飞机的戏称。

2 Horace Mann(1796—1859)，美国教育改革家，有“公立学校之父”之称。

3 Mark Hopkins(1802—1887)，美国富商、慈善家，用其遗赠的巨款建立了约翰斯·霍普金斯大学、医学院和医院。

4 Charles W. Eliot(1834—1926)，美国教育家，哈佛大学校长(1869—1909)。

朗西丝 · E. 威拉德[1]；褐色的十分钱那张是布克 · T. 华盛顿[2]，他是出现在美国邮票上的第一个黑人。我记得我把布克 · T. 华盛顿的邮票放进集邮簿后，给我母亲看这一套完整的五枚邮票是什么样的，然后我问她："你认为将来邮票上会有犹太人吗？"她回答说："也许吧——总有一天，会的。不管怎样，我希望如此。"事实上，要再过二十六年，才让爱因斯坦上了邮票。

桑迪省下他每周的二十五分零用钱（外加扫雪、耙草和洗家庭汽车挣来的钱），攒够之后就骑自行车到克林顿大道上供应绘画用品的文具店去，在几个月期间，买一支木炭画笔，然后是削铅笔用的砂纸板，然后是木炭画纸，然后是管状金属小玩意儿，他用来吹敷防止木炭模糊的细粒黏合剂。他有大钢夹，梅森奈特牌纤维板，提康德罗加牌黄杆铅笔，橡皮，写生簿，画纸——这些绘画用具他都存放在我俩卧房壁柜最下面的一只食品杂货店纸板箱内，我母亲清理东西时，他是不让她动的。他充满活力的严谨作风（得自我们母亲的遗传）和令人惊异的坚持不懈精神（得自我们父亲的遗传）只能增加我对我哥哥的敬畏，大家都认为，他将来是要做大事的，而大多数跟他一个年纪的孩子甚至都没法好好上桌吃个饭。我那时是个乖孩子，在家里和学校里都很听话——任性的性格基本上还没有动弹起来，要到后来才开始发作——总之当时我还太年幼，还不知道自己有一股愤怒的潜在力。我哪儿都

1 Frances E. Willard（1839—1898），美国女教育家、妇女教育先驱。

2 Booker T. Washington（1856—1915），美国黑人教育家。

不比他缺少不妥协的劲头。

十二岁生日时，桑迪得到一个用硬纸板做的大型黑色卷宗夹，它可沿着线缝折叠，附在上面的两段缎带可扎起来，为了扎牢，他把缎带打成蝴蝶结。一量这文件夹，约有两英尺长、一英尺宽，太大了，放不进我们卧室镜台的抽屉，也不能靠墙竖放在他和我合用的已经塞得满满的卧室壁柜里。家里同意他把它——连同他的螺旋芯写生簿——平放在他的床底下，他把他认为最好的图画存放在里面，第一幅就是他一九三六年创造性的大作，那幅我们母亲指着头顶上飞往巴黎的“圣路易精神号”的雄心勃勃的图画。桑迪有几张这名英雄飞行员的大幅肖像画，既有铅笔画，也有木炭画，收藏在了卷宗夹内。这些画是他集中整理出来的美国名流系列画的一部分，这系列画的侧重点是我们父母最尊敬的健在名人，如罗斯福总统夫妇，纽约市长菲奥雷罗·拉瓜迪亚[1]，矿工联合会主席约翰·L. 刘易斯[2]，小说家、一九三八年诺贝尔文学奖获得者赛珍珠(她的肖像是他从她一本畅销书的封面上临摹下来的)。文件夹里有若干幅画是家庭成员的，其中至少有一半是我们祖母的，她是祖父母、外祖父母中唯一健在者，星期天我伯父带她到四处看看，有时就给桑迪当模特儿。在“德高望重”这个词的影响下，他画下他能看到的她脸上的每一道皱纹、她那苍老手指上的每一个疙瘩。个头小而健壮的奶奶坐在厨房里，“摆好

1 见附录“主要人物真实年谱”。

2 见附录“作品中其他历史人物”。

姿势”——就像她一生跪着擦洗地板、为一个九口之家在煤炉上做饭一样忠于职守。

温切尔广播讲话后没几天，就我跟桑迪在家的时候，桑迪把文件夹从他床底下挪出来，拿到了餐厅。他在餐桌(招待“老板”及举行家庭特殊活动时专用)上打开它，小心地从保护每张画的透明描图纸里取出林德伯格的肖像画，铺排在桌面上。第一幅，林德伯格戴着他的飞行皮帽，两根未系的带子悬垂耳旁。第二幅，一副又大又重的护目镜从他眼睛上推到了前额，部分地遮住了飞行帽。第三幅，他没有戴帽子，除了那向远方地平线目不转睛地凝视的目光外，没有任何迹象表明他是飞行员。要判定此人之价值，正如桑迪画他的像，并不困难。一个有男子气概的英雄。一个勇敢的冒险家。一个力气超群、品行端正、泰然自若、毫不做作的人。他绝不是一个骇人的恶棍或威胁人类的家伙。

“他要当总统了，”桑迪对我说，“阿尔文说林德伯格会赢。”

他让我如此困惑而惊恐，我只好假装他是在开玩笑而笑了笑。

“阿尔文要到加拿大去参军，”他说，“他要去为英国反抗希特勒而战。”

“可没有人可以击败罗斯福，”我说。

“林德伯格可以。美国会变成法西斯。”

当时我们就在那具有威慑力的三幅肖像前一起站着。我在七岁之前从无如此严重的失落感。

“别告诉任何人我有这些肖像画，”他说。

“可妈妈和爸爸都已看到过了，”我说，“他们全看见了。大家都看到过。”

“我告诉他们我已把它们撕了。”

没有人比我哥哥更诚实的了。他沉默寡言并非因为他不坦率或不老实，而是因为他从来犯不上表现恶劣，所以也没有什么要遮遮掩掩的。但现在某种外来因素改变了这些肖像画的意义，使它们成了它们本非如此的东西，所以他告诉父母说他把它们撕了，也就使他自己成了他本非如此的人。

“要是他们发现这些画……”我说。

“他们怎么会发现呢？”他问道。

“我不知道。”

“对，”他说，“你不知道。只要闭上你的小嘴，谁也不会发现任何东西。”

我听从了他的话，原因很多，其中之一是我拥有的年代第三久远的美国邮票——我不可能去撕掉又扔掉——是一九二七年发行的纪念林德伯格越洋飞行、面值十分钱的航空邮票。这是一张蓝色邮票，其长度约为其宽度的两倍，中间部分的图案——那架往东越洋飞行的“圣路易精神号”，在桑迪为纪念母亲怀上他而作画时成了模特儿。邮票左侧靠近白边的地方是北美海岸线，“纽约”之名突出在大西洋中。靠近右侧白边的地方是爱尔兰、英国和法国的海岸线，“巴黎”之名位于一条弧形虚线的末端，此虚线表示这两座城市之间的航线。邮票上端，就在粗体大写的“美国邮票”白色字母下面，有“林德伯格航空邮票”的大写字样，字体要小一些，但由一个视力完好的七岁孩子来看，也肯定是够大的了。苏格兰的标准邮票目录已将此邮票估价为二十分钱。如果阿尔文说得对，那最糟糕的事情发生了，我立刻意识到的就是它的价值会继续上涨(并迅即成为我拥有的最值钱的单张邮票)。

在暑期漫长的几个月里，我们在人行道上用一个便宜的皮球和一段粉笔玩一种名叫“我宣战”的新游戏。用粉笔画一个直径约五英尺或六英尺的圆圈，根据游戏者的多少把它像切馅儿饼一样划分为一块一块，在每一块上写一个在这整个一年新闻里常出现的不同国家的名字。接着，每个游戏者挑一个“他的”国家，分开两腿站在圆圈边上，一脚在圈内，一脚在圈外，这样到时候他可以急忙逃离。此时一个指定的游戏者高举着手中的球，以一种不祥的语调缓慢宣告：“我——宣——战——向——”其间有令人紧张的停顿，接着宣战的孩子把球使劲往地下一扔，一瞬间同时高喊“德国！”或“日本！”或“荷兰！”或“意大利！”或“比利时！”或“英国！”或“中国！”——有时甚至喊“美国！”——大家都急忙跑开，除了遭到意外袭击的那个人，他要做的是在那只球弹起时尽快抓住它，并喊一声：“站住！”此时结盟反对他的每个人都得站在原地不动，这个受害国开始反击，用其最大力气向入侵国猛掷皮球，努力每扔一次就消灭一国，起初他扔那些离他最近的国家，每次致命重击后，他的位置便向前移动。

我们持续不断地玩这个游戏。除非雨天雨水暂时把那些国家的名字冲洗掉了，人们沿街走过时都不得不踩在那些国名上或跨过那些国名。那些日子里在我们社区还谈不上乱涂乱画，只有这个，我们简单的街头游戏留下的文字符号的残迹。这游戏实在有益无害，可还是让有些做母亲的气疯了，她们得从其洞开的窗户一连几小时地听我们叫叫嚷嚷。“你们这些孩子就不能干些别的事？你们就不能找别的游戏来玩？”可我们找不到。“我宣战”是我们唯一想得到的游戏。

一九四〇年七月十八日，在芝加哥举行的民主党全国代表大会第一次投票就以压倒多数提名罗斯福竞选三届连任总统。我们通过无线电收听了他的接受提名演说。已经将近八年了，他一直以自信的语调、上流社会特有的清晰发音演讲。这篇接受提名演说鼓舞了数百万个像我们家一样的普通家庭，使我们在艰难时刻仍然怀有希望。演说中有某种内在的沉稳庄重，尽管有点陌生，却不仅平息了我们的忧虑，而且还给了我们家一种历史性的重要意义。当他在我们起居室内将我们视为他的“同胞公民”、向我们演说时，他十分权威地把我们的生命以及整个国家的生命与他的生命融合在了一起。说什么美国人可以选择林德伯格——说什么美国人可以选择任何人——而不选这位连任两届、仅凭其声音即可显示其对错综复杂的人类事务的控制能力的总统……哎，那是不可思议的，即使对一个像我这样的小美国人也绝对不可思议，除了他，我可从未听见过别的总统的声音。

大约六个星期后，在劳工节前的那个星期六，林德伯格竟未参加底特律劳工节游行，举国震惊。他原定在底特律开始其竞选，以一列车队通过孤立主义美国的劳工阶级心脏地带（以及神父库格林和亨利·福特[1]的反犹堡垒），现在竟一声不吭就到了长岛机场，十三年前他就是在此开始其惊人的越洋飞行。蒙上柏油帆布的“圣路易精神号”已被运货卡车秘密运到这个机场，整个夜间藏在一个偏远的飞机棚里，可翌日早晨，当林德伯格驾机滑行在跑道上时，美国的每家电讯社、纽约的每座广播电台和每家报社却都有一名记者现场目击其起飞，这次是往西飞越美国大陆到加利福尼亚，而不是往东飞越大西洋到欧洲。当然，到一九四〇年，商业性航空服务运输横越大陆的货物、旅客和邮件已有十多年之久，而这种情况的形成主要是由于林德伯格单飞壮举的刺激，以及他作为新建航空公司年薪百万的顾问所做的不倦努力。但那天开始其竞选活动的人不是那个鼓吹商业性航空的阔佬，不是那个在柏林由纳粹授勋的林德伯格，不是那个在全国性广播讲话中严厉谴责有影响的犹太人企图把国家驱入战争的林德伯格，也不是那个一九三二年被布鲁诺·豪普特曼绑架杀害的婴儿的坚忍父亲。而是那个名不见经传的飞机驾驶员，敢于做在他以前的任何飞行员都从未做过的事情，是备受崇敬的“孤鹰”，尽管享有多年盛誉，却稚气未脱，也尚未被宠坏。在那个终止一九四〇年夏季的劳工节周末，林德伯格驾驶那架设备比老“圣路易精神号”先进得多的飞机，却远远没有打破十年前他自己所创的东海岸至西海岸飞行时间纪录。然而，当他抵达洛

1 见附录“主要人物真实年谱”。

杉矶时，主要由飞机厂工人——他们中好几万人是被洛杉矶市区和郊区的新的大型制造厂雇佣的——组成的一群人就像任何地方欢迎他的人们一样群情激奋。

民主党声称此次飞行是林德伯格的参谋班子幕后操作的宣传伎俩，实际上，这个飞往加利福尼亚的决定是林德伯格在几小时前独自做出的，并非由专业人员做出。共和党把给这名政界新秀首次政治竞选保驾护航的任务布置给了这些专业人员，他们也像其他人一样，期待他出现在底特律。

他的演说未加修饰，开宗明义，所用语调高而平板，有中西部口音，绝对是非罗斯福的美国之音。他的飞行服装——高统靴和马裤，以及穿在衬衫和领带外的轻薄工作夹克——是他穿着飞越大西洋的那套的复制品，他演讲时没有摘掉他的头盔，也没有摘下飞行护目镜，而是把它推到前额，完全像桑迪那幅藏其床底下的木炭画上画的样子。

“我竞选总统的意向，”在闹哄哄的群众停止反复呼喊他的名字后，他讲道，“是防止美国参与另一次世界大战从而维护美国民主。你们的选择很简单。不是在查尔斯 · A. 林德伯格与富兰克林 · 德拉诺 · 罗斯福之间，而是在林德伯格与战争之间。”

那就是整篇演说——七十四个字，如果你把代表他中名的“A”也算成一个字的话。

在洛杉矶机场洗澡、吃点心、睡一小时觉之后，总统候选人返回“圣路易精神号”，飞往旧金山。夜色降临时分，他到了萨克拉门托。那天不论他降落在加利福尼亚什么地方，这个国家似乎不知道股市崩盘和经济大萧条的惨状（或罗斯福为此问题取得的胜利），似乎连他要阻止我们卷入的战争也没有在任何人的脑子里浮现。林迪驾驶着其名闻遐迩的飞机从天上飞下来，这是一九二七年的重现。这是爽快直言、看起来和听起来都从不显得傲慢的林迪，他只是个优胜者——无所畏惧的林迪，曾经年轻而又相当成熟，一个倔强的特立独行的人，传奇式的美国男子汉的典范，完全倚仗他自己做成了不大可能做成的事情。

后来一个半月中，他接着在四十八个州各待了整整一天，直至十月下旬返回劳工节周末他飞离的长岛机场。整个白昼，他从一个城市、小镇或村庄匆匆赶往另一个城市、小镇或村庄，如果附近没有小型机场，就降落在公路上。当他飞往美国最偏远的乡村与农夫及其家人谈话时，就在一片牧场上降落、起飞。他在飞机场发表的演说都由当地和地区性广播电台转播。他在各州首府过夜，每周多次在那里向全国做广播讲话。讲话总是很简练，翻来覆去就这几句：阻止欧洲战争已经太晚。但阻止美国参加那场战争尚未太晚。罗斯福在误导国家。美国将被一个虚假允诺和平的总统带向战争。选择很简单。是投林德伯格的票，还是投战争的票。

作为新奇的航空业早期的年轻飞行员，林德伯格曾与一名年纪稍大、经验更为丰富的同事在整个中西部地区为观众表演延缓张伞跳伞或无伞步出机舱登上机翼等特技。民主党此时就很快贬损他在“圣路易精神号”中的“谷仓闹腾”[1]，将之比喻为他的那些空中特技表演。在

1　原指巡回演员在乡村谷仓里举行的演出，后指政界竞选人在各地短暂停留发表竞选演说。

记者招待会上，当记者们问及非正统的林德伯格竞选时，罗斯福已不屑于再说些嘲讽的挖苦话，而只继续谈论丘吉尔对德国即将入侵英国的忧虑，或者宣布说，他将要求国会首次在美国和平时期提供征兵拨款，或警告希特勒说，我们的商船正在横渡大西洋向英国备战工作提供援助，美国将不能容忍对这种援助的任何干扰。事情从一开始就很清楚，这位现任总统的竞选在于留在白宫，在那里，与内政部长伊克斯把林德伯格称为“狂欢节小丑”形成对照，他打算用他掌握的所有权力来阐明国际形势的严重危险，如果必要，他会昼夜不停地工作。

在其一州接一州巡回竞选期间，林德伯格有两次因天气恶劣而耽误行程，每次数小时之后电台就又与他联系上了，他便能让全国知道一切皆好。但在十月份，就在美国人惊悉德国人在其最近一次毁灭性夜袭伦敦中轰炸了圣保罗大教堂那天，晚餐时分一则简短广播新闻报道说，有人看到“圣路易精神号”在阿勒格尼山上空爆炸，在火焰中一头栽向地面。这一次，隔了六个小时才有第二则短讯更正第一则短讯说，迫使林德伯格在宾夕法尼亚州西部山区危险地带紧急降落的原因，不是空中爆炸，而是引擎故障。不过，在广播更正之前，我们家的电话铃声一直响个不停——朋友们和亲戚们打电话来跟我们的父母就初次报道的爆炸甚或致命事故进行推测。当着桑迪和我的面，父母没有说过一句显示其因林德伯格可能死亡而感到宽慰的话，尽管他们既没有说他们希望不是如此，也没有在林德伯格安然无恙的消息传来时欢呼雀跃。那夜十一点左右，新闻报道说，“孤鹰”根本不是在火团中坠落，而是安全走出完好无损的飞机，他只是在等一个替换的零件以便重新起飞，继续他的竞选活动。

林德伯格降落在纽瓦克机场的那个十月的早晨，在等待欢迎他来到新泽西州的随行人员中有“摩西之子”的拉比莱昂内尔·本杰尔斯多夫。“摩西之子”是由波兰犹太人组织的纽瓦克的第一个保守教会，离遍地是手推车小贩的老隔都中心只有几条街远。那仍然是该市最贫穷的地区，虽然它已不再是“摩西之子”教会成员的聚居地，而成为近来从美国南部迁徙来的穷苦黑人的社区。多年来“摩西之子”在富裕竞争中失败了，一九四〇年之前，这些家庭或者放弃保守派，加入了“热爱和平的耶书仑之子”的改革派教会——每家都神气地搬进了高街的旧大楼——或者加入另一个创建已久的保守派教会“亚伯拉罕之子”，其会堂位于一所原由浸礼会使用的教堂的西边数英里处，现与克林顿山的犹太医生和律师们的住所邻近。“亚伯拉罕之子”会堂为全市教堂中最豪华的，是一座严格按所谓“希腊风格”设计的圆形建筑，大得足以容纳犹太新年和赎罪日的千名崇拜者。乔基姆·普林兹[1]，一个被希特勒的盖世太保驱逐出柏林的流亡者，去年接替退休的尤利乌斯·希尔伯菲尔德当上教会的拉比，已以一个具有开明社会观的强人面貌出现，向他幸运的教会成员们提供了一个看待犹太历史的视角，他不久前在纳粹罪恶的血腥现场的亲身体验有力地展现了这一视角。

1 见附录“作品中其他历史人物”。

本杰尔斯多夫拉比的布道每周由 WNJR 电台向他称之为“无线电会众”的听众广播，他还是几本神感诗歌集的作者，这些诗集通常作为礼物赠予受犹太成人礼[1]的男孩和新婚夫妇。他于一八七九年生于南卡罗来纳州，一个纺织品移民商人之子，不论何时向犹太听众演说，不论是在讲坛上还是通过广播，他那典雅的南方口音，连同他那铿锵有力的节奏——以及他自己的多音节的名字——都给人以庄严而深沉的印象。例如，关于他与“亚伯拉罕之子”拉比希尔伯菲尔德、“耶书仑之子”拉比福斯特的友谊这一话题，有一次他对其无线电听众说：“此乃命中注定： 正如苏格拉底、柏拉图和亚里士多德共属古代世界，我们则共属宗教世界。”又如他的关于无私问题的布道，向广播听众解释为何像他这种地位的拉比还满足于继续留在一个衰落的教会当头头，他一开头是这样说的：“实际上已有成千上万人向我提过此类问题，我对他们的回答你们或许会有兴趣。你为何放弃一个巡游牧师的商业利益？你每天有六次机会离开‘摩西之子’到别的会堂去，却为何选择留守纽瓦克，死待在那个会堂，把它作为你唯一的布道讲坛？”他曾在欧洲的多所高等学府和美国的多所大学深造，因会讲十种语言而驰名；精通古典哲学、神学、艺术史以及古代和近代史；在原则问题上从不妥协；在读经台或讲课桌前从不看讲稿；总是带着一套跟他眼下最感兴趣的话题有关的索引卡片，还每天在上面补充新的意见和感想。他还

1 犹太男孩长到十三岁时要为其举行的隆重仪式，意味着他可以承担成人的责任。

是一名出色的骑师，人们都知道他会勒令马儿站住，好让他匆匆记下他的思绪，将其马鞍权充临时书桌。每天清晨他都出门进行骑马运动，由其妻子、纽瓦克最富有的珠宝制造商的女继承人陪同，沿威夸希克公园的马道踽踽而行，直至一九三六年她因癌症去世。这对夫妇自一九〇七年结婚后一直住在她家的豪宅里，那宅子位于伊丽莎白大道，就在公园对面，所藏犹太文献和文物珍品据说是世界上最宝贵的私人收藏之一。

到一九四〇年，莱昂内尔·本杰尔斯多夫创下了美国拉比在其自己的教会服务年头最久的纪录。报纸称他为新泽西州的宗教领袖，在有关他频现于公共场合的报道中，不免要提到他的“演说才能”和会讲十种语言。一九一五年，在纽瓦克建城二百五十周年庆祝会上，他坐在雷蒙德市长旁边，并宣读了祷文，就如他每年在阵亡将士纪念日和七月四日游行时宣读祷文一样。“拉比颂扬独立宣言”——每年七月五日《明星纪事报》都出现这个大字标题。他在布道和讲演中把“发展美国理想”说成是犹太人的第一优先，把“美国人的美国化”称为维护我们的民主制度、反对“布尔什维主义、激进主义和无政府主义”的最佳手段。在这些布道和演讲词中，他常引用西奥多·罗斯福最后一篇国情咨文中的一段话，这位已故总统说：“这里可以没有相互抵触的忠诚。任何说自己是美国人可同时又有其他身份的人，就根本不是美国人。我们只有升一面国旗——美国国旗的空间。”本杰尔斯多夫拉比在每一所纽瓦克教堂和公立学校，向州内几乎每一个互助会、市民、历史和文化团体讲过美国人的美国化问题，纽瓦克报纸有关他演说的新闻文章都注明了请他前去就此题目给研讨会和大会演讲的全国许多城市的名字，除此题目外，还包括范围广泛的问题，从犯罪和监狱改革运动（“监狱改革运动渗透着最高的道德原则和宗教理想”），到世界大战的起因（“这战争是欧洲人的世界野心及其努力达到军事强大、霸权和富裕目标的结果”），到日间托儿所的重要性（“托儿所是人类花朵的生命花园，有助于每个儿童在欢乐愉快的气氛中成长”），到工业时代的罪恶（“我们认为劳动者的价值不是由他所生产的物质价值计算出来的”），到选举权运动，他强烈反对该运动倡议将公民投票权给予妇女，声称：“假若男人们没有能力处理国务，为何不帮助他们取得能力。怀疑从未救治过罪恶。”我的伯伯蒙蒂讨厌所有拉比，对本杰尔斯多夫，则从他童年时代在“摩西之子”教会学校当贫民学生起，就怀有一种特别强烈的憎恨，喜欢这样说他：“这狗娘养的骄子什么都知道——要是他还有不知道的事情那就太糟糕了。”

本杰尔斯多夫拉比出现于纽瓦克机场，对该市包括我父母在内的一大批犹太人而言，乃惊恐之源。据《纽瓦克新闻晚报》头版照片下面的说明文字，他站在欢迎队伍的最前面，林德伯格从“圣路易精神号”座舱里出来后，本杰尔斯多夫第一个跟他握手。该报有关林德伯格短暂来访的报道所引述的他的讲话也令人惊骇。“我在这里，”本杰尔斯多夫拉比对《纽瓦克新闻晚报》说，“是为了粉碎所有对美国犹太人之于美利坚合众国的纯粹忠诚的怀疑。我支持林德伯格上校的总统候选资格，因为我的民众的政治目标与他的一致。美国是我们心爱的祖国。美国是我们唯一的祖国。除了这个伟大国家，我们的宗教不依赖于任何其他国土。作为最骄傲的公民，我们现在一如既往地将全部忠诚和拥戴献给这个伟大国家。我愿意查尔斯·林德伯格成为我的总统，不是因为尽管我是个犹太人，而是因为我就是一个犹太人——一个美国犹太人。”

三天后，本杰尔斯多夫出席了在麦迪逊广场花园[1]举行的庆贺林德伯格结束飞行之旅的大规模群众集会。当时离大选还有两周时间，尽管在传统上倾向于民主党的南方支持林德伯格的选民明显增多，在大多数保守的中西部州预示着会有势均力敌的竞争，但全国性的民意测验显示，罗斯福总统在普选中会轻易领先，在选举团选举中会遥遥领先。据报道，共和党领导人对其总统候选人顽固拒绝他人，而只能由他自己制订竞选策略的态度深感失望，为了把他从无休止的“谷仓闹腾”、没完没了的苦行中拉出来，把他笼罩于更似红火热闹的费城提名大会的那种氛围之中，便组织了麦迪逊广场花园集会，并于十月第二个星期一晚上向全国广播。

当晚介绍林德伯格的十五名发言人被说成是“来自各行各业的杰出美国人”。他们之中有一个农场领袖谈及战争将给美国农业造成的危害，自第一次世界大战和经济大萧条时期至今，美国农业始终处于危机之中；一名劳工领袖谈及战争将给美国工人带来的祸害，政府部门

1　纽约市曼哈顿的大型室内运动、娱乐和集会中心，曾先后建造、拆毁三次，二十世纪六十年代第四次重建。

将对他们的生活实行严密管制；一名制造商说到战时的过度扩充和沉重课税将给美国工业酿成长期的灾难性后果；一名新教神职人员说到现代战争对将要参战的年轻人的野蛮影响；一名天主教神父谈到由于战争产生仇恨，像我们这样的爱好和平的国家的精神生活势必恶化，礼仪和仁慈将被毁弃。最后是一个拉比，新泽西州的莱昂内尔·本杰尔斯多夫。当轮到他上讲台时，他受到了全场林德伯格的支持者们非同寻常的衷心欢迎。他在那里细说了一番为何林德伯格与纳粹的交往可以是任何关系，可就不是同谋关系。

“是的，”阿尔文说道，“他们收买了他。这当中有贿赂。他们穿过他的犹太大鼻子给套上了一个金环，于是现在他们可以把他牵到任何地方去。”

“你不知道那些。”我父亲说，但不是因为被本杰尔斯多夫的表现激怒得失去了常态。“听那个人讲，”他对阿尔文说，“给那个人发言机会。这才公平。”讲这些话主要是为了对桑迪和我好，免得事件的惊人转折对我们俩也像对成人那样显得十分可怖。头天夜里，我在睡梦中滚到地板上，自打我从摇篮“升级”到床上后，这样的事情还没发生过，为了防止我滚下床来，父母还得把两把厨房椅子搁在床垫旁边。他们自然会设想，过这么多年之后，我这样从床上滚下来，只可能与林德伯格出现在纽瓦克机场有关系，我坚持说，我不记得做过有关林德伯格的噩梦，我只记得我在哥哥和我的床之间的地板上醒了过来，尽管我恰恰知道，其实每次我上床睡觉，总会想到藏在哥哥文件夹里的林德伯格的画像。我一直想问桑迪，他可否把那些画像藏匿到我们地下室的储藏箱里，而不要放在我旁边的床底下，但因为我发过誓不向任何人说起画像的事情——也因为我舍不得让自己跟林德伯格邮票分手——我还不敢把它们作为一个问题提出来，虽然它们确实萦绕在我心头，并使我哥哥变得难以接近，他那些安慰的话我已经再也不需要了。

这是一个寒冷的晚上。暖气开着，窗户关着，可即使听不见外面的声音，你也知道这个街区的各处都开着收音机呢，各个家庭都不想收听林德伯格集会，却又都在收听，就因为预定本杰尔斯多夫拉比将要出场。在他自己的宗教团体成员中，有几个重要人物已开始要求他辞职，假如教会董事会不立刻免除其职务，大多数继续拥护他的人会试图相信，他们的拉比只是行使其言论自由的民主权利，尽管他对林德伯格的公然支持令他们感到惊骇，但企图使像他这样著名的有良知者沉默下来，可不是属于他们的权利范围。

那天晚上，本杰尔斯多夫拉比向全美国透露了他所谓的二十世纪三十年代林德伯格前往德国的个人飞行使命背后的真实动机。“与他的批判者所散播的谣言相反，”这位拉比告诉我们说，“他没有一次是作为希特勒的同情者或支持者前去访问德国的，他每一次都是作为美国政府的秘密顾问前往旅行的。远远不是像那些误导者和居心叵测者所不断指控的，说他背叛美国，林德伯格上校几乎是单枪匹马为加强美国的战备状态而效劳，把他的知识传授给我们自己的军方，在其权力范围内尽一切努力去促进美国航空事业的发展和扩充美国的空中防御力量。”

“天哪！”我父亲叫了起来，“大家都知道——”

“嘘，”阿尔文低声说，“嘘——让这个伟大的雄辩家说下去。”

“是的，在一九三六年，欧洲战争状态形成前很久，纳粹给林德伯格上校颁发了一枚勋章，是的，”本杰尔斯多夫继续说道，“是的，上校接受了他们的勋章。可这始终，我的朋友们，这始终是悄悄利用他们的赞赏来更好地保护和维持我们的民主制度以及通过实力来保持我们的中立地位。”

“我不能相信——”我父亲又要说了。

“别，”阿尔文凶恶地嘟囔了一声。

“这不是美国的战争，”本杰尔斯多夫宣告说，麦迪逊广场花园会场里的听众报以整整一分钟的掌声。“这，”拉比告诉他们，“这是欧洲的战争。”又是支持的掌声。“这是回溯至查理曼[1]时代、长达千年之久的一系列欧洲战争之一。这是他们在不到半个世纪内的第二次毁灭性战争。谁能忘记他们的上一次大战让美国付出的惨重代价？四万美国人阵亡。十九万两千名美国人受伤。七万六千名美国人病死。三十五万美国人因参加那场战争今天要接受残疾补贴。试问这一次的代价将是什么样的天文数字？我们的死亡人数——告诉我，罗斯福总统，将只多一倍或者两倍，或许要多三倍？告诉我，总统先生，大批无辜美国男儿惨死之后将留下一个什么样的美国？当然，纳粹对德国犹太人

1 即八九世纪的查理大帝、法兰克国王、查理帝国皇帝，曾扩展疆土，建立庞大帝国。

的骚扰和迫害，引起我和每一个犹太人的极度悲痛。在我随海德堡和波恩的德国重点大学的院系研究神学的那些年里，我结交了很多卓越的朋友、杰出的学者，而如今，只因为他们是犹太血统德国人，便被免除其久已获得的学者职位，受到那些攫取其国家控制权的纳粹暴徒们的残酷迫害。我竭尽全力反对他们遭受这种待遇，林德伯格上校也确实反对他们遭受这种待遇。但是，他们在其自己国土上所遭遇的悲惨命运，怎会因我们伟大国家与他们的迫害者交战而得到缓解呢？假如有什么结果，那就是所有德国犹太人所处的困境将恶化得难以估量——我担心，是悲剧性地恶化。是的，我是一个犹太人，作为一个犹太人，我以同样的敏锐感受他们的痛苦。但是，我的朋友们，我是一个美国公民，”——掌声又起——“我是一个土生土长的美国人，所以我问你们，假如美国现在加入战争，我们新教家庭的儿子们、我们天主教家庭的儿子们和我们犹太家庭的儿子们要一道去打仗，成千上万地死在浸透鲜血的欧洲战场上，我的痛苦又怎能减轻呢？我必须安慰我自己的教会成员，我的痛苦又怎能减少呢？”

我母亲通常是我们家里情绪最平稳的一员，当我们感情外露的时候，她常常抚慰我们安静下来。可正是母亲突然发现本杰尔斯多夫带南方口音的话语是那么令人难以忍受，以致不得不离开起居室。而直至他演说完毕、在会场听众一片喧闹的欢呼声中离开讲坛，我们其余的人都没有走动一下或多说一句话。我是不敢，我哥哥是全神贯注——就像他惯常在这种环境中一样——给我们大家的长相特征画速写，同时也听着广播。阿尔文因为恨得咬牙切齿而沉默不语，我父亲——大概是生平第一次没有显露那种他用来与挫折和失望相搏的强烈情绪——因过于激动而不吭一声。

像在魔窟里一样喧嚣闹腾。难以形容的快乐欢欣。林德伯格终于登上麦迪逊广场花园的舞台。我父亲像快要疯了一样，突然从沙发上跳下来，喀嚓一声把收音机关掉了，这时我母亲正好又回到起居室并问道：“谁要喝点儿什么？阿尔文，”她说，眼里含着泪水，“来一杯茶？”

她的职责是尽力使我们这个世界保持镇定、明智。这是使她的生活感到充实的工作，这是她一心一意想做的工作。我们谁也没有、从来没有把这种普通的母亲的抱负视为荒唐可笑的事情。

“这究竟是怎么一回事啊？”父亲叫喊了起来，“他究竟为什么要这样干？讲得多愚蠢啊！难道他以为会有一个犹太人因为听了这篇愚蠢、骗人的演讲就会出去投那个反犹家伙的票？他是不是完全丧失理智了？这个家伙以为自己在干什么呢？”

“用犹太教认可的方式烹调林德伯格，”阿尔文说，“为非犹太人按犹太教认可的方式烹调林德伯格。”

“烹调什么？”父亲问道，他感到恼怒，因为在这样混乱的时刻阿尔文似乎还在胡乱说些挖苦讽刺的话。“做什么？”

“他们安排他到那儿去不是为了对犹太人说话。他们收买他不是为了这个。你明白不明白？”阿尔文问道，此刻因他自己认为的事实真相而万分激动。“他到那儿去是对非犹太人说话——他是在把他这个拉比的个人许可交给全国的非犹太人，让他们在选举日去投林迪的票。你有没有发现，赫尔曼叔叔，他们究竟要这个伟大的本杰尔斯多夫干什么？他就是要保证罗斯福失败！”

那天夜里大约凌晨两点，尽管我睡得很熟，却再次滚下床来，但这次我事后记得在我滚到地板上之前我梦见了什么。这无疑是一个噩梦，与我集邮有关。一个意外出现的梦。我的两套邮票上的图案变得十分可怕，我却不知道是什么时候变的、怎样变的。在梦中，我从镜台抽屉里取出集邮本，带着它去我的朋友厄尔家，在此之前我带着它步行去他家已经有几十次了。厄尔·阿克斯曼，十岁，上五年级。他和他母亲住在一座新的四层黄砖公寓大楼里，此楼是三年前在靠近法官大道和顶峰大道街角的一块空地上盖起来的，就在小学的斜对面。以前他住在纽约。他父亲西·阿克斯曼是格伦·格雷及卡萨·洛玛管弦乐队的乐手，在格伦·格雷的中音萨克斯管旁边吹奏高音萨克斯管。阿克斯曼先生和厄尔的母亲离婚了。她把自己打扮成美丽的白肤金发碧眼女郎，生厄尔之前曾短期在这个乐队当过歌手。据我父母说，她是纽瓦克人，原是个深褐色头发、浅黑色皮肤的女子，一个名叫路易丝·斯维格的犹太女人，到南区后，在当地犹太人青年会的音乐歌舞表演中有了名气。在我认识的所有男孩当中，唯有厄尔的父母是离了婚的，也只有他的母亲浓妆艳抹，穿着露肩的上衣、有褶裥饰边的张开的裙子，里面有一条大衬裙。她和格伦·格雷在一起时，为《变成这个或那个》这首歌灌过一张唱片，厄尔常放给我听。我从未碰上过别的像她这样的母亲。厄尔不叫她“妈”或“妈妈”——他叫她，怪丢脸的，“路易丝”。她在其卧房壁柜里放满了衬裙，当只有厄尔和我两人在他家时，他会给我看那些衬裙。有一次他甚至让我在一条裙子上摸一摸，在我犹豫不决要不要摸时，他低声说道：“你想摸哪儿都行。”然后他打开一只抽屉，给我看她的胸罩，并主动要我摸摸其中的一副，但我拒绝了。我年纪尚小，从远处欣赏一下胸罩就足矣。他父母每人每礼拜给他整整一美元买邮票，当卡萨·洛玛管弦乐队不在纽约，外出巡回演出时，阿克斯曼先生会给厄尔寄来贴有航空邮票的信封，上面盖着各地城市的邮戳。有一封甚至是来自“瓦胡岛火奴鲁鲁”。厄尔并不想遮掩他不在家的父亲的光彩——对一个保险经纪人的儿子来说，似乎他有一个在有名的摇摆爵士乐队当萨克斯管吹奏者的父亲(还有一个冒充金发、当歌手的母亲)还不够令人吃惊，厄尔宣称道，阿克斯曼先生曾被领到一所“私人住宅”去看一枚一八五一年夏威夷“传教士”两分钱盖销邮票。这枚邮票发行于整整四十七年前，当时夏威夷尚未作为准州归属美国，其中央图案不过是数字“2”，却是价值十万美元的难以想象的珍品。

厄尔的集邮是这附近地区最好的。他教给我当小孩时就学的关于邮票的知识，所有实用的和神秘的知识——关于它们的历史，关于新票和旧票，关于技术问题，如纸张、印刷、色彩、背胶、加盖、长方形图案、特殊印刷，关于十足的赝品和设计错误——他可是个大学究，还开始教育我，讲给我听关于法国集邮家赫尔品先生的故事，此人创造了“philately(集邮)”这个词，他解释说，该词源自两个希腊词，第二个词“ateleia”的意思是“免税”，我则一直没有弄得很清楚。每当我们在他家的厨房里玩完了我们的邮票、他暂时收敛了他那趾高气扬的神态，他就咯咯地笑起来并说道：“现在让我们做件可怕的事吧。”这就是我怎么会看见了他母亲的内衣。

在梦中，有人叫我并开始追我时，我正往厄尔家走去，把集邮册紧按在胸脯上。我很快躲进一条小巷，急匆匆地返身跑向一个车库，以便藏在那里并检查集邮册，在逃离追我的人时，可能会有邮票从透明胶水纸中掉出来。我绊了一跤，恰巧把集邮册掉落在我们平时玩“我宣战”游戏的人行道上。我打开一九三二年华盛顿诞生两百周年纪念邮票——十二枚排好的、从面值半分深褐色到面值十分黄色的邮票——我惊呆了。华盛顿竟然不在邮票上面了。每张邮票的上端都没有变动，上面所印的我学会能认、排成一行或两行的白色罗马字是其说明文字“合众国邮票”。邮票的颜色也没有变化——二分红色的，五分蓝色的，八分橄榄绿的，等等——所有邮票都是同样标准的尺寸，肖像的边框也各自保持为原套设计的样子，但十二枚邮票上各不相同的华盛顿肖像不见了，现在代替他的是每张都相同的希特勒。而每幅肖像下的带状条纹上也不再是“华盛顿”这个名字。那带状条纹不管像在半分或六分邮票上那样向下弯曲，还是像在四分、五分、七分和十分邮票上那样向上弯曲，或像在一分、一分半、二分、三分、八分和九分邮票上那样笔直而两端向上，横贯其上的名字是“希特勒”。

正当我在接着看集邮册上对面一页有什么(如果有的话)时——原来是我的一九三四年十枚一套的国家公园邮票——我从床上滚了下来，在地板上醒了过来，这一次我尖叫了起来。加利福尼亚的约塞米蒂，亚利桑那的大峡谷，科罗拉多的梅萨维德，俄勒冈的火山口湖，缅因的阿卡迪亚，华盛顿的雷尼尔山，怀俄明的黄石，犹他的锡安，蒙大拿的冰川，田纳西的大雾山——横贯每张票面，横贯悬崖峭壁、森林、河流、山峰、间歇喷泉、峡谷、花岗岩海岸线，横贯深蓝的流水和高悬的瀑布，横贯在这些原始自然保护区得到永远保护的美国所有的最蓝、最绿、最白的东西，印上了一个黑色的德国纳粹党党徽。

# 第二章 高谈阔论的犹太人

一九四〇年十一月至一九四一年六月

一九四一年六月，林德伯格就任总统仅六个月后，我们一家驱车三百英里前往华盛顿参观历史圣地和著名的政府大楼。我母亲在将近两年内往霍华德储蓄银行的圣诞俱乐部户头里存钱，每周从家庭预算中取出一美元存进去，用作我们日后旅行开销的主要经费。这次旅行早在罗斯福当第二任总统、民主党控制众参两院时就已计划好，可现在是共和党掌权，白宫里那个新人又被我们视为危险的敌人，所以我们家开过短会商量是否不去华盛顿，而是车往北开，去看尼亚加拉瀑布，穿着帆布雨衣乘船航游圣劳伦斯河的千岛，然后开车到加拿大那边去游览渥太华。我们的朋友和邻里之中已有人谈到，如果林德伯格政府公然转向反对犹太人，他们就离开美国移居加拿大，所以加拿大之行会让我们熟悉一下未来可能的逃避迫害的安全港。早在二月，我堂兄阿尔文已去加拿大加入该国陆军，就如他先前所说，他要站在英国一边反对希特勒。

阿尔文离开之前，在近七年里，一直是我家的受监护者。他已故的父亲是我父亲的大哥，阿尔文六岁时他就去世了。阿尔文的母亲——我母亲的远房表姐，撮合我父母的介绍人——在他十三岁时去世了，所以他在上威夸希克中学的四年期间跟我们住在一起。他是一个聪颖机敏的孩子，但好赌博、偷东西，我父亲一心一意要挽救他。一九四〇年，阿尔文二十一岁，在赖特街上一家擦皮鞋小店(就在农产品市场街角)的楼上租了一间备有家具的房间，当时他已为“斯坦海姆父子”建筑公司工作了近两年，它和拉克林兄弟经营的建筑公司是市里最大的两家犹太建筑公司。阿尔文是通过该公司创办人、我父亲的客户老斯坦海姆取得这个工作的。

老头儿斯坦海姆说话口音很重，也不会阅读英语，但用我父亲的话来说，他是“钢制的”，仍在我们当地的犹太会堂出席犹太新年和赎罪日仪式。在数年前的一个赎罪日，这老头儿在会堂外瞅见我父亲和阿尔文在一起，误以为我的堂兄是我的哥哥，于是问：“这孩子是做什么的？让他来为我们干事吧。”这位艾贝·斯坦海姆将其移民父亲的小小建筑公司变成了一家盈利数百万美元的企业——尽管这是一场激烈的家庭冲突后，其两个兄弟被扫地出门的结果——他此刻对粗壮结实的阿尔文产生了好感，以不由分说的态度把他带走了，而且没有让他死待在传达室或把他当作办公室勤杂员来使用，而是让他当自己的司机：办各种差事，送信递话，派他来来回回去建筑工地检查合同承包者(艾贝把承包商称为“骗子”，尽管他自己，阿尔文说，才是欺诈他们、占大家的便宜的人)。这年夏季每星期六，阿尔文驾车送他去弗里霍尔德，在那里他有六匹受过训练的快步马，他用它们参加老挽车道上的比赛。他爱把他的马叫做“汉堡包”。“今天我们抓了一匹汉堡包在弗里霍尔德赛跑。”在那儿他们常飞快地开着一辆凯迪拉克牌轿车，眼看他的马儿每次都失败。他从未在赛马上赚到一分钱，但赚钱本非其理念。平时他每周六为拉车马协会在威夸希克公园良好的快步马驾车赛跑道上赛马，他对各家报纸谈论过要修复其荣耀往昔早已过去的芒特霍利的平坦跑道，这就是艾贝·斯坦海姆为何能成为新泽西州赛马总干事、汽车上多了个盾形纹章的原因，凭那盾形纹章他可把车开上人行道，可鸣警报器，可在任何地方停车。这就是他能与蒙茅斯县的官员们一团和气，又巧妙地挤入沿海地带爱赛马的那一伙人的原因——沃尔镇和斯普林莱克镇上那些非犹太人会带他去他们的高档俱乐部用午餐，在那里，正如艾贝对阿尔文所说：“每个人都来看我，他们要干的就是交头接耳，迫不及待地交头接耳，‘瞧，这是什么’，不过，他们也很爽快地喝我的烈酒，接受我的邀请吃一顿丰盛的晚餐，所以到末了谁都不欠谁的。”他把他的深海捕鱼船泊在鲨鱼河小湾，他会常带他们上船出海去，把他们灌醉，雇人为他们抓鱼，所以不论何时，不论何地，从朗布兰奇到波因特普莱森特——凡有新的旅馆盖起来，斯坦海姆父子总会临场，几乎不花分文——艾贝，就如其父亲，具有购物绝对打折扣的杰出智慧。

阿尔文每三天一次驾车把他从办公室送到四条街以外的宽街七四四号，在这家穿堂理发店稍事修剪。理发店前有一个雪茄烟摊，艾贝·斯坦海姆在那儿买特洛伊牌避孕套和一点五美元一支的雪茄。如今，宽街七四四号是新泽西州两座最高的办公楼之一，国家纽瓦克和埃塞克斯银行占了上面的二十层楼，城里有声望的律师和金融家占了其余部分。街上还有新泽西最大的银行家们按惯例时常去理发店——阿尔文的工作之一就是事先通知理发店准备停当，艾贝要来了，不论谁坐在那理发椅上，都要把他撵走。阿尔文得到工作的那天吃晚饭时，我父亲对我们说，艾贝·斯坦海姆是纽瓦克从未有过的最有色彩、最振奋人心、最了不起的营造商。“是个天才，”父亲说，“不是天才他到不了这个地步。才华横溢。还是个美男子。金发碧眼。高大强壮，但不胖。看上去总很讨人喜欢。驼毛外套。黑白皮鞋。漂亮的衬衫。穿戴得无可挑剔。还有个美丽的妻子——有教养，衣着时髦，本姓弗雷利克，纽约的弗雷利克，一个凭自己的本事干出来的非常富裕的女人。艾贝极为精明。这家伙还有胆量。问问纽瓦克的任何人：凡最有风险的项目，斯坦海姆就把它拿下来。他在哪里盖楼，别人在哪里就再无机会。阿尔文将向他学习。他会观察他，看到他怎样为自己的事情昼夜不停地工作。他对阿尔文的生活可能会有重要启发。”

阿尔文一周有好多次要到我家来吃顿好饭，在很大程度上，我父亲可以密切注意他的一言一行，我母亲会体贴地不让他只靠热狗活着。不可思议的是，与以往每晚在餐桌旁他都要听到诚实、负责和努力工作一类的训话不同——前段时间他的手在他放学后去打工的埃索加油站的钱柜里给抓住了，在我父亲说服加油站老板西姆科维兹放弃指控，还自己出钱赔偿之前，阿尔文眼看就要被送往拉赫威管教所——阿尔文热衷于跟我父亲谈论政治，尤其爱谈资本主义。自从我父亲引导他对读报和议论新闻感兴趣以来，他谴责资本主义这个制度，而我父亲为这个制度辩护，以罗斯福新政拥护者、而不是以全国制造商协会成员的身份，耐心地给他的经改造后重生的侄子讲道理。他提醒阿尔文说："你不必对斯坦海姆先生谈什么卡尔·马克思。他会毫不犹豫地将你踢出门。向他学学吧。这就是你为什么要在他那儿。向他学习，要恭恭敬敬地学，这可能是终生的机会啊。"

然而，阿尔文不能忍受斯坦海姆，时常辱骂他——他是骗子，他是流氓，他是吝啬鬼，他会尖喊，他会吼叫，他会欺诈，他是在这世界上没有一个朋友的家伙，在哪儿别人都不能站在他旁边。而我，阿尔文说，却要为他四处开车。他对他的儿子们冷酷无情，连瞧瞧孙子的兴趣都没有，他瘦骨嶙峋的妻子从来不敢说一句使他不悦的话或做一件使他不快的事，他却啥时高兴就啥时羞辱她。这家的每个人都得住在同一座豪华的公寓楼房间里，艾贝把这座楼盖在东奥兰治区乌普萨拉学院附近一条大栎树和槭树成荫的街上。儿子们从早到晚在纽瓦克为他干活，他朝他们吼叫、嚷嚷，晚上在东奥兰治，用家内电话跟他们说话，他又吼叫、嚷嚷。金钱是一切，虽然不是用来购货，而是为了能永远安然度过危机：维护他的地位，保障他的财产，以低价购置他觊觎的任何地产，这正是他在股市暴跌之后取得暴利的原因。钱，钱，钱——在混沌紊乱中有之，在交易买卖中有之，要把世界上所有的钱都赚来。

"有些人在四十五岁时有了五百万美金就退休了。五百万存在银行，实际上已经是一个无限大数额了，可你知道艾贝怎么说？"阿尔文向我十二岁的哥哥和我提问。晚饭吃完后，他和我们一起在卧房——大家都脱鞋躺在被褥上，桑迪在他自己的床上，阿尔文在我床上，我躺在阿尔文身边，躺在他结实的胳膊与结实的胸膛之间的臂弯里。这是一种愉悦：关于人的贪婪、狂热、无限活力和令人难以相信的傲慢的故事，堂兄自己也活力无限地讲述这些故事，即使在我父亲下足调教工夫之后，这个可爱迷人的堂兄在感情上尚属稚嫩者中最稚嫩的。他已二十一岁了，为了使自己看起来不要像一个屡教不改的罪犯，他每天两次刮他的黑胡须茬。还有关于大类人猿的食肉后裔的故事，那些无尾猿原先栖居于古代森林里，在那里整天一小口一小口地咀嚼树叶，后来离开树林来到纽瓦克，在市中心工作。

“斯坦海姆先生说了些什么？”桑迪问他。

“他说：‘这家伙有五百万。那是他所有的一切。他还年轻，还在青春年华，有朝一日有机会拥有五千万、六千万，或许还多达一亿，他对我说：“我在取走工作台上的所有东西。我不是你，艾贝。我不是傻呆着等心脏病发作。我已绰绰有余，可以不再工作，打打高尔夫来度过我的余生。”’知道艾贝怎么说吗？‘这家伙是个不折不扣的笨蛋。’每星期五合同承包商都到他办公室去收取木材、玻璃和砖头等建材费，艾贝便说：‘瞧，我们没有钱了，我这已是尽力而为了。’他只付给他们一半的钱，三分之一的钱——要是他诡计得逞，就只付四分之一的钱——这些人需要钱来维持生活，可艾贝就用这种从他父亲那里学来的手段来对付他们。他盖那么多楼，他的诡计总能得逞，却没有人试图干掉他。”

“会不会有人想干掉他呢？”桑迪问道。

“有，”阿尔文说，“我。”

“给我们说说那结婚纪念日的情况，”我说。

“结婚纪念日，”他重复道。“噢，他唱了五十首歌。他雇了个弹钢琴的人。”阿尔文告诉我们说，完全用我每次要听他就给讲的艾贝在钢琴旁的故事的语气。“谁也听不清他唱的是什么，谁也不知道他接着要唱什么，所有来宾整个晚上就是在那里吃他的食物，他身穿无尾礼服站在钢琴旁，一首接一首地唱着，客人们离开时他仍在钢琴边，仍在唱歌，唱着你可以想到的所有流行歌曲。当大家说再见时，他甚至听而不闻。”

“他朝你大喊大叫吗？”我问阿尔文。

“朝我？朝所有的人。他到哪儿都大喊大叫。每礼拜天早上我开车送他去塔巴奇尼克食品公司。人们排着队买硬面包圈和熏鲑鱼。我们走了进去，他尖声叫着——那里有六百人的长蛇阵，他却号叫着：‘艾贝在此！’他们就让他站到队伍最前面。塔巴奇尼克从里面匆匆忙忙跑出来，他们把大家推推搡搡到一边去，艾贝要订购价值五千美元的东西，我们开车回家，斯坦海姆夫人在家，她体重才九十二磅，知道什么时候躲在一边不挨骂。他打电话给三个儿子，他们在五秒钟内就迅速到齐，五口人中的四个能吃四百人吃的食量。他只在食物上花钱。食物和雪茄。你一提到塔巴奇尼克食品公司，卡茨曼食品公司，也不管谁去那里，多少人去，他就要去那里，要把整个店里的东西都买下来。每礼拜天早晨，他们把每样东西都吃得干干净净：鲟鱼，鲱鱼，裸盖鱼，硬面包圈，酸黄瓜，然后我开车送他去租房办公室，看多少套房间空着，多少套租出去了，多少套正在装修。一周七天。从不停歇。从不休假。没有来日——这时他的口号。谁要是少工作一分钟，就会使他发疯。如果他不晓得第二天会有更多的生意、会带来更多的钱，他就不能去睡觉——所有这一切该死的东西都叫我感到恶心。这个家伙对我来说只是一样东西而已——一个推翻资本主义的活广告。”

我父亲把阿尔文的牢骚话说成是孩子气的东西，他上班时得把这些话藏在肚子里，尤其是在艾贝做出要送阿尔文上拉特格斯大学[1]的决定之后。艾贝对阿尔文说，你太聪明，成不了笨蛋，后来发生的事情超越了我父亲可能抱有的对现实的期许。艾贝居然把电话打到拉特格斯大学校长那里，朝他叫喊起来："你要接收这个孩子，他从哪所中学毕业不是一个问题，这孩子是个孤儿，可能是个天才，你如果给他全额奖学金，我会给你造一幢教学楼，世界上最漂亮的——不过除非这名孤儿上拉特格斯的所有经费都给包了，否则连一间茅房我也不会给你盖！"他对阿尔文解释说："我从不喜欢有个正式司机，就只是个司机、只是个白痴。我喜欢像你这样有所追求的孩子。你去上拉特格斯，暑假里你回来，给我开车，等你以优等生身份毕业时，我们两人再坐下来谈。"

艾贝应能让阿尔文于一九四一年九月成为拉特格斯大学新不伦瑞

1 新泽西州立大学，创办于一七六六年，在新不伦瑞克、纽瓦克和卡姆登分设三个校园。

克分校的新生，读完四年大学之后，可以回来像模像样地进入商界。然而，二月里，阿尔文去了加拿大。我父亲曾对他大发雷霆。他们争论了好几个礼拜，结果，阿尔文跟我们不辞而别，登上了自纽瓦克宾夕法尼亚车站至蒙特利尔的直达快车。“我不明白你的道德观，赫尔曼叔叔。你不要我做贼，却愿意我替贼做事。”“斯坦海姆不是贼。斯坦海姆是建筑商。他干的是他们要做的事情，”父亲说，“也是他们必须要做的事情，因为建筑生意是一种严酷的交易。可他造的楼房倒塌了吗，没有吧？他有没有违法，阿尔文？他违法了吗？”“没有，他只是一有机会就压榨工人。我不知道你的道德观也赞同这个。”“我的道德观糟透了，”我父亲说，“这个城里的每个人都知道我的道德观。但问题不在于我。在于你的前途。是上大学。是四年的免费教育。”“免费，那是因为他对拉特格斯大学校长像他对整个他妈的世界一样地吹胡子瞪眼睛。”“让拉特格斯校长去操这份心吧！跟你有什么关系？你真想坐在那里对我说，一个生来就是最大坏蛋的人愿意把你造就成为一个文化人，还在他的建筑公司里为你物色好职位？”“不，不，那个天生的最大坏蛋是希特勒，老实说，我宁愿去跟那个狗娘养的打仗，也不愿意跟斯坦海姆这样的犹太人浪费时间，这个人只会给我们其他犹太人丢脸，用他的他妈的——”“唉，别像小孩儿那样跟我说话——我也受不了‘他妈的’这种话。此人并没有让任何人蒙羞。你以为如果你为一个爱尔兰建筑商做事就会好些？你去试试——去给尚利干活，你会知道此人何等可爱。还有意大利人，你以为他们更好吗？斯坦海姆开的只是他的嘴，而意大利人开的是枪。”“难道朗吉·兹维尔曼[1]不开枪吗？”“算了吧，朗吉的事儿我全知道——我是跟朗吉在同一条街上长大的。难道这和拉特格斯大学扯得上关系吗？”“这和我扯得上关系，赫尔曼叔叔，我这后半辈子就得欠斯坦海姆的情分。他有三个儿子，他把他们都毁了，难道这还不够吗？他们得同他一起过所有的犹太节，同他一起过感恩节，同他一起过新年除夕，难道这还不够，还要我也在那里听他呵斥吗？他们全都在同一间办公室上班，住在同一座楼里，枯坐着等待唯一一桩事儿——在他死的那天分家走人。我可以跟你保证，赫尔曼叔叔，他们才不会难过多久呢。”“你错了。完全错了。对这些人来说，不仅仅是金钱。”“是你错了！他用钱来把他们掌控在他手中！这家伙是条彻头彻尾的疯狗，他们赖在那儿，逆来顺受，就怕失掉金钱！”“他们待在一起，因为他们是一家人。所有家庭都饱经沧桑，家庭既是和平，也是战争。我们此时此刻就正在进入一场小战。对此，我理解，我接受。但你没有理由放弃你上大学的机会，你曾失去过这个机会，现在你又有了，却要仓促行事跑去打希特勒。”“如此看来，”阿尔文说，似乎他终于抓住了不仅是他雇主的，而且也是他的家庭监护人的把柄，“你终究是个孤立主义者。你和本杰尔斯多夫。本杰尔斯多夫、斯坦海姆——他们可以配为很好的一对。”“什么样的一对？”我父亲终于失去耐心，生气地问道。“一对伪犹太。”“嗬，”我父亲说，“现在也反对犹太人了？”“反

1 见附录“作品中其他历史人物”。

对那些犹太人，他们是犹太人的耻辱——是的，绝对是的！”

这场争论一连延续了四个晚上，后来，在第五个晚上，是星期五，阿尔文没有回来吃晚饭，尽管父亲的想法一直是要他按规矩回家用晚餐，直至他能制服他，使这孩子醒悟过来——我父亲凭一己之力将这个乳臭未干、一无用处的孩子变为家庭的良知。

次日早上，我们从比利·斯坦海姆那里获悉，阿尔文接到周五工资袋之后就当着比利父亲的面扔下了凯迪拉克车钥匙，然后扬长而去。比利是斯坦海姆家儿子中跟阿尔文最亲近的一个，对他关怀备至，礼拜六做的第一件事就是打电话给我们。我父亲急忙开着我们的车去赖特街，想在阿尔文的屋里跟他谈谈，弄明白整个事情的来龙去脉，估量一下他的所作所为对其机遇会造成多大的损害。阿尔文的房东，那个擦皮鞋店的业主，告诉我父亲说，他的房客付了房租，收拾了东西，出去打那个世上最坏的大坏蛋了。鉴于阿尔文情绪极度激动，他能不率性行事吗？

十一月大选甚至不是势均力敌的。林德伯格获得百分之五十七的普选票，在选举团范围内则赢得四十六州，仅失去罗斯福的家乡州纽约，还有马里兰，该州普选只有两千票之差，人数众多的联邦政府机构员工绝大多数都投了罗斯福的票。这位总统保住了——就如他在梅森-狄克森线[1]以南任何地方一样——民主党传统的南方选区近一半选民的

1 宾夕法尼亚州与马里兰州的分界线，由英国天文学家梅森和狄克森测定，现常用来划分美国南、北方。

忠诚。尽管大选日第二天早晨还笼罩着怀疑气氛，尤其在民意调查人中间，这种气氛更为浓重，可此日稍后，大家似乎明白了一切，广播评论员们和报纸专栏作家们都说话了，听起来罗斯福的失败似乎乃命中注定。究竟是怎么回事呢？他们分析说，美国人表示了他们的态度：不愿打破总统只能连任两届的传统，这个传统由乔治·华盛顿开始实行，在罗斯福之前，没有一个总统敢于挑战。此外，在经济大萧条结束后的一段时期内，不论青年人或老年人，都因为林德伯格的相对年轻和运动员的健美体态而更快地恢复了信心，身为脊髓灰质炎患者的罗斯福，在严重生理障碍下终日劳碌，林德伯格与之形成了鲜明对照。还有航空的奇迹及其所预示的新的生活方式：林德伯格，已是打破远程飞行纪录的大师，可以卓有见识地引导他的国人进入陌生的未来航空世界，以其严谨、老派的言行举止向他们保证：现代工程技术成就不会破坏传统的价值。最后，专家们下结论说，因每十年都要面临新危机而身心交瘁的二十世纪的美国人渴望着恢复常态，而查尔斯·A. 林德伯格所代表的正是达到英雄高度的正常状态。他是一个面孔老实、嗓音平凡的正派人，向整个地球清楚地展示了他敢作敢为的勇气和塑造历史的刚毅精神，自然，还有超越个人悲剧的力量。如果林德伯格保证没有战争，那就不会有战争——对大多数人而言，事情就如此简单。

对我们来说，甚至比大选更糟糕的是，林德伯格就职后的几个星期，这位美国新总统前往冰岛亲自会见了阿道夫·希特勒，经过两天“热情友好的”交谈签署了一份保障德国和美国之间和平关系的“协定”。十多个美国城市都举行了反对《冰岛协定》的示威游行。在共和党一边倒胜利中能继续留任的民主党议员们在国会众、参两院议员席上发表了慷慨激昂的演说，谴责林德伯格与一个残忍的法西斯暴君平起平坐、眉来眼去，还选择冰岛这个岛上王国作为他们的会谈地点——这个王国在历史上效忠于一个民主的君主政体，现在德国纳粹已经把它征服了，这是丹麦的民族悲剧，对丹麦人民及其国王来说显然可悲可叹，而林德伯格的雷克雅未克之行显系对这种状态的默认。

总统由冰岛返回华盛顿后(这次返航由十架海军大型巡逻飞机组成，护送一架由总统亲自驾驶的洛克希德拦截机)，发表了仅有五句长的全国讲话。“现在已经可以保证这个伟大的国家将不参与欧洲战争。”这一历史性演讲是这样开头的，然后是这样阐述和总结的：“我们将不参加这个星球上任何地方的敌对派别。同时我们将继续武装美国，培训武装部队里我们的青年男性使用最为先进的军事技术。我们立于不败之地的关键是发展美国的军用飞机，其中包括火箭技术。这将使我们的大陆边境免于受到外来的袭击，同时保持我们严格的中立立场。”

十天之后，总统与日本帝国政府首相近卫文麿公爵和外相松冈洋右在火奴鲁鲁签署了《夏威夷协定》。作为裕仁天皇的密使，此二人已于一九四〇年九月在柏林与德国和意大利签订了三国同盟条约，日本政府确认在意大利和德国领导下建立的所谓“欧洲新秩序”，这两国转而确认日本建立的所谓“大东亚新秩序”。这三国还进一步保证在其中一国受到未参与欧洲和中日战争的国家的攻击时互相提供军事援助。

就如《冰岛协定》，《夏威夷协定》几乎在名义上把美国定为轴心三国同盟的一方，方式是美国提升对日本在东亚的主权的承认，保证不反对日本在亚洲的领土扩张，其中包括兼并荷兰的东印度群岛殖民地和法国的印度支那殖民地。日本保证承认美国对其自身领土的主权，尊重美国自治政区菲律宾的政治独立——定于一九四六年实现独立——并同意夏威夷、关岛和中途岛等美国属地为美国在太平洋地区的永久领地。

签署这些协定后，各地美国人都在慷慨激昂地呼吁：不要战争，再也不要让年轻人去打仗、去送死！他们说，林德伯格会和希特勒打交道，希特勒尊敬他，因为他是林德伯格。墨索里尼和裕仁尊敬他，因为他是林德伯格。这些人说，反对他的人只有犹太人。这种说法在美国无疑是对的。犹太人能做的就是担惊受怕。我们街上的老一辈人在不断思考他们该为我们做些什么，我们可以依靠谁来保护我们，以及我们该怎样保护自己。像我这样的小孩子，放学回家时总是胆战心惊、六神无主，甚至眼泪汪汪，因为大孩子们互相传话说，关于我们犹太人，那两个家伙在冰岛一起吃饭时，林德伯格对希特勒说了些啥，希特勒对林德伯格又说了些啥。我们的父母决定去实施搁置已久的华盛顿之旅计划，有个原因就是要桑迪和我相信——不管他们自己信或不信——除了罗斯福已不再在白宫办公外，什么也没有变。不管阿尔文如何预言，美国不是法西斯国家，也不会成为法西斯国家。现在总统是新的，国会是新的，但他们都应遵守由宪法规定的法律。他们是共和党人，他们是孤立主义者，在他们中间，是的，有反犹分子——就如在罗斯福自己党内的南方人中也有反犹分子——但他们要成为纳粹还有很长的路要走。此外，我们只消在礼拜天晚上听一听温切尔对新总统及其“朋友约瑟夫·戈培尔[1]”的痛斥，或听一听他所列举的内政部正在考虑修建的集中营的地点——主要是在蒙大拿，即林德伯格的象征“国家团结”的副总统、民主党孤立主义者伯尔顿·K. 惠勒[2]的家乡州——就可因那种炽热的情绪而感到宽慰，我父亲最喜欢的记者——如温切尔、多萝西·汤普森[3]、昆廷·雷诺和威廉·L. 夏勒，当然，还有《午后报》的报道班子——正是用这种炽热的情绪审视着新政府。父亲晚上带回家的《午后报》，我现在甚至也轮流着读，不仅仅是看连环漫画《巴纳比》或翻阅有图片的版面，还会翻阅纪实文字报道来证明，尽管我们作为美国人的地位正以难以置信的速度显著改变，但我们仍然生活在一个自由国家。

林德伯格于一九四一年一月二十日宣誓就职之后，罗斯福与其家人回到了他们在纽约州海德公园镇的庄园，自此后一直没有露面，也无声息。他在海德公园家里还是一个孩子时，就开始喜欢上了集邮——据传说，他母亲把她小时候的集邮册传给了他——我便想象现在他正把所有时间都花在整理他于白宫八年期间积累的数百枚邮票。所有集邮者都知道，在他之前没有哪个总统曾委托其邮政部长发行那

1　见附录“作品中其他历史人物”。
2　见附录“主要人物真实年谱”。
3　见附录“作品中其他历史人物”。

么多新邮票，也没有哪个美国总统像他那样与邮政部有如此密切的瓜葛。实际上，我刚有集邮本时的第一个目标就是收集所有我知道的罗斯福参与设计或亲自建议的邮票，始自一九三六年纪念妇女选举权修正案通过十六周年的苏珊·B. 安东尼[1]面值三分邮票，以及一九三七年纪念三百五十年前诞生在美国的第一个英国孩子、在罗阿诺克岛出世的弗吉尼亚·戴尔面值五分邮票。罗斯福亲自设计了一九三四年母亲节面值三分邮票，在其左角印有文字“纪念并致敬意于美国母亲们”，中间右侧是画家惠斯勒画的他母亲的著名肖像——我母亲把一套包括这枚邮票在内的四方联邮票送给了我，让我的集邮有所进展。她还给我钱让我买罗斯福第一年当总统期间批准发行的七张纪念邮票，我要这些邮票是因为其中的五枚醒目地印着“一九三三”，本人就是在这一年出生的。

我们去华盛顿之前，我要求一路上带着我的集邮册。由于担心我会丢掉并因此而伤心，我母亲一开始不答应，但经不住我的坚持也就自个儿退让了。我坚持说，有必要至少随身带上我的总统邮票——一共十六枚，也就是我的一九三八年的那一套，按顺序和面额排列，从乔治·华盛顿排到卡尔文·柯立芝。一九二二年阿灵顿国家公墓邮票和一九二三年林肯纪念堂与国会大厦邮票太贵了，我可买不起，不过我可以此作为带上我的集邮册的另一个理由，说这三处名胜以黑白两色

1 Susan B. Anthony(1820—1906)，美国妇女选举权运动领袖，一八六九年创办全国妇女选举权联盟，后多年担任该联盟主席。

清晰地映现在我邮票册上为之保留的专页上。其实，由于我做过的那个噩梦，我不敢把集邮册留在家中空空如也的房间里。我还担惊受怕，既因为我没有把林德伯格的十分钱航空邮票从集邮册里取出来，也因为桑迪向父母亲撒了谎，他的林德伯格肖像画仍然原封不动地藏在他床底下——还因为某个杂种会搞背叛性的阴谋诡计，在我不在家时卑劣地动手脚，把我的没有防卫的华盛顿们都变换成希特勒们，并在我的那些国家公园上都盖上德国纳粹党党徽。

一进入华盛顿，我们就马上在车水马龙中拐错了弯。正当我母亲试着查看道路图、给父亲指点怎样开往我们的旅馆时，我们眼前出现了我从未见过的最庞大的白色建筑物。在这条街尽头的斜坡上方矗立着美国国会大厦，那宽阔的台阶延伸到柱廊，顶部是设计精巧的三层穹顶。就这样漫不经心地，我们开进了美国历史的真正中心，尽管我们知道许多形容它的词语，它确是以其最鼓舞人心的形式勾画出的美国历史，我们指望它来反对林德伯格而保护我们。

“瞧！”我母亲转向坐在后座的桑迪和我说道，“真令人激动，是不是？”

回答当然是“是的”，但桑迪看来陷入了爱国的恍惚状态，我呢，从他那里得到启示，也以沉默来显示我的敬畏。

就在此刻，一个骑摩托车的警察与我们并行。“怎么啦，从新泽西来的？”他通过我们开着的车窗大声问道。

“我们在找我们的旅馆，”我父亲答道，“那旅馆叫啥来着，贝丝？”

母亲刚因国会大厦令人感到自身渺小的雄伟而沉迷失神，一下子脸色苍白，她要说话，可嗓音如此虚弱，在车辆嚣杂声中根本听不见她在说什么。

“你们这些人快离开这儿，”那警察喊道，“你说大声点儿，太太。”

“道格拉斯饭店！”我哥哥急忙向他高声喊了出来，并想仔细瞧瞧那辆摩托车，“在K街上，长官。”

“好样的。”那警察说着便举起手臂，示意我们后面的车辆停驶，让我们跟着他来了个一百八十度转弯，朝宾夕法尼亚大道的另一个方向开去。

父亲笑着说道：“我们受到隆重接待。”

“可你怎么知道他要带我们去哪儿？”母亲问道。“赫尔曼，这是怎么回事？”

警察在前面引路，我们眼前闪过了一幢又一幢联邦政府大楼，桑迪兴奋地指着我们左边一片起伏的草坪。“往那儿看！”他叫了起来。“白宫！”母亲随之就哭了起来。

“这不像是，”就在我们快到旅馆，那警察向我们挥手道别、呼啸而去时，母亲试着解释说，“这不再像是生活在一个正常的国家里了。我非常抱歉，孩子们——请原谅我。”可她接着又哭了起来。

在道格拉斯饭店后部的小房间里有父母的一张双人床以及哥哥和我的两张小床。一名男服务员开了我们的门，把我们的行李搬进了屋里，父亲给了他小费，不一会儿，母亲就恢复常态——或装出这种样子，把我们旅行箱里的东西放进衣橱，还称赞抽屉里刚铺了衬纸。

我们凌晨四点离家后一直在路上，直到下午一点后我们才上街去找地方吃午饭。我们的汽车停在饭店对面。车旁站着一个五官轮廓分明的矮小男子，他身穿双排纽扣的灰色西装，脱帽向我们致意并说道："各位，我叫泰勒。我是我国首都的职业导游。如果你们不想浪费时间，你们或许愿意雇请像我这样的人。我会为你们开车，你们就不会迷路，我会带你们去各个景点，告诉你们要知道的一切，我会等你们，接你们，我会确保你们在价格合理、味道可口的地方用膳，所有这些服务，用你们自己的车，一天只要九块钱。这是我的许可证。"他说道，并打开一个有好几页的文件给我父亲看。"由商会颁发，"他解释说，"韦尔兰 · M. 泰勒，先生，一九三七年以来首都华盛顿的官方导游。精确而言，是一九三七年一月五日，也就是第七十五届美国国会开会那一天。"

他们两个握了手。我父亲以其保险经纪人最正经的态度浏览了一下他的文件，然后交还给他。"看来很好，"父亲说，"但我想，九块钱一天可没有写在这些纸片上，泰勒先生，不论怎样，这对我们这个家不合适。"

"我明白你说的话。但靠你自己，先生，你开车，却不熟悉你周围的路，然后要在这个城里找个停车的地方——哎，你和家人就只能看到跟我在一起能看到的东西的一半，你们也无法近距离地观赏这个城市的任何地方。何必呢，我可以开你们去好地方吃饭，在车里等你们，然后我们就可以从华盛顿纪念碑起步。接着，沿草地广场去林肯纪念堂。华盛顿和林肯。我们两个最伟大的总统——这就是为何我总是喜欢从这里开始。要知道华盛顿从未真的住在华盛顿。华盛顿总统选择了这个地方，他签署了使此地成为美国永久首都的法案，但他的继承人约翰·亚当斯才是第一位于一八〇〇年搬进白宫的总统。精确而言，应是十一月一日。他的妻子阿比盖尔两周后与他团聚。在白宫许多有意思的古董珍品中，现在还有约翰和阿比盖尔·亚当斯的放芹菜茎的玻璃杯。”

“嗯，有些事我还不知道呢，”父亲答道，“让我和我太太商量一下吧。”他轻声问她：“我们付得起吗？他确实在行。”母亲低声说道：“可他是谁派来的？他是怎么发现我们的车的？”“那是他的职业，贝丝——认出谁是游客。这是此人的谋生之道。”哥哥和我退缩到他们旁边，但愿我们的母亲不要吭声，能在我们整个旅行期间雇用这名尖脸短腿、伶牙俐齿的导游。

“你们怎么想？”父亲转向桑迪和我问道。

“嗯，如果价钱太贵……”桑迪开口说。

“别在乎价钱，”父亲答道，“你们喜不喜欢这个人？”

“爸爸，他是个人物，”桑迪小声说，“他看来像那些引诱野鸭的人中间的一个。我喜欢听到他说‘精确而言’。”

“贝丝，”父亲说，“此人是华盛顿的诚信导游。别料想他脸上会绽出笑容，他是个机灵警觉的小个子，已经礼貌到家了。让我试试，看他能不能只收七块钱。”说着他就离开我们，走向那个导游。他们认真地说了几分钟话，然后成交，两人又一次握手，父亲大声说道："行了，咱们吃饭去了！"像平时那样即使没有任何事情要做也照样充满活力。

难以言说什么是最难相信的：我一生中第一次离开新泽西州，我正在距离老家三百英里的美国首都，还是我们全家人乘着我们自己的汽车，却由一个陌生人驾驶，此人与美国第十二届总统同姓，该总统的侧面像为我膝上集邮册里的一枚十二分紫罗兰色邮票增色生辉，他被置于蓝色的十一分波尔克与绿色的十三分菲尔莫尔之间。

"华盛顿，"泰勒先生告诉我们说，"分为四个部分：西北区，东北区，东南区，以及西南区。除少数例外，南北向的街道名都用数字，东西向的街道名都用字母。在西方世界所有现存的首都之中，唯独这个城市是为了向国家政府提供基地而建。这就是它不仅有别于伦敦和巴黎，也有别于纽约和芝加哥的原因。"

"你们听见了吗？"父亲往后扭头看看桑迪和我。"贝丝，你听见泰勒先生说的为什么华盛顿这样别具一格吗？"

"听见了，"她说。她把我的手抓在她的手里，用安慰我的方式来安慰她自己，相信现在一切都在走向正常。但从我们进入华盛顿开始一直到我们离开，我只操心一件事——保护好我的邮票册免受损害。

泰勒先生在一家餐馆前让我们下车。这家餐馆很干净，价钱便宜，菜肴也像他所说的那样好。我们吃完饭朝街上走去时，我们的车已在餐馆前跟另一辆车并排停在那里。"好准时啊！"父亲叫了起来。

"多年来，"泰勒先生说道，"你学着估计一家人吃午饭要花多长时间。还行吧，罗斯夫人？"他问我母亲。"菜都合你胃口吧？"

“很好，谢谢。”

“看来大伙儿都已做好去华盛顿纪念碑的准备了，”他说道，我们的车便开走了。“你们当然知道，这座纪念碑纪念何人——我们的第一位总统，大多数人认为，他是与林肯总统并列的最佳总统。”

“你要知道，在那个名单上我会加上罗斯福。一个伟人，本国人民却把他赶出了总统办公室，”父亲说，“现在你看看坐在那个位子上的是什么货色。”

泰勒先生只是恭听，未作回应。“现在，”他接着说，“你们都见过华盛顿纪念碑的照片。但照片并不总能体现它究竟有多雄伟。离地面五百五十五英尺五又八分之一英寸，它是世界上最高的水泥砖石结构建筑。那新装的电梯会在一分十五秒内把你送到顶端。你也可以自己爬八百九十三个台阶的螺旋形楼梯到达顶端。在最高处视域半径宽达约十五至二十英里。真值得一看。就在那里——看见没有？”他说道，“往前看。”

几分钟后泰勒先生在纪念碑附近找到一个停车处，我们下车后，他一边在我们旁边挪动罗圈腿小步跑着，一边解释说：“就在几年前，纪念碑第一次清扫刷净。只消想象一下这个清洁工作，罗斯夫人。他们用的是加了沙子的水和硬铁丝刷子。花了五个月时间和十万美元。”

“在罗斯福领导下吗？”父亲问道。

“我想是的。”

“可人们知道不知道呢？”父亲问道。“人们关心不关心呢？不。他们偏要一个飞行员来管理这个国家。可这还不是最糟糕的呢。”

我们进入了纪念碑，泰勒先生留在了外边。在电梯里，母亲又抓住了我的手，慢慢靠近我父亲，喃喃低语道："你不该那样说话。"

"哪样？"

"关于林德伯格。"

"你说那个？那只是表达我的观点。"

"可你不知道这个人的底细。"

"我可知道。他是一个被授权的、有文件证明的导游。这是华盛顿纪念碑，贝丝，可你要我把我的想法藏在自己肚子里，似乎华盛顿纪念碑坐落在柏林。"

他说得如此直白让她深感难受，尤其是那些和我们一起等电梯的人也能无意中听见我们的谈话，就更令其不悦。我父亲转向其他当父亲的人中的一个，他站在他妻子和两个孩子旁边，向他问道："你们各位从哪里来？我们是从泽西。""缅因，"那人答道。"听见没有？"父亲问哥哥和我。总共大约二十名孩子和大人一起进了电梯，只占了一半的地方。当轿厢在铁柱框架中上升时，父亲还抓紧这升至顶端的一分十五秒，询问其他家庭来自何方。

我们游毕纪念碑，泰勒先生已等候在外。他要桑迪和我形容一下我们透过五百英尺高处的瞭望窗看见的景色，然后他带领我们快步游览纪念碑的四周，并细说了纪念碑断断续续的建造史。他用我们的布朗尼箱式照相机给我们一家人拍了些照片。父亲不顾泰勒先生的反对，又坚持要拍一张他跟母亲、桑迪和我以华盛顿纪念碑为背景的照片，最后我们上了车，泰勒先生又坐在了方向盘前，沿着草地广场开向林肯纪念堂。

这次泊车时，泰勒先生提醒我们说，林肯纪念堂与世界上任何地方的宏伟殿堂都不相似，所以我们得做好受惊而不知所措的准备。然后他陪伴我们从停车场走向那座用柱子支持的巍峨建筑，其宽阔的大理石台阶引领我们经过那些圆柱进入纪念堂内部，高耸的林肯雕像置于巨大的王座中，那雕塑的脸庞望着我——在那张脸上，上帝的面孔与美国的面孔合二为一，没有比这种组合更为神圣的了。

父亲声音沉重地说道："他们杀害了他，那些卑鄙的家伙。"

我们四人就正对塑像站在其基座旁。雕像被灯光打亮，似乎使有关亚伯拉罕·林肯的一切都显得巨大无比。那些通常被视为伟大的东西只能相形见绌，对这里夸张的肃穆气氛，成人或小孩都无法抵御。

"当你想一下这个国家对其最伟大的总统们做了什么……"

"赫尔曼，"母亲恳求道，"别再说了。"

"我不说什么别的。这是一个大悲剧。难道不是吗，孩子们？刺杀林肯？"

泰勒先生走了过来，轻声对我们说："明天我们去福特戏院，他在那里给枪打中，再过街去看对面的彼得森寄膳宿舍，他死在那里。"

"我刚才在说，泰勒先生，这个国家对其伟人们干着最卑劣的勾当。"

“感谢上帝，我们现在有林德伯格总统，”从只有几英尺远的地方传来一个女人的声音。她已上了年纪，独自一人站在那里，查阅着一本游览指南，她的话似乎不是针对谁说的，却是因不知怎地无意中听到我父亲的话而引起的。

“把林德伯格比作林肯？好家伙。”父亲叹道。

其实那个老年女士不是一个人，而是跟一组游客一起，其中一名年龄跟我父亲相仿的男子可能是她的儿子。

“有何事情使你感到不安？”他自以为是地朝我们走来，向我父亲问道。

“我没有不安。”父亲告诉他。

“那位女士刚才说的话使你感到不安？”

“没有，先生。这是自由国家。”

这个陌生人朝我父亲久久地盯了一眼，接着又盯我母亲，盯桑迪，盯我。他看见什么了？他是个身材修长、肌肉匀整、胸膛宽阔的男子，身高五英尺九英寸，英俊而阴郁，灰绿色眼睛，目光柔和，棕色的头发稀疏，剪至近太阳穴部位，而显现给这世界的两只耳朵有点儿多余得古怪可笑。他妻子身材苗条而强健，穿着整齐，有一绺黑鬈发遮住了眉毛，略圆的脸颊有点儿毛糙，鼻子高挺，手臂粗短，双腿匀称，臀部瘦削，眼睛像她一半年纪的女子一样灵活。这两个成年人身上都有过分的审慎和过分的精力，两个外表娇嫩且很漂亮的男孩跟他们在一起。年轻气盛的家长，对年幼孩子关心备至，自己身体健康，不可救药的只是其乐观主义神态。

这名陌生人用嘲弄式的头部动作显示了他由观察所得出的结论。然后，嘴里嘘嘘有声，好像在表示他对我们的评估并未误导人，他回到那名年长妇人及其观光团那里，以摇摇摆摆的步态缓慢地走了出去，那步态连同他那宽阔的背影仿佛在表示一种警告。正是在那儿，我们听到他指称我父亲是个“高谈阔论的犹太人”，那年长女士不一会儿就接着宣告：“我巴不得掴他耳光。”

泰勒先生迅即带我们离开正厅去一个较小的厅，那里有一块刻着“葛底斯堡演说”[1]的匾和一幅主题为解放黑奴的壁画。

“在这样的地方居然听到那种话，”父亲说道，他的嗓音因气愤而哽咽发颤。“在这样一个神殿里！”

此时，泰勒先生指点着那幅壁画说道：“瞧那儿，一位真理天使正在解放一名奴隶。”

可我父亲啥也没有看见。“假如罗斯福是总统，你们认为在这里会听到那些话吗？在罗斯福执政的日子里，人们是不敢的，他们做梦都不敢想的……”父亲说道，“但现在我们的伟大盟友是阿道夫·希特勒，现在美国总统的最好朋友是阿道夫·希特勒——为什么，现在他们以为他们可以为所欲为而不受惩处。这是可耻的。这是白宫开的

1 一八六三年十一月十九日林肯总统在宾夕法尼亚州葛底斯堡士兵公墓落成典礼上发表的著名演说。此篇仅二百七十二个单词的演说辞，尤其是结尾关于“民有、民治、民享政府”的名句，后一直被广泛引用。葛底斯堡为南北战争中最激烈战役之一的发生地。

头……”

他不是跟我说这些话又能跟谁呢？哥哥紧随着泰勒先生，问有关壁画的问题，母亲试图用不说任何话、不做任何事的方式来保护自己，正在竭力控制早些时候在汽车里那种她难以自已的情绪——当时她还没有这么多正当的理由来这样做。

“念一念那个，”父亲说，他指的是那块刻有葛底斯堡演说的匾，“就念一念。‘所有的人都生来平等。’”

“赫尔曼，”母亲喘息着说道，“这样下去我受不了了。”

我们回身出去来到阳光下，一起站在最高一级台阶上。高耸的华盛顿纪念碑就在半英里之外，在映照池的另一边，那池塘位于通到林肯纪念堂的斜坡的启端，四周种着榆树。这是我从未见过的最美丽的全景，一个爱国天堂、美国的伊甸园展现在我们眼前，我们，一个被驱逐的家庭，互相依偎着站在那里。

“听着，”父亲把哥哥和我拽近他身边，说道，“我想，该是我们都去睡午觉的时候了。今天这一天对大家来说都很漫长。我说我们回旅馆去休息个一两个钟头。你的意见呢，泰勒先生？”

“由你来定，罗斯先生。我想晚饭之后贵府或许会喜欢乘车夜游华盛顿，著名的纪念性建筑都会被华灯照亮。”

“是个好主意，”父亲对他说。“贝丝，听起来不错，是吗？”但母亲不像桑迪和我那样容易给逗得高兴起来。“亲爱的，”父亲对她说，“我们碰到了一个怪人。两个怪人。如果我们去加拿大或许也会碰到这种差劲的人。我们不会让这种事糟践我们的旅行。让我们大家好好休息一下，泰勒先生会等我们，我们从那儿接着玩。瞧，”他挥动着伸展的双臂说道，“这是每一个美国人都应该观赏的景致。孩子们，转过身去，把亚伯拉罕·林肯再最后看上一眼。”

我们照他的话做了，但再也不可能感到那种令我勾魂摄魄的爱国主义激情。当我们开始沿着长长的大理石台阶往下走时，我听到背后有小孩子问他们的家长说：“那真是他吗？他是埋在所有那些东西下面吗？”在台阶上，我母亲贴近我身旁，试图表现得像一个内心并非极度恐慌的人，倏忽间我觉得那恐慌也降临我身上，使我抱住母亲，突然变成一个像林肯那样自己坚信自己的神勇新人。可当母亲向我伸出手来时，我所能做的就是拉她的手，紧紧抓住她的手，就像一个乳臭未干的小孩子，一个其集邮册仍代表他的十分之九世界知识的男孩。

在车里，泰勒先生安排了这天剩下时间的活动。我们回旅馆，睡午觉，五点三刻他来接我们，送我们去吃晚饭。我们可以再去联盟站附近我们用午膳的餐馆，或者他可以推荐其他一些价格大众化而又能保证质量的餐馆。晚饭后，他会带我们夜游华盛顿。

“没有什么烦扰你，是吧，泰勒先生？”我父亲问道。

他只是态度不明朗地点头作答。

“你是从哪里来的？”父亲问他。

“印第安纳，罗斯先生。”

“印第安纳。孩子们，想象一下。你的老家在那儿什么地方呢？”父亲又问。

“我没有老家。我父亲是个机修工。修理农具。总是在搬家。”

“原来如此，”父亲说道，泰勒先生不清楚他说此话的原因，“我脱帽向你致敬，先生。你应该感到自豪。”

泰勒先生又一次点了点头：他是一个穿紧身衣、不爱说废话的人，其效率和举止有一种明显的军人气质——像一个神秘的人，可他没有什么东西要隐藏，反正他身上所有不具个性的东西都清晰可见。谈起首都华盛顿来滔滔不绝，所有其他方面则都缄口不语。

我们回到旅馆，泰勒先生停放好车，陪我们进去，似乎他不仅是我们的导游，而且也是我们的监护人，这是好事，因为在这个小旅馆的门厅，我们发现我们的四只行李箱给放在了前台后面。

前台旁那个新人介绍自己是经理。

我父亲问我们的行李怎么会在这儿楼下，那经理回答说：“诸位，我得表示道歉。不得不为你们打点行李。我们的午后接待员搞错了。他给你们的房间是为另一家保留的。这是你们的定金。”说着他把一个装有十元钱的信封递给了我父亲。

“可我妻子给你们的人写了信。你们也给我们回了信。几个月前我们就预订了。这也就是为什么我们汇了定金。贝丝，那些信的复印件在哪里？”

她指了指行李箱。

“先生，”那名经理说，“那房间已经占用了，也没有别的空房了。我们就不收你们今天使用过这个房间的钱，也不收一块丢失的肥皂的钱了。”

“丢失？”正是这个词使他失去了常态。“你是说我们偷了肥皂？”

“不，先生，我没有这样说。可能是哪个孩子把肥皂当作纪念品拿了。没做什么坏事。我们不会为这样的小事情纠缠不休，或为了一块肥皂而搜他们的口袋。”

“你这是什么意思！”父亲要弄个明白，一拳砸在经理鼻子底下的前台上。

“罗斯先生，如果你要在这里大吵大闹……”

“是的，”父亲说，“我是要闹一闹，要闹明白那房间究竟是怎么回事！”

“哎，既然这样，”那经理答道，“我就别无选择，只好报警了。”

我母亲抱住我哥哥和我的肩膀，在离前台稍远而安全的地方保护着我们，这时她叫了一声我父亲的名字，想阻止他再干仗下去。可这已经太晚了。一向如此。他绝不会乖乖地随那个经理去。

“正是那个该死的林德伯格！”父亲说道，“所有你们这些小法西斯现在都掌权啦！”

“是我给地区警察局打电话，先生，还是你带上你的行李和家人立即离开？”

“给警察局打电话，”父亲答道，“你打啊。”

门厅里在我们旁边有五六名旅客。他们是在这场争执正发生时进来的，要看看事情结果会怎么样而留了下来。

这时泰勒先生走近我父亲身边，对他说：“罗斯先生，你绝对是有理的，但叫警察来是个错误的解决办法。”

“不，这是个正确的解决办法。给警察局打电话，”父亲对经理又说了一遍。“在这个国家有针对像你们这些人的法律。”

那经理伸手去够电话机，在他拨号时，泰勒先生走到我们行李那边，两手各拖起一件，提着它们出了旅馆。

我母亲说：“赫尔曼，算了。泰勒先生把行李拿走了。”

“不，贝丝，”父亲气恼地说，“我听够了他们的鬼话。我要跟警察说话。”

泰勒先生小跑着回到门厅，脚不停步地拐向前台，那经理在那儿快要打完电话。泰勒先生压低声音只对我父亲说：“不很远的地方有一家很好的旅馆。我在外面的电话亭给他们打了电话。他们有一个房间可以给你们。那是在一条很好的街上的很好的旅馆。我们开车过去给你们家登记吧。”

“谢谢你，泰勒先生。不过此刻我们正在等警察。我要他们给这个人重温一下就在今天我刚念过的刻在那儿的葛底斯堡演说辞。”

父亲提到葛底斯堡演说，旁观者互相笑了起来。

我悄声问哥哥：“怎么回事？”

“仇犹情绪呗。”哥哥悄声答道。

从我们站的地方我们看见两个警察，他们骑着两辆摩托车来到了。我们看着他们熄了引擎，走进旅馆。其中一名一进门就把自己定位在门口，好观察每一个人；另一名走近前台向经理点头示意，在那里两人可以说悄悄话。

“警官——”父亲说。

这名警察转身说：“我一次只能听争执双方的一方，先生。”接着继续跟那个经理交谈，一手托着下巴，一副深思熟虑的样子。

父亲转向我们："沉住气，孩子们。"对母亲他说道："没有什么可担心的。"

那名警察跟经理交谈完毕，现在转过身来跟我父亲说话。他在站着听经理讲话时不时地微笑，对我父亲他没有笑，但他说话倒是没有怒气，起初的语调听起来也算友善。"什么问题啊，罗斯先生？"

"我们付了在这个旅馆一个房间住三夜的定金。我们收到过一封确认一切的信。我太太把文件放在行李箱里了。我们是今天到的，我们登记了，我们占了这个房间，行李打开了，我们出去观光，而我们一回来就被赶出来了，因为那房间留给另一个什么人了。"

"问题在哪儿呢？"那警察问道。

"我们是一家四口，警官。我们从新泽西远道而来。你不能就这样把我们赶到街上去吧。"

"但是，"警察说，"如果有人预订了一间房——"

"可现在是没有人预订！就算是有人预订了，为什么我们就该让给他们呢？"

"但经理已把定金退给你了。他甚至还给你打包行李来着。"

"警官，你不明白我的意思。为什么我们预订的房间得让给别人呢？我和家人刚才在林肯纪念堂。他们把葛底斯堡演说辞刻在了墙上。你知道上面都写着一些什么话吗？'所有的人都生来平等。'"

"但这并不意味着所有旅馆的预订也是平等的。"

这警察的话音落到了门厅边沿旁观者的耳朵里，他们再也不能自制，其中有人大声笑了起来。

母亲让桑迪和我自个儿站好，她自己好随时上前斡旋。她一直在等待一个她可使事情不至于恶化的时机，尽管她呼吸急促，看来她相信这个时机已到。“亲爱的，让事情过去算了，”她恳求我父亲说。“泰勒先生在附近给我们找到房间了。”

“不！”父亲叫道，摆脱了她的试图抓住他胳膊的手。“这个警察知道我们为什么给赶出来。他知道，这个经理知道，这个门厅里的每一个人都知道。”

“我觉得你应当听你太太的话，”那警察说，“我觉得你应当照她的话去做，罗斯。离开这个场所，”他猛地把脑袋往大门的方向一扭，说道，“在你让我失去耐心之前。”

父亲本还想继续抵抗，但头脑还算清醒，能够意识到他的争论，除了他自己以外，已无人再感兴趣。我们在众目睽睽之下离开了旅馆。唯一还讲几句话的是另一名警察。他在入口处盆栽植物旁和蔼地点了点头，在我们走近时，他伸手摩挲我的头发。“你好吗，小家伙？”“好，”我答道。“你拿着什么呀？”“我的邮票，”我说，但在他可能要看我的集邮册、我不得不给他看以免被逮捕之前，我一直往前走。

泰勒先生在外面人行道上等着我们。父亲对他说：“我这一辈子从来没有遇见过这种事情。我始终在外置身于人们之中，各种背景、各行各业的人们，可从来……”

“道格拉斯旅馆已经易手了，”泰勒先生说，“这是个新老板。”

“可我们有朋友曾住在那里，百分之一百满意，”母亲对他说。

“嗯，罗斯夫人，是易手了。但我在常绿旅馆帮你们找到了一个房间，一切都会很好的。”

就在此刻，传来了一架在华盛顿上空低驶的飞机发出的喧闹轰鸣声。街上一些步行者停下脚步，其中一名男子举手指向天空，仿佛下起六月雪来了。

知识丰富的桑迪根据剪影就能认出任何飞行物，这时指着天空叫道：“这是洛克希德拦截机！”

“这是林德伯格总统，”泰勒先生解释说，“每天下午大概这个时候，他都要沿着波托马克河转一圈。先往北飞往阿勒格尼山脉，然后往南沿蓝岭山脉飞，再往外飞向切萨皮克湾。人们都盼着看呢。”

“这是世界上最快的飞机，”我哥哥说道，“德国的梅塞施密特 110 型战斗机每小时飞行三百六十五英里，而这拦截机一小时飞五百英里。它可胜过世界上所有的战斗机。”

我们都跟桑迪一起抬头仰望。桑迪无法掩饰他对这架拦截机的着魔，而总统当时就是乘这架飞机飞往冰岛与希特勒会晤的。那飞机以巨大的力量直冲云霄，一会儿就在空中消失了。走在街上的人们爆发出一阵掌声，有人高喊：“为林迪欢呼！”然后他们继续赶路。

在常绿旅馆，父母亲同睡一张单人床，桑迪和我同睡另一张单人床。泰勒先生能在这么短的时间里找到这一对单人床，这就是最好不过的了。经过在道格拉斯旅馆发生的事之后，谁也不抱怨——既不抱怨这床不能真让人得到休息，也不抱怨这房间比我们第一次预订的要小，更不抱怨这火柴盒式的洗澡间，尽管出水量很大，但因里头有消毒剂，味道不大对劲儿。尤其是我们到的时候，还受到前台旁一位乐呵呵的女士的亲切欢迎，一个身穿服务员制服的年长黑人把我们的行李堆在手推小轮车上，他是个瘦高个儿，那女士叫他“爱德华 · B.”，他打开通风井下端底楼房间门上的锁，幽默地宣告：“常绿旅馆欢迎罗斯一家人莅临我国首都！”他引领我们进去，似乎这光线昏暗的地下室是里兹大饭店的闺房。我哥哥从爱德华 · B. 帮我们装行李那阵儿开始，就一直目不转睛地看着他，次日清晨，别人都还没有醒，他就悄悄地穿上衣服，抓起他的速写本，急忙赶到门厅去画他。不巧的是，正在值班的是另一个黑人服务员，他不完全像爱德华 · B. 那样线条分明而易于入画，虽然从艺术家的眼光来看，其可发现之处也并不少。在此之前，具有鲜明非洲人同类脸部特色的很黑的黑人，桑迪除了从旧的《国家地理》杂志上临摹外，从未有机会画过。

上午的大部分时间我们都由泰勒先生带领游览国会大厦，稍后是最高法院和国会图书馆。在我们进去过的所有政府大楼，泰勒先生都知道它们每一个穹顶的高度、每一个门厅的宽度、所有大理石地板的来源地，以及每一幅图画和壁画所纪念的人物和事件的名字。“你是个人物，”父亲对他说，“一个来自印第安纳小镇的小伙子。你应该上知识测验广播节目。”

午饭后，我们沿波托马克河往南开去弗吉尼亚州芒特弗农参观华盛顿故居。“当然啰，弗吉尼亚州的里士满，”泰勒先生讲解说，“曾是脱离美利坚合众国成立南部邦联的十一个南方州的首府。南北战争的很多大战役都发生在弗吉尼亚。正西大约二十英里处有一个马纳萨斯国家战地公园。该公园包括两个战场，邦联军在布尔溪附近击溃了联邦军，第一次是一八六一年七月在P. G. T. 博勒加德将军和J. E. 约翰斯顿将军指挥下，然后是一八六二年八月在罗伯特 · E. 李将军和‘石墙’杰克逊将军指挥下。李将军当时统帅弗吉尼亚陆军，在里士满执政的南部邦联总统是杰斐逊 · 戴维斯，如果你们还记得你们学过的历史的话。西南方离这里一百二十五英里的地方是弗吉尼亚州阿波马托克斯。你们知道一八六五年四月在那个县城发生了什么事情。精确而言，是四月九日。李将军向U. S. 格兰特将军投降，南北战争就此结束。你们都知道六天之后林肯的遭遇：他被枪杀了。”

“那些卑鄙的家伙，”父亲又一次说道。

“好，那儿就是，”华盛顿故居刚现于视野，泰勒先生就说道。

“啊，多美啊，”母亲说，“瞧这门廊。瞧这长窗。孩子们，这可不是复制的——这是乔治 · 华盛顿居住过的原来的房子。”

“还有他的妻子玛莎，”泰勒先生补充道，“以及他的一个继子和一个继女，他对这两个孩子十分宠爱。”

“他是这样吗？”母亲问道。“我还不知道这个。我小儿子有一张玛莎 · 华盛顿的邮票，”她告诉他说。“把你的邮票给泰勒先生看看。”我立刻找到了它，是一枚一九三八年面值一分半的褐色邮票，上面是第一任总统夫人的侧面像，我刚得到这张邮票时，母亲就帮我识别出来，她的头发给介于女帽与发网之间的什么东西盖住了。

“是的，那是她没错，”泰勒先生说，“我相信你也知道，她还出现在一九二三年的四分邮票和一九〇二年的八分邮票上。一九〇二年那一张，罗斯夫人，是第一枚出现美国女性的邮票。”

“你知道这些吗？”母亲问我。

“我知道。”我说，对我而言，我们这个犹太家庭身处林德伯格的华盛顿的复杂感受完全消失了，我感觉到在学校里的那种感觉，也即在练习集合的时候，你迈开你的腿，高唱着国歌，把你所有的感情都注入其间。

“她是华盛顿将军了不起的伙伴，”泰勒先生对我们说，“她的婚前名是玛莎·丹德里奇。丹尼尔·帕克·卡斯蒂斯上校的遗孀。她的两个孩子是帕齐和约翰·帕克·卡斯蒂斯。她跟华盛顿结婚的陪嫁是弗吉尼亚州最大宗的财产之一。”

“这就是我常对我的儿子们说的，”父亲边说边笑，这一整天我们还没听到他笑过呢。“结婚要像华盛顿总统那样。不管她们富裕还是贫穷，都可以随意去爱。”

参观芒特弗农是我们此行中最愉快的时光，或许是因为这里庭院、花园和树木美丽，这座高踞在波托马克河陡岸上的住宅美丽；或许是因为那些家具、饰物和墙纸在我们看来都不同寻常——关于墙纸，泰勒先生知道的事情不计其数；或许是因为我们有机会仅隔几步远就看到华盛顿睡过的四柱卧床、他写东西用过的书桌、他佩戴过的宝剑、他所拥有和读过的书籍；或许仅仅是因为我们离首都华盛顿有十五英里之远，离开了游荡在一切之上的林德伯格的幽灵。

芒特弗农开放到四点半，所以我们有足够的时间参观所有的房间和外屋，漫步庭院，逛纪念品商店。在那店里我禁不住一把拆信刀的诱惑，它是独立战争时期滑膛枪和刺刀的四英寸锡镴仿制品。为次日我们参观雕版印刷局邮票分局，我省下了十五分钱，现在我用其中的十二分买下这把刀。桑迪抠抠唆唆地用他省下的钱买了一册关于华盛顿生平的插图本，他可从书上的图画得到启发，为其爱国主义系列画出更多的画，那组画还藏在他床底下的文件夹里。

这天快结束时我们下车到一家餐馆去喝饮料，就在这时，一架低空飞行的飞机从远处隆隆作响地朝我们的方向驶来。随着那轰鸣声越来越响，人们叫喊着："是总统！是林迪！"男人、女人和孩子们都往前面的大草坪奔去，向那架侧着机翼飞越波托马克河上空、正在驶近的飞机挥手。"万岁！"人们吆喝着，"林迪万岁！"这是头天下午我们看到的飞在华盛顿上空的同一架洛克希德拦截机，我们别无选择，只能像爱国分子一样站在那里，同其他人一起看那飞机斜着飞过华盛顿故居上方，又返回来向北沿波托马克河飞去。

"这不是他——而是她！"有人声称能瞧见飞机座舱里面，于是把话传开了，说那拦截机的驾驶员是总统夫人。这可能是真的。当她还是林德伯格的年轻新娘时，他就教她开飞机，她还常常跟随他进行空中之旅，所以现在人们便告诉自己的孩子说，他们刚看见的飞越芒特弗农的人是安妮·莫罗·林德伯格，这是一个他们永远难忘的历史性事件。至此，她作为最先进的美国飞机驾驶员的大无畏精神，连同她作为特权阶层的教养良好的女儿的端庄风度，还有她作为两本已出版的抒情诗集的作者的文学天赋，使她在所有的民意测验中成了全国最受钦羡的女性。

我们的观光就这样给糟践了——主要倒不是因为连着的两天都恰巧有林德伯格夫妇中的某一位驾驶的飞机悠哉游哉地飞越我们头顶，而是因为这“飞行特技表演”——如我父亲所称，竟令除我们之外的所有人都激动万分。“我们知道事情糟糕，”我们一回到旅馆，父亲就立刻坐下来给他的朋友们打电话说，“但不是糟糕到如此地步。你得在现场，瞧瞧这究竟像什么样儿。他们生活在美梦中，我们却生活在噩梦里。”

这是我听到过的父亲所说的话中最为雄辩的一句，比林德伯格的妻子所写的任何句子都更精确，可以说是出色。

泰勒先生把我们送回常绿旅馆，我们可以洗漱、休息，到五点四十五分他又准时回来接我们去铁路车站附近一家便宜餐馆。饭后我们大家再集合，他说，重新进行头天取消了的夜游华盛顿之旅。

“要不今晚你跟我们一起吃饭吧？”父亲对他说，“你老是一个人吃肯定很冷清。”

“我不愿侵扰你们的隐私，罗斯先生。”

“听我说，你是个出色的导游，我们喜欢你跟我们在一起。我们请客。”

晚上这家餐馆的客人甚至比白天还多，每个座位都有人占了，顾客们排着队，等着三个围白围裙、戴白帽子的男子给他们舀他们所选的菜。这三人侍候大家忙得不可开交，连停下来擦擦脸上汗水的工夫都没有。在我们桌上，母亲因又可尽进餐时间的母亲职责而感到安慰——“宝宝，你咬东西的时候，别把下巴伸到盘子里去。”——而泰勒先生坐在我们旁边，好像他是亲戚或家庭故友一样，虽然不是像被赶出道格拉斯旅馆那样的奇遇，却也给了我们观察一个在印第安纳长大的人的吃相的机会。我们当中唯有父亲在注意其他食客，他们都在笑啊，抽烟啊，在法式晚餐特色菜里起劲地倒腾——带原汁的烤牛排和浇上冰淇淋的山核桃馅儿饼——他坐在那里，手指触碰着水杯，似乎在寻思，为何他们生活中的问题与他自己生活中的问题如此迥异。

他要开始说点什么——一如既往地在吃饭之前——不是对我们中的谁，而是对正要着手尝其所点的甜点（一块上面加有美国奶酪的馅儿饼）的泰勒先生。“我们是犹太家庭，泰勒先生。如果你原先还不知道，现在该知道了吧，这就是昨天我们被驱逐出旅馆的原因。极其震惊啊，”他说道，“很难就这样让事情过去。实在震惊，因为尽管没有这个人当总统，这样的事情也可能发生，但现在他是总统，他不是犹太人的朋友。他是阿道夫·希特勒的朋友。”

“赫尔曼，”母亲低声说道，“你会吓坏小孩儿的。”

“小孩儿已经什么都懂了，”他说道，继续向泰勒先生讲述。“你听过温切尔讲话吗？我来给你引述一段沃尔特·温切尔的话：‘他们的外交协定还有更多的内容吗？还有他们所谈论的其他内容，他们彼此同意的内容吗？他们有否达成有关美国犹太人的协定——若有，是什么内容？’这是温切尔所具备的那种勇气。这是他有勇气向全国说出来的话。”

令人惊讶的是，有一个人走到我们桌子跟前，靠得那么近，以致半个身子都要俯在桌上了——一个粗壮、蓄八字须的年长男子，皮带下塞了一张白色餐巾纸，看来因肚子里有话要说而激情澎湃。他是在附近一张餐桌上吃饭的，他那儿的同伙都斜朝我们，急切地想知道下面会有什么动静。

“嗨，干什么呢，伙计？”父亲问他。“往后退一退，好吧？”

“温切尔是犹太人，”那人宣告说，“给英国政府收买了。”

接着发生的是我父亲怒气冲冲地把双手从桌子上高举起来，似乎要把他的刀子和叉子戳进这个陌生人的像节日烤鹅一样的肚子里去。他没有必要再煞费苦心地宣泄他的憎恶，那个留八字须的人也没有退避三舍。他的胡须不像是希特勒那种黑色的、剪得很短、呈小方块形状的，而是以一种不大正式、较多古怪的念头构想出来的，白色，浓密而显眼，两端蜷曲往上挑起，就如一九三八年塔夫脱总统五十分粉红邮票所显示的那种类型的八字须。

“如果出现一种具有太多权力而高谈阔论的犹太人的情况——”那陌生人说。

“够了！”泰勒先生吼了一声，跳将起来，把他自己置身于那森然逼近我们的巨大躯体与我那怒不可遏的父亲之间（他比较矮小），被这整个荒唐可笑的庞然大物困在了底下。

高谈阔论的犹太人。在不到四十八个小时内第二次听到此话。

服务台后面两个围围裙的男子急匆匆地跑来餐厅，从左右两边抓住了我们的攻击者。“这不是你的墙角雅座，”其中一人对他说，“你难道忘了吗，先生？”他们把他推回桌子旁，让他坐下，然后，那个训斥他的人走到我们跟前说：“我希望诸位尽情享用咖啡。让我给孩子们多拿些冰淇淋过来。诸位请留下来，用完你们的晚餐。我是这儿的店主，我名叫威尔伯，所有你们要的甜点都免单。我们现在很忙，先给你们倒些新鲜的冰水吧。”

“谢谢你，”父亲说道，用一种机器般怪异的冷静语调。“谢谢你，”他重复道，“谢谢你。”

“赫尔曼，不要这样，”母亲小声说道，“我们走吧。”

“绝对不。不。我们要吃完这顿饭。”他清了一清嗓子后接着说，“我们要夜游华盛顿。夜游华盛顿后我们才回家。”

这也就是说，这个晚上到最后我们都没有被吓得逃跑。对桑迪和我来说，这意味着吃光柜台服务员给我们送来的又一大碟冰淇淋。

没几分钟之后，这餐馆重又恢复了生气，尽管没有整个晚餐时分的喧嚷吵闹，却可闻椅子嘎吱作响，刀叉碰撞作声，盘子发出轻轻的叮当声响。

“你还要加点咖啡吗？”父亲问母亲，“你听那老板说了——他希望你尽情享用。”

“不，”她细声说，“不要了。”

“你呢，泰勒先生——咖啡？”

“不，我够了。”

“哦，”父亲对泰勒先生说——生硬地，无力地，但开始把汹涌而来的所有骇人景象推挡回去。“你做这个工作之前做什么事呢？还是一直在华盛顿当导游？”

就在此刻，我们又一次听到那个刚才走过来的人说，沃尔特·温切尔，就像之前的本尼迪克特·阿诺德[1]一样，被英国收买了。“哦，你们不用操心，”他向他的朋友们断言，“犹太人会很快查明真相。”

整个餐厅很安静，所以大家不会听错他说的话，尤其是他也没有想要去改变他那嘲笑的口吻。有一半食客甚至瞧也不瞧一眼，佯装啥也没有听见，可也有一些人扭转身子，就要看看那些令人讨厌的家伙。

柏油和羽毛的惩罚手段[2]，我只在一部西部电影中见过一次，可我寻思：“我们会给涂上柏油，撒上羽毛。”想象着我们所有的屈辱就像一件污渍斑斑的上衣紧贴我们的皮肤，永远也脱不下来。

父亲愣了一会儿，他得又一次做出抉择，究竟是尝试去控制事态，还是听之任之。“我刚才问泰勒先生，”他忽然对母亲说，同时抓住她的双手，“他在当导游之前是干什么的。”他望着她，就像某个施展魔力的人，这种人的诀窍就是防止你的意志摆脱他的意志而自由自在，一直到你不能按自己的意愿行动。

“是的，”她说，“我听见了。”然后，她心头的痛苦又一次把泪水注满她的眼睛，不过她还是在座位上挺直身子，对泰勒先生说：“是啊，请告诉我们吧。”

“接着吃你们的冰淇淋，孩子们，”父亲说道，伸手拍拍我们的前

1 美国独立战争时期的将军、叛徒。

2 北美殖民地时期和美国独立战争期间对付英国官吏及其支持者的惩罚手段，即给受惩者的衣服涂上热柏油，然后撒上羽毛。

臂，直到我们直视他的眼睛。“好吃吗？”

“好吃，”我们说。

“嗯，你们接着吃，不着急。”他笑着，我们也跟着笑了。然后他对泰勒先生说：“再问一下，先生，这个工作之前的工作，你原来的工作，你是做什么的？”

“我是大学教师，罗斯先生。”

“是吗？”父亲说，“听见吗，孩子们？你们在跟一位大学教师一块儿吃晚饭。”

“大学历史教师，”泰勒先生为精确起见而补充道。

“早该知道啊，”父亲承认说。

“印第安纳州西北部的一个小学院，”泰勒先生对我们四人说，“一九三二年他们把学校关闭一半，我的教学生涯也就结束了。”

“那你后来做什么呢？”父亲问道。

“嗯，你可以想象。由于失业率高，又到处罢工，所以我啥事情都干过一点儿。在印第安纳的沼泽地里收割薄荷。为哈蒙德的屠宰场包装肉。为东芝加哥的卡达希包装公司包装肥皂。为印第安纳波利斯的真丝制袜厂干过一年。甚至还在洛根斯波特工作了一段时间，在那儿的一家精神病院，当那些精神病患者的护理员。艰难岁月之潮最终把我冲到这儿来了。”

“你教过的学院叫什么名字？”父亲问道。

“沃巴什。”

“沃巴什？”父亲说道，这个词的发音使他感到欣慰，“大家都听到过。”

“四百二十六名学生？我说不准他们究竟有多少学生。大家都听说过的是我们杰出的毕业生中有一人有一次说过的一句话，尽管他们不一定知道他是沃巴什人。他们知道他自一九一二年至一九二〇年担任美国副总统。他就是我们连任两届的副总统托马斯·赖利·马歇尔。”

“当然啦，”父亲说道，“副总统马歇尔，印第安纳的民主党州长。另一个伟大的民主党人伍罗德·威尔逊手下的副总统。威尔逊总统，一个高尚的人。正是威尔逊总统，”他说，由于这两天受泰勒先生的影响，现在他自己也有心情详述一番了，“有勇气任命路易斯·D. 布兰代斯[1]为联邦最高法院法官。最高法院的第一名犹太成员。你们知道这个吗，孩子们？”

我们知道——这并非他第一次告诉我们。这只是他第一次在首都华盛顿这样一个餐馆里用洪钟般的嗓音对我们说。

泰勒先生顺着父亲的话说：“副总统说的什么话竟成了全国家喻户晓的名言呢？一天，在美国参议院——由他主持参议院辩论——他对参议员们说：‘这个国家需要的是，真正好的五分钱一支的雪茄。’”

我父亲大笑起来——确实是一句民间传言赢得了他那一整代人的欢心，连桑迪和我也因他向我们反复念叨而知道这句话。他欢快地笑

1　见附录“作品中其他历史人物”。

着，然后，更有甚者，他不仅使他的家人，而且可能使餐厅里的每一个人都大吃一惊。他已经赞扬伍德罗·威尔逊任命一名犹太人为最高法院法官，而现在他更宣称：“这个国家现在需要的是一个新总统。”

没有骚乱接踵而来。啥事也没有发生。真的，看来他用他那不放弃态度几乎赢得了这一天。

“是不是有一条沃巴什河？”父亲接着问泰勒先生。

“俄亥俄河的最长支流。四百七十五英里，从东到西贯穿印第安纳州。”

“还有一首歌呢，”父亲模模糊糊地记起来了。

“你说得对，”泰勒先生答道，“一首很有名的歌。或许像《扬基歌》一样有名。保罗·德雷瑟写于一八九七年。《在遥远的沃巴什河岸上》。”

“对了！”父亲叫唤起来。

“一八九八年我们的西美战争士兵们最喜爱的歌，”泰勒先生说，“一九一三年正式成为印第安纳州州歌。精确而言，是三月四日。”

“对，对，我知道这首歌，”父亲对他说。

“我希望每个美国人都知道，”泰勒先生说。

忽然间，我父亲以轻快的节奏唱起这支歌来，声音响亮得足以让餐厅里的每个人都能听见：“透过那悬铃木，烛光在闪亮……”

“好，”我们的导游赞赏说，“很好。”完全陶醉于我父亲那男中音的浑厚歌声中，这位“活百科全书”、严肃的小个儿终于笑了起来。

“我丈夫，”眼泪已干的母亲说道，“有一副动人的歌喉。”

“他是有好歌喉。”泰勒先生说，尽管没有人鼓掌——除了服务台后面的威尔伯——在我们的小小胜利撑得太久之前，在那个蓄有总统式胡须的家伙发狂之前，我们仓促站起身来走人。

# 第二章

## 跟踪基督徒

一九四一年六月至一九四一年十二月

一九四一年六月二十二日，希特勒-斯大林互不侵犯条约在无预警情况下被撕毁，当时，已经侵占欧洲大陆的希特勒，敢于着手征服从波兰延伸过去横跨亚洲直至太平洋的巨大陆块，对东部斯大林部队发动了大规模的攻击。当晚，林德伯格总统在白宫就希特勒极度扩大战争事态向全国发表演说，他对德国“元首”的公开赞扬甚至使我父亲都感到震惊。“阿道夫·希特勒以其行动，”总统宣称，“证明他自己是世界上最伟大的制止共产主义及其扩张的护卫者。这并不贬低日本帝国所做的努力。日本人既热诚致力于蒋介石的腐败和封建中国的现代化，也同样热诚地致力于连根拔除中国共产主义少数派，其目标是像俄国布尔什维克一样夺取对这个大国的控制。但今晚整个世界都应该感谢希特勒向苏联发动进攻。如果德国军队在其反对苏维埃布尔什维克主义的斗争中取得成功——有充分理由可以相信他们会成功——美国就再也不会面对企图将其制度强加于世界其余地区的共产主义国家的威胁。我谨希望，仍服务于美国国会的国际主义者们认识到，如果我们当初允许我们的国家被拖入这次世界大战的大不列颠和法兰西一方，我们现在就会发现我们伟大的民主制度与苏维埃社会主义共和国联盟制度结成了一体。今晚德国军队有充分理由发动这场战争——否则，美军就要上战场。”

不过，总统提醒国民们说，我们的军队也有所准备，并为今后的长时期做好准备，因为根据他的要求，国会制定了和平时期征兵法案，规定十八岁青年接受二十四个月的强制性军事训练，然后是八年听候后备队的召唤，这将极大地有助于实现他的双重目标：“使美国永远不参与所有的国外战争以及使所有的国外战争永远发生在国外。”“美国的独立命运”——这话在林德伯格的国情咨文中反复出现了大约十五次，在六月二十二日晚上讲演的结尾又说了一遍。我叫父亲解释一下这话的意思——为报上新闻标题所吸引，为我自己的忧思所烦恼，我越来越多地询问每件事情的含义——他蹙额答道：“这意味着背叛我们的朋友。这意味着与朋友的敌人结为朋友。你明白这是什么意思吗，孩子？这意味着摧毁美国所支持的一切。”

由“老实人”组织赞助——据林德伯格新建的美国吸收与同化局（简称 OAA）解释，“老实人”是一项“向城市青年介绍中心地带传统生活方式的志愿者项目”——我哥哥于一九四一年六月的最后一天离家前往肯塔基州的一个烟草农场当暑假“见习生”。因为在此之前桑迪从未离开过家，因为我们家此前从未如此动荡，还因为父亲强烈反对 OAA 的成立对我们公民身份的挑衅意味——也因为已去加拿大参军的阿尔文总是令人担忧——哥哥的离家显得十分冲动。桑迪否定父母反对他参加“老实人”项目的理由，把申请参加的想法放在了第一位——他从母亲的妹妹、精力充沛的伊夫林那里得到的支持给予他力量这样做，她现在是莱昂内尔·本杰尔斯多夫的行政助理，这位拉比被新政府任命为 OAA 新泽西州办事处的首席主任。据称，OAA 的宗旨是实施“鼓励美国的宗教和种族少数派进一步融入大社会”的计划，尽管到一九四一年春季，OAA 真有兴趣加以“鼓励”的少数民族看上去只有我们犹太人。“老实人”计划把数百名十二至十八岁的犹太男孩从他们生活和上学的城市里送出去，去离家数百英里远的农场家庭当八周的劳动力和临时工。称赞这个暑假活动计划的布告张贴在法官大道和威夸希克公园的布告牌上，中学紧挨在边上，那里的学生，和我们学校的一样，几乎百分之百是犹太人。四月的一天，一名新泽西州 OAA 代表来学校给十二岁及以上的男孩谈这个暑期活动的目的，当天晚上桑迪就把一份需要家长签字的空白申请表格放在餐桌上。

“你知不知道这个活动究竟要干什么？”父亲问哥哥。“你知不知道林德伯格为什么要把像你这样的男孩子跟他们的家庭分开、送他们到边远的乡下去？你晓得这一切的背后是什么吗？”

“可这跟反犹主义毫无关系，如果你想说的是这个。你脑子里有且只有一个想法。这是一次大好机会，仅此而已。”

“什么机会？”

“去农场生活。去肯塔基。去画那里的一切。拖拉机。谷仓。动物。各种各样的动物。”

“可他们大老远把你送去不是让你画动物的，”父亲对他说，“他们是送你去那里给动物取泔脚的。他们是送你去那里撒粪肥的。干完一天活儿你会累得精疲力尽，连站都站不起来，更别提画什么动物。”

“还有你的手，”母亲说道，“农场有带刺铁丝网。机器的刀刃很锋利。你可能会弄伤你的手，那时你怎么办？你就再也不能画画了。我还以为这个暑假你会到艺术中学去上课。你本该去跟伦纳德先生学画画。”

“我啥时候都可以学——可这是了解美国！”

次日，桑迪有几个钟头要在朋友家里做家庭作业，母亲便邀请姨妈伊夫林来吃晚饭，这样他就不会目睹姨妈与父亲之间势必因“老实人”这个话题而争执发火的场面。事实上，她一进家门就宣称，桑迪的申请书一旦送达办公室她就会着手处理，争执也就爆发了。“别帮我们这个忙，”父亲板着脸说道。

“你是想告诉我，你不让他去？”

“为什么我得让他去？为什么我要让他去？”他问她。

“你究竟为什么不让他去，”伊夫林姨妈答道，“除非你也是一个胆小怕事的犹太人。”

吃晚饭时，他们的争论越发激烈，父亲坚持说，搞“老实人”组织是林德伯格企图使犹太孩子脱离其家长、破坏犹太家庭团结的第一步措施，伊夫林姨妈也没好气地暗示说，像她姐夫这样的犹太人最担心的事情是他的孩子们最终可能也像他一样心胸狭隘、担惊受怕而一逃了之。

阿尔文是我父亲这一家系的叛逆者，伊夫林则是我母亲这一家系的闹独立者，她是纽瓦克教育系统的一个小学代课教师，几年前热衷于成立主要由犹太人组成的左翼纽瓦克教师工会，其数百名成员与比较稳重、不关心政治的教师协会竞争与市政府的合同谈判。一九四一年伊夫林才三十岁，我外祖母患了十年心脏病，两年前死于心力衰竭，死前一直是伊夫林在伺候她，母女俩同住在杜威街一所两户半房子的窄小顶楼，那住处离伊夫林通常代课的霍桑大道小学不远。在那些她们的邻居没有空去照看我们外祖母的日子，我母亲会搭公共汽车去杜威街照料她，直到伊夫林下班回家。每礼拜六晚上伊夫林同她那些有文化的朋友们去纽约看戏，或者由我父亲开车去把我外婆接到我家，跟我们一起过一个晚上，或者我母亲会回杜威街去服侍她。很多夜晚伊夫林姨妈没有从纽约回来——即使她是打算要在午夜前回来的——母亲就不得不放弃跟她的丈夫和孩子们一起过夜了。后来有一天下午，放学之后好几个小时她都没有回家，因跟一名代课教师为时甚久、断断续续的恋爱所致。他来自北纽瓦克，跟伊夫林一样，也是工会的坚决拥护者，但和伊夫林不一样的是，他是意大利人，已婚，是三个孩子的父亲。

我母亲总是认为，如果伊夫林这么多年不是给困在家里照料她们病弱的母亲，她会在取得教师执照后安定下来结婚，绝不会沦落到跟一个有妇之夫、她的教师同事发生这种时好时坏、“令人不快的”关系。她的大鼻子不会妨碍人们说伊夫林姨妈“容貌出众”，确实如此，正如母亲所察觉到的，每当小巧玲珑的伊夫林踏进房间——一个活泼的深褐色头发女子，有着虽迷你却完美的女性轮廓，一双像猫眼一样眼角上斜的黑色大眼睛，以及注定会耀眼炫目的深红色口红——每一个人，女人也好，男人也好，都会回头看她。她抹油的头发闪着金属光彩，在脑后盘成发髻，她的眉毛明显是修过的。她去代课时，穿一条色彩鲜艳的裙子，一双相配的高跟鞋，系一条白色的宽皮带，穿一件半透明的淡色短上衣。我父亲认为，对一个学校教员而言，她的服饰品位不高，霍桑大道小学的校长也是这个看法，可我母亲，不论错否，总为伊夫林不得不“牺牲她的青春”照顾她们的母亲而自责，不会轻易评论她妹妹的率性行事，尽管她辞去教职，退出工会，看不出丝毫内疚地放弃了她政治上的忠诚态度，转而去为在林德伯格的OAA里任职的本杰尔斯多夫拉比工作。

好几个月以来，我父母并不知晓伊夫林是拉比的情人——自从他向纽瓦克教师工会发表题为《美国理想的教育发展成果》的演讲，并在接下来的招待会上认识她以后，她一直是他的情人。直到几个月后，我父母才发现其中的端倪，因为本杰尔斯多夫在离开新泽西OAA到华盛顿全国总部就任局长一职时，向纽瓦克报界宣布了六十三岁的他与其三十一岁、风风火火的助手订婚的消息。

阿尔文最初出走要去打希特勒，他设想能经历战斗的最快方式是登上一艘加拿大驱逐舰，那些舰艇专事保护运送物资给英国的海上商船。报纸新闻经常报道说，德国潜水艇在北大西洋击沉了一艘或更多的加拿大船，有时靠近大陆，如纽芬兰的沿海捕鱼水域——这对英国来说是尤为不祥的事态发展，因为林德伯格政府废除罗斯福国会颁布的援助法之后，加拿大实际上已成为英国的军火、食物、药品和机械的唯一来源地。在蒙特利尔，阿尔文遇见了一个年轻的美国逃兵，后者告诉他，别想什么海军了——加拿大突击队才真叫忙呢，夜袭纳粹占领的大陆、破坏德国人必需的设施、炸军火库，还有，跟英国突击队与欧洲地下抵抗运动联手合力，摧毁西欧沿海岸上上下下的船坞和造船厂设备。他对阿尔文讲述了突击队教你杀人的各种手段，阿尔文便放弃了他原来的计划，转而参加突击队了。如加拿大其他兵种一样，突击队也热忱接受合格的美国公民加入其队伍，所以，经过十六周的训练，阿尔文被分配到一支活跃的突击队，被输送到不列颠群岛的一个秘密集结待命地区。正是这时我们终于收到了他的来信，非常简短，只有寥寥数字："出发打仗。不久见。"

就在桑迪独自乘夜班火车去肯塔基的几天后，父母收到了第二封信，这次不是阿尔文寄来的，而是来自渥太华陆军部，通知阿尔文指定的他最近的亲属，他们的侄子在一次战斗中受伤了，目前在英国多塞特一所康复医院。当天晚上，母亲把餐具洗好后，回身在厨房桌子边坐了下来，手里拿着一支自来水笔和一只装有为重要通信保存的花押字信笺的盒子。父亲在她对面坐了下来，我站在母亲肩后，注视她怎样运用她在当秘书及早先教桑迪和我时用过的手书技巧，整齐划一地把草体字迹一一展现出来——中指和无名指放在撑住手的位置，食指比大拇指更靠近笔尖。她写下每个句子前都要先大声念出来，以便父亲加以修改或增添内容。

最亲爱的阿尔文：

今天早晨我们收到加拿大政府写来的一封信，告诉我们说，你在战斗中受伤了，你现在人在英国一所医院里。信中除了你的邮件地址外没有什么更具体的内容。

此刻我们在餐桌旁，赫尔曼叔叔，菲利普和贝丝婶婶。我们都想知道所有关于你的情况。桑迪在外度暑假，但我们会把你的情况及时写信告诉他。

你会有机会给送回加拿大吗？若有，我们会开车去看你。同时，我们捎给你我们的爱，并希望你从英国写信给我们。请给我们写信，或请别人帮你写。你要我们做任何事，我们都会做。

再说一遍，我们爱你，我们想念你。

在这封信上我们三人都签了名。将近一个月后我们收到了复函。

亲爱的罗斯先生和夫人：

阿尔文·罗斯下士收到了你们七月五日的来函。我是他病房里的高级护士，我把你们的信给他念了多遍，毫无疑问，他知道这封信是谁写的、写了些什么。

目前罗斯下士不爱说话。他失去了膝关节以下的左腿，右腿严重受伤。右腿伤口正在愈合，他不会丧失这条腿。他的左腿届时准备好了会给装上假肢，还要教他走路。

对罗斯下士来说，眼下是个难关，但我请你们放心，经过一段时间后他会恢复普通人的生活，身体不会有大问题。这所医院限于截肢和烧伤病例。我见过很多人忍受像罗斯下士一样的心理困境，但他们大多数人都安然渡过难关，我坚信，罗斯下士也会如此。

真诚的，

A. F. 库珀中尉

桑迪每周写一次信说，他很好，并汇报在肯塔基有多热，结尾来一句关于农场生活的话——类似“这儿黑刺莓大丰收”或“小公牛给苍蝇逼得发疯了”或“今天他们收割紫苜蓿”或“开始干打尖的活儿了”，不管这是什么意思。然后，在他的署名下——或许是为了向父亲证实，在农场干一整天活儿之后他仍有足够精力从事艺术创作——他会画一头猪的素描（“这头猪，”他写道，“重达三百多磅！”）或一条狗（“苏婕，奥林的狗——她的特长是能把蛇吓跑”）或一只羊（“昨天莫辛尼先生把三十只羊赶进了牲畜围栏”）或一座谷仓（“他们刚用杂酚油漆过这地方。好臭啊！”），通常画画的地方比写信的地方要大得多。叫母亲生气的是，她在每周一信中所提的问题，问他要不要衣服或药或钱，很少得到回答。我当然知道，母亲以同样的热诚关爱她的两个孩子，但直至桑迪去了肯塔基，我才明白对她而言，他的重要性与他的弟弟有多大区别。尽管她没有因与一个已经十三岁的儿子分别八个礼拜而变得沮丧不安，但整个夏天都可以从她的某些姿势和脸部表情觉察到她内心的孤苦思念，尤其在餐桌旁，一个晚上又一个晚上，拉到桌前吃晚饭用的第四把椅子总是空的。

八月底的一个星期六，桑迪返回纽瓦克，伊夫林姨妈和我们一起去宾夕法尼亚火车站接他。父亲是不欢迎她跟来的，但就像他最终放弃自己的意见同意桑迪向“老实人”申请并接受肯塔基的暑期工作一样，他对小姨子对他儿子的影响做出了让步，以免酿成更为难堪的尴尬局面，这种状况的最终危险尚且不明。

在火车站，当桑迪从车厢走到月台时，我们四人中是伊夫林姨妈最先认出了他。他比他离开时重了大约十磅，他的褐色头发因为在田间劳动给夏天的太阳晒成了浅浅的金黄色。他还长高了几英寸，所以他的长裤腿不再耷拉在鞋面，我总的印象是我哥哥乔装打扮了一番。

“嗨，农夫，”伊夫林姨妈叫道，“在这儿呢！”桑迪连跳带跑地朝我们的方向过来了，行李包在他身子两边晃荡着，新获得的体形迈着野外活动者的新步履。

“欢迎回家，陌生人，”母亲说，以一个年轻姑娘的神情快活地伸出双臂环抱住他的脖子，她在他耳边的喃喃低语（“哪里有过这样英俊的男孩子啊？”）惹得他埋怨道：“妈，别胡说八道！”当然，这话让其他家人都大笑起来。他站在于七百五十英里外登上的这列火车旁边，我们都拥抱了他，我感觉到了他臂部肌肉的收缩。在汽车里，他开始回答我们的问题，我们听到他的嗓音变得那么粗哑，也第一次听见他慢吞吞拉长的声调和鼻音。

伊夫林姨妈一副洋洋得意的喜色。桑迪讲述了他最后在农田里干的活儿——跟莫辛尼家的儿子之一奥林去捡收割时断掉的烟草叶。这些叶子通常长在烟草的最低处，桑迪说，人们管它们叫“飞叶”，恰恰是最上等烟草，在市场上可卖最高价钱。可在一片二十五英亩的烟草地里从事收割的人，顾不上那些掉在地里的叶子，他告诉我们说，为了在两星期内把所有烟草都收进烤仓，他们一天得收割大约三千茎。“啰，啰——什么是‘茎’，宝贝？”伊夫林姨妈问道，他高兴地给她做了尽可能长的解释。她又问，什么是“烤仓”，什么是“去梢”，什么是“除吸根”？什么是“除蠕虫”？伊夫林姨妈提的问题越多，桑迪就越发显得权威，甚至当我们到了顶峰大道，父亲把车开进了我家旁边的过道时，他还在讲怎样培植烟草，似乎期望我们大家直奔后院，为种植纽瓦克的第一批淡色伯莱烟叶而开掘垃圾桶旁边那一小块杂草丛生的空地。“幸运牌香烟里就有甜丝丝的伯莱烟叶，”他告诉我们说，“使这种烟别有风味。”这时，我又痒痒地感觉到他的臂部肌肉，那二头肌就像那地方口音一样叫我吃惊，如果那口音真是这样的话——他把“不能”说成“不耐”，“记得”说成“记底”，“火”说成“花儿”，“又”说成“油”，“步行”和“讲话”说成“厄步辛”和“厄讲乎”，不管你把这种变味的英语叫做什么，反正它不是我们新泽西州本地人说的英文。

伊夫林姨妈得意之际正是我父亲失意之时，他尴尬得几乎一言不发。那天晚餐桌上，当桑迪转而谈到莫辛尼先生是怎样一个完人时，他显得尤其郁闷。首先，莫辛尼先生毕业于肯塔基大学农学院，而我父亲就如第一次世界大战前纽瓦克的大多数贫民子女一样，所受的教育不超过八年级。莫辛尼先生有三个而不是一个农场——较小的两个租给了佃户——他家族拥有的这些土地几乎可追溯到丹尼尔·布恩[1]时期，可我父亲除了一辆六年旧汽车外，什么像样的东西都没有。莫辛尼先生会驯马，开拖拉机，操作脱粒机，使用化肥条播机，自在地跟一群骡子或一群牛在地里干活；他会轮种庄稼，管理雇工——白人和黑人都有；他会修农具，磨犁尖和割草机，树篱笆，串有刺铁丝，养鸡，给羊洗药浴，给牛除角，宰猪，烟熏腊肉，腌制甜味火腿——还有他种出来的西瓜是桑迪吃过的西瓜当中最甜的，汁水最多的。莫辛尼先生种植烟草、玉米和马铃薯，就以土地为生存之道，而礼拜天的晚餐(这个身高六英尺三英寸、体重二百三十磅的农场主所吃的涂着奶油肉酱的炸鸡，比餐桌上所有人吃的加起来还要多)，只吃他自己种出来和养出来的食物，而我父亲所能做的就是卖人寿保险。不用说，莫辛尼先生是基督徒，了不起的占压倒性优势的多数派的长期成员，这个多数派闹过独立革命，建立了国家，征服了荒原，降伏了印第安人，奴役过黑人，解放了黑奴，又隔离过黑人；他是千百万善良、清白、勤劳的基督徒之一，他们开发边疆，开垦农场，建立城市，统辖各州，坐镇国会，占据白宫，积攒财富，占领土地，拥有钢厂、舞厅、铁道和银行，甚至还独占并掌管语言；他是那些无懈可击的北欧日耳曼和盎格鲁-撒克逊新教徒之一，他们治理美国，并将永远治理下去，他们是将军、显

1 Daniel Boone(1734—1820)，美国历史上最著名的拓荒者之一，肯塔基州垦荒先驱，著有所谓的“自传”《发现、开拓与当前的肯塔基州》。

贵、富豪和巨头，他们随其意愿制定法律、发号施令和解释防暴法，而我父亲，当然，只是一个犹太人。

伊夫林姨妈回家后桑迪知道了有关阿尔文的信息。父亲在厨房桌子上弄他的账簿，准备晚上出去收账，母亲和桑迪在地下室清理他从肯塔基带回来的衣服，在放进洗衣盆之前分清哪些要缝补，哪些要扔掉。母亲总是及时做她得做的事情，现在她要在睡觉之前处理好他的脏衣服。我也跟他们在一起，因为我不能让哥哥离开我的视线。他总是知道我所不知的事情，他从肯塔基回来自然仍比我知道得多。

“我得告诉你阿尔文的事儿，”母亲对他说，“我不想写信告诉你，因为……嗯，我不想吓到你，宝贝。”讲到这儿，她努力克制自己一定不要哭出来，然后小声说道，“阿尔文受伤了。他在英国的医院里。他在那里养伤呢。”

桑迪十分惊讶，问道：“谁伤了他？”似乎她说的这事发生在我们的社区，而不是在纳粹占领的欧洲，那里不断有人致残、受伤、被杀害。

“我们不知详情，”母亲说，“但知道不是表皮受伤。我得告诉你这伤心事，桑迪。”尽管她试图鼓起我们的勇气，然而她说“阿尔文丢了一条腿”这句话时嗓音还是发着颤。

“一条腿？”没有很多词会比“腿”更容易懂的了，桑迪却要费点儿工夫才明白过来。

“是的。我们收到了他的护士的来信，据说他膝盖以下的左腿没有了。”好像这能给他一点儿安慰似的，她补充说道：“如果你想读，那信在楼上。”

“可——他要怎么走路呢？”

“他们会给他安假腿。”

“可我不明白是谁伤害了他。他是怎么受伤的呢？”

“噢，他们在跟德国人打仗，”她说，“该是一个德国人吧。”

桑迪仍然半信半疑，问道：“哪条腿？”

她尽可能温和地重复说：“左腿。”

“整条腿？全部？”

“不，不，不，”她急忙要他放心，“我跟你说了，宝贝——膝盖以下。”

桑迪突然哭了起来。因为比起春天时，他的肩膀宽了很多，胸膛壮了很多，手腕粗了很多，因为他的手臂现在强壮得像一个男子汉的，而不再是细细的像一个小孩儿的，所以看到眼泪从他晒成棕褐色的脸上淌下来时，我竟大吃一惊，自己也大哭起来。

“宝贝，这是很可怕，”母亲说，“可阿尔文还活着。他还活着呢，现在他至少可以脱离战争了。”

“什么？”桑迪突然高声说，“你听到你刚才跟我说什么了吗？”

“你是什么意思？”她问道。

“你听到你自己说什么了吗？你说：‘他脱离战争了。’”

“正是。肯定的。正因为是这样，他现在可以回家了，不大可能再发生什么别的事了。”

“但究竟为什么他会去打仗呢，妈？”

“因为——”

“因为爸爸！”桑迪喊道。

“宝贝，不，不对，”她飞快地用手捂住了嘴，仿佛她才是那个说了这些不可饶恕的话的人。“事情不是这样的，”她反驳说，“阿尔文去加拿大没有告诉我们。他在那个星期五晚上出走了。你记得那有多可怕。谁也不想阿尔文去打仗——可他就是去了，他自己要去的。”

“但爸爸要全国都去参战。哼，他不就是这样吗？这不就是为什么他投了罗斯福的票吗？”

“劳驾放低你的嗓门。”

“首先你说感谢上帝，阿尔文脱离战争了——”

“放低你的嗓门，”这一天的紧张情绪此刻压倒了她，竟使她发起脾气来了，对她整个夏天苦苦思念的儿子厉声说道，“你不知道你在说些什么！”

“可你就是不听，”他嚷道，“如果不是因为林德伯格总统——”

又是这个名字！我宁愿听到炸弹爆炸声，也不想再一次听到这个使我们大伙儿惊吓的名字。

就在此刻，父亲出现在地下室楼梯顶端过道上的幽暗灯光里。我们站在深水洗衣池旁，只能看到他的裤子和鞋，而这可能是件好事。

“他为阿尔文难过，”母亲说道，寻思着他喊叫的理由。“我错了。”她对桑迪说，“我真不该今晚告诉你。一个孩子，体验这么大的一次阅历，回到家来，不容易啊……从一个地方到另一个地方，总是不容易的……不管怎样，你是太累了……”然后，无助的她，自己都已经精疲力尽了，说道：“你们俩，你们两个人，现在都上楼去吧，我该洗衣服了。”

我们便转身登上楼梯，幸运的是，父亲早就不在过道上，他已开车出门收他的夜账去了。

**一小时之后，在床上。家里所有的灯都已关了。我们说着悄悄话。**

你真的过得很愉快吗？

我过得非常愉快。

怎会非常愉快？

在农场生活非常好。早晨你得早起，你整天在野外，各种动物都有。我画了很多动物，我会给你看我的画。每天晚上我们都有冰淇淋。莫辛尼太太自己做的。还有新鲜牛奶。

牛奶都是新鲜的。

不，我们喝的是刚从牛身上挤来的。还是热的呢。我们把奶放在炉子上，煮沸，把面上的乳脂去掉，然后就喝了。

这样喝你不会生病吗？

这就是为什么你要煮沸。

可你不会直接从牛身上喝奶吧。

我试过一次，但味道不怎么好。太油腻了。

你挤过牛奶吗？

奥林示范给我看怎么挤法。很难挤的。奥林会让牛奶喷射出来。

那些猫会赶来围在旁边，它们也想喝牛奶呢。

你有朋友吗？

当然啰，奥林是我最好的朋友。

奥林·莫辛尼？

是的。他和我同岁。他在那里上学。他在农场干活。清晨四点他就起床了。他做各种杂活。那儿不像我们这儿。他乘公共汽车上学，车程要四十五分钟左右。晚上回家，要做更多杂活，还要做家庭作业，然后睡觉。第二天早晨他四点钟起床。做农夫的儿子很累。

可他们有钱，不是吗？

他们相当有钱。

你现在说话怎么成了这个样子呢？

我为什么不能这样说？在肯塔基人们就是这样说话的。你应该听一听莫辛尼太太说话。她来自佐治亚。每天早晨她做当早饭吃的薄煎饼。加熏肉。莫辛尼先生自己做烟熏肉。在烟熏室里。他知道怎么做。

你们每天早晨都吃熏肉吗？

每天早晨。真好吃。礼拜天起床后我们吃薄煎饼、熏肉和鸡蛋。鸡蛋是他们自己的鸡下的。那鸡蛋——那中间部分几乎是红颜色的——好新鲜啊。你去鸡群里把鸡蛋收来，马上就可以吃了。

你们吃火腿吗？

我们每星期大约两次在晚饭时吃火腿。莫辛尼先生自己做的火腿。他有一本特别的家庭菜谱。他说要是火腿没挂满一年，他是不要吃的。

你们吃香肠吗?

吃的。他也自己做香肠。他们在一个香肠研磨器里研磨。我们有时不吃熏肉而吃香肠。很好吃。还有猪排。也很好吃。太棒了。我不明白我们为什么就不吃。

因为那是猪身上的东西。

那又怎么样?你以为农夫们为什么养猪?让人们观赏?这就像你吃的其他任何东西一样。你只要吃就是了,那味道真叫好。

你现在会继续吃吗?

当然。

那儿天气真的很热,是吗?

白天很热。可我们进屋吃午饭,我们吃番茄和蛋黄酱三明治。喝柠檬汁——很多柠檬汁。我们在室内休息,然后回地里干我们该干的活儿。除草。除一下午的草。给玉米除草。给烟草除草。我们有个菜园,我和奥林在那儿除草。我们跟雇工一块儿干活,有几个是黑人,临时工。有一个黑人,伦道夫,他是佃户,从雇工升上来的。莫辛尼先生说他是一流的农夫。

你能听懂黑人说话吗?

当然。

你能模仿一下吗?

他们把烟草说成“烟卡”。他们说“我打洒(打扫)”。我打洒这个,打洒那个。但他们不多说话。大多时候他们就干活。宰猪时,莫辛尼先生叫克莱特和奥尔德·亨利取猪的内脏。他们是黑人，他们是兄弟，他们把猪肠带回家去，油炸来吃。油炸猪小肠。

你吃吗？

我看着像黑人吗？莫辛尼先生说，黑人们开始离开农场，因为他们认为在城里可以挣更多钱。有时候礼拜六晚上奥尔德·亨利给人逮起来。因为酗酒。莫辛尼先生交罚款把他赎出来，因为礼拜一他需要他。

他们穿鞋吗？

有些人穿。小孩儿都光脚丫子。莫辛尼一家把不穿的衣服送给他们。可他们很快活。

有人说什么反犹的话吗？

他们连想也没有想到过，菲利普。我是他们遇到的第一个犹太人。他们告诉我的。可他们从不说什么坏话。那是肯塔基。人们真的友善。

那么，你回到家高兴吗？

有那么点儿。我不知道。

你明年会再去吗？

当然。

要是妈妈和爸爸不让你去怎么办？

我反正要去。

表面上看来，桑迪吃熏肉、火腿、猪排和香肠的直接后果并未改变我们的生活。本杰尔斯多夫拉比要来我家吃晚餐。伊夫林姨妈会带他来。

“为什么要到我们家来？”父亲对母亲说。知道这个消息后的那天晚饭后，桑迪在他床上给奥林·莫辛尼写信，我一人跟父母亲在起居室，有意看看父亲对这个消息有何反应，现在我们周围的一切都瞬息万变。

“她是我妹妹，”母亲说道，带点儿怄气的味道，“他是她的老板——我不能对她说不。”

“我能，”他说。

“你不能做这种事。”

“那你再解释一遍，为什么我们有幸获此殊荣？那位大人物难道除了到这儿来就没有更要紧的事了？”

“伊夫林想让他见见你儿子。”

“这太荒唐了。你妹妹总是很荒唐。我儿子在法官大道学校上八年级。这夏天他一直在拔野草。这一切都荒唐可笑。”

“赫尔曼，他们星期四晚上来，我们要欢迎他们。你可能恨他，可他不是无名小卒。”

“我知道他是大人物，”他不耐烦地说，“所以我恨他。”

现在他在家里踱步时，手里常拿着一份《午后报》，或者把报纸卷得像武器一般——好像他时刻准备着，听候召唤，亲自奔赴战场——或者把报纸掀回那一页，那儿有什么内容他要大声念给我母亲听。在这个特殊的晚上，他对德国人为何能继续轻而易举地向俄国推进感到迷惑不解，气愤之中把报纸弄得哗哗地响。突然他大声叫嚷起来："那些俄国人为什么不打啊？他们有飞机——为什么他们不用？那里的人为什么不奋起反抗？希特勒迈向一个国家，跨过国境线，走了进去，啊哈，这就是他的了。英国，"他宣告说，"是欧洲唯一站起来对抗那条疯狗的国家。他每夜狂轰滥炸那些英国城市，但他们就是重整旗鼓，跟皇家空军一起坚持战斗。感谢上帝，为有皇家空军这样的好男儿。"

"希特勒什么时候入侵英国？"我问他，"他为什么现在还没入侵英国？"

"这是他和林德伯格先生在冰岛达成的交易的一部分。林德伯格企图成为人类的救星，"父亲向我解释道，"用和平谈判来终止战争，这样在希特勒拿下俄国之后，在他拿下中东之后，在他拿下他可能想要的一切之后，林德伯格将会召开伪和平会议——这种事儿正中德国人的下怀。德国人会参加会议，世界和平及德国不侵犯英国的代价将是在英国建立一个英国人的法西斯政府。在唐宁街扶植一个法西斯首相。而当英国人一说不，希特勒就会入侵，并肯定会得到我们和事佬总统的首肯。"

"这是沃尔特·温切尔说的吗？"我问道，我觉得他给我做的所有解释对他来说过于高明。

"这是我说的，"他对我说，或许确实如此。事态发展的压力会提高每个人的教育程度，我自己也包括在内。"但感谢上帝给了我们沃尔特·温切尔。没有他，我们会迷惘不知所措。他是唯一一个上电台说话反对那些卑鄙家伙的人。这些家伙令人作呕。比令人作呕还糟糕。

渐渐地，但毫无疑问地，在美国就不会再有一个人敢于发声反对林德伯格亲希特勒的屁股。”

“民主党呢？”我问道。

“儿子，别问我关于民主党的问题。我已经够气愤的了。”

星期四晚上母亲叫我帮她摆桌子，然后让我回卧房换上好衣裳。伊夫林姨妈和本杰尔斯多夫拉比七点钟到，比我们平时在厨房用毕晚餐要迟四十五分钟，由于其办公事务，七点钟是拉比能安排到我们家来的最早时间。我父亲通常非常尊重犹太教士，但他正是父亲厉声谴责的那个叛教者，说他代表林德伯格在麦迪逊花园广场发表了一篇“愚蠢而充满谎言的”演讲，用阿尔文的话来说，他是个“伪犹太”，用“为非犹太人用犹太教认可的方式烹调林德伯格”的手段确保罗斯福的失败，而现在我们要请他来吃饭，要见证其极端的言行，确实令人困惑。我被事先要求不要用盥洗室里的新毛巾，不要到父亲扶手椅附近的地方去，在我们吃晚饭前拉比将占用这把椅子。

起先，我们都端坐在起居室里，父亲要请拉比喝高杯威士忌或北欧烈酒，拉比都不要，却想来一杯自来水。“纽瓦克的饮用水是世界上最好的，”拉比说道，说此话就像他说任何话一样，都经过深思熟虑。他优雅地从我母亲手里接过置于垫子上的水杯，我仍然记得十月里母亲为了不听他那些赞美林德伯格的话而急忙躲开收音机。“你们家太令人感到惬意了，”他对她说，“一切都归置得井井有条，完美无缺。我也喜欢这种整齐利落。我发现你偏爱绿颜色。”

“暗绿，”母亲说，她想笑，想讨他高兴，可说话有些困难，也不朝他看。

“你应该在你这个可爱的家里感到十分骄傲。我在此做客深感荣幸。”

拉比相当高，体形类似林德伯格，是一个瘦削、秃顶的男人，穿三件一套的深色西装，一双闪闪发亮的黑色皮鞋；他那正襟危坐的姿态，在我看来好像表露出一种对人类最高理想的忠诚。我从收音机里听到他柔和悦耳的南方口音时，就把他想象为一个远非那么严肃的人，可光是他的眼镜就具有威慑力，一是因为这副猫头鹰眼睛般的椭圆形眼镜，像罗斯福戴的那副一样，把鼻子紧紧地压在其脸上；二是因为他戴这副眼镜本身——透过它来明察秋毫地审视你——就清楚地说明他不是一个可以与之争论的人。他说话时，语气倒很热情、友善，甚至令人信赖。我一直等着他对我们轻蔑以待，或这般那般地指使我们，可他所做的就是用那种口音说话(完全不像桑迪的)，说得那么温文尔雅，以致有时你得屏息倾听他的满腹经纶。

“你肯定就是那个让我们大家都感到骄傲的孩子。”他对桑迪说。

“我是桑迪，先生。”桑迪答道，脸色一下子通红。在我看来，这是一个聪明的回答，对这个问题，换了另一个出色的孩子，他会试图迎合约定俗成的标准谦虚几句，也许就不会有这样的应对。不，现在啥也难不倒桑迪，他有那些肌肉，有被太阳晒淡的头发，不必征得任何人同意就可以把大群猪藏匿起来。

“感觉怎么样啊，”拉比问道，“在那肯塔基农田里顶着烈日干活儿？”他把“干活儿”说成“雇活儿”，把“烈日”说成“丽日”，把

“那”说成“诺”，而发“肯塔基”的音好像在拼字母，不像桑迪现在说的那样，“肯”似乎要念成“金”。

“我学到了很多，先生。我对我们的国家了解了很多。”

伊夫林姨妈对其答话显然感到满意，她完全有理由这样觉得，因为头天晚上她已在电话上叮嘱他如何回答这样的问题。鉴于她总是想占我父亲的上风，可能没有比当着他的面决定他大儿子的生存方式更令她愉快的事情了。

“你的姨妈伊夫林告诉我说，你去了一个烟草农场。”

“是的，先生。淡色伯莱烟草。”

“你知道吗，桑迪，烟草是弗吉尼亚詹姆斯敦第一个英国永久殖民地的经济基础？”

“我不知道，”他承认说，但补充道，“不过听到这一点我并不惊奇。”一瞬间，这最不利的情况就应付过去了。

“许多灾难围困着詹姆斯敦开拓者，”拉比告诉他，“而把他们从饥饿中拯救出来、把新拓居地从消亡中拯救过来的，正是烟草种植。试想一下。没有烟草，新大陆的第一个代表政府就不会出现在詹姆斯敦，它出现于一六一九年。没有烟草，詹姆斯敦殖民地就会瓦解，弗吉尼亚的殖民化就会失败，依靠烟草种植园致富的弗吉尼亚最早移民家庭自身就永不会名声显赫。当你记得弗吉尼亚最早的移民家庭是弗吉尼亚政治家们、我们开国元老的祖先时，你就会赞赏烟草对我们共和国历史的极度重要性。”

“确实如此。”桑迪答道。

“我本人，”拉比说，“生在美国南方。我生于南北战争惨剧之后十四年。我父亲是一个为南部邦联而战的年轻人。他的父亲于一八五〇年从德国来到南卡罗来纳定居。他是个货郎。他有一匹马和一辆四轮马车，蓄长须，卖货给黑人和白人，两者都有。你听说过朱达·本杰明吗？”拉比问桑迪。

“没有，先生。”但他又迅即给自己补救了一下，这次是提问：“我可以问一下他是谁吗？”

“嗯，他是犹太人，在南部邦联政府中的地位仅次于杰斐逊·戴维斯。他是犹太律师，给戴维斯当司法部长、陆军部长和国务卿。在南部脱离联邦之前，他曾任职于美国国会，是南卡罗来纳州两名参议员中的一名。据我的判断，美国南方进入战争的原因既非法律上的，也非道德上的，我对朱达·本杰明也一直怀有最崇高的敬意。那些日子里在美国犹太人很罕见，南方和北方都很少，但别以为当时就没有需要与之斗争的反犹主义。不过，朱达·本杰明在南部邦联政府内还是蹿升到了接近政治发迹最高峰的地位。战争失败后，他移居国外，在英国成了著名律师。”

这时我母亲起身到厨房去了——说是要照看一下晚饭——伊夫林姨妈对桑迪说：“或许是时候给拉比看一看你在农场画的那些画了。”

桑迪站起身来，把那几册画满他暑期习作的速写簿送到拉比椅子跟前，我们齐聚起居室后，他一直把速写簿搁在自己腿上。

拉比拿了其中一册，开始慢慢地掀页浏览。

“把每幅画都给拉比简单介绍下。”伊夫林姨妈建议说。

"这是烤仓，"桑迪说道，"是他们收割烟草后把烟叶挂起来烤的地方。"

"噢，这是烤仓，对了，画得很美的烤仓啊。我很喜欢这明暗光线的处理方式。你很有天赋，桑福德。"

"这是一株成长中的烟草。这是它们的形状。瞧，这株长成了三角形。它们很大。那棵顶端还开着花。这棵是它们打尖之前的样子。"

"这株烟草，"拉比翻到另一页，说道，"顶端有个袋子——我以前从未见过。"

"那是他们搜集种子的方法。烟草是种子植物。他们用纸袋套住花朵，扎得紧紧的。这是他们用来保住花朵的办法。"

"非常非常好，"拉比说，"既要把一棵植物画得精确，又要画成一幅艺术作品，这可不容易。瞧你画的烟叶底部的阴影。真是非常好。"

"这是一张犁，不消说，"桑迪说，"那是一把长柄锄。那是一把手锄。用来除草的。虽然你也可以用手来除草。"

"你除了很多草？"拉比逗趣地问道。

"啲，好家伙。"桑迪说，本杰尔斯多夫笑了，现在看起来完全不像一个令人畏惧的人物。"这只是一条狗，"桑迪继续介绍道，"奥林的狗。她在睡觉。这是其中一个黑人，奥尔德·亨利，这是他的手。我觉得它们很有特色。"

"这是谁呀？"

"这是奥尔德·亨利的哥哥，他叫克莱特。"

"我喜欢你描绘他的手法。这人看来多疲劳啊，没精打采的样子。

我了解黑人——我是跟黑人一起长大的，我尊重他们。这幅呢？这幅又是什么？”拉比问道，“这儿，背着喷雾器的。”

“噢，里头有个人。他在喷药粉杀烟草虫。他从头到脚必须这样穿戴，大手套，厚衣服，纽扣都扣上，他才不至于烧伤。在他用喷雾器喷射杀虫剂时，他可能会灼伤自己。那杀虫药粉是绿色的，他喷完后，衣服都沾上了药粉。我想画出药粉的样子，我试图把有药粉的地方画得淡一点儿，可我觉得这效果没有出来。”

“嗯，我知道，”拉比说，“画药粉是很难的。”接着他稍微快一点地浏览了剩下的画，直至看完最后一页，合上画册。“肯塔基之行对你来说不是白白浪费时间，对不对，年轻人？”

“我爱此行。”桑迪答道。父亲在把自己最喜欢的椅子让给拉比之后一直沉默不语，坐在沙发上纹丝不动，他此时站起身来说道：“我得帮贝丝的忙。”那语气就像在说：“我现在去跳窗自杀。”

“美国犹太人，”吃晚饭时拉比说道，“与世界历史上任何其他犹太社会都不一样。他们在我们当代的人民中拥有最多机遇。美国犹太人可参与全部的国家生活。他们不再需要单独居住，不再需要与他人相隔离的贱民区。所需要的只是你们的儿子桑迪表现出来的独往陌生的肯塔基、夏天在那里当帮工的勇气。我相信，桑迪以及像他这样参加‘老实人’项目的犹太男孩子，不仅应该成为生长在这个国家的犹太孩子们的榜样，也应成为每一个成年犹太人的榜样。这不仅是我的愿望，这也是林德伯格总统的愿望。”

我们的痛苦煎熬突然出现了一个或许更为糟糕的转折。我没有忘记在华盛顿父亲怎样挺身面对旅馆经理和要威风的警察，现在林德伯格的名字就在他自己的家里给带着敬意说了出来，我想，他挺身面对本杰尔斯多夫的时刻来到了。

但拉比终究是拉比，父亲没有这样做。

母亲和伊夫林姨妈端饭上菜，三道菜之后是下午我们烤箱里新鲜出炉的大理石斑纹奶油蛋糕。我们用“很好的”银餐具吃“好菜”，在这同样好的餐厅里，有我们最好的地毯、最好的家具、最好的亚麻桌布，我们自己只在特殊的盛会才在此进餐。从我坐的餐桌这边，你可以看见中凸橱柜——我家神龛顶上排列着的已故亲人的逼真肖像。镜框里有祖父和外祖父、外祖母、一个姨妈、两个伯父，其中之一是杰克伯伯，阿尔文的父亲，我父亲的爱兄。本杰尔斯多夫拉比提及林德伯格的名字之后，我比以往任何时候都更感困惑。拉比就是拉比，可此时阿尔文却在蒙特利尔的一所加拿大军医院，用一条假肢代替他在跟希特勒打仗时失去的左腿练习走路，而在我家里——照理我可以穿任何衣服，除了那些好衣服——我不得不系领带、穿短上衣，以此给拉比留下深刻印象，正是这位拉比帮助总统当选，而这个总统的朋友却是希特勒。当我们的耻辱和我们的光荣合二为一时，我又怎能不困惑呢？我们早就是美国人，现在却被强制成为美国人以外的人，某种最本质的东西被摧毁殆尽。 然而，在雕花玻璃枝形吊灯的照耀下，置身于一套沉重的深色餐厅家具中间，我们在陪同这位名人共享我母亲做的炖牛肉，我家可从未款待过有名的客人，他是第一个。

越发使我迷惑不解、为我自己的思绪付出全部代价的是，本杰尔斯多夫猝然谈起阿尔文来了，他从伊夫林姨妈那里得知了他的情况。“我为你们家里的受伤者感到难过。我和你们心心相印。伊夫林告诉我说，你们的侄子出院后会来此疗养，跟你们大伙儿住在一起。我相信，你们知道这样的伤残会在一个依然处于青春年华的人身上引起多大的精神痛苦。这就要求你们集中所有的爱和耐心，让他可以重新开始有意义的生活。他的经历尤其可悲，因为无论如何他都没有必要跨过边境去加拿大加入他们的军队。阿尔文·罗斯生来就是美国公民，而美国不跟任何国家处于战争状态，没有意愿去跟任何国家交战，不要求其任何一个年轻人在战事中牺牲生命或肢体。我们中的一些人行为极端以致铸成大错。由于我在一九四〇年大选中与林德伯格竞选团结盟，我遭遇了来自犹太社区成员的相当大的敌意。但憎恶战争的信念仍然支持着我。真悲惨啊，年轻的阿尔文得在欧洲大陆的一场战役中失去他的一条腿，而这场战争与美国的安全或美国人的福祉毫不相关……”

他侃侃而谈，或多或少地重复着他在麦迪逊花园广场支持美国保持中立的演讲中说过的话，但我现在的心思都集中在了阿尔文身上。他要来和我们住在一起吗？我瞧着母亲。关于这点她压根儿没有向我们提起。他什么时候到呢？他睡在哪儿呢？情况够糟糕的了，正如母亲在华盛顿所说，我们不是生活在一个正常的国度里；现在我们都不再能生活在一个正常的家里了。一种甚至更令人痛苦的生活正在我四周形成，我想尖叫一声：“不！阿尔文不能住在这里——他只有一条腿！”

我心烦意乱了一阵，直至我意识到主宰餐厅的礼数已到尽头，我父亲不能再容忍自己被冷落一旁。不知怎么的，他终于想方设法要清除由本杰尔斯多夫的身价和他自己的缺失所形成的障碍；他不再为拉比的高贵身份所威慑，而任由不可压抑的大难临头之感驱策——同时也为拉比居高临下的神气所激怒——他要让本杰尔斯多夫好好领教一下，他戴了夹鼻眼镜又怎样。

“希特勒，”我听见他说，“希特勒此人非同寻常，拉比！这个疯子发动的不是一千年以前的战争。他发动的是这个星球上闻所未闻的战争。他征服了欧洲。他正在和俄国交战。他夜夜轰炸伦敦，把它毁成瓦砾，把许多无辜的英国人炸死。他是历史上最坏的反犹分子。他那伟大的朋友、我们的总统却在希特勒对他说他们有‘协定’的时候信以为真。希特勒和俄国人有协定。他遵守了吗？他和张伯伦有协定。他遵守了吗？希特勒的目标是征服世界，其中包括美国。既然每到一地他都杀害犹太人，那么时机一到他就会到这儿来杀害犹太人。到时候我们的总统会干什么？保护我们？保卫我们？我们的总统连一根手指也不会动一下。那就是他们在冰岛达成的协定，任何不作如是观的成年人都是疯子。”

本杰尔斯多夫拉比没有向我父亲流露不耐烦的神情，而是恭敬地听着，对他听见的话似乎至少有一部分是赞同的。只有桑迪看来不能控制自己的情绪，当父亲以嘲讽的口吻提到“我们的总统”林德伯格时，他居然扭头朝我做了一个鬼脸，这说明他已远远旋离我们的家庭轨道，他像普通美国人那样适应了新政府。母亲坐在父亲右侧，他说完后，她把他的手紧握在自己手里，尽管并不清楚，她到底是为他骄傲呢还是发信号叫他打住。至于伊夫林姨妈，她学拉比的样儿——在她肤浅的姐夫居然敢用他有限的词汇去反对一个能讲十种语言的学者时——把自己的想法藏在了温厚宽容的面具之后。

本杰尔斯多夫没有立刻回答，而是来了个矜持的停顿，然后在这种气氛中开始从容地反驳："就在昨天上午，我在白宫和总统谈了话。"说到这里，他从水杯里抿了一小口，好给我们时间恢复镇静。"我向他致贺，"他继续说道，"在消除犹太人的疑惧这方面他取得了重大进展，这种疑惧源自三十年代后期他的德国之旅，当时他为美国政府秘密调查估量德国空军的实力。我告诉他，我自己的犹太教团体内所有投过罗斯福的票的成员，现在都是他的坚决支持者，感谢他确立了我们的中立立场，使我国避免了又一场大战的苦难。我对他说，像'老实人'这样的项目开始使美国犹太人相信，他绝不会是他们的敌人。诚然，在当选总统之前，他有时会发表充斥着反犹主义陈词滥调的公开演说。但他这些演说当时是出于无知，对此今天他已有所认识。我很高兴地告诉你们，和总统单独会见了不超过两三次，他就消除了误解，并赞赏在美国的犹太人生活的多种状态。这不是一个邪恶的人，根本不是。这是一个天生极为聪颖、非常正直的人，其个人勇气值得称道，现在他求助于我去帮他夷平那些仍在把基督徒和犹太人分隔开来、把犹太人和基督徒分隔开来的愚昧无知的壁垒。遗憾的是，犹太人中也有愚昧无知的人，其中很多人坚持认为林德伯格总统是美国的希特勒，尽管他们完全知道，他不是靠政变篡取权力的独裁者，而是一个在公平、自由选举中获得压倒性胜利而就职的民主领袖，且未显示出丝毫专制统治的倾向。他并不以个体的代价来增添国家的荣耀，相反，他鼓励企业不干涉主义和一种不受联邦政府干扰的自由企业制度。哪里有什么法西斯国家主义？哪里有什么法西斯凶杀？哪里有纳粹的褐色衬衫和秘密警察？你们何时见到我们政府表现出法西斯反犹主义倾向？希特勒用一九三五年通过的纽伦堡法对德国犹太人所犯下的罪行，与林德伯格总统通过成立美国吸收与同化局所从事的工作，形成了鲜明的对照。纽伦堡法剥夺了犹太人的公民权利，煞费苦心地把他们从其国家成员中排除出去。而我策励林德伯格总统去做的，是开创吸引犹太人深入参与国家生活的项目，他们愿意多深就多深——我相信你们会同意，这种国家生活让我们所有人都能尽情享有。”

这一番话语滔滔不绝地说出来，这在我们的餐厅里是从未有过的，恐怕也是我们这个街区任何地方从未有过的。拉比用一种质询，而不是温和甚或亲切的语调结束了他的谈话：“告诉我，赫尔曼，我所解释的这些话有没有开始减缓你的恐惧？”——令人惊吓的是，此时听到我父亲直通通地回答说：“没有。没有。一刻也没有。”接着，父亲罔顾冒犯之辞不仅会引起拉比的不悦，而且还会有损他的尊严、挑起他寻隙报复的心态，补充道：“听像你这样一个人讲这样的话——老实说，使我更加惊恐忧虑了。”

次日晚上，伊夫林姨妈打电话来，兴冲冲地告诉我们，在由“老实人”赞助的夏季前往西部的一百名新泽西州男孩中，桑迪被评选为全州“新兵征募官”，将作为“老兵”向符合条件的犹太青少年及其家长宣讲有关OAA计划的诸多好处，并鼓励他们申请参加。拉比就这样实施了报复。我们父亲的长子现在是新政府的荣誉成员了。

桑迪开始在市中心伊夫林姨妈的OAA办公室消磨下午的时光，此后不久，母亲穿上她最好的衣裳——定做的灰色短上衣和带灰白线条花纹的裙子，她在主持家长和教师联谊会会议以及选举日在学校地下室当投票监督员时穿过——出门找工作。晚饭时她宣布说，她找到工作了，将在市中心的哈恩大百货公司卖女装。她提早被雇用当假日帮手，一周工作六日再加周三晚上，但她曾是个资深办公室秘书，所以怀着这样的希望——在未来数周内公司的行政部门那一层楼或许能给她一份工作，这样圣诞节之后她就可以作为永久雇员留下来。她对桑迪和我解释说，她的工资收入将有助于应付由于阿尔文回来而增大的家庭开销，而她真正的意图(只让她丈夫一人知道)是把她的工资支票寄往一个蒙特利尔银行账户，以防万一我们不得不逃亡，在加拿大从头干起。

我母亲不在家，我哥哥不在家，阿尔文即将踏上归家之路。我父亲开车去蒙特利尔，到那里的一家军医院探望阿尔文。星期五清早，在桑迪和我起床上学几个小时前，母亲为父亲做好早餐，给他的保温瓶灌满了开水，装好了他的食物——三个纸袋，用桑迪的上色蜡笔做上记号，“L”是午饭，“S”是点心，“D”是晚饭——他开车往北朝国际边界驶去，要开三百五十英里。因为他的老板只能给他星期五一天的假，所以他那天得开一整天的车，星期六看望阿尔文，星期日再开一整天的车赶回来，参加星期一的全体职员晨会。车胎去时瘪了一次，回家时瘪了两次，为了赶上晨会，他不得不绕开我们家，直接从公路开往市中心。待晚饭时我们见到他，他已一昼夜没有合眼，一昼夜多没有像样地洗漱。他告诉我们说，阿尔文看上去就像行尸走肉，他的体重降到一百磅左右。听他这么说，我觉得好奇，不知他失去的腿究竟有多重，那天晚上，我想在厕所间磅秤上约一约我的腿有多重，可是没有成功。“他没有胃口，”父亲说道，“他们把饭端到他面前，他总是推开不吃。那孩子，他是很坚强的，可现在不想活了，什么也不想要了，就那样形容枯槁、脸色阴沉地躺在那里。我说：‘阿尔文，你一生下来我就了解你。你是个斗士。你不会放弃。你承继了你父亲的意志力。你父亲可以承受最严重的打击，照样勇往直前。你母亲也一样。’我告诉他：‘你父亲死时，她得振作起来——她别无选择，她有你。’可我不知道他会陷入何种状况。我希望有什么……”他说着，嗓音有点儿哑了，“因为我在那里时，我周围都是那些躺在病床上的男孩，在那所医院里我坐在他的床边——”他只能说到这儿了。这是我第一次看见父亲哭。这是童年的一块里程碑，别人的眼泪比自己的眼泪更难以忍受。

“这是因为你太累了。”母亲对他说。她从椅子上站起身来，试图让他镇定下来，来到他身边，开始抚摸他的头。“吃完饭后，”她说，“你洗个澡，马上去睡觉。”

他把脑袋紧紧地抵住她抓其头发的手，不禁失控呜咽起来。“他们炸掉了他一条腿。”他对她说道，母亲示意桑迪和我离开，由她单独安慰他。

对我来说，一种新的生活开始了。我眼看着父亲崩溃了，我再也不能返回同样的童年了。本来在家的母亲现在出去为哈恩百货公司工作一整天，哥哥现在放学后听候召唤去为林德伯格工作，曾在华盛顿餐馆里向所有那些幼稚浅薄的反犹主义者挑衅地唱起小夜曲的父亲，现在大张着嘴大声哭着——哭得既像一个被遗弃的婴孩，又像一个被拷打的男子——因为他没有力量阻挡那些无法预见的事情的发生。林德伯格的当选早已揭示了这点，一切都变得不可预知了。残酷的不可预见的事情，尽管转错了方向，却成了我们小学生学习的“历史”，无害的历史，一切在当时未曾料到的事情在历史书上却被记载为不可避免的史实。无法预见的事件的可怖，正是历史学所要遮掩的，一场灾难就此变成了一部史诗。

由于家里只有我一个人，我就开始跟我的集邮良友厄尔·阿克斯曼一起消磨放学后的所有时间，不只是用我的放大镜细看他的集邮，也不只是浏览他母亲五斗橱里放得奇奇怪怪的内衣内裤。我的家庭作业一会儿就可做完，我在家里唯一的差事就是晚饭前摆摆桌子，所以我现在完全可以要怎么淘气就怎么淘气。还因为每天下午厄尔的母亲似乎总是去美容院或在纽约那边购物，厄尔就很自由地给我看这看那。他比我大差不多两岁，因为他魅力十足的父母已经离婚了——因为他们是富有魅力的——他似乎从来犯不着要当个模范孩子。最近，我因一人独处而更加烦躁，便习惯躺在床上嘟嘟囔囔：“现在让我们干些什么坏事吧！”对我的建议厄尔或者异常兴奋，或者每当他对我们所玩的名堂感到厌倦时他就恫吓我。冒险的事儿一定迟早会显示其吸引力，可由于感到我的家庭正悄悄离我，同时离我的国家而去，我的理想破灭了，我便准备寻求一个模范家庭的男孩可以享受的自由，不再努力以少年的天真烂漫讨大家喜欢，而在自己的秘密行动中寻求掺杂着犯罪感的乐趣。

我随同厄尔做的事儿就是跟踪人。他这么做已有好几个月了，一星期要做好几次——放学后一个人到市中心去，在公共汽车站附近荡来荡去，物色下班回家路上的男子。他看准的人一上车，他也就跟着上车，悄悄地跟他同车而行，那人一下车，他也马上下车，然后保持一个安全的距离跟他回家。“为啥？”我问道。“看看他们住在哪儿。”“就为了这个？就这个？”“这还不够吗？我哪儿都去。我甚至离开了纽瓦克。我去我想去的任何地方。人们住在各种地方，”厄尔解释道。“你怎么赶在你母亲之前先回到家呢？”“我有窍门——走得再远我也可以比她早回家。”他很爽快地承认，乘车费是从他母亲的手提包里偷来的，他开心得好像撬开了诺克斯堡[1]金库的锁，打开卧房里的一个抽屉，敞得大大的，里面各式各样的手提包都有，一个个杂乱地摞在一起。周末他去纽约和他父亲待在一块儿，他就从挂在壁柜内的他父亲

1 肯塔基州路易斯维尔附近的陆军装甲部队驻地，财政部的黄金储备地，故有“所有黄金都在诺克斯堡”之说。

衣服的口袋里偷钱，而星期天卡萨·洛玛乐队的四五名乐手到他父亲楼里来打扑克，他帮着把他们的大衣放在床上，就趁机把手伸进大衣口袋，把弄到的零钱藏在他小手提箱底的一只脏袜子里。然后他若无其事地以从容步态走进起居室，整个下午看他们玩牌，听他们讲在派拉蒙影片公司、埃塞克斯饭店和格伦岛赌场演奏时的趣事。一九四一年，该乐队刚从好莱坞回来，在那里他们在一部电影当中出镜，现在牌局之间就聊那些电影明星，说他们的长相，厄尔把那些内幕消息都透露给我，我再复述给桑迪听，他总是一言以蔽之："那是瞎扯淡。"并警告我不要跟厄尔·阿克斯曼混在一起。"对一个小孩儿来说，"他对我说，"你的朋友知道得太多了。""他有很大一本集邮册。""对，而且他还有那样的母亲，"桑迪说，"她会跟任何人约会。她出去跟和她年龄悬殊的男人约会。""你怎么知道？""顶峰大道上人人皆知。""我可不知道。"我说。"好吧，"他对我说，"你不知道的还多着呢。"我自己深感得意地想："你可能也有不知道的东西呢。"但我不禁紧张地寻思，我最好朋友的母亲是不是一个大孩子们所说的"妓女"。

经常偷我父母的钱，原来比我以为的要容易得多，追踪他人也比我想的要容易，尽管开始几次我时刻处于惶恐的状态。下午三点半神不知鬼不觉地来到市中心后，我就开始紧张。有时我们径直到宾夕法尼亚火车站去物色目标，有时去宽街和市场街，有时沿市场街去法院，在公共汽车站等着，在那里捕获我们的猎物。我们从不跟踪女人。厄尔说，我们对她们没兴趣。我们从不跟踪我们觉得是犹太人的人。我们对他们也没兴趣。我们的好奇心集中在男人身上，那些整天在纽瓦克市中心工作的成年基督徒。他们回家，他们回到哪儿去？

我们登上公共汽车买票时，我的恐慌到达了顶点。车费是偷来的，我们置身于不该在的地方，我们不知道要去哪儿——而当我们到了某处时，不论这是什么地方，我都因情绪激动而头晕目眩，以致听不明白厄尔凑在我耳朵边小声告诉我的社区名。我迷失了，一个迷路的孩子——我这样设想。我吃什么？我睡哪儿？狗会咬我吗？我会被抓进监狱吗？会不会有哪个基督徒收养我？或者我会不会像林德伯格的小孩一样遭绑架？我要么假想自己在某个我不知道的偏远地区迷路了，要么幻想由于林德伯格的默许，希特勒入侵美国，厄尔和我正在逃离纳粹。

一边我被恐惧困扰，另一边我们偷偷摸摸地转弯抹角，穿过马路，蹲伏树后，以免被人发现，直至高潮时刻来临，被我们跟踪的人回到了他的家，我们注视他开门进去。然后我们会站在一定距离外，观察那所房子——那门又关上了——厄尔就会说些诸如此类的话："那草坪真大。"或："夏天已经过去了——为什么纱窗还在那儿？"或："看到车库里面了吗？那是一辆新的庞蒂亚克。"然后，因为悄悄潜近窗户偷偷窥视其内的做法就算对厄尔·阿克斯曼的"窥视犹太主义"[1]来说也有点过火，他便领着我去乘送我们返回宾夕法尼亚火车站的公共汽车。那个时间段，人们都忙着下班，开往市中心的公共汽车往往除了

1 原文为"Peeping Jewism"，源自"Peeping Tomism"（窥视汤姆主义，窥淫癖），英国传说中的人物裁缝汤姆因偷看某夫人裸骑过市而致双目失明。

我们俩没有别的乘客，所以仿佛这公共汽车司机是私人汽车司机，这公共汽车是私人大轿车，我们俩则是世界上最勇敢的男孩。厄尔吃得特别好，皮肤白皙，十岁，可已经胖得有点儿圆鼓鼓了，脸蛋一副孩子气，睫毛又长又黑，密密的黑鬈发散发着他父亲发油的香味。如果公共汽车上空无一人，他会在长排后座上舒展身子，那姿态有如拥有帕夏称号的土耳其高级官员，完美地体现了他得意忘形的心态。我坐在他旁边，又瘦又弱，露出了一个小从犯庄重而半含羞愧的微笑。

在宾夕法尼亚火车站我们赶搭十四路公共汽车回家，这是我们下午的第四次大胆乘车。吃晚饭时，我常会寻思："我追踪一个基督徒，无人知晓。我可能被绑架，也无人知晓。用这只有我们两人知道来路的钱，如果我们想，我们可以……"有时候几乎会在目光锐利的母亲面前泄漏天机，因为餐桌下面（完全像正在策划诡计的厄尔一样）我的膝盖在止不住地颤抖。夜复一夜，我满怀兴奋上床，为自己用了八年人生才发现的伟大新目标——逃逸溜号而着迷。每当在学校里我透过敞开的窗户听到公共汽车爬越法官大道小丘的声音，我所想的只有乘坐公共汽车；整个外部世界都成了一辆公共汽车，就如对南达科他州的男孩而言，整个外部世界都成了一匹矮种马——那矮种马带他去允许范围的边界。

我是在十月下旬成为说谎和偷窃见习生与厄尔同流合污的，由于那种庄重宏大之感没有减弱，我们的秘密之旅继续进行，尽管十一月天气渐冷，后又进入十二月，市中心地区圣诞节的装饰布置起来了，几乎每个公共汽车站都有超额的人选。圣诞树就在市中心人行道上卖，这是我以前从未见过的，一棵树一块钱，卖树的孩子们看起来都是倔头倔脑的家伙，或像是刚从少年犯管教所放出来的愣头青。在户外光天化日下进行金钱交易，一开始我觉得这是违法的，但看来没有人想到要偷偷摸摸做这桩买卖。有大帮的警察，他们在巡逻，身穿大号蓝大衣，手持警棍，但显得够愉快的，看来也“投入”进去了——投入圣诞节气氛中去了。刚过感恩节，一星期就有两场暴风雪席卷而来，所以刚清扫过的街道两旁的脏雪堆得跟汽车一般高。

傍晚时分，纷乱的人群也未影响圣诞树小贩的生意，他们使劲把一棵树从其他树中掰出来，把它拿到熙熙攘攘的人行道上，搁进锯短箱，锯成顾客要求的长度。这看起来很奇怪，距城很远的树农种植的树，现在成堆地搁置在这个城市最古老的教堂的锻铁栅栏前，成排地斜竖在气势宏伟的银行和保险公司大楼临街的墙壁上。在市中心街道上闻到它们浓烈的乡野味道，也是很新奇的。我们社区没有树出售——因为没有人买——所以在十二月份，要说能闻到啥味道的话，定是巷道上一只嘶嘶有声的猫从谁家院子里倒翻的垃圾箱里费劲拽出来的东西的味道；是有一层楼里火炉烧得过热的味道，那间厨房蒸汽弥漫，窗户打开一条缝，好让外面的空气进去；是从火炉烟囱里冒出来的一股股有害的煤气味；是为清空地下室而从里头拖到外头放在人行道湿地上的煤灰桶的味道。与北泽西湿润的春天、潮湿的夏天及天气变幻不定、人的情绪也不稳的秋天的香味来比，凛冽寒冬的气味几乎是毫无特色也不引人注意的——也许直到我跟厄尔逛市中心、瞅见圣诞树、呼吸这儿的空气前，我始终确信这一点，现在却发现，连同其他许多事情，对基督徒们而言，十二月是别有风味的。成千上万的灯泡，唱圣诞颂歌的人群，喧腾的救世军乐队，在各个街角大笑的一个又一个圣诞老人——市中心把所有这些景象都串联在一起，所以这是一年中最重要的一个月，我诞生的城市的中心绝对是属于他们的，也只属于他们。在军事公园里有一株四十英尺高、业已点缀好的圣诞树，公共服务大楼正面则悬挂着一棵金属圣诞树，由泛光灯照得锃光瓦亮，《纽瓦克新闻晚报》报道说，这棵树高达八十英尺，而我才四英尺半高。

我跟厄尔的最后一次出行是在圣诞假期前几天的一个下午。有一个男子两手提着饰以圣诞季节红绿两色、塞满礼品的百货公司纸袋，登上了林登线路公共汽车，我们紧随其后。此后仅十天，阿克斯曼夫人精神失常，在午夜里由救护车送往医院，不久之后，于一九四二年元旦，厄尔连同集邮册及其他东西都被他父亲匆忙带走了。一月里来了一辆搬家公司的卡车，我看着这车把他们所有的家具都运走了，其中包括装有厄尔母亲内衣内裤的五斗橱，从此之后顶峰大道上没有人再见过阿克斯曼一家。

由于寒冬暮色降临得早，搭公共汽车追踪他人回家使我们俩感到更为踌躇满志，仿佛我们是在午夜过去很久再从事这项工作，而其他孩子都睡了好几个钟头了。那个提着购物袋的男子经过希尔赛德线路后还在车上，进入伊丽莎白社区后，车刚过一个大墓地，他就下车了，那站离我母亲长大的地方不远，在她父亲的食品杂货铺北边。我们悄悄地跟他下了车。外表上很难分辨我们和当地成千名小学生有何区别，因为我们都身穿标配的冬季保护色校服，这套服装配有方格拉毛厚呢风帽、厚毛料连指手套，那灯芯绒长裤样子很难看，还得塞进不相配的高统橡皮套鞋，那棒形纽扣真叫人受不了，而且还只钉了一半。但因为我们想象自己因夜色增浓而比实际情况更隐蔽，或者因为我们的机敏灵活正随着时间丧失其功能，以致我们跟踪这个人似乎不像我们经常做的那样圆熟巧妙，结果“战无不胜的双雄”——厄尔自吹自擂地给我们这两个基督徒追踪者起了这个外号——竟然暴露了自己。

有两个长长的街区要穿越，街区两旁都是闪耀着明亮圣诞灯光的壮观砖房，厄尔低声说这是“百万富翁豪宅”；然后是两个较短的街区，两旁房子要小得多，是那种当时我们出行时在街上司空见惯的普通木板房，每所房子门上都挂着圣诞花环。在那两个街区的后一个街区，那人拐弯走上一条狭窄的砖道，这条道弯弯曲曲地通往一座低矮的鞋盒式木瓦房。这所房子突出在两边的雪堆中间，就像速冻大蛋糕上的可食饰物。楼上楼下灯光昏暗，透过前门一侧的一扇窗可以看见一棵圣诞树在熠熠闪烁。当那人放下购物袋掏出钥匙时，我们渐渐靠近那片起伏不平的雪白草坪，直至透过窗户我们可以看清那点缀圣诞树的装饰品。

“瞧，”厄尔悄声说，“看见那顶端么？圣诞树最上面——看见了吗？这是耶稣。”

“不，是一个天使。”

“你以为耶稣是什么？”

我小声答道：“我以为他是他们的上帝。”

“是天使们的首领——他就在那儿。”

这是我们探险之旅的高潮——耶稣基督，根据他们的论据，他就是一切，根据我的推论，他弄糟了一切：因为假如没有基督，就没有基督徒，假如没有基督徒，就没有反犹主义，假如没有反犹主义，就没有希特勒，假如没有希特勒，林德伯格就永远当不上总统，假如林德伯格不是总统……

我们跟踪的那人现在提着购物袋站在敞开的门道上。突然间，他转过身来，温和地，好似吐出一口烟圈般地叫道："男孩们。"

给他这样一叫，我们都大吃一惊。拿我来说，我觉得自己被他传唤，要站出来走上这条通往那所房子的路，就仿佛两个月前我当上模范孩子似的，我得问心无愧地告诉他我的名字。可厄尔的手把我拽了回去。

"孩子们，别藏了。你们不必藏了。"那人说。

"现在该怎么办？"我低声问厄尔。

"嘘——"他小声止住我。

"男孩们，我知道你们在那儿。男孩们，天黑得厉害了，"他用友善的口气提醒说，"你们在外头不会冻坏吗？你们愿不愿意喝一杯美味的可可？现在进来吧，孩子们，在下雪之前，现在快进来吧。这儿有热可可，我有香料蛋糕，我有香饼和姜饼人，我有撒上各种颜色糖霜的动物饼干，还有棉花糖——棉花糖啊，男孩们，食橱里的棉花糖，我们可以放在火上烤。"

正当我又望向厄尔想知道该怎么办时，他已经踏上返回纽瓦克的路了。"逃命啊！"他扭头朝我喊着，"快跑，菲尔——那是个同性恋！"

# 第四章

## 残肢

一九四二年一月至一九四二年二月

阿尔文于一九四二年一月出院了。在漫长的医疗康复时，他由加拿大军护训练，练习用假肢独立走路，终于先抛开了轮椅，后又抛开了拐杖。他每月将从加拿大政府领取一百二十五美元的伤残抚恤金，比我父亲每月从大都会保险公司挣来的工资的一半略多一点儿，另加三百美元遣散费。作为退伍残疾军人，如果他选择留在加拿大，便有资格享受更多福利。因为志愿加入加拿大军队的外国人，只要他们愿意，退伍之后可迅即取得公民身份。为什么他不想当加拿大人呢？蒙蒂伯伯问。既然他怎么也不能容忍美国，他为什么不就待在那里领现钱呢？

蒙蒂是我的叔伯中最自负傲慢的，这大概也是他最有钱的原因。他是靠在铁路附近的米勒街市场做水果和蔬菜批发生意发的财。阿尔文的父亲，杰克伯伯，开张做这个生意，并带上蒙蒂伯伯。杰克伯伯死后，蒙蒂把他最小的弟弟、我的赫比叔叔吸收了进去。他也邀请我父亲加入——当时我父母是一对身无分文的新婚夫妇——可父亲拒绝了，因为在他们一起长大的过程中他已给蒙蒂欺负得够多的了。父亲的充沛精力可与蒙蒂相提并论，承受各种各样艰难困苦的能力也不比蒙蒂差多少，但小时候兄弟间的冲突使他明白，他玩不过蒙蒂的新花样。蒙蒂干的第一桩冒险事就是，从古巴买来整车整车的生番茄，搁在他米勒街仓库破旧的二楼那特别加热的温室内，到冬天再把那些熟番茄拿到纽瓦克去卖。番茄一旦可以上市，蒙蒂就把它们四个一盒地包装起来，以高价售出，因此他后来以“番茄王”闻名遐迩。

当我们仍租住于纽瓦克二层楼上一套五居室的公寓时，做蔬果批发生意的伯伯叔叔住在郊区梅普尔伍德的犹太区，每家都有一座仿殖民地时期式样、有百叶窗的白色大房子，房前有绿草坪，车库里有抛光的凯迪拉克牌轿车。不论好坏，像艾贝·斯坦海姆、蒙蒂伯伯、本杰尔斯多夫这类精力充沛且惹人注目的犹太人似乎都由其新移民后代的好斗姿态所驱策，试图扮演他们作为美国人可以强求而得的最重要的角色——我父亲的气质里没有这种过度膨胀的自我主义，他也丝毫不向往高人一等的地位，所以尽管个人的自尊是一种驱动力，尽管由于孩童时期因为贫困以及被别的孩子叫做“犹太佬”的怨愤早已融入了血液，他刚毅和好斗的精神混合起来就像他们的一样旺盛火暴，但对他来说，只要靠自己做成一些事情（不是所有事情）、在做的时候不破坏他周围人的生活就足够了。我父亲生来好争斗，但也充满保护欲，他不像他哥哥（更别提其他所有那些冷酷无情的所谓“大企业家”），他不会因为使敌人遭受了损伤而情绪高涨。总有当老板的和被老板差来遣去的，老板通常都有当老板的原因——他们自己经营也有其原因，不论其生意是盖房子，还是卖蔬菜水果，不论是当拉比，还是搞非法交易。他们最能干的是可以设法保持不受干扰——以及，在他们自己看来，不受羞辱——至少不受基督教新教统治集团一点儿歧视，这个集团使那些最重要的公司雇用的百分之九十九的犹太人一直处于驯服顺从的地位。

“如果杰克还活着，”蒙蒂说，“阿尔文这孩子根本不可能大摇大摆地离家出走。赫尔曼，你千不该万不该让他出走。他跑到加拿大去成了战斗英雄，而正是这个让他去的地方使他下半辈子成了个他妈的瘸子。”阿尔文是在一个星期六回来的，在此之前的这个星期天，蒙蒂伯伯这样说我父亲。他斜靠着我们家厨房的水池，嘴里叼着一支烟，穿着干净的衣服，而不像平时那样穿他的蔬果行工作服——污迹斑斑的防风茄克衫、溅湿的旧裤子和肮脏的布帽。我母亲不在场。她像平时蒙蒂在时那样借口走开了。可我是个小孩子，为他所迷惑，仿佛他真是一只“大猩猩”——我母亲因他的粗俗鲁莽而气得厉害时，私下里这样称他。

“阿尔文无法容忍你们的总统，”父亲答道，“这就是为什么他要去加拿大。不久前，你也不能忍受此人。可现在这个反犹分子却成了你的朋友。经济大萧条结束了，所有你们这些有钱的犹太人都对我说，这要归功于林德伯格先生，而不是罗斯福。股市上去了，利润上去了，生意兴隆了——什么原因呢？因为我们有林德伯格的和平，而不是罗斯福的战争。你们这些人除了钱之外，还有什么重要的事情？”“你听起来就像阿尔文，赫尔曼。你听起来就像个小孩儿。除了钱还有什么重要的？你的两个孩子重要。你想要桑迪有朝一日像阿尔文那样回家来吗？你想要菲尔，”他说着朝坐在厨房桌子边听他们说话的我的方向打量了一番，“有朝一日像阿尔文那样回家来吗？我们摆脱了战争，我们置身于战争之外。我没有看到林德伯格做了什么有害于我的事情。”我预计父亲会答之以“你走着瞧”，但或许出于我在场而且已经饱受惊吓的原因而没有这样说。

蒙蒂一离开，父亲就对我说：“你伯伯不用脑子。像阿尔文那样回家——那种事情是不会发生的。”“可要是罗斯福再当总统会怎么样？那就要有战争了。”我说道。“也许有，也许没有，”父亲答道，“谁也无法预言。”“可要是有战争，”我说，“要是桑迪够年龄了，他就会被征去参战。要是他去参战，那么发生在阿尔文身上的事情也可能发生在桑迪身上。”“儿子，任何事情都可能发生在任何人身上，”父亲对我说，“但一般来说不会。”“除了真的发生的以外。”我寻思道，但我不敢说那么多，因为他已经被我的问话弄得心烦意乱了，如果我再追问下去，他或许连怎么回答也不知道。由于蒙蒂伯伯对他说的那番关于林德伯格的话完全是本杰尔斯多夫拉比对他说的那一套——也是桑迪偷偷跟我说的那些话——我开始怀疑，父亲是否明白他在说些什么。

在林德伯格就职将近一年之际，阿尔文乘夜班火车从蒙特利尔返回纽瓦克，陪同他的是一名加拿大红十字会护士，他离开时带走的两条腿还丢了半条。我们开车经市区到宾夕法尼亚车站去接他，就像去年夏天我们去接桑迪一样，不过这次桑迪和我们同去。几星期前，为家庭和睦着想，我被允许跟伊夫林姨妈和桑迪一起出门，到纽瓦克南边约四十英里的新不伦瑞克的一所犹太会堂，坐在听众席上听桑迪凭借其肯塔基历险故事及画展给会众加深印象，鼓励他们为自己的孩子们报名参加“老实人”项目。父母对我说得很清楚，桑迪为“老实人”干活这种事儿我不必向阿尔文提起；他们自己会解释一切，但要等阿尔文先有机会适应待在家里之后，让他可以更好地理解他去加拿大后美国发生了怎样的变化。这谈不上是向阿尔文隐瞒或欺骗他什么事情，而是为了保护他，使之免受任何可能影响他康复的事情的干扰。

那天上午蒙特利尔车次晚点，为了消磨时间——也因为现在每天无时无刻不想着政治局势，我父亲买了一份《每日新闻报》。他坐在宾夕法尼亚车站的一把长椅上，浏览那份报纸，这是纽约的右翼通俗小报，父亲总是称之为“破报”。我们其余人在月台上踱来踱去，忧心忡忡等待着我们新生活的下一阶段的开始。当车站宣布蒙特利尔列车抵达时间比预想的还要晚时，同桑迪和我手挽着手的母亲扶着我们走回长椅，在那里继续等候。父亲此时读完了《每日新闻报》里他可以忍受的内容，就把它扔进了垃圾桶。由于我们是一个看重每一个子儿的家庭，见他买这份报纸后不过几分钟就扔掉了，这就如我刚才见他阅读这份报纸时一样，我感到大惑不解。“你能相信这些人吗？”他说道，“这条法西斯走狗仍然是他们的英雄。”他没有说出来的是，这条法西斯走狗兑现其使美国置身于世界大战之外的竞选承诺，如今成了这个国家几乎每一家报纸的英雄，只有《午后报》例外。

“好了，”当列车终于进站开始停驶时，母亲说，“你的侄子来了。”

“我们该怎么做？”我问她，她让我们立刻站起来，我们四人便朝月台边迈去。

“打招呼。那是阿尔文。欢迎他回家。”

“他的腿怎么办？”我嘀咕道。

“什么怎么办，宝贝？”

我耸了耸肩。

这时父亲抱住了我的肩膀。“别害怕，”他对我说，“别怕阿尔文，别怕他的腿。让他瞧瞧你长多高了。”

桑迪突然脱离我们，朝着那节在几百英尺外铁轨上停下的车厢跑去。阿尔文坐在轮椅上，正由一名身穿红十字会制服的女子推出车厢，那个喊着他的名字向他飞奔过去的人是我们中唯一心向着另一边的。我不再知道怎样理解我哥哥，可那时我也不知道怎样理解我自己，我急于守住每个人的秘密，同时尽我所能压制我的恐惧，试图不中断对我父亲的信任，也不中断对民主党和罗斯福以及其他任何人的信任，只要他们可以使我坚持不与我国其他那些崇拜林德伯格总统的人为伍。

“你回来了！”桑迪喊道，“你回家了！”然后我眼睁睁看着我哥哥这个刚到十四岁却已强壮得宛如二十岁的小伙子，一下子跪在了月台的水泥地面上，以便伸开他的双臂去搂住阿尔文的脖子。母亲哭了起来，父亲马上拉住我的手，既为了使我不要过于紧张，也为了使自己不至于情绪紊乱。

我想，接着应该轮到我跑向阿尔文，所以我挣脱父母，向那轮椅冲去，一到那儿，就学桑迪的样儿，张开我的手臂拥抱他，只是闻到了他身上一股臭味。起初我以为那味道应是从他腿上冒出来的，可其实是从他嘴里呼出来的。我屏住呼吸，闭上眼睛，当我感到他身子在轮椅上往前倾斜跟我父亲握手时，我才松开拥抱他的双臂。我这时才发现捆在轮椅一侧的那副木拐杖，我这才第一次敢于直视他。先前我可从来没有见过像他这样骨瘦如柴又萎靡不振的人。然而，他的眼睛并未流露惧怕，或任何哭泣的迹象，却含着凶光审视我父亲，似乎是这名监护人使这个受监护者成了瘸子。

“赫尔曼。”他叫了一声，别无他言。

“你来了，”父亲说道，“你到家了。我们带你回去。”

接着，母亲弯腰吻他。

“贝丝婶婶。”他唤道。

他左边的裤腿从膝盖上直挺挺地垂下来，这种景象成年人一般都很熟悉，却把我吓坏了，尽管我已经知道有个双腿全无的男子，他只有臀部以上的身体，一个残体而已。以前我见过他在我父亲市中心办公室外面的人行道上求乞，虽然我被那罕见的怪异景象吓得够呛，但我根本不用多去想这件事，因为根本不存在他要来我家住的危险。他在棒球比赛季节收获最丰，当那里的人们结束一天工作离开办公楼时，他会用与其形体不相称的低沉浑厚的嗓音和朗诵般的语调扼要重述当天下午决赛的最后比分，每个人都会往那个破旧的洗衣桶、他的受施箱里扔几枚硬币。他来回移动靠的是——显然，他生活其实也靠的是——一小块底下装有滑轮的胶合板。我记得他整年都戴着那副厚厚的、饱经风霜的劳动手套——为了保护他用作移动方式的双手，除此之外，我就描述不了他外表的其他特征，因为凝视和目见产生的恐怖合在一起使我从来不敢多看他一眼去注意到他的穿着。他的装束，就如他能以某种方式小便和大便，似乎都是神奇不可思议的，更别提能记住球赛结果了。每当礼拜六上午跟我父亲到保险公司空无一人的办公室里来——我主要是为了享受在他办公桌椅子上转圈的乐趣，他则要处理一周邮件——他和那个人类残体总是互相友好地点头打招呼。我当时就发现，一个人只剩半截身子这种不公平的畸变怪状不仅已经发生，这点已经够不可思议的了，而且会发生在某个名叫罗伯特的人身上，这是个足够常见的男子名，只有六个字母，就像我的名字一样[1]。“你怎么样，小罗伯特？”我们俩一起进楼时经过他旁边，我父亲说。“你好吗，赫尔曼？”小罗伯特常这样回答。最后我问父亲：“他有姓吗？”“你有吗？”父亲反问我。“有。”“那不就对了，他也有。”“他姓什么呢？他叫小罗伯特什么？”我问道。父亲想了片刻，然后笑道：“告诉你实话，儿子，我不知道。”

自从我得知阿尔文要返回纽瓦克到我家来养伤康复后，夜里不管我怎样直僵僵地躺着强制自己入睡，都会不由自主地想象坐在胶合板上、戴着劳动手套的罗伯特：先是我那些印满纳粹党党徽的邮票，后是小罗伯特，那个活残体[2]。

1 Robert 和 Philip，均为六个字母。

2 stamp（邮票）和 stump（残体）谐音。

“我以为你会靠他们给你装上的那条腿站起来。我以为不这样他们不会让你出院，”我听见父亲对阿尔文说，“发生什么事了？”

阿尔文看也不看我父亲，厉声说道：“残肢出毛病了。”

“这是什么意思？”父亲问道。

“什么也不是。你就别操心了。”

“他有行李吗？”父亲问那位护士。

可她还未能回答，阿尔文就抢着说：“我当然有行李。你以为我的腿在哪儿？”

桑迪和我跟阿尔文和护士前往主厅的行李柜台，父亲则由母亲陪同匆忙去雷蒙德大道停车场取车，母亲迟疑一阵后最后才跟他而去，绝对是为了谈谈他们未曾料想到的阿尔文的精神问题。离开月台前，护士招呼了一名红帽子搬运工，他们一块儿帮助阿尔文站立起来，接着红帽子负责推那把轮椅，护士走在阿尔文身旁，他单脚往自动扶梯跳去。一靠近自动扶梯她便充当起人形护盾，阿尔文跟在她后面跳着走，自动扶梯下行时，他紧紧抓住了移动扶手。桑迪和我站在阿尔文的后面，终于闻不到他呼出的臭味——桑迪本能地做好防备，一旦阿尔文失去平衡，他就会抓住他。那红帽子把轮椅倒过来举在头上方，那副丁字形拐杖还捆在轮椅一边，他走的是与自动扶梯平行的楼梯，等到阿尔文单脚跳出自动扶梯、我们随后步出，他已经在主厅迎候我们了。红帽子把轮椅端正地放在主厅地板上，把它固定了，好让阿尔文坐回去，阿尔文却靠一条腿转过身去，雄赳赳地跳着走了，把他的护士留在原地——他对她既没有说“谢谢”，也没有说“再见”，她只能注视他沿着大理石地板，穿过人群朝着行李房的方向快速跳去。

“他会不会跌倒？”桑迪问护士。“他走得太快了。他要是滑倒了怎么办？”

“他吗？”护士答道，“那孩子可以跳到任何地方。那孩子可以跳很远。他不会摔倒。他是世界跳行冠军。如果他能从蒙特利尔跳回来，要比我陪他乘火车回来高兴得多。”接着她向我们这两个备受呵护、对失去之苦浑然不知的孩子透露了一个情况。“我先前见过他们发怒，”她说道，“我见过四肢全无的人发怒，可先前从未有人像他那样发怒。”

“为什么发怒？”桑迪忧虑地问道。

她是一个高大的女人，灰色的眼睛目光严峻，红十字会灰帽下的头发像士兵的一样短，说话用的却是母亲般最温柔的语调，其和蔼可亲的神态是这一天到此刻为止又一桩令人惊讶的事情，仿佛桑迪就是她自己照管的人之一。她解释道：“为人们为之发怒的事情而发怒，为——为事情发展成这样而发怒。”

我母亲和我得乘公共汽车回家，因为这辆斯塔德贝克牌小型家用汽车没有足够的空间。阿尔文的轮椅尽管是那种又老又笨重且不能折叠的类型，却也被塞进了汽车后备厢里，不过那厢盖得用结实的粗绳绑上才能关上。他的船形帆布袋（里面大概有他的假腿）塞得鼓鼓囊囊，桑迪即使有我帮忙也提不起来，我们只好拖着它穿过大厅，出了大门走到街上。父亲在那儿接过旅行袋，和桑迪一起把它平摊在汽车后座。桑迪实际上是坐在袋子上回家的，腰几乎弯成了两截，阿尔文的丁字形拐杖横放在他腿上。拐杖的末端用橡皮裹住，从一扇后车窗伸了出去，父亲把他的手帕扎在末端以警示其他驾车人避让。父亲和阿尔文坐在前排，正当我极不情愿地准备挤坐在他们中间换挡装置的右边，母亲说，她想要我陪她乘公共汽车回家。事实上她只是不想让我目睹更多的悲情。

“好啦，”她在我们转过街角向高架桥下通道走去时说道，那儿等候十四路公共汽车的人已排成了队。“心里难过是完全正常的。我们都难过。”

我否认有任何一丁点儿难过，却发现自己在巡视公共汽车站四周有什么人可以跟踪。大概有十多条不同路线从这个宾夕法尼亚车站发车，母亲和我站在通道路边等候十四路公共汽车出现时，正好有一辆开往很远的北纽瓦克维尔斯堡的公共汽车在载客。我找到了合适的跟踪对象，一个拿着公文包的商人，在我看来——无可否认，我对人特征的了解和分辨能力并不完美，远不及厄尔那样高超娴熟——他不是犹太人。可我只能眼巴巴地看着车门在他身后关上，他乘车而去，我却无法坐在附近的座位上暗中监视他。

我们一起上车后，母亲问道：“告诉我你有什么心事。”

见我没有回答，她就开始解释阿尔文在火车站的表现。“阿尔文感到羞愧。他为我们见他坐在轮椅上而感到羞愧。他离家时强健而自立。现在他想躲起来，他想叫出来，他想冲出去，对他来说，这太可怕了。对你这样的孩子来说，看到自己堂兄变成这样，也是件可怕的事。但一切都会好转的。一旦他明白他的样子或发生他身上的事情都没有什么可羞愧的，他就会恢复体重，他会用他的假腿四处走，他看上去就会和你记忆里他出发去加拿大前一模一样……这对你有帮助吗？我对你说的这些话到底能不能让你放心呢？”

“你不必安慰我。”我说道，我想问的倒是：他的残肢——出毛病了，这是什么意思？我一定得看吗？我一定得摸吗？他们会把它治好吗？

数周之前的一个礼拜六，我和母亲到地下室去，帮她清理那些装满阿尔文的东西的纸盒，那些东西是父亲在阿尔文跑去加拿大参军之后从他在赖特街的住房里找出来的。每件可洗的东西母亲都要在地下室洗衣盆里用搓板来回搓洗，洗衣盆一隔为二，母亲在一个洗涤槽用肥皂擦洗，在另一个洗涤槽漂洗，然后一次一件，把衣服放进绞干机，由我摇动曲柄把漂洗的水给挤压出来。我可讨厌那绞干机呢，每件衣物从两个滚轴之间转出来，给压得平平的，就像给卡车碾过似的，每次我不论为何原因到地下室去，我总是因害怕而不敢背对它。但这次我给自己壮了胆，把每件洗好后潮湿而且给压得变形的衣服投进洗衣篓子，然后把篓子送上去，母亲会把所有衣物挂在后院的晾衣绳上晾干。她从窗口斜着身子往绳子上挂洗好的衣服，我便把衣夹递给她。那天晚上饭后她站在厨房里熨烫我帮她收进来的衬衫和睡衣，我则坐在餐桌旁折叠阿尔文的内衣，把每双袜子卷成一个球，信誓旦旦地要把每件事都做到位，当一个能想象到的最佳小男孩，比桑迪还要好得多，甚至比我自己还要好。

次日放学后，我奉命拿着阿尔文那些像样的衣服到街角为我们干洗的裁缝店来回跑了一趟。这周晚些时候，我把这些衣服取回来，在家里把每件衣服——轻便大衣、全套西装、粗花呢茄克和两条长裤——挂在我卧房里分给他的那一半衣柜的木衣架上，把其他干净衣服叠在本属于桑迪的那两个最上面的抽屉里。由于阿尔文将睡在我们的卧房里——为了把进出厕所间可能最方便的地方让给他——桑迪已准备好搬到房子前部的阳光房里，他把自己的东西整理好放在餐厅中凸橱柜里亚麻桌布和餐巾的旁边。在阿尔文预定到家前几天的一个晚上，我给他擦他的一双褐色皮鞋和一双黑色皮鞋，尽最大可能罔顾内心的犹豫不决：四只鞋是否都有必要擦。把这些皮鞋擦亮，把他像样的衣服洗干净，把刚给他洗好的衣物整齐地叠在抽屉里——所有这一切都不过是一个祷告，一个临时起意的祈祷人，祈求家神们保护我们五个简陋的房间以及这些房间里的东西，让其免受少了一条腿后的报复式愤怒的冲击。

我试着从车窗外看到的景物来估计我们还有多少时间到达顶峰大道，但已经来不及开启我的命运了。我们已在克林顿大道上了，刚经过里维埃拉旅馆，我永远不会忘记，我父母亲就是在那里度过新婚之夜的。我们绕过了市中心，大约还有一半路就到家了，正前方就是亚伯拉罕之子教堂，一座宏伟的椭圆形堡垒，为接待纽瓦克富裕的犹太人而建，对我而言其陌生程度并不亚于梵蒂冈。

“我可以搬到你的床上睡，”母亲说，“如果这是让你不安的原因。

目前来看，直到大家都重新互相适应了，我可以睡你的床，挨着阿尔文，你可以跟爸爸睡我们的床。这样会不会好些？”

我说，我宁愿一个人睡我自己的床。

“这样好吗，让桑迪从阳光房搬回他的床，”母亲提议说，“阿尔文睡你的床，你睡到桑迪要去睡的地方，那间阳光房的长沙发上？你一个人待在房子前端会不会感到冷清，还是说你更喜欢这样？”

我喜欢这样吗？我会喜欢的。可桑迪现在为林德伯格工作，他怎么可能跟一个在和林德伯格的纳粹朋友们打仗时失去一条腿的人同住一个房间呢？

我们从克林顿大道车站转向克林顿广场。克林顿大道站是我们熟悉的住宅区——桑迪每周六下午抛下我去为伊夫林姨妈干事以前，他和我常在这站下车去罗斯福影院看双片连映，影院印着黑体字的大天篷就在一个街区外。公共汽车会很快驶过一些狭窄的小巷与沿着克林顿广场排列的两户半式房子——这些街看来很像我们住的街，但那些门前台阶两侧的红砖三角墙不像我们的那样，无法勾起一丝基本的童年情愫——然后抵达拐上法官大道的最后一个大拐弯。汽车从这里开始往小丘爬去，发出吱吱嘎嘎的响声，经过漂亮的新中学那饰有笛形凹槽的优雅窗间墙，往前开过挺立在我的小学前的旗杆，翻过丘顶，我们的三年级老师讲过，那丘顶上曾有过印第安列尼-勒纳佩人的营居群，他们住在一个小村庄里，在热炉子上做饭，在瓶瓶罐罐上画图案。顶峰大道站，这是我们的目的地，车站斜对面就是安娜·梅糖果店，其镶有饰带的橱窗里摆着浅盘，花花绿绿地陈放着刚制出的新鲜巧克力。这家糖果店在印第安人的圆锥形帐篷消失后出现，那弥漫空中的香甜味道令人馋涎欲滴，从我家不消两分钟就可走到那儿。

这也就是说，同意住进阳光房还剩的时间已精确可数了，每刻都在流逝。影院接影院，糖果店接糖果店，门前台阶接门前台阶，而我此时能说的只有“不”和“不”，我在我的老地方会很好，直至母亲再也想不出什么话来安慰我，不由自主地以一种十分不祥、毫不掩饰的方式陷入了沮丧的沉默，似乎这天上午的重大事件终于像改变我一样改变了她。同时，由于我不知道我这无法忍受阿尔文的心态能隐瞒多久，我就开始装作我在跟踪我们车上某个不像犹太人的人。我不能忍受阿尔文，是因为他丢掉的腿，他空荡的裤腿，他难闻的气味，他的轮椅，他的拐杖，他说话时不瞧我们任何人一眼的样子。正是在此时，我意识到——遵循厄尔传授给我的所有标准——我母亲长得像一个犹太人。她的头发，她的鼻子，她的眼睛——母亲看上去毫不含糊地是一个犹太人。那我也一定很像吗？毕竟我和母亲仿佛是一个模子里刻出来的。我不知道。

阿尔文味道难闻都是因为他嘴里的龋齿。“当你遇到麻烦，你就会掉牙齿。”列伯法布医生举着小镜子看来看去、“唉呀唉呀”了十九次后解释说，那天下午他开始在阿尔文的牙齿上钻洞。他做的这些统统不收钱，因为阿尔文志愿与法西斯分子作战，因为，跟那些居然想象自己在林德伯格的美国很安全，从而使我父亲感到惊讶的“有钱犹太人”不一样，列伯法布仍然相信有关“这个世界的很多希特勒”可能还留着一手对付我们的说法。十九颗牙的金子充填不容小视，但他正是以此表明他与我父亲、母亲、我和民主党人的团结一致，同时以此来反对蒙蒂伯父、伊夫林姨妈、桑迪以及所有当前正沐浴着同胞们的拥戴之情的共和党人。十九次充填也要花费很多时间，对一个在夜校里接受培训、白天在纽瓦克港装货箱、笨手笨脚的牙医来说，更是如此。列伯法布给阿尔文的病牙钻洞花了好几个月，不过在开始几个星期那些腐烂物就给清除了，所以或近或远都睡在阿尔文的嘴边不再是一种煎熬了。残肢是另一回事儿。“出毛病了”是指残肢末端开始恶化：裂开了，张口了，感染了。长了疖子，很痛，还有水肿，你不能再用假肢来走路了，就只好把它弃置一旁而求助于拐杖，直至伤口愈合能够承受压力而不再出毛病。毛病出在假腿与残肢不吻合。医生们常对他说：“你和这条腿不匹配。”可他没有不匹配，是假腿本来就不合身，阿尔文说，因为做假腿的人一开始就没有量对尺寸。

“伤口愈合要多久？”在那个他终于告诉我“出毛病了”究竟是怎么回事的夜里，我问他。那天夜里他突然大喊“跳舞！跳舞”，可怕地倒抽一口气，在床上突然直挺挺地坐了起来，完全醒了。当时桑迪在屋子前部、父母在其卧房都已睡了好几个钟头了，阿尔文和我也一样。我急忙开了夜灯，见他浑身是汗，我起了床，打开卧房门，尽管我自己也吓出一身汗，我还是蹑手蹑脚穿过窄小的后门廊，但不是到父母房间报告发生什么事了，而是到厕所间去给阿尔文拿一条毛巾。他用毛巾擦了脸和脖子，然后脱下睡衣擦胸脯和腋下，这时我终于看见一个下半身给炸掉一部分的人的上半身成了什么样子。没有伤口、缝线，没有不雅观的伤疤，可也没有活力，只有一个孱弱男儿的苍白皮肤包着那这儿隆起那儿突出的伶仃瘦骨。

这是我们在一起住的第四夜。起初三夜，阿尔文在厕所里悄悄换上睡衣，然后单脚跳回来，把他的衣服挂进壁柜，由于早晨他又去厕所间换衣，所以我还不必看到他那残肢，也就可以装作不知道残肢的存在。夜里我面壁而睡，我所有那些忧虑使我十分乏困，一躺下就睡着了，一直睡到清早阿尔文起床跳往厕所间又回到床上的时候。他这样来来回回都不开灯，我躺在那儿担心他会磕碰到什么东西，会哗啦一声跌倒在地板上。夜里，他的一举一动都让我想逃跑，不仅仅是逃避那残肢。正是在这第四夜，阿尔文用毛巾擦干了汗湿的身子，只穿着睡裤躺在那里，他拉起睡裤的左裤腿来瞧瞧那残肢。我猜想这预示着希望——他不再那么狂躁不安了，至少在和我一起时——但我仍然不想往他那边看……可我还是那么做了，躲在自己床上试图像一名战士一样勇敢。我看到有某样东西从他的膝关节上延伸下来，约五六英寸长，很像某种没有面部特征的动物伸出的脑袋，在这上面，桑迪只要用蜡笔对准位置来上几笔，就可以画出眼睛、鼻子、嘴、牙齿和耳朵，使它变成类似老鼠的东西。我所看见的正是“残肢”这个词所描述的：某种应有的、原先存在的完整体麻木的残留部分。如果你不知道一条腿看来应像什么，这条残腿在你看来可能就是正常的，那没有汗毛的皮肤松软地围裹着残肢末端，仿佛浑然天成，而非医学截肢的可怕结果。

“那伤口愈合了吗？”我问他。

“还没呢。”

“这要多久呢？”

“很久很久。”他答道。

我震惊了。这就没完没了了！我想。

“叫人丧气极了，”阿尔文说，“你用上了他们为你做的腿，残肢就出毛病了。你用上了拐杖，残肢又肿起来了。不管你干什么，这残肢总在恶化。你给我拿一下衣柜里的绷带。”

我照他的话去做了。我得去拿那些有弹性的米色带子，他不用假肢时用它来包扎残肢以防肿胀。绷带卷放在抽屉的一角，在他的袜子旁边。每条绷带约三英寸宽，有一个大的安全别针别在尾端以防松开。我不想把手伸进抽屉里去，就像我不愿把手伸进绞干机一样，但我还是做了，当我两个拳头各握一条绷带放在他床上时，他说：“好孩子。”还像拍狗的脑袋一样拍了拍我的头而惹我发笑。

由于不敢目睹接下来要发生的事情，我坐回自己床上看他包扎。

“你把绷带包上去，”他解释道，“防止残肢裂开。”他用一只手抱住残肢，用另一只手打开安全别针，开始用交叉方式把绷带缠到残肢上去，一直缠到膝关节及其上方几英寸的部位。“你把绷带包上去以防裂开”——他无精打采地重复着这句话，带着过分夸张的耐心——“但你不想让绷带包住裂口，因为这样会使裂口不能愈合。所以你就这样来来回回折腾，直到你发疯。”当他把整条绷带松开包上、用安全别针别住尾端后，他给我看结果。“你看到吗，你得缠得紧紧的？”然后他重复之前的流程缠第二条绷带。这残肢——当他给它从头到尾缠上绷带后——使我又一次联想到某种小动物，这次它的脑袋给格外小心地套上口套，以防其剃刀般锋利的牙齿扎入捕获者的手。

“你是怎么学会包扎的呢？”我问他。

“你不必学。你包上去就是了。只是，”他突然宣告说，“他妈的太紧了。或许你真得学一学。他妈的狗娘养的！要么该死的太松了，要么该死的太紧了。叫你发疯啊——这整件他妈的事儿。”他取下别在第二条绷带上的别针，为了重缠一遍而把两条绷带都解下来了。“你瞧，”他对我说，此刻他竭力克制着因万事皆徒劳而产生的厌烦情绪，“这事你就这样上手了。”接着他重新缠绷带，就像残肢裂口的愈合一样，包扎这事看来也注定要在我们卧房里永远反复地进行下去。

次日放学后，我直接奔回家，心里清楚房子里空无一人——阿尔文在牙医那儿，桑迪跟伊夫林姨妈上某处去了，两人都在帮助林德伯格实现其目标，父母到晚饭时分才能下班回家。阿尔文决定白天不裹绷带，好让裂口愈合，晚上包扎残肢以防水肿，我早有准备在最上面的衣柜抽屉里找到那两卷他在早晨卷好后放回去的绷带。我在床边上坐下，卷起我的左裤腿，惊讶地发现阿尔文的腿的残留部分的“腿围”比我的大不了多少，我开始给自己缠起绷带来了。在学校我脑子里整天都萦绕着头天晚上我观察他时见到的景象，到了三点二十分，我一回到家就用第一卷绷带给我自己想象中的残肢包扎起来，缠着膝盖下面的皮肉，我觉得那绷带上还有阿尔文残肢底端的溃疡留下的疙疙瘩瘩的疮痂。这疮痂应是夜间掉下来的——阿尔文或是不管不顾，或是没有注意到——现在竟粘在了我身上，这让我瞬间不知所措。尽管在卧房里就要呕吐了，我还是冲向后门，再沿后楼梯跑到地下室，在真的开始呕吐前几秒钟把脑袋及时对准了双槽洗衣盆。

意识到自己独自一人置身于阴湿的地下室深处，在任何情况下都是一种煎熬，这不单是因为绞干机。那刷过石灰水、带有裂缝的墙面上布满了肮脏的斑斑霉菌——渗泄出来的五颜六色的污渍脏垢仿佛是从一具尸体上滴漏出来的——地下室是一个食尸鬼的国度，单独外延于整所房子底下，六块朝向外面水泥地过道和前院杂草的长条玻璃积满了尘垢，根本进不了光线。中间混凝土地板斜凹处底部凿有几条口径为茶碟大小的下水道，为安全起见每个口上都盖着很重的黑色圆片，圆片上都有一个一角钱大小的同心圆孔，我不难想象从这些圆孔里会有蒸汽状的怪物冒将出来，它们从地壳之内居心叵测地盘旋而上闯入我的生活。这地下室不仅没有一扇可让阳光照进来的窗户，也没有任何可以安抚人心的东西，后来我在中学新生教室里学习希腊和罗马神话，阅读有关冥府、刻耳柏洛斯冥府猛犬和冥河的课本时，总能联想到家里的地下室。一只三十瓦的灯泡挂在我吐得到处都是的洗衣盆上方，另一只灯泡挂在煤炉附近——它们发着光，好像我们阴间三位一体的冥王一样笨拙地排成一行——第三只灯泡从一根花电线上挂下来，几乎总是给烧坏，那根花电线通到每个储藏间里面。

我永远无法接受冬季的苦差会落到我身上这件事：每天早晨往我家炉子里铲煤，睡觉之前封炉火，每天一次把一桶冷煤灰倒入后院的垃圾箱。桑迪现在长得身强力壮，接管了原来由父亲做的这些事，可几年之后，他就要像其他所有十八岁的美国男孩一样去林德伯格总统新建的公民军接受二十四个月的军事训练，我就得接替他做那些活儿，直到我自己也被征召入伍才能撒手不干。对于年仅九岁、独自一人在地下室操管火炉的我而言，想象未来会是如何就同思考不可避免的死亡一样令人心神不宁，这些想法让我每晚在床上辗转难眠、焦虑不安。

但我害怕地下室主要还是因为那些已经死去的人——我的祖父和外祖父，我母亲的母亲，曾构成阿尔文一家的伯父伯母。他们的遗体或许埋葬在与纽瓦克-伊丽莎白铁路线平行的一号公路旁，但为了巡视我们的家长里短，细查我们的举止行为，他们的鬼魂则聚栖在我们这座房子地底下两层的位置。除了在我六岁时去世的外婆外，我对他们都只有一点儿或根本没有记忆，可每当我独自一人去地下室时，我都留意轮流向他们每个人提醒说，我下来了，求他们跟我保持距离，在我进到他们中间时不要包围我。桑迪在我这年纪时，他用来武装自己摆脱恐惧常用的法子是：从地下室楼梯飞奔而下，大喊道："坏家伙们，我知道你们在下面——我有枪！"而我下楼时只是喃喃自语："我为我所做的一切错事感到抱歉。"

这里有绞干机、下水道、死人——我往双槽洗衣盆里呕吐，母亲和我曾在盆里洗阿尔文的衣服，亡灵们一边看我呕吐，一边指手画脚、评头论足——屋外过道上有几只猫，一旦外边后门半开半掩，它们就会溜进地下室来，在暗中蹲伏在某处喵喵哀叫。还有我们楼下邻居维希瑙先生痛苦的咳嗽声，在地下室里听那咳嗽声就像他正被一把双人锯的锯齿锯成两半。像我父亲一样，维希瑙先生也是大都会人寿保险公司的经纪人，但这一年多来他领的是残疾工资，因罹患口腔和咽喉癌他不能做任何工作，只能待在家里，当他不在睡觉或控制不住要咳嗽时就听听白天广播系列节目度日。经内政部批准，他的妻子顶替了他——这是纽瓦克地区历史上第一个女性保险经纪人——现在像我父亲一样工作时间一直很长，父亲一般都要在晚饭后再出门去收费，大多数的星期六和星期日要去游说未来的客户，只有周末他才有可能找到一个休息在家、养家糊口的人，听他口若悬河地拉生意。在我母亲给哈恩百货公司当推销女士之前，她会一天多次驻足楼下看看维希瑙先生状况如何。现在，每当维希瑙太太来电话说她不能准时回家做顿像样的晚饭，我母亲就会把我们要吃的不管什么东西都多做一些，桑迪和我，在被准许坐下来吃我们的饭之前，每人用托盘端一满盆热菜送到一楼，一盆给维希瑙先生，一盆给塞尔顿，维希瑙家的独子。塞尔顿会为我们开门，我们会端着盘子左转右拐地穿过门廊进入厨房，在把它们放上饭桌时，万分小心地不让任何东西溢出或掉落。维希瑙先生已经在桌旁等候，一张纸巾塞在睡衣的领口，但看上去自己一点也不能进食，却又极需要营养。“你们都好吗，小伙子们？”他会用所剩无几的破碎嗓音问候我们。“给我讲个笑话，怎么样，菲列[1]？好听的笑话对我有好处。”他承认说，但没有悲苦，没有伤感，仅仅显露出一个并无显著原因却仍坚持活下去的人平静而充满防御性的愉悦。塞尔

1 菲利普的昵称。

顿一定对他父亲说过我在学校里会逗得孩子们大笑，于是他就哄我给他讲个笑话，而当着他的面讲，会削弱我的讲话能力。我能找到的最好法子就是试着直视那个我知道即将死亡的人——更糟的是，他顺从于死亡——不允许我的眼睛在他的眼睛里看到他在前往我们的地下室跟其他所有死者过幽灵生活的路上不得不承受肉体痛苦的可怕证据。有时候，供维希瑙先生服用的药品需要去药房续配，塞尔顿常会急匆匆地上楼来问我愿不愿意跟他一起去，因为我听我父母说塞尔顿的父亲是注定没救了——也因为塞尔顿自己表现得好像对此一无所知——我就想不出什么理由来拒绝他，尽管我从不喜欢跟任何对自己渴望交友的迫切之情毫不掩饰的人待在一块儿。塞尔顿显然是一个被孤独主宰的孩子，他不该有那么多哀愁，还得为露出永恒的微笑使出太多的劲儿。他是那种身体瘦削、皮肤白皙、脸蛋文雅的男孩，投起球来像个女孩儿而叫大伙儿难堪，但又是我们班上最聪明的孩子，全校的算术奇才。说也奇怪，体育课上我们在从健身房高高的天花板垂下的绳子上攀上爬下时，谁也比不过塞尔顿，他在空中的灵巧——这是我们一位老师的说法——与他对数字的敏感紧密相关。他已经是个国际象棋小冠军，是他父亲教会他下棋的，所以每次陪他去药店时我都知道，我等下还是会出现在他家幽暗起居室的棋盘旁，我无法克服我的紧张心理——幽暗是因为要省电，也因为窗帘现在每时每刻都是放下的，以免有病态好奇心的邻居窥视塞尔顿怎样一步一步地沦落到失去父亲的惨境。不为我的顽强抵制所气馁，“隐士”塞尔顿（为他取此绰号的是厄尔·阿克斯曼，他母亲一夜之间的精神崩溃是另一类惊人的家长悲剧)曾千百次地试图教会我怎样挪棋，怎样下棋，而这时候，在后卧房门里面，他父亲咳得那么频繁，那么用力，听来就像不止一个父亲，而是四个、五个、六个父亲在那里咳嗽，一直把他们自己咳到死去。

不到一星期，为阿尔文包扎残肢的是我，而不是他自己了，那时我在自己身上练习够了——而且不再呕吐——他没有一次抱怨过绷带缠得太松或太紧。我在夜里做此事——即使残肢愈合、他开始经常用假肢走路后也如此——为的是避免重新出现水肿。在整个残肢愈合时期，那假腿一直放在衣橱的后部，大部分都被橱底的鞋子和挂在交叉杆上的裤子遮住而看不见。然而要完全不去注意到它还要花些工夫，我决意不去留意也因而不知道它是由什么制成的，直到那天阿尔文把它取出来套上。除其神秘复制出来的人体下肢下半部分的形态外，所有部分都很可怕，既可怕又奇妙，开头是阿尔文称之为他的“挽具”的东西：一根黑皮带子，束紧在前胸，从半边臀部的下部延伸到膝盖骨顶端，通过膝盖两旁的铰链钢关节系在假肢上。残肢给套上一只白色的长毛袜，跟刻于假腿上端的有垫托座紧密吻合，假腿用打有气孔的挖空木头制成，而不是我想象的用一段有如连环漫画册上大头短棒的黑橡胶做成。假肢的末端是一只人造脚，只能屈曲有限的角度，垫有一只海绵袜底。这假脚给平整地拧在了假腿上，却一只螺钉也不见，尽管看起来更像一只木质鞋楦，而不是一只有五根分开的脚趾的活脚，可当阿尔文迅速穿上袜子和鞋子——我母亲洗了他的袜子，我擦了他的皮鞋——你会以为那两只脚都是他自己的。

第一天用假肢在通道上练习走路时，阿尔文只在车库尽头与围住小前院的矮树篱之间来回走，一步也不肯往前走，生怕自己被街上什么人瞧见。第二天上午他又独自练习，可我放学到家后，他要我陪他到外头再练一阵，这次不仅专注于走路，同时努力做到对残肢与假腿衔接处发出的声音——以及作为独腿人的长远未来——不放在心上。后来一周他整天在房子四周用假腿走来走去，又过了一个礼拜，他对我说："去找个橄榄球来。"可我们一个橄榄球也没有——拥有橄榄球就如拥有防滑鞋或护肩一样是一桩大事情，不"富裕"的孩子是不会有的。除非我们到学校后操场去玩，否则我是不能去签名登记一下就把球领出来的，所以我所做的——除了从我父母口袋里拿过一些零钱外，迄今为止我尚未偷过任何东西——我毫不迟疑地去做的是沿着科尔大道闲逛，那儿的一户式房子前后都有草坪，我窥探房子旁的每条车道，直至见到我所寻找的东西——一只我要偷的橄榄球，一只真皮的威尔逊牌橄榄球，明显在人行道上摩擦过，球的皮穿带已经磨损，气囊需要充气，是被哪个有钱的孩子扔下不要的——我把它夹在手臂下匆匆离去，一口气跑上顶峰大道的小丘，好像我在为老圣母[1]橄榄球队回球反攻。

那天下午我们在过道上练传球练了差不多一个钟头。晚上，我们一道关起房门来检查残肢情况，未见任何破损痕迹，尽管阿尔文在抛

1　指印第安纳州圣母大学，自二十世纪二十年代以来，该校一直以有一支橄榄球强队著称。

给我他那完美的左手旋球时，他实际上是把他的整个体重都压在了假腿上。“我别无选择”——假若那天在科尔大道上被抓了个现行，我会想出这句辩护词。阁下，我的堂兄想要一只橄榄球。他跟希特勒打仗失去了一条腿，他现在回家了，他想要一只橄榄球。我还能做什么呢?

那时，自从在宾夕法尼亚火车站战战兢兢地把阿尔文接回家，一个月过去了。尽管这并不一定令人愉快，但提起早晨我要做的这件事我也不至于觉得反感了：我去找我的鞋子，顺便从衣橱后部拿出阿尔文的假腿，把它拿过去递给他，他穿着短衬裤坐在床上，等着轮到他用厕所间。他那阴沉沉的神色逐渐消退，他的体重开始增加，在两餐之间从冰箱里随意拿出任何东西来再大吃一顿，他的眼睛不再大得突兀，他的头发长得又很浓密，那鬈发黑得像打了蜡一样发亮，他有几分无措地坐在那里，露着他的残肢。对一个敬重他的男孩而言，每天早晨都能从他身上发现更多可敬之处，而那些惹人同情的地方也不再那么难以忍受了。

阿尔文很快就不再把自己局限于房侧过道，也不必再依赖他羞于在公众场合使用的丁字形拐杖或手杖，他到所有地方去都用其假腿，为我母亲去肉店、面包店和蔬菜行买东西，在街角为自己买热狗，不仅乘公共汽车去克林顿大道看牙医，还一路坐到市场街去拉基时装店买新衬衫——当时我还不晓得的是，他口袋里揣着自己的遣散费顺便去中学后面的运动场，瞧瞧有谁可能在那儿闲逛，想一起玩玩扑克或双骰子赌博游戏。有一天放学后，我们俩在储藏间给轮椅腾出了地方，晚饭后我告诉母亲我在学校里突然想到的一件事。不论在哪儿，也不管我理应在做什么事情，我发现自己总是想着阿尔文以及我怎么能让他忘了自己在用假腿——于是我对母亲说：“如果阿尔文的裤腿边上有根拉链，他装上假腿后，穿裤子、脱裤子是不是就更方便些？”次日早晨，母亲在上班路上把阿尔文的一条军裤交给了附近一个在家门口接活的女裁缝，她在那条没有翻边的裤子的左侧裁出一条边缝，然后缝上一条约六英寸的拉链。那天晚上阿尔文拉开拉链后穿这条裤子，那裤腿一下子就从假腿上拉了上去，他就不必再为穿裤子而骂遍地球上的所有人了。当他拉上拉链后，那拉链就看不见了。“你甚至不知道那儿有拉链！”我叫了起来。第二天早晨，我们把他所有的裤子都装进一个纸袋交给母亲，让她送给那裁缝去修改。“没有你我可没法活，”那天晚上我们上床睡觉时阿尔文对我说道，“没有你，我就没法穿裤子。”他把那枚因其“特殊状况下的表现”颁发给他的加拿大勋章送给了我，要我永远保存。这是一枚圆形银质奖章，一面是英王乔治六世的侧面像，另一面是一头站在龙身上的雄狮。我自然十分珍视，便开始经常佩戴，但我把它挂在一根绿色窄缎带上，再把缎带别在贴身内衣上，这样就没有人能看见进而怀疑我对美国的忠诚。只在有体育课我们得脱下外面衬衫来运动的那些天，我才把勋章留在家里我的抽屉内。

那么对此事桑迪有何想法呢？因为他自己很忙，起初他似乎并未注意到我风驰电掣般地变成了一个被授勋的加拿大战争英雄的贴身男仆，这名英雄现在又往前迈了一步，把勋章授给了我。当他注意到的时候——一开始使他很难受，很大程度上不是因为阿尔文和我的亲近，这是由睡房安排所必然形成的，而是因为阿尔文对他表现出来的带有敌意的冷淡——再要罢免我这个杰出的配角（加上令人厌恶的职责）就太晚了，其实我是被迫担任这个角色的，而这个角色，令桑迪惊讶的是，却在我作为其弟弟的漫长生涯走向终点时获得了高度赞赏。

所有这些都是在我从未提及桑迪与我们当前可憎政府的关系的情况下取得的，桑迪通过伊夫林姨妈和本杰尔斯多夫拉比有了这种从属关系。不管在何处，只要阿尔文在旁边，我们大家，包括桑迪在内，对美国吸收与同化局及“老实人”项目都避而不谈，我们相信，除非他明白林德伯格孤立政策如何深得人心，甚至开始赢得很多犹太人的支持；除非他明白桑迪这个年纪的犹太男孩被吸引参加“老实人”安排的活动，早已不像看上去那样充满背叛意味了——这个我们中间做出最大自我牺牲、最执著地憎恨着林德伯格的人的愤慨，是任何东西都不能缓解的。但阿尔文似乎已经感到桑迪令他沮丧。作为阿尔文，他犯不着掩饰自己的感情。我啥也没说，父母亲啥也没说，桑迪当然也不会说任何让自己在阿尔文眼里显得罪不可赦的事情，可阿尔文已经知道（或表现得好像知道），在火车站第一个欢迎他回家的人也是第一个与法西斯分子签约受雇的人。

谁也不清楚，阿尔文下一步该做什么。找工作会是一个问题，因为没有人会去雇用一个被视为伤残者、叛徒或两者兼是的人。不过，我父母亲说，至关紧要的是要防止阿尔文出现这种倾向： 无所事事，独自生闷气，为自己的余生抱憾，靠抚恤金勉强度日。母亲想要他用每月的残疾补贴金去上大学。她去四处打听，有人告诉她说，如果他去纽瓦克私立中学念一年书，为他在威夸希克中学只得了 D 和 F 的课程挣个 B，就很有可能在下一年进入纽瓦克大学。但父亲无法想象阿尔文会自愿重读十二年级，即使是去市中心的私立中学；他已经二十二岁，在经历这一切之后，需要尽快地找到一个有前途的工作，为此父亲建议阿尔文去跟比利 · 斯坦海姆联络。在阿尔文给艾贝当司机时，他跟艾贝的这个儿子交了朋友，假如比利愿意成全其事，说服他父亲给予阿尔文第二次机会，他们或许会同意在公司给他找个职位，暂时是个低下的工作，却能让他改变自己在艾贝 · 斯坦海姆眼中的形象，重新做人。假如需要的话，只是假如需要，阿尔文可跟着蒙蒂伯伯开个头，蒙蒂已经同意给他的侄子在蔬菜水果市场安排一个工作；他是在起初那些令人难受的日子里答应的，当时阿尔文的残肢破裂得很严重，大多数时间只能卧床，而且不让把我们房间的遮阳窗帘往上拉起来，因为他害怕瞥见窗外的小天地，哪怕一丁点儿也不行，在那个小天地里，他曾经是完整无缺的。那天他跟我父亲还有桑迪坐车从宾夕法尼亚火车站回家的路上，中学校舍一映入眼帘，他就闭上了眼睛，不愿让自己回想起不知多少次每天放学后跳跃着奔出校舍，不受肉体痛苦的折磨，有条件追求他向往的任何事情。

就在蒙蒂伯伯来访前的下午，我从学校回来得稍晚了点儿——正好轮到我留下来擦黑板——一到家就发现阿尔文不见了。在他床上，在厕所间，在屋里任何地方，我都没有找到他，于是跑出去到后院找，然后，慌慌张张地，又跑回屋里。在那里，在楼梯井底部，我听见了从下面隐隐约约传上来的呻吟声——是鬼，是阿尔文的母亲和父亲痛苦的鬼魂！我缓步沿地下室楼梯走下去，想知道在那里能否见到并听到他们，可我瞧见的竟是阿尔文自己，他杵在地下室的前墙旁，透过那对着顶峰大道街面的横向的小长条玻璃，往外凝视。他穿着浴衣，一只手撑着狭窄的窗台帮助自己保持平衡。另一只手我看不见。他在用这只手做一件我因太年幼而一点儿也不懂的事情。透过那已擦去污垢的窗户的小圆孔，他正在注视一些女中学生，她们住在科尔大道，从威夸希克公园走来沿我们住的街回家。他能看到的或许只是她们在前面矮树篱旁急匆匆走过的腿，可光见到这些腿也足以使他呻吟，我把这呻吟声当成了他因自己不再能用两条腿走路而发出的悲鸣。我悄悄地从楼梯上退了回去，走出后门，蹲在我家车库最远的一角，寻思着逃到纽约去跟厄尔·阿克斯曼住在一起。只因天色黑了，我还有家庭作业要做，我就回到屋子里，先停下脚步窥视一下地下室，看阿尔文是否还在那里。他不在了，于是我壮起胆子走下楼梯，快步从绞干机和下水道旁蹿过，一到窗边，我踮起脚尖——只是想像他那样往外看看街道——我发现窗下刷过石灰水的墙上有很多滑溜溜、黏糊糊的东西。由于我还不懂何谓手淫，当然也就不知道什么是射精。我以为这是脓。我又以为这是痰。我想不出这是啥东西，反正这玩意儿很可怕。面对这种使我感到神秘的排出物，我想象这是在人体里溃烂化脓、在他极度悲伤时从他嘴里喷射出来的东西。

下午蒙蒂伯伯顺道来看阿尔文。他是在去市中心米勒街的路上，打从十四岁开始，他就在菜市场上通宵干活，下午五点左右到那儿，次日早晨九点回到家才吃一顿饱饭，然后睡上一天。这就是我们家族中最富裕的成员过的生活。他的两个孩子生活得好些。琳达和安妮特，年纪比桑迪稍大，露出女孩子那种恼人的胆怯，见到其专横的父亲要蹑手蹑脚绕道而走。她们有很多衣服，上的是梅普尔伍德郊区的哥伦比亚中学，那里有更多的有很多衣服的犹太孩子，他们的父亲就像蒙蒂一样，每人都有一辆凯迪拉克牌轿车，车库里还有方便妻子和已长大的孩子们使用的第二辆汽车。跟他们一起住在梅普尔伍德大房子里的还有我的祖母，她也有很多衣服，都是她那最成功的儿子给买的，不过只逢犹太新年和赎罪节才穿一穿，礼拜天跟全家出去吃饭时蒙蒂也要她换上盛装。那些饭店没有能力充分供应符合她的标准的按犹太教规做成的洁净菜肴，所以她在菜单上点的东西无非是囚犯吃的面包和水，她也根本不知道饭店里的规矩。有一次，她见一个侍者助手端着一大堆盘碟碗杯回厨房，她站起来要上前去帮他忙。蒙蒂伯伯叫了起来："妈！别！别干扰他[1]。别管这孩子！"当她掴他手不让他挡住时，她那件可笑地缀满闪光金属饰片的衣服的袖子却把她拽回了桌边。有一个当女仆的黑女人，通常被称为"姑娘"，一周两天从纽瓦克搭公共汽车来打扫卫生，可这也没能阻止祖母在没有人擦洗厨房和厕所间地

1　原文为意第绪文。

板时自己两膝弯曲跪下来，也不能阻止她在洗衣盆里洗衣服，尽管蒙蒂装修一新的地下室里有一台崭新的、九十九美元的本迪克斯牌家用洗衣机。我的伯母蒂莲总是没完没了地抱怨，因为她丈夫白天整日睡觉，晚上从不回家，尽管家里每个人都认为这正是她的好运气，远超她那辆新的奥兹莫比尔汽车。

一月的一天，下午四点，蒙蒂第一次顺道来看阿尔文，他还穿着睡衣躺在床上。蒙蒂大胆地提出了一个我们谁也不知确切答案的问题："你究竟是怎么搞掉一条腿的？"由于从我放学回家开始，阿尔文一直郁郁寡欢不爱理人，我怎么逗他想要让他高兴，他都用气呼呼的咕哝声来回答我，所以我并不指望我们这位最不可爱的亲戚能引出任何答案来。

可瞧瞧蒙蒂伯伯那副咄咄逼人的神态，还有那无时无刻不叼在嘴角的香烟，连阿尔文，即使是在那些他刚回家的日子里，也无法让他住嘴，叫他滚蛋。在这个不同寻常的下午，阿尔文没能重新摆出那副鲁莽的挑战姿态，凭这股劲儿，他这个被截肢者，在回到家乡时居然如奇人般在宾夕法尼亚火车站大厅里跳跃而行。

"法国，"阿尔文用沉闷的嗓音回答了这个重大的问题。

"世界上最糟糕的国家，"蒙蒂对他说，语气十分肯定。一九一八年夏天，二十一岁的蒙蒂自己就在法国跟德国人打仗，参加了伤亡惨重的第二次马恩河战役，后来，在协约国突破德国西线时，又参加了阿尔贡森林战役，所以他对法国当然无所不知。

"我不是问你在什么地方，"蒙蒂说，"我是问你怎么弄的。"

“怎么弄的。”阿尔文重复道。

“痛痛快快说出来吧，孩子。这对你有好处。”

他当然也知道——什么对阿尔文有好处。

“你当时在哪里，”他问道，“你是什么时候遭到袭击的？别对我说‘在错误的地方’。你这一生都在错误的地方。”

“我们在等一艘船把我们送出去。”

说到这里，他闭上眼睛，似乎希望永远不要再睁开。可正当我祈望他到此为止不再讲下去的时候，他却突然说道：“开枪打一个德国人。”

“还有呢？”蒙蒂问道。

“那夜其余时间，他一直在那里尖叫。”

“是么？是么？讲下去。他在尖叫。接着呢？”

“这样快到天亮时，在船该来到之前，我爬到他那儿去了。在大约五十码远的地方。那时他已经死了。可我还在他身边爬行，爬到靠近他头部的地方，朝他的脑袋开了两枪。然后我朝这个狗娘养的吐了口唾沫。就在那瞬间他们扔来了手榴弹。我的两条腿都给炸着了。一条腿上的脚给炸花了。断掉了，脱落了。另一条他们可以给治。他们给做了手术，治好了。他们给上了石膏。他们把它整直了。可另一条没有了。我往下一瞧，见一只脚完好无缺，一条腿却是悬空的。左腿已被截肢了。”

情况就是如此，一点也不像我那种肤浅地想象出来的英勇事迹。

“孤身一人出现在无人地带，”蒙蒂对他说，“有可能你遭到了你们自己一方什么人袭击。这还不是事实的全部，只是一半的事实，有个家伙听见了炮火声，他慌了——嘿，他就猛地拔出手榴弹保险插销。”

对此猜测，阿尔文没说一句话。

只要瞧瞧阿尔文额头的汗珠，瞧瞧滴落在他喉部凹陷处的汗水，瞧瞧他那尚未睁开眼睛的样子，谁都应该理解他怜悯他。可我的伯伯不是——他理解，却不同情。“可你怎么会没被留在那呢？干了那样的损招之后，他们怎么会没让你死掉呢？”

“那儿到处是泥浆，”阿尔文文不对题地回答，“那地是烂泥地。我能记得的就是那儿有泥浆。”

“谁救了你呢，你这个死对头？”

“他们把我带走了。我肯定是离开了那地方。他们来把我带走了。”

“我试着想象你脑子里在想什么，阿尔文，可我想象不了。啐唾沫。他啐唾沫。这就是他丢掉一条腿的故事。”

“有些事情，你不晓得为什么要去做。”这是我在说话。我又知道什么呢？但我却告诉我伯父：“可你就是做了，蒙蒂伯伯。你不能不做。”

“你不能不做，菲列，如果你是个地地道道想对着干的家伙。”他对阿尔文说，“那现在该怎么办呢？你就躺在这里靠残疾补贴金过日子？你要活得像一个骗人的倒霉蛋？或许你会考虑像我们其余这些愚蠢的凡人一样自食其力？一旦你不再卧床，菜市场上有你干的事情。你从底层做起，用软管冲洗地板，给番茄分等级，从底层跟拉小运货车的人、干苦力活的人一起开始，但也有为我干的活儿，每星期一张工资支票。在埃索加油站你把一半营业额装进腰包，但不管怎样我还是要和你一起做生意，因为你毕竟是杰克的孩子，而为了我哥哥杰克我啥都可以做。没有杰克，就没有今天的我。杰克教我做蔬菜水果生意，后来他死了。就像斯坦海姆想教你建筑这一行。但没有人可以教你这个死对头。居然当着斯坦海姆的脸摔钥匙。对艾贝 · 斯坦海姆来说，你是太大了。对阿尔文 · 罗斯来说，只有希特勒才大得可以。”

在厨房那个搁防烫布垫和烤箱温度计的抽屉里，我母亲还放了一根笔直的长针和一团粗线，感恩节火鸡开膛塞满填料后，用这针线给缝起来。除了绞干机外，这针线是我想得起来的家里所有东西中的唯一刑具，我真想去厨房把它拿来，用它把伯父的嘴给缝上。

回菜市场之前，在卧房门口，蒙蒂转过身子来总结。霸道的人爱总结。滔滔不绝、疾言厉色的总结——除了老式的鞭刑外，没有什么东西可与之比拟。“你的伙伴们不顾一切风险拯救你。挺身冒着炮火把你拽了出来。他们不是这样做了吗？为了什么呢？为了你这余生可以跟马古利斯一起掷双骰子赌钱？为了你可以在校园里玩七张牌扑克？为了你可以回来再去加油站泵油，把西姆科维兹的钱偷个精光？你犯的所有错误都记录在案。你做的每件事情都做错了。连开枪打德国人你也做错了。为什么会是这样？你为什么当着人摔钥匙？你为什么啐唾沫？人家已经死了——你还吐唾沫？为什么？难道是因为生活把银盘赐给了罗斯家族的所有人却唯独没有赐给你？如果不是为了杰克，阿尔文，我不会站在这里白费唇舌。你分文也没有挣到过。让我们明白这一点。分文都没有。这二十二年你始终是成事不足败事有余。我这样做是为了你的父亲，而不是为了你，小宝贝。我这样做是为了你的祖母。‘帮帮这孩子吧。’她对我说，所以我在帮你。一旦你琢磨透了你想怎样发财，你就蹬上你的假腿来找我，我们再来谈谈。”

阿尔文没有哭，没有骂，没有抱怨，尽管在蒙蒂走出后门上了他的汽车之后，他可以把所有的邪恶念头统统发泄出来。那天他心力交瘁以至不能大声吼叫。连精神崩溃也不行。只有我行，在我恳求他睁开眼睛看着我、他却拒绝这样做之后，我便崩溃了。晚些时候我孑身一人躲在我家仅有的能让我藏身的地方，在那里我知道我可以跟活着的人隔开，跟他们不能不做的所有事情隔开。

# 第五章

## 以前从未有过

一九四二年三月至一九四二年六月

现在来说说阿尔文是怎样对桑迪产生恶感的。

阿尔文回家后的第一个星期一早晨，母亲在把他一个人留在家里之前叫他拄着拐杖四处走走，直到我们之中有人回家去接他。可他很鄙视拄杖而行，甚至拒绝屈从于拐杖的稳定平衡功能。晚上，当我们都已卧床，灯已关掉，他会解释为何拐杖并非像我母亲想的那么简单，惹得我大笑起来。“你上厕所，”阿尔文说道，“拐杖总是倒下来。它们总是撞出声响。它们总是弄出讨厌的噪音来。你去厕所，你用上这副拐杖，你要掏出你那鸡巴，可是因为拐杖碍手碍脚，你就掏不出你的鸡巴，你就得丢开拐杖。你就只能站在一条腿上了。那可不怎么好办。你东倒西歪的，溅得到处都是。你父亲叫我坐下来撒尿。你知道我说什么来着?‘你啥时自己坐下撒尿我就坐下，赫尔曼。’这该死的拐杖。金鸡独立。掏出你那话儿来。天哪。撒尿真够难的。”我控制不住地笑着，不仅因为他在这昏暗的房间里降低声音说出的故事特别滑稽，还因为在此之前尚无一人这样向我泄漏自己的秘密，并随意使用忌讳词，公然大讲厕所笑话。“得了吧，”阿尔文说，“小伙子，你就承认吧——撒尿可不像看起来那么容易。”

于是第一个星期一的上午他一人在家就出事了。他摔倒了，家里除了我谁也不知道这件事。当时他觉得，截肢是天大的损失，将永远妨碍他，折磨他。他在厨房里靠水池边站着，没有依靠拐杖，要弄一杯水。刚转身要回卧房，他忘了(这是最有可能的原因)自己只有一条腿，没有跳着走，却像家里其他人一样走了起来，当然就倒了下来。他那残肢底端的剧痛比那条腿缺掉部分的疼痛还厉害——这种疼痛，在我初次见他在我旁边床上忍受折磨的样子后，他对我解释说，“紧紧抓住你不放”，虽然那下肢已经不在了，是不会引起疼痛的。“你在那儿，那儿疼，”阿尔文在到了可用某种逗乐的话来消除我疑虑时说道，“你不在那儿，那儿还是疼。我不明白这是谁搞的鬼。”

那所英国医院给被截肢者打吗啡来止痛。“你总在要求打吗啡，”阿尔文对我说，“不论你什么时候要，他们都给。你按铃要护士来，她一到，你对她说‘吗啡，吗啡’，然后你就没那么痛了。”“在医院里痛到什么程度？”我问他。“这可不是好玩的，小伙子。”“那是你痛得最厉害的时候吗？”“我痛得最厉害的时候是，”他答道，“我六岁那年我父亲关汽车门夹住了我的手指。”他笑了起来，我也笑了。“我父亲说——他见我拼命哭，我这个小讨债鬼大概才那么高——我父亲说：‘别哭了，哭有什么用。’”阿尔文又轻轻笑了一声，说道：“那可能比痛还糟糕。这也是我对他最后的记忆。那天晚些时候他突然倒下，死了。”

阿尔文在厨房的亚麻油地毡上遭罪时，叫不到任何人来帮忙，更不必说打吗啡了。谁也不在家，要么在学校，要么在工作，所以，过了一会儿，他不得不匍匐而行，穿过厨房和门厅到他的床边。可就在他撑着地板使自己站起来的时候，他发现了桑迪的画夹。桑迪仍然用这文件夹保存着他那些夹在描图纸间的大幅铅笔画和木炭画，他也用这文件夹把画带到要展出的地点去。因为画夹太大了，不能放在阳光房，所以他把它留在了我们的房间里。只是好奇心促使阿尔文把画夹从床底下钩了出来，但因为不能立刻弄清楚其用途——也因为他真正想做的只是钻回被窝里——当他瞅见那根把文件夹的两部分扎在一起的缎带时，他本不想管它了。生存已无价值，生活已无法忍受，因为在厨房水池边不小心出的事故，他仍然因一阵阵抽搐而疼痛，所以不为别的，只是因为他觉得自己没有力气对付比这更艰巨的体力活了，他才漫无目的地拨弄起那缎带来，直到解开了那个蝴蝶结。

他在里面发现的是作为飞行员的查尔斯 · A. 林德伯格的三幅肖像，桑迪对父母亲说过，两年前他就把这些肖像以及林德伯格当总统后他遵伊夫林姨妈之命画的那些肖像都销毁了。我自己只见过新的那几幅，那是在伊夫林姨妈带我去新不伦瑞克听桑迪在犹太教堂地下室做演讲为“老实人”招募新成员的时候。“这一幅表现的是林德伯格总统签署普遍征兵法令，该法令旨在通过教会我们年轻人防护和保卫我们国家所必需的技能来维护美国和平。这一幅画中总统在制图人的制图板旁，从航空角度为我国最新战斗轰炸机的设计图纸提出建议。现在我给大家看的是林德伯格总统和他的家犬一起在白宫休息。”

桑迪的新不伦瑞克讲话，每一段落都以展示一幅林德伯格的新肖像开始，阿尔文在卧房地板上把它们一幅幅都仔细看了。然后，他注意到在这些美化的画像上所下的非常细致的功夫，尽管这使他产生了毁坏它们的冲动，但他还是把它们放回一张张透明纸中间，把画夹推回了床底下。

一旦阿尔文走出家门，在附近地区转悠，他不必凭桑迪的林德伯格肖像画就可以意识到，当他在法国袭击弹药库的时候，罗斯福的共和党继任者，即使尚未被犹太人完全信任，也已为我们社区中间那些起初像我父亲那样强烈憎恨他的人所容忍和接受。沃尔特·温切尔坚持在自己的礼拜日夜间广播节目上抨击他，在这个街区大家都忠实收听并深以为然，尽管听进他对总统政策进行的令人惊恐的分析，但新总统就职以来他们所担忧的事情毕竟什么也没有发生，我们的邻里于是逐渐对本杰尔斯多夫拉比的乐观保证比对温切尔的恐怖预言抱有更多期望。而且不光是我们社区，全国各地的犹太领袖都开始公开承认，纽瓦克的莱昂内尔·本杰尔斯多夫，压根没有在一九四〇年大选中因支持林迪而背叛了他们，而是对国家今后的去向具有先见之明，他晋升为美国吸收与同化局局长——也是美国政府犹太事务方面的最高顾问——是他作为林德伯格的早期支持者机智地博取其信任的直接结果。如果总统的反犹思想多少有所缓和(或者说得更动听一些，已经斩草除根了)，犹太人乐意将此奇迹归功于这位德高望重的拉比，此人即将通过联姻成为——又一奇迹——桑迪和我的姨父。

三月初的一天，我一人瞎逛，不知不觉来到可以折回学校操场的死巷，如果下午的天气暖和又不下雨，阿尔文已开始到操场来玩双骰子赌博游戏和种马扑克。我放学回家后，他已很少在家里，尽管一般他会在五点半之前回到家吃晚饭，用完甜点后，他出门到离我们家一个街区远的卖热狗的聚集处跟他的中学老朋友们碰头，其中有几个在西姆科维兹的埃索加油站干过活，因为偷老板的钱而跟他一起被开除。夜里他回来时我都已经睡着了，只在他去掉假腿、跳着进出厕所间时我才睁开眼，咕哝叫一声他的名字，便又睡着了。在他睡到我旁边的床上七个礼拜后，我不再是他必不可少的人了，我突然发现我失去了他这个代替桑迪催我入眠的人，桑迪现在已从我身边消失了，由伊夫林姨妈策划，去当他的明星了。这个伤残而痛苦的美国弃儿，现在比包括我父亲在内的我知道的任何人都更显眼地耸现在我面前，他的激烈挣扎成了我自己的挣扎，当我在课堂上应专心听老师讲课时，我也在为他的前途担忧，他现在又开始跟同一批不成器的家伙交友来往，正是这些人在他十六岁时把他教唆成一个可鄙的贼。他在战争中随他的腿一起失去的，看来还有他生活在我父母监护之下时曾被灌输的一切嘉言懿行。他也不再对抗击法西斯主义显示任何兴趣，而两年前，没有任何人可以阻挡他去从军作战。事实上，每天晚上他拖着假腿急着溜出家里，不管怎样，起初他主要是因为不愿被迫坐在起居室里听我父亲大声地念报上的战争新闻。

没有一场抗击轴心国的战役不叫我父亲不揪心，尤其是当战事对苏联和英国极为不利的时候，显而易见，他们多么紧迫地需要美国的援手，林德伯格及共和党国会却禁止伸出这援手。这时候，父亲会相当熟练地搬用一个战略家的术语来阐述英国、澳大利亚和荷兰必须阻止日本——其时正横扫东南亚，且暴露了自觉种族优越的人的所有野蛮行径——继续向印度西进、向新西兰南进、再向澳大利亚挺进。在一九四二年最初几个月里，父亲给我们念的太平洋战争消息统统是坏的：日本成功地驱入缅甸，日本占领马来亚，日本轰炸新几内亚，以及在从海上和空中进行毁灭性袭击、在战场上俘虏几万名英国和荷兰士兵之后，新加坡、婆罗洲、苏门答腊和爪哇都沦陷了。但最使我父亲感到不安的是俄罗斯战役的进展情况。去年，当德国人近乎在蹂躏苏联西半部所有大城市(包括基辅，我的外祖父母于十九世纪九十年代从该市附近移居美国)的时候，连比较小的俄国城市的名字，如彼得罗扎沃茨克、诺夫哥罗德、第聂伯罗彼得罗夫斯克和塔甘罗格，在我听来都已经像四十八个州的首府一样耳熟能详了。一九四一年至一九四二年冬季，苏联进行了看似不可能成功的反击，终于突破了德军对列宁格勒、莫斯科和斯大林格勒的围困，但到了三月份，德国人在冬季败局后重整旗鼓，就如《纽瓦克新闻晚报》刊登的军队行动地图所显示的，正在为征服高加索的春季攻势增加军力。我父亲解释说，一旦俄国崩溃，前景必将十分可怕，这将向世界显示德国战争机器之不可战胜。苏联丰饶的自然资源将落入德国人手中，俄国人民将被迫为第三帝国效劳。“对我们而言”最糟糕的事情是随着德国人的东进，几百万几百万的俄国犹太人将被置于占领军的控制之下，这支武装到了牙齿的军队将实施希特勒的救世主计划来打掉犹太人手中紧握的人道博爱。

据父亲说，反民主军国主义的野蛮胜算即将遍地开花，对包括我母亲的远亲在内的俄国犹太人的大屠杀几乎迫在眉睫，阿尔文却不闻不问。除了他自己的痛苦外，任何其他人的痛苦都不再压在他的心头让他忧虑。

我瞧见阿尔文把那条好腿的膝盖跪在地上，手持骰子，身旁有一堆钞票，用一块粗糙的水泥压住。由于那条假腿突出地直伸在他身前，他看起来就像一个蹲着身子跳那种狂热的斯拉夫吉格舞的俄罗斯人。有六个赌徒紧紧地围着他，其中三个还在赌，手里紧捏着剩下的钱，另两个已经输光了，就站在旁边——我依稀认出他们是被威夸希克中学开除的前学生，现在大约二十多岁——另一个两腿长长的家伙俯身在阿尔文头上，是他的"搭档"，原来是舒夏·马古利斯，他身体瘦削，穿着祖特套装[1]，肌肉结实，步态轻盈，从阿尔文在加油站那时候起就是他的跟屁虫，我父亲最瞧不起他。我们这些孩子都叫他"弹球戏王"，因为他吹嘘他的骗子叔叔是弹球戏王，又是一个在费城干非法吃角子老虎赌博的大王，他在费城曾称雄一时——还因为他常在附近糖果店里泡上好几小时，在弹球机上敲敲打打，把它推推搡搡，对它骂骂咧咧，粗暴地把它摇来晃去，以此来得分，直至要么彩灯闪出警告词"机箱斜了"、要么店主把他赶出去才使游戏终止。舒夏是个大名鼎

1　流行于十九世纪四十年代的男子服装，上衣肩宽而长，裤子腰高而口窄。

鼎的滑稽演员，曾嬉皮笑脸地把点着的火柴扔进学校对面的绿色大邮筒口里，让他的崇拜者们乐不可支。是他，有一次跟人打赌吃下一只活螳螂；又是他，在其短命的学习生涯期间，喜欢在他们常去的热狗店外面引得大伙儿哈哈大笑，他的做法是一瘸一拐地穿过法官大道，举着一只手挡住开来的车辆——瘸得很厉害，很悲惨，虽然他一点儿毛病也没有。现在他已经三十多岁了，可还跟他的裁缝母亲一起，住在温赖特街犹太教堂旁边一座两户半式房子顶楼的一套小房间里。我母亲就是找他母亲给阿尔文的裤子缝上拉链的。舒夏的母亲，大家都同情地称之为“可怜的马古利斯夫人”——马古利斯夫人可怜，不仅因为她是寡妇，靠给唐·奈克服装厂做计件工作赚取奴隶般的低工资养活自己，还因为她滑头滑脑的儿子似乎从未保住一份工作，只能给赌注登记经纪人跑跑腿，经纪人都在台球房外头工作，那台球房在他们家附近的街角，就在莱昂斯大道上那所天主教孤儿院过来的街上。

那所孤儿院位于圣彼得教堂围有栅栏的广场上。这座堂区教堂在我们这个前途无望的社区中心区域非常特殊地独占了三个街区。教堂上面有一座高高的钟楼，还有一座更高的尖塔，塔顶上有一个十字架，神明般高耸于电话线之上。在当地，你要沿着莱昂斯大道小丘，走上个将近一英里路，直到我的诞生地贝斯以色列医院，才有高建筑可见。我认识的所有男孩子也都生在那个医院，而且在生下的第八天，都在医院的圣所接受例行的割礼。教堂钟楼两旁有两个较小的尖塔，我从未想到要仔细看一看，因为据说基督圣徒们的脸是刻在石头上的，教堂又高又窄的彩色玻璃窗上的图画讲述着一个故事，我也不想知道。教堂附近有一座教区长住宅。和大多数坐落在这个陌生世界的黑色铁栅栏之内的建筑一样，这座住宅建于十九世纪下半叶，即我们那些房屋中的第一座盖起来之前几十年，威夸希克社区西部形成纽瓦克犹太开发区之前几十年。教堂后面有一所专为孤儿们——约有一百名——和少数当地天主教家庭的孩子们开办的文法学校。我记得有人告诉过我，那所小学和孤儿院由修女——德国修女们掌管。犹太孩子们，即使像在我们这样宽容的家庭里长大的，也偶尔才会穿过街去，我们看见她们穿着女巫般的服装，窸窣有声地从我们旁边经过。有一则家庭故事：我哥哥还是个小孩子的时候，一天下午独自坐在前门台阶上，瞧见两个从法官大道走来的修女，便兴奋地对母亲喊道："瞧，妈——疯女人[1]。"

孤儿院宿舍旁边有一座修道院。这两座楼都是普通的红砖建筑。夏日傍晚你有时会瞥见那些孤儿——白人孩子，有女孩，有男孩，年纪从六岁到十四岁不等——坐在室外安全梯上。我不记得在任何别的地方见过成群结队的孤儿，他们肯定不像我们一样能在街上乱窜瞎跑。成堆的孤儿使我感到的困惑，不会少于修女们令人不安的外貌使我感到的窘迫，主要因为他们是孤儿，也因为据说他们既"被弃置"，又"很贫穷"。

孤儿宿舍楼后面——不像在我们社区或在一个将近五十万人口的

1 桑迪误将"nuns"(修女们)说成"nuts"(怪人，疯子)。

工业城市任何其他地方可以看到的景象——有个商品蔬菜农场，这种农场使新泽西成了“菜园州”，当年能稍有盈利的家庭蔬菜农场星罗棋布于这个州不发达的乡村地带。在圣彼得教堂的农场种植和收获的粮食和蔬菜用来供养孤儿们以及十多名修女，一位年迈的“阁下”主管其事，有个年轻的神父当他的助手。农场由农场主、一个姓廷姆斯的德国侨民运作，孤儿们也帮助干活。除非我记忆有误，他与圣彼得教堂“阁下”同姓，这位大人管理该处已有多年。

在不到一英里之外的我们的公立小学里，有这样的传说：教导孤儿的修女们在课堂上惯常会用木尺来打那些最笨的孩子的手心，当一个男孩的过错严重到不可容忍时，阁下大人的助手就会闻讯而来，用鞭子抽打他的屁股，那鞭子就是农夫用来鞭打春耕拉犁时走得慢的并排双匹耕马的凹陷背部的。那些马我们都知道，都认得出来，因为它们时而会一起穿越农场走到圣彼得教堂领地南边界那儿长满树木的草地，在背向戈尔德史密斯大道的栅栏门上方好奇地伸出头来。我偶然碰到的赌博游戏就在戈尔德史密斯大道那边进行。

在戈尔德史密斯大道近端的操场边上，有一道约七英尺高的钢丝网眼栅栏，远端蔬菜农场长有树木的一侧则有一道柱子相间的铁丝网栅栏，由于附近哪儿都还没有盖起房子来，也从未有很多足迹或车辙显现，对这社区里一小撮以有害方式追求快乐的窝囊废而言，这儿简直是世外桃源。那儿有多处凶险的秘密集聚地，先前我去过的离得最近的一处是某次在操场上打球去追一只球时，那球滚到了栅栏那边他们那些人挤成一团的地方，他们互相骂来骂去，而把甜言蜜语留给了骰子。

现在，我不再是双骰子赌博的正义的小仇敌了，有一天下午我央求阿尔文教我怎么玩，那个下午他还撑着拐杖，母亲吩咐我陪他去看预约好的牙医，帮他做些诸如往车费箱内投钱、从公共汽车后门下车时给他拿着拐杖好让他跳下街道的事情。那天夜里，大家都去睡觉了，我们关掉两张床之间床头柜上的台灯，我的手电筒亮着，他含笑听我低声说道："骰子听话。"三个"7"无声地连续滚在我的被单上。然而当眼下我注意到他为他的那些下三烂朋友所掌控，想起我家为防止他蜕变为舒夏第二而做出的所有牺牲，我作为室友从他那里听来的所有污言秽语猛地像潮水般涌进我的脑袋。我骂他，代表我父亲、母亲，尤其是我那被逐出这个房间的哥哥，骂他。——难道我们大家同意迁就阿尔文对桑迪的不当行为就是为了这个吗？难道他出走去当兵打仗就是为了这个吗？我想道："拿走你该死的勋章，瘸子，把它放好！"如果他输掉伤残抚恤金的最后一分钱后能吸取教训就好了，可事实上他只是想赢钱而无法使自己歇手，就像他也不能使自己放弃重新变回所有人的英雄的渴望。接着，大把钞票已攒在手，他把骰子伸到我嘴前，以一种用来逗乐朋友们的粗重而沙哑的嗓音教我说："吹动它们——宝贝。"我吹了，他滚了，又赢了。"六加一——等于多少？"他问道。"七，"我顺从地答道，"来之不易。"

舒夏伸下手来把我的头发弄乱，开始称我为阿尔文的吉祥物，似乎"吉祥物"可以包括自从他到我们家来之后我为他解决的问题，似乎这样一个肤浅而幼稚的字眼，可以说明阿尔文的乔治王勋章为什么别在了我的贴身内衣上。舒夏身穿一套巧克力色的双排纽扣华达呢衣服——他最喜欢的穿着，裤管窄小，垫肩甚宽，翻领炫目，不论啥时候在附近四处来回晃荡，总是捻着手指发出噼啪之声——就这样，用我母亲的话来说，“浪费着他的生命”——回到他们逼仄的阁楼时，他母亲为了能付家庭账单在一天内已经缝了一百件衣服的褶边。

舒夏没有达到点数，阿尔文便把所有赢到的钱都拨拉在一块儿，炫耀地把一大把钞票塞进了自己的口袋——此人已把在学校后面银行里的存款都花没了。接着，他抓住钢丝网眼栅栏，把自己撑着站立起来。我知道(不仅由观察他开始趔趄着自己走路的痛苦样子所知)，头天晚上他的残肢上突然出现了一个很大的疖子，这天他并非处于最佳状态。可他就是不想让家里人以外任何人再看见他支着拐杖的模样，在出门跟坏小子舒夏结伴之前——并花一天工夫闹嚷嚷地批驳所有那些把他害成瘸子的完美理想——他给残肢拴上了假腿，不管有多疼。

他上前来把手搭在我肩上，说了唯一一句他用来抱怨的话：“做假腿的人真该死。”

“我现在可以回家了吗？”我低声问道。

“当然，为什么不可以？”接着他从他口袋里掏出两张十块钱的钞票——将近我父亲周薪的一半——把它们放在我的手掌上弄平。以前我有过的钱看来好像都不是真的。

我没有穿过操场往回走，而是走了一条稍许远一点的路回家，沿戈尔德史密斯大道小丘往霍普森街而行，这样我可以挨近些看一看孤儿院里的马匹。我从来不敢伸手摸摸它们，这天之前我也从没有像其他孩子一样跟它们说过话，揶揄地把这些泥浆溅身、黏涎垂滴的动物叫做“奥马哈”和“赫勒威”，这是我们那时候两匹在肯塔基马赛中获胜的最了不起的马的名字。

我停下，和马保持一定的安全距离，那些马在孤儿院栅栏上面瞪着浮雕般鼓出、幽幽闪光的眼睛，不停地挥动着尾巴，冷漠地注视着那片把圣彼得教堂这个堡垒和围栏那边的犹太社区分隔开的无人地带。门上的锁链没有打成环，就荡在那里。我只消一拉门闩，打开这扇门，这些马就会获释飞奔而去。这一诱惑非常强烈——就如心中的恶感怨恨一般。

“该死的林德伯格，”我对那些马儿说道，“纳粹操他狗娘养的林德伯格！”然后，由于担心万一我真的猛一下子把门打开，那些马不因获得自由而奔跑，却用它们的大牙把我拖进孤儿院，我便沿街飞奔起来，拐上了霍普森街，跑过了一排有一个街区长的四户型房舍，到了法官大道的街角，在那里，我看见我认识的家庭主妇们正在进进出出食品杂货店、面包店和肉铺，几个年纪稍大、我知其名字的男孩正在骑自行车，那个裁缝的儿子两肩扛着刚熨平的一批衣服给人送上家门，在那里，意大利语歌声从鞋店的门道里传到了街上，这鞋匠的收音机总在收听 WEVD[1]——EVD是为了纪念曾受迫害的社会党英雄尤金·V. 德

1　美国社会党于一九二七年创立的美国新闻谈话类无线电台。下文的 EVD 为美国社会党领袖尤金·V. 德布斯的姓名缩写。

布斯[1]——在那里，我很安全，因为没有阿尔文、舒夏、马匹、孤儿们、神父们、修女们以及教会学校的鞭子而很安全。

当我转身上小丘回家时，一个穿着整齐的男子在我旁边齐步行走。对当地的工人来说，此刻回家吃晚饭为时尚早，我立刻知道要保持警惕。

“菲利普少爷？”他张大嘴笑着探问道，“你有没有收听过广播连续剧《帮派警探》，菲利普少爷？关于J. 埃德加 · 胡佛和联邦调查局的故事？”

“听过。”

“好，我是为胡佛先生工作的。他是我的老板。我是联邦调查局的特工人员。这儿，”他说着便从上衣口袋里掏出一个皮夹子，很快打开它，给我看他的警徽。“如果你不在意，我想问你几个小问题。”

“我不在意，可我是在回家的路上。我得回家。”

我立即想起了那两张十块钱的钞票。要是他搜查我，要是他有搜查令搜我身，他会不会发现这些钱，还怀疑这钱是偷来的？谁不会呢？就在十分钟之前，在我的一生中，我四处闲逛时口袋里都空空如也，出门到了大街上，没有一分钱是在我名下的！我一星期五分的零花钱都存进一个果冻罐头的狭长口子里去了，桑迪用他童子军刀上的开罐小刀凿出了那个小口子。可现在我竟像一个银行抢劫犯一样在

1 Eugene V. Debs(1855—1926)，美国社会党领袖、工会领袖，曾受政治迫害而入狱。

瞎逛。

“别害怕。冷静些，菲利普少爷。你听过《帮派警探》。我们站在你一边。我只是问几个有关你的堂兄阿尔文的问题。他现在怎么样？”

“他很好。”

“他的腿好些了吗？”

“很好。”

“他走路还行吧？”

“是的。”

“我在你从那儿来的那地方看见的不就是他吗？阿尔文不就在那操场后面吗？在那人行道上，不就是阿尔文和舒夏·马古利斯吗？”

我没有回答，他便接着说：“如果他们就是扔扔骰子那也没有什么。那不犯罪。那只是一个成年人生活的一部分。阿尔文在蒙特利尔军医院里应该掷过很多骰子。”

见我还不搭腔，他问我：“那些家伙在谈论些什么？”

“啥也没谈。”

“整个下午他们都在那儿，难道什么话都没有说？”

“他们只是说，他们输了多少。”

“就没有别的了？不谈任何关于总统的话？你知道谁是总统，不是吗？”

“查尔斯·A. 林德伯格。”

“不谈任何关于林德伯格总统的话，菲利普少爷？”

“我没有听到。”我诚实相告。

可他也许不会偷听到我对那些马儿说的话吧？不可能——现在我可明白了，他知道自从阿尔文打仗回家后我的一切行动，知道阿尔文把他的勋章给了我。毋庸置疑，他知道我正戴着这枚勋章。否则他为什么这样从头到脚地打量我呢？

“他们谈论过加拿大吗？”他问道，“关于去加拿大？”

“没有，先生。”

“叫我唐吧，为什么不呢？我叫你菲尔。你知道什么是法西斯分子吗，菲尔？”

“我想我知道。”

“你记得他们把哪些人叫做法西斯分子吗？”

“不记得。”

“你别紧张。别急着回答。你想花多少时间就多少时间。努力回忆一下。事关重要。他们把谁叫做法西斯分子？他们说过什么关于希特勒的话吗？你知道希特勒是谁。”

“谁都知道。”

“他是个坏人，是不是？”

“是。”我说。

“他反对犹太人，不是吗？”

“是。”

“还有谁反对犹太人？”

“德美同盟会。”

“还有谁？”他问道。

我够清醒，我知道不能提到亨利·福特，“美国第一”组织，南方民主党人，或孤立主义共和党人，更不消说林德伯格。在过去几年间，我在家里听到的仇视犹太人的美国名流名单要比这长多了，还有普通的美国人，好几万人，或许好几百万人，如尤宁郡上我们不愿居住在他们旁边的喝啤酒者，华盛顿的旅馆老板，在联盟车站附近的餐馆里羞辱我们的八字须就餐者。“别说话。”我对自己说，好像一个受到保护的九岁男孩与犯罪分子同流合污而有隐情要隐瞒似的。但我已经开始认为自己是个小犯罪分子了，因为我是犹太人。

“还有谁？”他又问了一遍，“胡佛先生想知道还有谁。都说出来吧，菲尔。”

“我都说了。”我坚持说。

“你的伊夫林姨妈好吗？”

“她很好。”

“她要结婚了。是不是这样，她要结婚了？你至少可以回答这个。”

“是的。”

“那你知道她要跟谁结婚吗？”

“是的。”

“你是个聪明孩子。我想你知道得更多——多得多。可你太聪明了，不愿告诉我，是不是？”

“她要跟本杰尔斯多夫拉比结婚，”我说道，“他是美国吸收与同化局局长。”

我说的话弄得他大笑起来。“行了，”他对我说，“你回家去吧。回家吃你的无酵饼吧。你是不是因为这个才这么聪明的？吃无酵饼？”

我们现在到了法官大道和顶峰大道交叉的街口，我可以看见街区尽头我家的门阶。“再见！”我喊道，没等交通灯变绿就赶在落入他的陷阱之前跑回家，如果我尚未落入其中的话。

我家门前的街上停着三辆警车，我家的车道被一辆救护车挡住了，有两个警察一起站在门阶上说话，另一个在后门旁站岗。这条街上的女人们，大多还系着围裙，站在她们的前门台阶上，想弄明白发生了什么事情，所有的小孩子在我家街对面的人行道上挤在一块儿，透过停着的警车之间的空隙盯视着警察和救护车。我不记得以前有过什么时候他们能这样安静地聚集在一起，且满脸忧惧。

我们楼下的邻居死了。维希瑙先生自杀了。这就是为何我从未预料会看到的这一切此刻就发生在我家门外。他体重几乎不到八十磅，他竟能把自己勒死——把起居室的窗帘绳系在后门廊外套壁柜里的木杆上，然后把绳子绕在自己的脖子上，他坐在壁柜里一张厨房椅上，他从椅子边上往前一出溜倒下来，就把自己勒死了。塞尔顿放学回到家，去放掉他的外套，他发现自己的父亲穿着睡衣吊在那里，脸朝下，冲着壁柜地板，两旁是家里的低统和高统的橡皮套鞋。听闻这则噩耗后，我首先想到的是，我再独自一人在地下室时，不再会害怕听到底楼的这个垂死者发出的阵阵咳嗽声，也不再害怕在二楼自己床上想要入睡时听到他的咳嗽声。然而我又意识到，维希瑙先生的鬼魂现在就要加入已经聚居在地下室里的亡灵圈子，就因为他的死让我松了一口气，他将会以他的方式缠扰我一辈子。

由于我不知道该做些什么，起先我跪在停着的警车旁边，跟别的孩子一起躲在那里。关于降临在维希瑙一家的灾难，没有一个孩子有什么比我更清楚的认知，但我倒是透过他们的窃窃私语，把维希瑙先生怎么死、怎么被发现的经过串联了起来，还听说塞尔顿和他母亲跟一个警察以及一个急救卫生员在家里头。还有那具尸体。小孩子们都等着要看的就是尸体。我宁愿跟他们一起等，而不想在他们正从台阶上把维希瑙先生抬出来时紧紧张张地跑进后面的过道。我也不想回家，一个人坐在那里，直至母亲、父亲和桑迪出现。至于阿尔文，我希望永远也不再见到他，也不想让任何人向我问有关他的问题。

那个陪同急救卫生员从屋子里出来的女人，不是维希瑙太太，而是我的母亲。我不明白她怎么已经下班回家了，直至突然领悟到他们抬着的死去的父亲是我自己的父亲时，我这才明白。是的，当然——是我父亲自杀了。他不能再忍受林德伯格，不能再忍受林德伯格让纳粹对俄国犹太人干的事儿，不能再忍受林德伯格就在这儿对我们家干的事儿，所以他把自己吊死了——在我们家的壁柜里。

那时候，我对他还没有很多很多记忆，我只有一个记忆，而且看来根本不重要，不该是我应有的唯一记忆。阿尔文对他父亲的最后记忆是他关汽车门时夹了还是小男孩的他的手指——我对我父亲的记忆是他跟那个每天在他办公楼外乞讨的男子残体打招呼。“你好吗，小罗伯特？”我父亲问道，那人的残体答道：“你好吗，赫尔曼？”

就在此刻，我侧身穿过两辆紧挨着停靠的警车之间的空隙，飞奔着穿过了街。

当我看见那盖着父亲身体和面孔的被单可能让他没法呼吸的时候，我号啕大哭起来。

“别哭，别哭，宝贝，”我母亲说，“这没有什么可害怕的。”她伸出双臂抱住我的头，拉我靠近她，重复说道：“这没有什么可害怕的。他病了，他很痛苦，他死了。现在他不再痛苦了。”

“他刚在壁柜里，”我说。

“不，他不在壁柜里。他在自己床上。他死在床上。他病得很重很重。这你知道。这就是为什么他一直咳嗽不停。”

这时救护车的门开了，把担架接了进去。急救卫生员们在里头细心张罗，随后关上了门。我母亲和我站在街上，她就在我身旁，挽着我的手，看来十分平静，这使我感到惊诧。我突然挣脱她的手跟在救护车后面飞跑起来，高喊着：“他没法呼吸！”——直到此刻，她才终于明白是什么使我备受煎熬。

“这是维希瑙先生——是维希瑙先生死了。”她摇晃着我，轻轻地前后摇晃着我，好让我恢复理智。“这是塞尔顿的父亲，宝贝——今天下午他因病去世了。”

我无法确定，她是为了不使我更加歇斯底里而说谎呢，抑或她说的是叫人高兴的实话。

“塞尔顿是在壁柜里发现他的吗？”

“不。我对你说——不是的。塞尔顿是在他床上发现他的。塞尔顿的母亲不在家，所以他给警察打了电话。我来了，因为维希瑙太太给我店里打了电话，要我帮助她。你明白不明白？爸爸在上班。爸爸在工作。唉，你究竟在想些什么呢？爸爸会很快到家吃晚饭。桑迪也是。没有什么可惧怕的。大家都会在家，大家都在回家，我们都要吃晚饭了，”她重复地安慰道，“一切都会很好的。”

然而，一切都不“很好”。在法官大道盘问我关于阿尔文的事儿的联邦调查局特工人员，早些时候过访哈恩百货公司服装部询问我母亲，接着过访大都会人寿保险公司纽瓦克办公室询问我父亲，而就在桑迪离开伊夫林姨妈的办公室回家时，他又登上我哥哥乘的公共汽车，坐在他旁边，又一次进行了质询。阿尔文没有回来吃晚饭，也就对此一无所知——我们刚就座吃饭，他就打电话回来，告诉我母亲不要给他留任何东西。看来，阿尔文每次打扑克或玩骰子赌博大赢的时候，他就会带舒夏到市中心的“山核桃烤肉店”吃一顿炭烤牛排晚餐。“阿尔文的犯罪合伙人”，父亲这样称呼舒夏。那天晚上他把阿尔文说成是忘恩负义的，愚蠢的，鲁莽的，无知的，不可救药的。

“也是痛苦的，”母亲忧伤地说，“因为他的腿而那么痛苦。”

“得了，对他的腿我都烦了，腻味了，”父亲说道，“他从军打仗去了。谁送他去的？我没有。你没有。艾贝·斯坦海姆没有。艾贝·斯坦海姆想送他去上大学。他是自己去当兵打仗的，幸亏没有给打死。他很侥幸，只掉了一条腿。就这么回事儿，贝丝。我受够了这孩子了。联邦调查局质询我的孩子们？他们骚扰你和我就已经够恶劣的了——居然在我办公室里，当着我老板的面！不，”他对她说，“这该停止了，现在就停止。这是一个家。我们是一个家庭。他在城里跟舒夏一起吃晚饭？就让他跟舒夏住在一块儿吧。”

“要是他能去上学就好了，”母亲说道，“要是他能有工作就好了。”

“他有工作，”父亲答道，“游手好闲。”

我们用毕晚餐，母亲为塞尔顿和维希瑙太太拼凑了一顿饭，父亲帮她把菜盘端到楼下去，洗碗的事留给了桑迪和我。就如大多数晚上一样，我们开始在水池边干活，例外的是我停不了嘴。我告诉他掷骰子赌博的事儿。我告诉他联邦调查局特工人员的事儿。我告诉他维希瑙先生的事儿。“他不是死在他床上，”我说，“母亲没有告诉我们实话。他是自杀的，只是她不愿意这样说。塞尔顿下学回到家，在壁柜里发现了他。他上吊了。所以警察要来。”

“他变色了吗？”哥哥问我。

“我只看见他盖着被单。也许有各种颜色——我不知道。我也不想知道。够糟糕的是，他们晃动那担架时，你可以看见他在动。”我没有大声告诉他我起初以为那被单底下的是父亲，因为害怕一大声这事儿就会变成真的。父亲还活着，生龙活虎地活着，正生着阿尔文的气，扬言要把他赶出家门——这一事实对我的想法并无影响。

“你怎么知道他是在壁柜里？”桑迪问道。

“小孩们都这样说。”

“你就相信他们的话？”由于他有名了，他正在变为一个严厉苛刻的家伙，每当他说起我或我的朋友，他那十足的自以为是现在听起来越发高傲自大了。

“那么，为什么警察都来了？就因为他死了？时时刻刻有人在死，”我说道，就是不愿相信这点，“他杀了自己。他不得不这么做。”

“难道自杀是犯法的吗？”哥哥问我，“他们要干什么，因为他自杀就把他关进牢里去？”

我不知道。我不再知道法律是怎么回事儿了，也就不再知道什么是违法什么是不违法。我看来并不知道我自己的父亲——他和母亲刚下楼去——究竟是真的活着，还是假装活着，或已经死了正躺在救护车后部被运走。我啥也不知道。我不知道阿尔文为什么不学好却要学坏。我不知道我是不是在做梦，梦见一个联邦调查局特工人员在法官大道盘问我。这一定是个梦，但如果大家都说他们也被盘问了，那就不可能是个梦。除非那是个梦。我感到眩晕，心想我会晕倒。除了在电影里，以前我从未见过谁晕倒，我自己也从未晕倒过。以前我从未躲在街对面来瞧我们的房子，并希望这是别人家的房子。以前我口袋里从未有过二十块钱。以前我从未听说有人目睹自己父亲吊在壁柜里。以前我从不需要以这样的速度成长。

以前从未——一九四二年一再重复的一句话。

“你最好去叫一下妈妈，”我对哥哥说，“叫她——告诉她马上回家！”但桑迪还没到后门赶去维希瑙家，我就吐在了还在我手里的擦碟干毛巾上。我倒下了，因为我的一条腿给炸掉了，到处是我的血。

我连续六天发烧躺在床上。我十分虚弱，气息奄奄，家庭医生每天晚上都过来检查我的病情，我得的是罕见的幼儿病，名为“为什么不能像以前一样”。

对我而言，第二天是礼拜日。下午晚些时候，蒙蒂伯伯来访。阿尔文也在家。从我在床上无意中听到的厨房里的谈话来看，自从礼拜五维希瑙先生自尽后，阿尔文四处不照面儿，也离开了那些五六个、十几个和二十几个一伙的人，不玩掷双骰子赌博游戏了。但自从礼拜五晚饭时分起，我自己也跟着那些马和它们的蹄子跑了，我被瞬息万变的幻觉所萦绕，孤儿院的那些耕马一直把我追逐到天涯海角。

眼下又是蒙蒂伯伯。蒙蒂伯伯又在数落阿尔文，他说的话我难以想象是在我们家当着我母亲的面说出来的。不过，蒙蒂伯伯是知道怎样用我父亲确实不会采取的方式来制服阿尔文。

夜晚降临之时，在喊叫怒骂之声渐渐平息变成了为我已故杰克伯伯的哀声恸哭之后，在蒙蒂浑厚响亮的嗓音变哑之后，阿尔文这才接受蔬果市场的工作，蒙蒂最初给他这个工作时，他是拒绝考虑的。那天上午他在一个高大的加拿大护士陪护下到达宾夕法尼亚火车站，已因伤残丧失了生活的勇气，坐在轮椅上，为挫折失败所压倒，不敢直视我们中的任何人，就是这个阿尔文现在答应跟舒夏散伙，不再在社区街道上赌博。一个心怀怨恨的人居然既能俯首听命，又哭泣落泪，我们大家都大吃一惊，因为阿尔文突然掉出了负疚的泪水，恳求宽恕，保证对我哥哥不再粗野以待，对我父母不再忘恩负义，对我不再起坏影响，要以我们应得的感激之情对待我们。蒙蒂伯伯警告阿尔文说，如果他不遵守自己的诺言，继续破坏赫尔曼的家庭，罗斯家族就跟他一刀两断了。

尽管阿尔文看起来很卖力地要做好他的第一份工作——那些低贱苦累的粗活，但他在菜市场并没有待多久，连比打扫打扫、取取东西略胜一筹的活儿也没有挨上。他在那儿才一星期多一点儿，某天联邦调查局就来调查他，是同一名特工，问的问题跟问我家人和我的问题也是一样的，既不想得罪人却又带威胁性，不过这次还在农产品市场其他工人面前含沙射影，说阿尔文自称为叛徒，正在跟他自己那一伙反美不满分子策划暗杀林德伯格总统的阴谋。这种指控荒唐可笑，可阿尔文整个星期都泰然处之——好像他发过誓、一个劲儿地要使自己保持镇定。他立即给解雇了，离开时，有个管事的打手给他下了道命令，永远不许他再踏入菜市场半步。我父亲给他哥哥打电话要求知道这是怎么回事，蒙蒂回答说，他别无选择——朗吉的那伙人命令他甩掉他的侄子。纽瓦克的朗吉·兹维尔曼，像我父亲及其兄弟们一样，都是移民之子，在老犹太贫民窟里长大，他当时操纵新泽西州的非法生意，是个冷酷无情的大亨，从赛马赌注登记到破坏罢工到货车运输和车船托运业务的各个方面，敲诈像贝尔蒙特·罗斯这样的商人。由于联邦政府官员是朗吉最不希望来多管闲事的一伙人，阿尔文便丢了工作，被赶出了我们家，在二十四小时之内离开了纽瓦克，这一次不是跨越国际边界前往蒙特利尔加入加拿大突击队，而只是跨过特拉华河，前往费城，给赌博机器之王、舒夏的伯伯做事，看来这个干非法生意的人比他在北泽西独一无二的对手更能容忍“叛徒”。

一九四二年春，为庆祝冰岛协定的成功，林德伯格总统夫妇在白宫举行国宴招待德国外交部长乔基姆·冯·里宾特洛甫[1]，人们知道就是此人，在一九四〇年共和党全国代表大会劝进林德伯格之前，就把他作为理想的美国总统候选人举荐给他的纳粹同事们。冯·里宾特洛甫是冰岛会议全过程的谈判者，当时就坐在希特勒旁边。在近十年法西斯分子掌权以来，他是第一个被政府官员或机构邀请到美国来的纳粹领袖。为冯·里宾特洛甫设国宴的消息一公布，自由派报刊就发出了强烈的抨击声，全国各地举行集会游行抗议白宫的决定。前总统罗斯福在离职退隐后第一次露面，在海德公园向全国发表了简短讲话，敦促林德伯格总统取消这一邀请，“为了所有热爱和平的美国人，更为了数千万欧裔美国人，他们的故国正生活在纳粹的沉重枷锁之下”。

罗斯福立刻遭到副总统惠勒的反击，说他跟在职总统处理的外交事务“玩政治”。这不仅是犬儒主义，这位副总统说，而且是完全不负责任的，就如新政民主党人治国期间他推行同样危险的政策一样不负责任，当时那些政策几乎就要把美国拖入血腥的欧洲战争。惠勒本身是民主党人，是来自蒙大拿州的连任三届参议员，自一八六四年林肯选择安德鲁·约翰逊为其第二任竞选伙伴之后，他是第一个也是唯一

1 见附录“作品中其他历史人物”。

被选定与总统候选人同上候选名单的反对党成员。在其早期政治生涯中，惠勒是那么“左”，以致他一直是蒙州比尤特市激进工会领袖们的代言人，阿纳康达铜矿的敌人——这家采矿公司像管理一家公司商店一样操纵着蒙大拿州——还有，作为罗斯福的早期支持者，一九三二年他曾被推举为罗斯福的副总统候选人。一九二四年他首次脱离民主党，与威斯康星州改革家参议员罗伯特·拉·福利特联名出现在获得工会支持的进步党的总统候选人名单上，后来，他离开拉·福利特及非共产党美国左翼的支持者，加入林德伯格和右翼孤立主义者，协助成立“美国第一”组织，以反战声明攻击罗斯福，其声明如此偏激，以致使总统用这样的词句来形容他的抨击：“讲出了我这一代人的公众生活中最假、最卑怯、最无爱国心的话。”惠勒之所以被共和党遴选为林德伯格的竞选伙伴，部分原因是三十年代后期他自己在蒙大拿州的政治机器有助于选举共和党人进入国会，但主要是为说服美国人相信两党共同支持和平主义的威力，并在选票上有一个不同于林德伯格的好斗者，此人的职责将是利用一切机会攻击、痛斥他自己的政党，就像他在副总统办公室记者招待会上做的那样。他在记者招待会上预言，如果罗斯福海德公园演说中的不顾危险后果、“热衷于战争的”言辞意味着民主党打算在即将来到的选举中展开一场运动的话，他们将会在国会选举中遭到比一九四〇年共和党压倒性胜利的竞选中更大的损失。

就在接着的一个周末，麦迪逊广场花园大会堂几乎座无虚席，德美同盟会出动大约两万五千人，支持林德伯格总统邀请德国外交部长，谴责民主党卷土重来的“战争贩子行径”。在罗斯福第二任期内，联邦调查局和国会的几个委员会调查了德美同盟会的活动情况，将其定性为纳粹政治联盟，对其高层领导人提出了犯罪指控，从而使该组织处于停滞状态。但在林德伯格治下，政府对德美同盟会成员不遗余力的骚扰和威胁都停止了，所以他们能恢复元气，标榜他们自己不仅是反对美国介入外国战争的德国血统的美国爱国者，而且是同苏联不共戴天的敌人。组成德美同盟会的那种深度法西斯关系，如今用另一种方式给掩饰起来了，那就是以爱国姿态大声疾呼世界范围内共产主义革命的危害。

尽管德美同盟会这个亲纳粹组织更像反共组织，但它一如既往是个反犹组织，在其宣传品中公开把犹太教等同于布尔什维主义，不时地点一批“好战”犹太人的名——如罗斯福的密友、财政部长摩根索和金融家伯纳德·巴鲁克，表示其对一九三六年最初成立时在正式宣言中阐明的目的的虔诚：“与莫斯科导演的红色世界威胁狂及其犹太带菌者做斗争”，并创建“一个非犹太人统治的自由美国”。不过，在一九四二年的麦迪逊广场花园集会上，有些东西不见了：纳粹国旗，纳粹党徽，伸直手臂的希特勒式敬礼，冲锋队员制服，还有曾挂在一九三九年二月二十日第一次集会上的“元首”巨幅画像，当时德美同盟会将此事件宣传为“乔治·华盛顿日生日仪式”。另一些东西也不见了：挂在墙上宣告“醒来，美国——粉碎犹太共产党人！”的横幅，演讲者提到富兰克林·D. 罗斯福时把他叫成“富兰克林·D. 罗森菲尔德”，还有发给同盟会成员用来别在上衣翻领上的白色大徽章，上面用黑字写着：

# 莫使美国
# 陷入
# 犹太战争

与此同时，沃尔特 · 温切尔继续把“德美同盟会成员”说成 “德美同居会成员”。多萝西 · 汤普森——著名记者，小说家辛克莱 · 刘易斯的妻子，继续以三年前同一精神痛斥他们的宣传伎俩，当年她行使她所说的“嘲笑公众会堂里荒谬言论的权利”，结果被从一九三九年德美同盟会集会上赶了出去，退出会场时，她高声喊：“假话，假话，统统是假话！《我的奋斗》，字字都是假话！”紧接德美同盟会集会之后，温切尔在其周日夜间广播节目上以其惯有的极端自信宣称，对冯 · 里宾特洛甫国宴日趋增长的敌意标志着美国与查尔斯 · A. 林德伯格蜜月的终止。他称之为“总统之世纪大错误”，“大错中的大错”，“追随我们热爱法西斯的总统的反动的共和党徒们将在十一月选举中用其政治生命付出代价”。

白宫，习惯于对林德伯格几乎是万众一致的神化，似乎因遭到强烈抵制、反对派能如此迅速地聚众违抗他而陷入了困境。尽管政府设法使自己与德美同盟会的纽约集会保持距离，民主党——决意将林德伯格与该组织的不光彩名誉联系在一起——在麦迪逊广场花园召开了他们自己的大会。演讲者一个接一个严厉谴责“林德伯格德美同盟会成员”，直至罗斯福本人出现在讲台上，大家都十分惊喜。他出场时引起的那十分钟之久的欢呼鼓掌本可延续更长时间，如果不是这位前总统使劲叫喊压住这一片欢呼声的话。“我的美国同胞们，我的美国同胞们——我有话要对林德伯格和希特勒两位先生说。这个时刻迫使我向他们明确地宣布：我们才是美国命运的主人，他们——不是。”他的话语是如此激动人心、鼓舞士气，以致会场上的每一个人(还有我家起居室以及我们街上所有起居室里的每一个人)都陶醉在欣喜的错觉之中：国家很快能得到救赎。

“我们唯一不得不感到恐惧的，”罗斯福对其听众说——令人想起他第一次就职典礼演说名句中的前十二个字[1]——“是查尔斯·A. 林德伯格对其纳粹朋友们的卑躬屈膝，是这位世界上最伟大的民主国家的总统对一名盖世太保的无耻谄媚，这个人类罪恶史上空前绝后、残忍野蛮的暴君要对罄竹难书的罪恶行径和残暴行为负责。但我们美国人不会接受一个由希特勒掌控的美国。今天整个世界被分成了人类奴役和人类自由两大部分。我们——选择——自由！我们只接受一个奉献给自由的美国！如果国内有反民主势力要策划阴谋，企图以吉斯林[2]蓝图搞一个法西斯美国，或有贪图权力和霸权地位的外国要策划阴谋——一个压制以美国人权法案为基本文献的极度高涨的人类自由精

1　指“The only thing we have to fear is fear itself”——“我们唯一不得不感到恐惧的就是恐惧本身”，一九三三年罗斯福就职典礼演说中的名句。

2　Quisling(1887—1945)，挪威政客，第二次世界大战德国占领挪威期间任傀儡政府总理。

神的阴谋，一个以奴役被征服的欧洲国家人民此类暴虐统治的专制独裁来取代美国民主的阴谋——那就让那些敢于密谋反对我们民主制度的人懂得，不论在何种威胁之下，不论面临何等危险状况，美国人都不会将先辈为我们在美国宪法中建构的自由保障拱手相让。”

数天之后林德伯格做出了回应—— 一天清早，他穿上他的“孤鹰”飞行服，驾驶他的双引擎拦截机从华盛顿起飞，亲自去和美国人民见面，再次向他们保证他做出的每一项决策都只为了加强他们的安全，保障他们的幸福。每当有即使再小的危机稍稍露头，他就会飞向全国各地的城市，这一次凭借截击机的惊人速度，一天之内他要去四五个城市。他的飞机每降落到一处，就有一大批无线广播电台的麦克风等着他，还有当地的头头脑脑，电讯社通讯员，市里的记者，以及数千公民，他们聚集在一起，想一睹身穿著名飞行员风衣、头戴皮帽的年轻总统的风采。每次一落地，他就明确表示，他在全国各地飞来飞去是无人护送的，既无特工人员，也无陆军航空兵团保护。这就是说他知道美国领空有多安全，这就是说现在国家有多安定，在一年多一点的时间里，他的政府就驱除了战争的所有威胁。他提醒他的听众，自从他就职后，没有一个美国男青年的性命被置于危险境地，而且只要他在职，今后也不会被置于危险境地。美国人对他的领导报以信任，他对他们所做的所有承诺他都会兑现。

这就是他说的或不得不说的所有话。他一次也没有提到冯 · 里宾特洛甫或罗斯福的名字，也没有涉及德美同盟会或《冰岛协定》。他只字不提纳粹的扶持，一点儿也不透露他和纳粹领袖的密切关系以及他的目标，甚至也没有一言嘉许德国军队已从冬季失利中恢复元气，在俄罗斯战线上，苏维埃共产党正被迫继续向东撤退，直至最终失败。可当时在美国，人人皆知这是总统，也是其政党内占优势的右翼不可动摇的信念，即抵制共产主义在整个欧洲，然后向亚洲和中东直至我们自己的西半球扩张的最佳防护方式，就是借用第三帝国的军事力量彻底摧毁斯大林的苏联。

林德伯格以低调、严肃而动人的姿态告诉飞机场上的群众和无线电听众，他是谁，他做了什么。在返身又登上他的飞机往下一站起飞的时候，他就可以宣布，紧接招待冯·里宾特洛甫的白宫宴会之后，第一夫人将邀请阿道夫·希特勒及其情妇作为假日贵宾在白宫林肯卧室欢度七月四日周末，他的同胞们照样可以把他当作民主的救星而向他欢呼喝彩。

我父亲的童年好友舍普希·特奇维尔是新闻片影院数名放映员兼编辑之一，这家影院位于宽街，开办于一九三五年，是纽瓦克唯一只放映新闻片的电影院。一小时的新闻节目包括简明新闻、新闻短片和专题片《时间的推移》，每天从清晨放到午夜。每星期四，百代和派拉蒙等影片公司会提供数千英尺的新闻胶片，特奇维尔先生和其余三名编辑便从中加以选择粘接成最新的新闻片，所以像我父亲——他在克林顿街上的办公室就在影院几条街之外——这样的固定观众便能始终跟上国内新闻、重要的国际事件，以及体育锦标赛激动人心的时刻，在这个无线电时代，除了电影院，人们在哪儿都看不到胶片上的新闻。父亲每周总设法挤出一个钟头来看全这个新闻节目，每次看完之后，就会在吃晚饭时细述他看见了什么，看见了谁。东条英机。贝当。巴蒂斯塔。德·瓦莱拉。阿里亚斯。奎松。卡马乔。利特维诺夫。朱可夫。胡恩。威尔斯。哈里曼。戴斯。海德里希。布卢姆。吉斯林。甘地。隆美尔。蒙巴顿。乔治国王。拉瓜迪亚。佛朗哥。庇护教皇。这仅仅是重大事件新闻片中大批瞩目人物的一份缩略名单，父亲告诉了我们，有朝一日我们会将其牢记并作为有价值的历史传给我们自己的孩子。

“因为什么是历史？”父亲开启他那晚饭时分健谈的教导模式，夸张地问道。“历史是发生在每个地方的每件事情。在纽瓦克这儿。甚至是在顶峰大道这儿。甚至是发生在一个普通人家里的事儿——在未来某天也都将成为历史。”

周末特奇维尔先生上班时，父亲会带桑迪和我去新闻片影院接受进一步教育。特奇维尔先生会在售票处给我们留三张免费入场券，每次电影映毕父亲会带我们去楼上的放映间，他会给我们上同样的公民课。他会告诉我们，在一个民主社会，跟上当前时事是公民最重要的职责，了解当日新闻要越早越好。我们会一块儿靠近放映机，他会把机上每个零件的名称告诉我们，然后我们会看看墙上镶在镜框里的照片，那些照片是在戴黑领结的影院开幕之夜拍的，纽瓦克第一任也是唯一的犹太市长迈耶·艾伦斯坦[1]剪了横贯大厅的彩带，并对贵宾名流

1　见附录“作品中其他历史人物”。

表示欢迎，特奇维尔指着他们的照片对我们说，客人中有前美国驻西班牙大使和巴姆伯格百货公司的创办人。

对新闻片影院，我最喜欢的是其座位安排得合理，在别人经过时连成年人也不必站起身来让路，放映间据说是隔音的，大厅的地毯上有一个电影胶片片盘的图案，你出入时可以踩在上面。直到我回忆起一九四二年那几个连续的星期六——当时桑迪十四岁，我九岁，父亲特地带我们一周去看德美同盟会集会，另一周去看罗斯福向广场花园反里宾特洛甫集会发表演讲——我才想起除了播报大多数政治新闻的洛厄尔·托马斯和热情报道体育新闻的比尔·斯特恩的叙述语调之外的很多其他事情。但我没有忘记德美同盟会，因为德美同盟会成员引起我的憎恶，他们站起来反复叫喊着冯·里宾特洛甫的名字，好像他是美国现任总统似的；我没有忘记罗斯福的演说，因为当他对反里宾特洛甫集会宣告说“我们唯一不得不感到恐惧的是查尔斯·A. 林德伯格对其纳粹朋友们的卑躬屈膝”的时候，电影观众中有整整一半的人发嘘声喝倒彩，另一半，包括我父亲在内，鼓掌鼓得要多响就有多响，我担心，会不会就在这一天，在宽街上，爆发一场战争，如果会，那么我们从这昏暗的影院出去，就会发现纽瓦克市中心是一片堆满瓦砾、硝烟滚滚的废墟，到处都有火焰在燃烧。

对桑迪而言，坐在新闻片影院里看这两场周六下午的电影并非易事，由于他事先就知道事与愿违，所以起初拒绝了父亲的邀请，只是在命令他必须这样做时才跟我们一起来。一九四二年春天那会儿，桑迪已是个瘦高个儿帅哥，过几个月就要上高中了，他衣服穿得整整齐齐，头发梳得服服帖帖，他的姿态，站着也好，坐着也好，完全像一个西点军校学生。作为“老实人”组织主要的年轻发言人，他的经历又赋予他一种在如此年轻的人身上实属罕见的权威气质。桑迪得证明自己如此善于影响成年人，他得在社区较小的孩子中间发展一批虔诚的追随者，他们热衷于仿效他，希望有资格参加美国吸收与同化局的暑假农场项目——这些都使父母感到惊讶，使他们的这个大儿子在家里比过去更有威慑力，以前大家只知他是一个和和气气、普普通通、有画人物肖像才能的孩子。对我来说，因为他年长，所以永远是名强者；现在他看来比先前更强了，很容易引起我的钦羡，尽管我因阿尔文称他为投机分子而疏远了他——虽然连这投机主义（如果阿尔文说得没错、名副其实的话）看来也是另一种非同寻常的才能，一种泰然自若、自我成熟的标志，会意地与世界的生活方式交融在一起。

当然，投机主义这个概念对九岁的我来说还是懵懵懂懂的，但阿尔文用厌恶的语气加以谴责，还用引申法加以补充的这个概念的道德地位已给表达得够清楚了。那时候他出院不久，还沉浸在痛苦中无法自拔，所以尚未试图收敛态度。

“你哥哥啥也不是，”有个夜晚他躺在床上告诉我说，“他比啥也不是还差。”就是这时候，他给桑迪贴上了“投机主义”的标签。

“他是吗？为什么？”

“因为人们都是，因为他们为自己追求利益和见他们鬼的所有东西。桑迪是个他妈的投机分子。你那个乳头又大又挺的母狗姨妈也是。那个神气的拉比也是。贝丝婶婶和赫尔曼叔叔才是老实人。可桑迪——就一下子被那些杂种收买了？在他这个年纪？连同他的才华？你那个哥哥可真是个他妈的呱呱叫的人。”

收买。这个词对我来说也是新的，但现在并不比“投机分子”更难懂。

“他只是画了些画，”我解释说。

可阿尔文没有心绪听我对这些画的存在做点儿辩解，尤其是他不知怎地已经知道桑迪和林德伯格的“老实人”组织有瓜葛。关于这点我是下决心绝对不告诉他的，可我没有勇气问他是怎么知道的，尽管我做过这样的猜测：在偶然发现床底下那些画之后，他可能去了餐厅，在桑迪存放学校笔记本和书写纸的橱柜抽屉里翻找搜寻，结果找到了所有使他有必要永远憎恨桑迪的证据。

“这并不意味着事情是你所想的那样，”我说道，但我得立刻想到这还可能意味着什么。“他这样做是为了保护我们，”我郑重地说，“所以我们才没有遇到麻烦。”

“因为我，”阿尔文说。

“不！”我抗议说。

“可他就是这么跟你讲的。所以这个家不会因为阿尔文而遭到麻烦。那就是他为自己诌出来的那些胡说八道找理由。”

“可他究竟还能为什么这样做？”我这样问道，以一个小孩儿能有的天真和一个小孩儿的全部狡黠——却不知怎样使自己摆脱这场因我愚蠢地撒谎为我哥哥辩护而加剧了的冲突。“如果他试图救助，他所做的又有什么错呢？”

他只回答说："我不相信你，好朋友。"由于我不是阿尔文的对手，我放弃了试图相信我自己。要是桑迪告诉我他过着双重生活就好了！要是他是在恐怖状况下尽力而为、假装成林德伯格的忠实拥趸来保护我们就好了！可我看见他在新不伦瑞克犹太教堂的地下室里给成年犹太人听众演讲，我知道，他多相信他在讲的那些话，又是多享受他引来的注意力。我哥哥在自己身上发现了当名人的不凡才能，所以一会儿给林德伯格总统说些溢美之词，一会儿展示他画的林德伯格的像，一会儿公开颂扬(用伊夫林姨妈写的稿子)他在非犹太人的中心地带当八星期农场犹太助手的极大益处——同时做着，说实话，换作是我也乐意去做的事，做那些在全美国都是正常和爱国的，只在自己家里是反常和怪异的事情——桑迪正在享受他人生的巅峰时刻。

历史上又一重大插曲接踵而来：一封查尔斯 · A. 林德伯格总统夫妇致莱昂内尔 · 本杰尔斯多夫拉比和伊夫林 · 芬克尔小姐的雕版邀请函，邀请他们出席一九四二年四月四日周六晚上招待德国外交部长的国宴。全国三十个城市的单独飞行之旅抬高了他作为一个并非胡来的现实主义者和一个实实在在为人民发声的人的声誉，这声誉甚至比在温切尔将招待冯 · 里宾特洛甫的宴会斥之为"国家的政治大错误"之前还要高。很快，我国大部分共和党报刊的社论版都哇啦哇啦地说，是罗斯福和民主党犯了大错误，他们故意歪曲事实，把单纯地为一位外国要人举行热情友好的白宫宴会说成是一个险恶的阴谋。

听说这一邀请后，我父母深感震惊，但也无可奈何。几个月之前，他们就向伊夫林姨妈表露过对她的失望，因为她成了为当前掌权者当走卒效劳的一小撮误入歧途的犹太人中的又一人。再去指责她与美国总统疏远的行政关系是没有什么意义的，尤其因为他们知道，她并非像过去在工会那些日子里表现出来的那样，因意识形态上的信念而活力四射，或只是怀有政治野心，却是因本杰尔斯多夫拉比从她住在杜威街一个顶楼上的代课教师的生活中搭救了她，像灰姑娘一样不可思议地过上了被人献殷勤的生活，这使她感到振奋愉快。然而，当一天晚上她在电话上出人意外地告诉我母亲说，她和拉比安排好了由我哥哥陪同他们出席招待冯·里宾特洛甫的宴会……哎哟，起初谁也不愿相信她的话。我们至今仍然不大可能接受这个事实：伊夫林自己竟可以一夜之间从我们当地的小社会跨进了专题影片《时间的推移》的名人行列，怎么现在连桑迪也可以了？难道他在犹太教堂里为林德伯格当吹鼓者还不够荒谬可笑吗？父亲坚持认为，这简直不可能是这样的——意思就是说事情不应该是这样的，不管可信不可信，事情若真是这样就太可恶了。“这只能说明，”他对我哥哥说，“你姨妈是个疯子。”

或许她是个疯子——一时被自己新确立的重要地位的夸张感觉所驱使的疯子。她怎么可以胆大妄为地为十四岁的外甥搞到请帖参与这么重大的事件呢？除了用一个自我专注的疯子般死乞白赖的坚持劲儿一路向上爬之外，她又怎能说服本杰尔斯多夫拉比向白宫提出如此奇特的要求呢？在电话里我父亲对她说得尽量心平气和。“够了，伊夫林，这种蠢事。我们不是重要人物。请别打扰我们。对一个凡夫俗子来说，把这样的事情加在他头上是太过分了。”但我姨妈坚决要把一个卓越的外甥从她姐夫这个无知小人物的拘囿中解救出来(这样他可以像她一样在这个世界扮演重要角色)，这点是无可置疑的。桑迪将作为“老实人”项目成功的证据出席宴会，将完全作为“老实人”组织的全国代表出席宴会，没有一个犹太人区的父亲会去阻挠他——或者她。她上了自己的汽车，十五分钟之后，就要过来算账了。

父亲挂断电话后，丝毫没有掩饰气愤，就像蒙蒂伯伯似的，说话嗓门越来越高。“在德国，希特勒至少还得体地禁止犹太人参加纳粹党。还有那臂章，还有那集中营，至少很清楚，肮脏的犹太人是不受欢迎的。可这儿，纳粹假惺惺地邀请犹太人参与其事。为什么呢？为了哄他们睡觉。哄他们做可笑的梦，梦见在美国万事如意。可这个呢？”他大声说道，“这个？邀请他们去握一个纳粹罪犯沾满血迹的手？不可思议！他们一分钟也没有停止过撒谎、搞阴谋！他们找到了一个最优秀的男孩，最具天赋的男孩，工作最努力、最成熟的男孩……不！他们用对桑迪干的那一套来愚弄我们，实在是够了！他哪儿也不会去！他们已经抢走了我的国家——他们不能再抢走我的儿子了！”

“可没有谁，”桑迪喊道，“在愚弄谁。这是一个重大的机会。”“对投机分子来说，”我暗自想道，但闭口未说。

“安静，”父亲对他说，就这样，这冷静的严峻态度比愤怒更有效地让桑迪明白，他正处于他一生中最恶劣时刻的边缘。

伊夫林姨妈在敲门，母亲站起身来去把后门打开。“这个女人现在又想干什么呢？”父亲在母亲背后大声说，“我对她说不要打扰我们——可她就是要来这儿，疯疯癫癫像个大傻瓜！”

母亲决不愿跟态度决绝的父亲争吵，但她在离开厨房时还是以恳求的目光看着他，但愿自己能使他对伊夫林多少有点儿慈悲心，对她利用桑迪的热心所干的不顾后果的蠢事哪怕有那么一丁点儿宽容。

伊夫林姨妈感到十分震惊（或佯装震惊），因为我父母居然不能领悟对一个桑迪这样年纪的男孩而言，应邀赴白宫意味着什么，当一名白宫国宴宾客对他的未来意味着什么……在她把“白宫”重复说了十五遍之后，我父亲大声说道：“我不在乎什么‘白宫’！”并敲着桌子要她闭嘴。“我只在乎谁住在那里。现在住在那里的家伙是个纳粹。”“他不是！”伊夫林反驳说。“你是否想告诉我冯·里宾特洛甫先生也不是纳粹？”作为回答，她说我父亲是一个胆小怕事、乡气粗野、未曾开化、心胸狭隘的人……他则说她是一个没有头脑、容易受骗上当、结交权贵向上爬的人……这场隔着餐桌的争吵越演越烈，一方怒气冲冲地喷吐出来的恶语斥责加剧了另一方的愤恨怨尤，直至伊夫林姨妈说了一句什么话——一句比较温和的话，说的是关于本杰尔斯多夫拉比在幕后为桑迪牵的所有的线——这句荒唐话对他来说是太过分了，他从桌旁站了起来，喝令她出去。他走出厨房，进了后门廊，打开通往楼梯的门，在那儿他对她高声喊道：“滚。走。别再回来。我永远不想在这个家里再见到你。”

她像我们其余的人一样感到不可置信。在我看来，这只是个玩笑，是阿博特和科斯特洛[1]电影里脱口而出的一句台词。滚开，科斯特洛。如果你继续这样干下去，就离开这个家，永远别再回来。

母亲从他们三个大人一起坐着喝茶的地方站了起来，跟着他进了后门廊。

“这女人是个白痴，贝丝，”父亲对她说，“一个幼稚、啥也不懂的白痴。一个危险的白痴。”

“劳驾把门关上，”母亲对他说。

“伊夫林，”他叫道，“现在。立刻。离开。”

“别这样，”母亲小声说。

“我等着你的妹妹滚出我的家，”他答道。

“是我们的家，”母亲说，然后回到厨房。“伊弗[2]，回家吧，”她温和地说道，“这样一切都会平静下来。”伊夫林姨妈双手搁在桌上，脸埋在手里。母亲拉着她的手臂，让她站起身来，送她到后门，走出了屋子，我们自信而乐观的姨妈看上去就像中了子弹似的，被带出去等死。然后我们听见父亲砰地关上了门。

“这女人以为那是个派对，”桑迪和我走进后门廊去观察这场战斗的后果时，父亲对我们说道，“她以为那是场游戏。你们去过新闻片影院。我带你们俩孩子去的。你们知道在那儿看到了什么。”

1 Abbott (1897—1974)和 Costello(1906—1959)，二十世纪四五十年代美国著名的喜剧演员，两人搭档合演了很多喜剧影片。

2 伊夫林的爱称。

“是的，”我说。我觉得我必须说些什么，因为桑迪此刻就是不肯说话。他坚韧地忍受了阿尔文不知悔悟的排斥，他坚韧地忍受了新闻片影院，现在又坚韧地忍受着他最喜欢的姨妈被逐出家门——十四岁便已是家里固执倔强的男子中的一员了，他决心勇敢地面对一切。

“哎，”父亲说道，“那可不是游戏。那是战斗。记住这点：一场战斗！”

我又说了一遍“是的”。

“外面这个世界……”说到这儿他就打住了。母亲没有回来。我，九岁，以为她永远不会回来了。我父亲，四十一岁，或许也是这样想的：我父亲摆脱了很多年的艰难困苦，却没有摆脱失去自己心爱的妻子的忧虑。在大家心中灾难已经离得不远了，他瞧着他的孩子们，仿佛我们突然失去了母亲，就如阿克斯曼太太精神崩溃那一夜的厄尔·阿克斯曼。父亲到起居室去从前窗往外张望时，桑迪和我紧紧地跟在他后面。伊夫林姨妈的汽车已不在路边了。母亲没有站在人行道上，或台阶上，或过道口，或街对面——她也不在地下室，父亲跑下地下室的楼梯，叫着她的名字。她也不在塞尔顿和他母亲那儿。父亲敲了门，我们三个被请进去时，他们正在厨房里吃饭。

父亲向维希瑙太太问道：“你见到贝丝了吗？”

维希瑙太太是一个粗壮的女人，长得很高，却不优雅，走路时紧握双拳。令我吃惊的是，据说我父亲认识她时她还是个爱笑的、无忧无虑的姑娘，她的家在第一次世界大战前是住在第三区的。现在，她既是母亲，又是养家糊口的人，我父母经常称赞她为了塞尔顿不遗余力地奔忙劳碌。她的生活无疑是一场战斗：你只消瞧瞧她的拳头。

“出什么事了？”她问他。

“贝丝没来过这儿吗？”

塞尔顿离开餐桌出来和我们打招呼。自从他父亲自杀后，我对他的反感变得更强烈了，放学时我知道他在前面等着我要跟我一起回家，我就在学校后面藏起来。尽管我们住在离校只有短短一个街区的地方，早晨为了抢在他前面先出门，我会提前十五分钟蹑手蹑脚地下楼离家。可下午稍晚些时候，即使我在法官大道小丘的另一端，我也总会碰上他。我给家里跑腿买东西的时候，塞尔顿总是紧跟在我后面，装出他是偶然碰到我的样子。每次他来想要教我下棋的时候，我就假装不在家而不给他开门。要是我母亲在家，她就会试图说服我去跟他下棋，还总提到那件我想忘掉的事情。“他父亲是个出色的棋手。多年前他曾是希伯来青年男子会冠军。他教塞尔顿下棋，现在塞尔顿没有人跟他下，他就想跟你下。”我每回都要对她说，我不喜欢或不懂这种棋艺，不知道怎么个玩法，可到末了还是别无选择，塞尔顿会拿着棋盘和他的国际象棋棋子出现在我面前，我就在厨房桌子旁、在他的对面坐下来，他就马上又讲起他父亲是怎样做这个棋盘的，怎样找到这些棋子的。“他去了纽约，他就是晓得要去哪些地方，然后他就找对了棋子——它们不是很美吗？它们是用特殊木料做的。他自己做了这个棋盘。他找到了木头，把木头切开——你看这颜色有多不同啊？”我能想到可以阻止他没完没了地唠叨他那死得很惨的父亲的唯一法子，就是给他没完没了地讲我从学校里听来的最新厕所笑话。

我们回头上楼的时候，我意识到，父亲现在要和维希瑙太太结婚了，很快，某天晚上，我们仨会带着我们的家什从后楼梯下去，搬进去跟她和塞尔顿住在一起，上学或回家的路上就再也没有办法躲开塞尔顿和他想从我这里得到精神寄托的持续需要。一回到家，我就得把我的外套放进塞尔顿父亲吊死在那儿的壁柜里。桑迪将像在阿尔文跟我们同住时睡在我们家的阳光房里一样睡在维希瑙家的阳光房里，我将睡在后卧室塞尔顿旁边，在另一间卧房里，我父亲将跟塞尔顿的母亲和她那紧握的拳头一起睡在塞尔顿的父亲睡过的地方。

我想去街角，乘公共汽车，一走了之。我仍把阿尔文的二十块钱藏在一只鞋的鞋尖里，放在我壁柜的底部。我要拿上钱，坐上公共汽车，在宾夕法尼亚车站下车，买一张前往费城的单程火车票。在那里我会找到阿尔文，从此永远不再跟我家里人住在一道，而跟阿尔文待在一起，照看他的残肢。

母亲伺候伊夫林姨妈上床睡觉之后给家里来了电话。本杰尔斯多夫拉比正在华盛顿，但在电话上跟伊夫林谈了话，然后又跟我母亲说话，要她相信，他比她那个笨蛋丈夫更知道什么符合、什么又不符合犹太人的利益。赫尔曼对待伊夫林的态度是不能容忍的，他说，尤其是他自己应伊夫林的要求特地为她的外甥周旋。拉比最后对我母亲说，时候一到会采取适当的行动。

十点钟左右，父亲开车去接母亲，把她带回家来。母亲走进我们卧房时，桑迪和我都已穿上睡衣。她在我的床上坐下抓住我的手。我从未见过她那么疲惫——不像维希瑙太太那样精疲力竭，但也不再是那个踌躇满志、不知疲劳的母亲，平时她处在自己的位置，生活得那么精神抖擞，她所操心的事儿就是用她丈夫每周拿回家来的不到五十元的工资使她的家能凑合着应付过去。一份城里的工作，一个要管的家，一个浮躁不安的妹妹，一个执意行事的丈夫，一个倔头倔脑的十四岁大儿子，一个忧虑重重的九岁小儿子——所有这些操劳加上他们所有的苛求同时一古脑儿压下来，对这个足智多谋的妇人来说，都不曾是过于沉重的负担，只要林德伯格不出现的话。

"桑迪，"她说，"我们该怎么办？我要不要向你解释一下爸爸为什么认为你不应该去？我们可不可以平心静气地谈一谈？有些问题我们必须谈个透彻。就我俩单独谈一谈。有时候爸爸会大发脾气，可我不会——你是知道的。你可以相信我会听你说。但我们应该有个合理的视角来看正在发生的事情。因为对你来说，更进一步地被卷入类似事件，也许未必真是件好事。或许伊夫林姨妈错了。她的情绪过于高涨，宝贝。她一辈子都这个样子。某些逾越常规的事情发生了，她就失去了正确的看法。爸爸认为……我能接着说下去吗，宝贝，还是你想睡觉了？"

"你想怎样就怎样吧，"桑迪无动于衷地说。

"接着说，"我说道。

母亲朝我笑了一笑。"为什么？你想知道什么？"

"大家都叫叫嚷嚷的事情。"

"因为每个人看事情的方式都不一样，"她一边吻我祝我晚安，一边说道，"因为每个人脑子里都装了很多东西。"但当她靠向桑迪的床去吻他时，他把脸转向了枕头。

平时父亲在桑迪和我睡醒之前就上班去了，母亲会早早起来和父亲一起吃早餐，给我们做三明治午饭，把它们用蜡纸包起来放在冰箱里，见我们俩都做好上学准备了，她便自己离家上班去了。不过，这第二天，父亲没有马上去上班，而是先找了个机会跟桑迪讲清楚，为何他不能去白宫，为何他不能再参加由美国吸收与同化局主办的任何活动。

“冯 · 里宾特洛甫的这些朋友，”他对桑迪解释说，“不是我们的朋友。希特勒在欧洲暗中策划的每一个龌龊的阴谋诡计，他对其他国家所讲的每一句卑劣的谎言，都是通过冯 · 里宾特洛甫先生之口讲出来的。哪天你可调查一下在慕尼黑发生了什么事情。你可研究一下冯 · 里宾特洛甫先生在哄骗张伯伦先生签署一项毫无价值的条约中扮演了什么角色。读一读《午后报》上关于此人的报道。听一听温切尔关于此人的评论。温切尔称之为冯 · 里宾势利小人外交部长。你知道战前他靠什么活命吗？卖香槟酒。一个酒贩，桑迪。一个骗子——一个富豪，一个盗贼，一个骗子。连他名字中的‘冯’也是假的。可你对这些并不知情。你对冯 · 里宾特洛甫一无所知，你对戈林一无所知，你对戈培尔、希姆莱[1]和赫斯一无所知——但我确实知道。你听说过奥地利

1　见附录“作品中其他历史人物”。

那座城堡，冯·里宾特洛甫先生在那里请其他纳粹罪犯吃喝玩乐吗？知道他是怎么弄到手的吗？他是抢来的。希姆莱把拥有那座城堡的贵族投入了集中营，城堡现在就成了那酒贩子的财产了！你知不知道但泽在哪儿，桑迪，那里发生了什么事儿？你知道凡尔赛条约吗？你听说过《我的奋斗》吗？问一问冯·里宾特洛甫先生——他会告诉你。我也会告诉你，虽然不是从纳粹的观点。我紧跟时事，了解时事，我知道这些罪犯是什么东西，儿子。所以我不允许你靠近他们。"

"对此我永远不会原谅你，"桑迪答道。

"可你会的，"母亲对他说，"有朝一日你会明白，爸爸为你所想的都是对你最有益的。他是对的，宝贝，相信我——你跟那些人没有关系。他们只是把你当作工具。"

"伊夫林姨妈呢？"桑迪问道，"伊夫林姨妈在把我当作'工具'吗？让我应邀去白宫——那就是把我当工具使吗？"

"是的，"母亲伤心地说。

"不！那不是事实！"他说道，"对不起，我可不想让伊夫林姨妈失望。"

"你的伊夫林姨妈，"父亲对她说，"才是让我们失望的人。什么'老实人'，"他轻蔑地说道，"这个所谓的'老实人'，其唯一的目的就是使犹太孩子们变成第五纵队[1]，让他们反抗他们的家长。"

1 指打入敌人内部进行暗中破坏和里应外合的间谍或内奸，源自西班牙内战。

“胡说八道！”桑迪说。

“住嘴！”母亲说，“马上住嘴。你有没有意识到，在这个街区，我们是唯一要经历这种事情的家庭？整个社区唯一的一家。现在大家都知道，要像大选之前那样继续生活下去，不管谁是总统。我们也在这样做。坏事情发生过了，可现在也结束了。阿尔文走了，现在伊夫林姨妈也走了，一切都在恢复正常。”

“啥时候我们搬到加拿大去，”桑迪问她道，“因为你的受迫害妄想症？”

父亲用手指着他说：“别学你那蠢货姨妈的样子。再也别这样还嘴。”

“你是个独裁者，”桑迪对他说，“你是个比希特勒更坏的独裁者。”

因为我父母都是在其故国的父亲毫不迟疑地以传统高压手段惩罚孩子的家庭里长大的，他们自己反而从不打桑迪或我，不赞成对任何人进行肉体惩罚。结果，父亲对自己孩子说他比希特勒还坏的回应只是气愤地一走了之，离家上班去了。可就在他快走出后门时，母亲举起了手，掴了桑迪一记耳光，令我十分惊愕。“你知道你父亲刚为你做了什么吗？”她朝他喊道，“你明不明白你自己该怎么做？吃完早饭，上学去。放学后就回家。你父亲定下了这条规矩——你最好遵守吧。”

她打他时，他没有退缩，而现在，他拿出所有的反抗劲来增强自己的英雄气概，竟肆无忌惮地对她说：“我会跟伊夫林姨妈去白宫。我不在乎你们这些贫民窟里的犹太人喜欢不喜欢。”

她打了他第二记耳光，让他为不孝的反抗行为付出全部代价，这早晨的不愉快也因而加剧，我们所有难以置信、令神经崩溃的混乱状态也因而加剧。这一次，他大哭起来。如果他没有大哭，我们这位审慎的母亲会举起她那只温柔的母亲之手，打他第三下，第四下，第五下。“她不知道自己在做什么，”我想道，“她变了个人——大家都变了。”我抓起我的课本，沿后楼梯奔下通道，奔到街上，仿佛这一天还不够可怕可憎似的，塞尔顿正在前台阶上等着我，要跟我一起上学去。

两三周后，父亲在下班回家的路上到新闻片影院去看了报道冯·里宾特洛甫宴会的片子。看完电影，他去放映间过访了舍普希·特奇维尔，这才获悉他这个童年好友将于六月一日和他的妻子、三个孩子、母亲以及他妻子年迈的父母前往温尼伯。温尼伯犹太小团体的代表帮助特奇维尔找到了工作，在那里一家社区影院当放映员，还在类似我们这样朴素的犹太社区为他全家找到了公寓房。那些加拿大人还筹措了低利息贷款，用来支付特奇维尔一家从美国迁徙过去的费用，并帮助赡养他的岳父母，直至特奇维尔太太在温尼伯找到工作，能负担她父母的生活费用。特奇维尔先生告诉我父亲说，他不情愿离开他出生的城市，离开他亲密的老朋友，当然他也舍不得放弃纽瓦克最重要的电影院里的这份好差事。是要舍弃很多东西，失去很多东西，但过去数年他看到的由世界各地新闻片工作者提供的未剪辑原始样片使他确信，一九四一年林德伯格与希特勒在冰岛达成协议的秘密部分订定的是：希特勒首先击败苏联，然后侵入并征服英国，就在此之后(以及在日本侵占中国、印度和澳大利亚，从而建成其“大东亚新秩序”之后)，美国总统建立“美国法西斯新秩序”，一个效仿希特勒的极权主义独裁专政，为最后争夺大陆的大战做好准备——德国将入侵、征服南美洲，并使之纳粹化。今后两年之内，随着希特勒的纳粹党徽旗飘扬在伦敦的议会大厦，太阳旗飘扬在悉尼、新德里和北京上空，林德伯格又将当选再任四年总统，美国与加拿大的边界将会关闭，两国之间的外交关系将会中断，以使美国人把注意力全集中到其宪法权利被强行剥夺后产生的严重内部危险上，这场攻击将开始从总体上针对美国的四百五十万犹太人。

冯·里宾特洛甫的华盛顿之行——对林德伯格的美国支持者中最危险的那帮人而言这意味着胜利——这是特奇维尔先生的预言，这个预言比我父亲预料的任何情况都要悲观得多，所以他决定不向我们重复他的话，那天晚上稍早些时候他从新闻片影院回家吃晚饭时，他也不提任何关于特奇维尔一家即将离开的话，他清楚地知道，这个消息会使我害怕，使桑迪生气，而使母亲吵嚷着要马上移居。自从一年半前林德伯格就职以来，估计大约只有两三百个犹太家庭在加拿大避难地获得永久居住权；特奇维尔一家是我父亲亲身知道的第一个这样的难民家庭，获悉他们的决定使他不寒而栗。

当见到影片里纳粹冯·里宾特洛甫在白宫柱廊受到林德伯格总统夫妇热烈欢迎的情景时，我感到非常震惊。所有名流嘉宾从大轿车中下来、含笑期盼当着冯·里宾特洛甫之面进餐、舞蹈的景象令人震惊——在客人中有莱昂内尔·本杰尔斯多夫拉比和伊夫林·芬克尔小姐，这令人恶心的场面看来使他们激动得不亚于其他任何人。“我难以相信，”我父亲说，“她脸上的笑容有一英里宽。那个未来的丈夫呢？他看上去就像这个宴会是为他举行似的。你们得瞧瞧这个家伙——向每个人点头，好像他还真是个大人物呢！”“可你干吗要去看那电影？”母亲问他，“那肯定会让你这样生气。”“我去了，”他对她说，“因为我每天都问自己同样的问题：这怎么会发生在美国？像这样一些人怎能主管我们的国家？如果我不是亲眼所见，我还会以为自己产生了幻觉。”

尽管我们才开始吃晚饭，桑迪就放下了他的餐具，咕咕哝哝说了句“可在美国啥也没有发生，啥也没有”就离开了餐桌——自从母亲那天早晨打了他耳光之后，这已经不是他第一次这么做了。现在吃饭的时候，哪怕稍稍说到新闻，桑迪就会站起身来，既不做解释，也不说抱歉，就消失在我们的卧房，把自己关在房间里。起初几次母亲跟着站起来，去和他说话，要他回餐桌去，可桑迪要么坐在他的书桌旁削炭笔，要么用炭笔在他绘画簿上信手乱涂，直到她不再管他。我哥哥连话都不跟我说，只是出于孤寂，我壮着胆子试问，他这种表现还要延续多久。我开始担心他也许不会改过而离家出走，不是去伊夫林姨妈那儿，而是去跟莫辛尼一家住在他们的肯塔基农场。他会把名字改为桑迪·莫辛尼，我们将永远见不到他，就像我们永远见不到阿尔文。谁也犯不着去绑架他——他自己会这样做，把他自己拱手交给基督徒们，以便跟犹太人永远不再有任何关系。谁也不必去绑架他，因为林德伯格已经连同其他所有人把他绑架过去了！

桑迪的表现使我深感不安，晚上连见都不想见他，而把家庭作业拿到厨房用桌上去做。这就是为什么我能无意中听见父亲——他和母亲在起居室里念晚报，桑迪仍在后面房间里孤傲独处——提醒她说，我们家里的混乱完全是一种观点上的分歧，林德伯格反犹分子们企图以“老实人”之类的项目来挑拨犹太家长与其子女之间的关系。不过，明白了这一点，反而只增强了他不跟随舍普希·特奇维尔去加拿大的决心。

“你在说什么呀？”母亲说道，“你在告诉我，特奇维尔一家要去加拿大？”“是的，六月，”他答道。“为什么？为什么是六月？六月里会有什么事儿发生？你是什么时候知道的？你为什么早不说？”“因为我知道这会使你不安。”“是使我不安——又怎能不使我不安呢？为什么，”她要求知道，“为什么，赫尔曼，他们要在六月离开？”“因为根据舍普希的判断，是时候了。我们就别谈这个了吧，”父亲温和地说道，“小的那个在厨房里呢，他已经够担惊受怕的了。如果舍普希觉得是时候了，那是他为他自己和他的家庭做出的决定，祝他交好运吧。舍普希坐在那里一个小时接一个小时地看最新消息。新闻是舍普希的生命，消息很可怕，这就影响他的思考，这是他随之做出的决定。”“此人做出了决定，”母亲说，“因为他消息灵通。”“我也消息灵通，”他尖声说道，“我得到的消息也不少——我却得出了不同的结论。你是否明白，这些反犹混蛋正是要我们远远滚开？他们要让犹太人再也忍无可忍了，”他对她说，“犹太人永远走了，然后这些非犹太人就可以把这个了不起的国家的一切都占为己有。好啦，我有个更好的主意。他们为什么不走？他们这一大群人——为什么不都去生活在他们的纳粹德国元首之下？到时候我们就会有一个了不起的国家！瞧，舍普希可以做任何他认为正确的事情，但我们不到任何其他地方去。在这个国家，依然还有最高法院。多亏富兰克林·罗斯福，这是个自由派法院，它关心我们的权利。那里有道格拉斯法官。有弗兰科福特法官。有默非法官和布莱克法官。他们在那里维护法律。在这个国家仍然有好人。有罗斯福，有伊克斯，有拉瓜迪亚市长。十一月要举行国会选举。我们仍然有投票箱以及不需要任何人告诉他们该怎么做就可以去投票的人民。”“他们又会为了什么去投票？”母亲问道，又立刻自问自答。“美国人民会投票，”她说，“共和党甚至会更强大。”“小声点儿。你嗓音放低点儿，好不好？到了十一月，”他对她说，“我们会知道结果，那时就有时间来决定怎么办。”“假如没有时间呢？”“会有的。拜托了，贝丝，”他说，“不能每天晚上都这样子。”这是他说的最后一句话，或许只因我在厨房做功课，母亲才克制自己不再多说一句。

次日一放学，我就沿着法官大道走，绕到克林顿广场，再往中学的那一边，来到我觉得不太可能会有人认出我的地方，在那里等候开往市中心新闻片影院的公共汽车。头天晚上我查过报纸上的放映时刻表。有场一个钟头的电影从三点五十五分开始放映，也就是说我可以赶上电影院对面宽街站五点十四分一班的公共汽车，准时安全回家吃晚饭，甚至还会早点儿，这要取决于影片里冯·里宾特洛甫何时给安插进去。不管怎样，我反正得看到在白宫的伊夫林姨妈，倒并不因为像我父母那样因她的所作所为感到惊讶和气愤，而是因为她去那儿，在我看来，比降临到我们家族任何一名成员身上的任何事情都更令人瞩目——降临在阿尔文身上的事情除外。

纳粹大亨白宫嘉宾——影院入口处三角篷两侧都挂着这个用黑体字拼写的标题。没有哥哥或厄尔·阿克斯曼或父亲母亲陪同，我独自身处闹市，当我走近售票窗买票时，我强烈感到自己正在犯法。

“没有成人陪同吗？那不能进，先生。”售票的女人对我说。“我是个孤儿，”我告诉她，“我住在莱昂斯大道孤儿院里。那修女派我做关于林德伯格总统的报告。”“有她写的条子吗？”我在公共汽车上用我笔记本的空白纸细心地写了一张，便通过付钱的狭槽递了进去。是模仿母亲准许我参加学校旅行活动的便条写的，只是署名用的是“圣彼得孤儿院修女玛丽·凯瑟琳”。那妇人瞧了一眼条子，却没有仔细看便点头示意我把钱推过去。我把阿尔文的两张十元钱中的一张给了她——对我这样个头的小孩儿来说这可是大钱，更不必说是圣彼得孤儿院的孤儿——可她很忙，没有什么大惊小怪就把九块五毛钱找给了我，把电影票从狭槽里轻轻推给了我。可她没有把那张条子还给我。“我要那个，”我说。“走吧，小家伙，”她不耐烦地说，并示意我给还排着队买下一场电影票的人让出地方来。

我入场时正赶上灯光熄灭，军乐响起，电影开始放映。似乎纽瓦克的所有男子(这影院只能吸引少数几个女性)都想看一眼这名不受欢迎的白宫贵客，这场星期五下午较晚时候的电影座无虚席，我能找到的唯一空位在楼厅的很高处——后面进场的人就只好站在正厅最后一排后边了。我感到精神亢奋，不仅是因为我做了一件别人想不到我会去做的事情，还因为我被数百支香烟的烟雾和五分钱一支的雪茄的浓烈香味包围住了，我感到自己置身于一个男孩假扮为成年男子混在男子汉中间的阳刚魔术之中。

英国人为接管法国海军基地在马达加斯加登陆。

法国维希政府首领皮厄尔·拉瓦尔谴责英国的行动为“侵略行为”。

英国皇家空军连续三晚轰炸斯图加特。

英国战斗机在马耳他上空的激烈空战之中。

德国军队在刻赤半岛继续攻击苏联。

缅甸曼德勒陷落被日军占领。

日本军队在新几内亚丛林发动新攻势。

日本军队从缅甸进入中国云南省。

中国游击队突袭广州，击毙五百名日军。

许许多多钢盔、军服、武器、建筑物、港口、沙滩、植物群、动物群——各个种族的面孔——此外就是一幕又一幕类似的地狱恐怖景象，在所有大国之中，美国是唯一免受这种难以逾越之罪恶的恐怖的国家。悲惨的画面无休止地一幅接着一幅：开火的迫击炮，弯腰奔跑的步兵，手举来复枪足蹚水上岸的海军陆战队士兵，扔炸弹的飞机，炸裂后盘旋落地的飞机，万人坑，下跪的军中牧师，临时做的十字架，正在沉没的船只，将要淹死的水手，燃烧的海洋，被破坏的桥梁，轰击的坦克，被定为攻击目标后炸成两半的医院，被炸油轮上升腾起来的火柱，在一片烂泥地上被围捕的俘虏，抬着活躯体的担架，被刺刀刺死的平民，死亡的婴儿，被斩首的冒血尸体……

然后是白宫。一个沐浴柔光的春日傍晚。暮色笼罩了向四处伸展的草坪。灌木在开花。乔木也在开花。由身穿特殊制服的司机驾驶的豪华大轿车，车上下来的人个个衣冠楚楚。在洞开的柱廊门那边，从大理石门厅里传来了音乐声，一支弦乐队正在演奏前一年的头号热门歌曲《间奏曲》，一首根据瓦格纳歌剧《特里斯坦和伊索尔德》中一个主题改编的通俗曲。亲切的微笑。文雅的大笑。身材纤瘦、受人爱戴的英俊总统。他旁边是天才女诗人，勇敢的女飞行员，端庄的社交界名媛，他们被谋害的孩子的母亲。健谈的银发贵宾。优雅的纳粹配偶身穿缎子长袍。欢迎辞，诙谐话。旧大陆的风流男子沉浸于皇室宫廷的戏剧表演，他的晚礼服仿佛价值一百万美元，魅力四射地吻着第一夫人的手。

假如没有那枚由其元首颁发给这位外交部长、放得恰到好处的丝手帕下面几英寸处装饰上衣口袋的铁十字勋章，那么凭人的狡诈所能构想出来的这种虚与委蛇倒显得雍容大雅，颇能令人信服。

瞧那儿！伊夫林姨妈，本杰尔斯多夫拉比——经过海军陆战队警卫身旁，通过门道，消失了！

他们在银幕上出现的时间连三秒钟也不到，接下来其余的国内新闻和最后的体育新闻对我来说已经不知所云，我一直在希望这电影能倒回去，倒到我姨妈突然珠光宝气地出现的那一刻，她戴着先前属于拉比的已故妻子的宝石。电影摄影机把很多未必可能发生的事情拍成了不可辩驳的事实，在这些镜头中，对我来说，伊夫林姨妈不光彩的成功是最不真实的。

电影放完了，灯亮了，一个穿制服的引座员站在过道上，用手电筒比划着。“你，”他说，“你跟我来。”

他把我带到散场后从门厅出去的人群中，通过了他用钥匙打开的一道门，然后上了窄窄的楼梯，我认出上次桑迪和我被带来看麦迪逊广场花园欢迎冯·里宾特洛甫大会新闻片时爬过这道楼梯。“你多大了？”那引座员问我。

“十六。”

“好家伙。继续说，小伙子。给你自己再添些乱吧。”

“我现在得回家了，”我对他说，“我乘公共汽车要误点了。”

“你会误掉更多东西。”

他重重地叩着新闻片放映间那道一流的隔音门，特奇维尔先生让我们进去。

他手里拿着玛丽·凯瑟琳修女的字条。

“我不晓得怎样把它交给你父母，”他对我说。

“这只是个玩笑，”我说。

“你父亲会来把你接走。我给他办公室打了电话，告诉他你在这儿。”

“谢谢你，”我照所受的教育那样有礼貌地说。

"请坐。"

"可这只是玩笑。"我又说了一遍。

特奇维尔先生正在准备下一场电影。我望望四周，发现这影院的很多著名赞助人的签字照片已从墙上摘走，便想到特奇维尔先生已开始搜集那些他要带到温尼伯去的纪念物。我还意识到，仅仅是这一迁徙的严重性就足以说明他对我为何如此严肃。他也给我留下了这样的深刻印象：一个苛求型成年人，其责任感往往使他多管闲事。无论从他的外表或谈吐，都很难看出他和我父亲都是在纽瓦克贫民区经济公寓里长大的。他属于稳重低调，比我父亲显然更有教养、更自负的那种类型，我父亲则是缺少教育的贫民区孩子，全靠机警敏锐、工作勤奋踏实的优势使他自己摆脱了父母贫贱穷困的移民生活。对这些人而言，进取心是他们所具有的、使自己坚持往前走的一切。比他们优越的非犹太人所谓的"闯劲"大体上也就是这个——进取心就是一切。

"要是我现在出去，"我说，"我还赶得上公共汽车，到家正好赶上吃晚饭。"

"请你坐好别动。"

"可我做错什么了吗？我想看一下我的姨妈。这可不公平啊，"我说道，差一点儿就要哭出声来，"我想看看在白宫的姨妈，就为这个。"

"你的姨妈。"他说，然后咬紧牙关不再说什么。

前前后后这一切，只有他对伊夫林姨妈的鄙视使我伤心哭泣。这时特奇维尔先生失去了耐心。"你很难过吗？"他讥讽地问我，"怎么啦，你难过什么呀？你知道不知道全世界的人们要经受怎样的苦难吗？难道你一点儿也没看懂刚才的电影吗？我只希望你今后不会有真正需要为之哭泣的理由。我希望并祈祷，在今后的日子里你们家——”他突然停下来，显然不习惯于失去理智而有失尊严的感情冲动，尤其是当着一个无足轻重的小孩子的面。尽管我理解他的责问不完全是冲着我来的，但也没有因此而减缓我受其冲击而感到的震惊。

“六月里会有什么事发生吗？”我问他。这是一个没有得到回答的问题，头天晚上我无意中听到母亲这样问父亲。

特奇维尔先生继续审视我的脸，仿佛在判断我智力有多贫乏。“振作起来吧，”他终于说道。“得了，”他把他的手帕递给了我，“擦干你的眼泪吧。”

我照他的话做了，可当我又问他“要发生什么事了？为什么你们要去加拿大？”时，他的恼怒立刻就从他的嗓音里消失了，继而出现了一种既更强烈又更温和的东西——他的理智。

“我在那儿有个新工作。”他答道。

他没有再训斥我，这倒反而使我感到害怕，我于是又哭了。

大约二十分钟后，我父亲来了。特奇维尔先生把那张我为了让自己能进电影院而写的字条递给了他，可父亲没有马上就看，直到用肘部推带我出了影院到了街上才看。就在这时候他打了我。先是我母亲打我哥哥，现在我父亲读了玛丽·凯瑟琳修女的话，第一次狠揍我，没有节制地抽我的耳光。这时我已经疲惫不堪了——我一点儿也不像桑迪那样皮实坚韧——就在售票厅旁边，我无法自制以至感情决堤，眼睁睁地看着所有非犹太人从其市中心办公室出来，急匆匆地回家，去过一个无忧无虑的春季周末，在林德伯格的和平时期的美国，在这个与世界战区隔着重重海洋的独立堡垒，除了我们，无一人处于险境。

# 第六章

## 他们的国家

一九四二年五月至一九四二年六月

亲爱的罗斯先生:

按照我国内务部美国吸收与同化局宅地法四二年计划的要求，本公司向您这样的资深雇员提供迁往新地区的机会，因为您符合OAA全国性大胆新倡议的资格。

整整八十年之前，美国国会通过了美国独一无二的著名法律——一八六二年宅地法。该法向愿意迁徙并移居于美国新西部的农夫免费授予一百六十英亩尚未开垦征用的公有地。此后，在向富有冒险精神的美国人提供开阔眼界、强化国家这类振奋人心的崭新机会方面，没有任何可以与之媲美者。

大都会人寿保险公司引以为荣地被纳入首批参加新宅地计划的美国大公司和大金融机构。该计划旨在给予美国的新建家庭一个千载难逢的机会，由政府资助搬家迁居，让他们得以在原本无法抵达的那些美国激励人心的地区扎下根来。宅地法四二年计划将秉承我国最古老的传统精神，提供具有挑战性的环境，在那里家长和孩子们可以一代接一代地强化他们的美国性。

收到此份通知之后，请立即与我们麦迪逊大道办事处的宅地法四二年计划代表威尔弗雷德·库特先生取得联系。他将亲自回答您的所有问题，他手下的工作人员也将尽其所能热忱地帮助您。

祝贺您和您的家人在大都会人寿保险公司众多合格的候选人中作为先锋被选为本公司第一批一九四二年“宅地拥有者”。

你真诚的

霍默·L.卡森

雇员事务副总裁

一九四二年五月二十二日

过了好几天后，我父亲才得以镇定自若地把公司这封信拿给我母亲看，并宣布了这个消息：自一九四二年九月一日起，他被从大都会公司的纽瓦克办事处调往开设在肯塔基州丹维尔的地区办事处。在一张包含在库特先生给他的四二年宅地法文件包里的肯塔基地图上，他为我们找到了丹维尔。然后他大声地读出题为“蓝草州”的商会小册子上的一页字。“丹维尔是博伊尔县首府所在地。该城坐落在风景美丽的肯塔基乡村，列克星敦往南约六十英里之处，系该州仅次于路易斯维尔的第二大城市。”接着他又开始快速浏览小册子，看到更有趣的地方就大声朗读，这样多少可以减轻这一转折性事件引起的不适感。“‘丹尼尔·布恩协助开拓了通往肯塔基新拓居地的荒野之路……一七九二年，肯塔基成为阿巴拉契亚山脉西部地区第一个加入美国的州……一九四〇年肯塔基人口为两百八十四万五千六百二十七。’丹维尔人口——让我找一下，这儿——丹维尔人口为六千七百。”

“丹维尔有多少犹太人，”母亲问道，“在六千七百人当中？在整个州有多少？”

“你已经知道了，贝丝。没几个。我能告诉你的是事情原本可能还要糟。有可能是盖勒一家要去的蒙大拿州。有可能是施瓦茨一家要去的堪萨斯州。还有可能是布罗迪一家要去的俄克拉何马州。有七个人要离开我们的办事处，请相信我，我是最幸运的。肯塔基是个美丽的地方，气候也宜人。这不是什么世界末日。我们会料理得当，在那儿过得和这儿一样好。那里什么东西都便宜，天气又那么好，甚至比这儿还要好。孩子们会有学校，我会有工作，你会有房子。还有机会买得起一个属于我们自己的地方，孩子们各有各的房间，外面有个后院，他们可在院子里玩儿。”

“他们怎么有脸对人做这样缺德的事情？”母亲问道，“我惊呆了，赫尔曼。我们的家在这儿。我们一辈子的朋友在这儿。孩子们的朋友在这儿。我们一直在这里生活得平平安安，和和睦睦。我们和纽瓦克最好的小学只隔一条街。我们和新泽西州最好的中学只隔一条街。我们的孩子在犹太人中间长大。他们同其他犹太孩子一块儿上学。跟其他孩子没有什么口角。他们不骂人，不打架。他们从未像我小时候那样受到冷落和孤立。我难以相信公司会这样对你。你为那些人干活的态度，你所花费的时间，这辛苦劲儿——可这就是，”她气愤地说道，“你得到的回报。”

"孩子们，"父亲说道，"你们想知道什么，就问我吧。妈妈说得对。这对我们所有人来说都十分突然。我们都有点儿惊呆了。你们脑子里有什么就问什么吧。我不希望有谁给啥事情搞糊涂了。"

但桑迪没有糊涂，他看上去也一点儿没有惊呆。桑迪可激动着呢，几乎难以掩饰他的欣喜，这都是因为他准确地知道在地图何处可以找到肯塔基州丹维尔——离莫辛尼家农场十四英里的地方。或许他早就知道我们要搬到那儿去，比我们其余任何人都要早得多。父母亲或许不会说那么多话，但当时，恰恰因为谁也没有说出那门道来，甚至连我都能明白，父亲被选为他那个地区的七名犹太"宅地拥有者"之一这件事，并不比把他调到该公司的丹维尔新办事处更为吉利。从他打开我们公寓房的后门命令伊夫林姨妈离开、永远不要回来的那刻起，我们的命运就只能以这种方式呈现出来了。

晚饭后，我们都在起居室。桑迪在安安静静、专心致志地画着什么，没有什么问题要问，而我——脸贴纱窗（玻璃窗开着）望着窗外——也没有问题要问，父亲便郁闷地陷入了沉思，知道自己受挫失落，便在地板上踱起步来。母亲坐在沙发上，低声咕哝着什么，不愿屈从于正等待着我们的命数。在这幕冲突戏剧中，在这场我们不知反对谁的斗争中，每人都扮演了在那家华盛顿旅馆门厅里别人扮演过的角色。我意识到，事情已发展到难以挽回的地步，此刻每个人有多惶恐不安，灾难临头时会有多匆猝。

下午大约三点以后就持续地刮着强风，可突然，那由风刮来的倾盆大雨停了，太阳出来了，金灿灿地照耀着，仿佛时钟给往前拨了，在西天那边，明日的早晨在此刻，在下午六点钟就开始了。像我们这样一条不起眼的街道，怎么会因雨水闪闪发光而引起此般狂喜的心情呢？那成了湖一般的撒满落叶的人行道，那因倾盆大雨而显得水灵灵的小院草坪，怎么会散发出令我感到愉快的气息，仿佛我是诞生在热带雨林里似的？在暴风雨后的明媚阳光照耀下，顶峰大道就像宠物一样闪耀着生命之光，是我柔顺光滑、搏动有致的宠物，给天降的大水洗得干干净净，此刻正伸展全身，尽情晒着太阳。

没有什么可以迫使我离开这里。

“孩子们又能和谁一块儿玩呢？”母亲问道。

“在肯塔基有很多孩子可以一起玩儿。”父亲要她放心。

“那我跟谁说话呢？”她问道，“在那儿又有谁会像我一辈子的朋友一样呢？”

“那儿也有女人的。”

“不是犹太人的女人，”她说。平时母亲没有勇气来说些挖苦人的话，可现在她说话带着鄙夷不屑的语气——可见她有多困惑，她觉得遭受了多大危险。“大好的基督徒女人，”她说，“她们将不遗余力地使我感到宾至如归。她们没有权利这样做！”她断言道。

“贝丝，拜托——为大公司工作，就是这个样子的。大公司不断调动人员。当他们这样做时，你就得收拾东西走人。”

“我说的是政府。政府不能这样行事。他们不能逼迫人们收拾东西走人——我从未听说过哪部宪法里这么写过。”

“他们没有逼迫我们。”

“那我们为什么要走？”她问道，“他们当然是在逼我们走。这是非法的。你不能仅因为他们是犹太人就专挑犹太人，强迫他们住在你要他们去住的地方。你不能随便挑一个城市然后随心所欲安排别人。这是要把纽瓦克改头换面，就因为犹太人像其他人一样在这里生活？这关他们什么事？这是违法的。大家都知道，这是违法的。”

“是哟，”桑迪说道，眼睛抬也没抬，没离开过他正在画的东西。“我们为什么不去告美利坚合众国呢？”

“你可以去告，”我对他说，“告到最高法院。”

“别理他，”母亲对我说，“除非你哥哥学得有教养了，不然我们就一直不理他。”

桑迪一听就站起身来，带着他的绘画用品躲进我俩的房间去了。由于无法再看着父亲无力自卫、母亲痛苦万分的场面，我打开前门，沿前楼梯奔了下去，上了街，在那里，吃完晚饭的孩子们已经在往排水沟里扔棒冰棍子，瞧着这些棍儿从铁格上落入那水声潺潺的阴沟，其中夹杂着被暴风雨从角豆树上吹刮下来的植物屑粒，有在漩涡里打转的糖果纸、甲虫、瓶盖、蚯蚓、烟屁股，出于某种神秘、不可描述却可以猜到的原因，还有一个含黏液的橡胶套。在必须回家上床前，大家都在外头享受这最后的快活时光——他们所有人仍然能享有快乐的时光，因为他们的家长没有为与一九四二年宅地法相关的公司工作。他们的父亲自己开业，或者有兄弟或姻亲当合伙人，所以他们不必到别的地方去。可我也不会到别的地方去。我不会被美国政府从这条街上——它的排水沟里涌流着生活的万应灵药——赶出去。

阿尔文在费城做赌博生意，桑迪被流放在自己家里，父亲作为保护人的权威即使未被彻底摧毁，也已被严重怀疑。两年前，为了维持我们既定的生活方式，他鼓起勇气驾车前往公司总部，与大老板面对面谈话，谢绝了自己的升迁机会，这一升迁将提高他的职业地位，增加他的收入，但要付出让我们住在德美同盟会成员密集的新泽西的代价。现在，他不再有勇气去挑战这可能潜藏着更多危险的“连根拔除”——离乡背井，迁居异地，却得出了这样的结论：对抗是徒劳的，我们的命运不在他的手里。足以令人惊奇的是，父亲的公司顺从地与政府联手合作，这竟使他整个人变得窝囊起来。除了我，已经没有谁可以保护我们了。

次日放学后，我又偷偷摸摸地离校前去乘开往市中心的公共汽车，这次坐从顶峰大道开过来大约四分之三英里的七路车。在孤儿院的农田较远的那一侧，在圣彼得教堂面向莱昂斯这条通衢大道的地方，在顶上有十字架的尖塔的阴影里，比起特意经过中学到克林顿广场去乘十四路车，我被邻居或同学或家庭好友发现的可能性要小得多。

我在教堂外的公共汽车站等车，旁边两个修女一模一样地掩藏在宽松厚重的粗布黑长袍里，以前我从没有机会像那天一样细看这种修女服。那时候，修女的长袍长及鞋面，一块雪白的弧形头巾鲜明地框出她的脸部特征，同时将侧脸完全遮住——这块上浆变硬的头巾裹住了头皮、耳朵、下巴和脖子，又有一大块白色包头布把头巾盖了起来，这一切使传统穿着的天主教修女成了我所见过的人中的看起来最古老的生物，在我们社区里，她们看起来甚至远比那些像丧葬承办者一样叫人毛骨悚然的神父更令人吃惊。由于看不见任何纽扣或口袋，这就没法子来捉摸，这种褶子打得很密的帘状外套是怎样扣在一起的，或是怎样脱下来的，或究竟脱不脱下来，能看到的只有胸口上方挂在长长项链上的很大的金属十字架，腰间黑皮带正面垂下几英尺长的一串又大又亮、炫死人的大理石珠子，而在那块白色包头布上面还加盖了一块遮住背部、直垂至腰的宽厚黑头巾。除此之外，在那被头巾围住的一小块裸露部分，是一张简单朴素、没有化妆的面孔，整个脸上没有茸毛，没有柔情，干净无比。

我设想这两位修女是负责管理孤儿们的生活的，还在教会学校教书。两人都不朝我这边打量，我自己又没有厄尔·阿克斯曼那样爱说俏皮话的密友在身边，也就不敢直视她们，只是偷看几眼，尽管在我两眼死盯着自己的双腿时，聪明孩子那种自我监督的能力也离我而去。我一次次直面着这些未解之谜，所有问题都与她们的女性身体及其最起码的功能有关，所有问题都趋于腐化堕落。无论这个下午的秘密使命有多重要，其结果又是多么关键，我还是做不到离哪个修女近一点，何况她们是两个人，我那思想不太单纯的犹太脑子还没有经过清洗呢。

修女们选了司机后面的两个座位，尽管靠后的座位大多是空的，我却在她们俩旁边、隔着窄窄的过道坐了下来，那座位就在旋转栅门和车费箱后面。我原来并不打算坐在那儿，却不明白为什么就坐在那里了。我可以离开那儿，换个位子来摆脱难以控制的好奇心的支配，然而，我却打开了我的笔记本，装出做功课的样子，既期望又害怕我能偷听到她们用天主教徒的语言说些话。唉，她们默默无语，我想她们是在祈祷，在公共汽车上做祷告，那是再迷人不过的了。

离市中心还有大约五分钟路程时，在高街与克林顿大道交界的开阔的十字路口，一阵悦耳的念珠碰击声响了起来，她们同时站起身来准备下车。这个交叉口的一边有一家汽车商的停车场，另一边是里维埃拉旅馆。她们从我旁边经过时，那个身材高一点的修女在过道上低下头朝我微笑，她平静的嗓音里隐约含着悲伤——大概因为救世主在我不知晓的情况下来了又走了——对她的同伴说："一个多干净可爱的小男孩。"

她真该知道我一直在寻思些什么。再说，她或许真知道呢。

几分钟后，在公共汽车拐宽街上最后一个大弯、拐上雷蒙德大道开往宾州火车站外的最后一站之前，我也下车了，迈腿往华盛顿街上的联邦办公楼奔去，那里有伊夫林姨妈的办公室。门厅里，一个开电梯的人告诉我，美国吸收与同化局设在顶楼。到了那儿，我说找伊夫林·芬克尔。"你是桑迪的弟弟，"那接待员郑重说道。"你大概是他的双胞胎弟弟，"她赞赏地补充道。"桑迪大我五岁呢，"我告诉她。"桑迪是个了不起、了不起的孩子，"她说道，"大家都喜欢有他在身边。"接着她给伊夫林姨妈的办公室打电话。"您的外甥菲利普在这儿，芬小姐，"她通告说。不一会儿，伊夫林姨妈就很快带着我经过六七个正在打字的男男女女的办公桌，进了她那俯瞰公共图书馆和纽瓦克博物馆的办公室。她吻我，又拥抱我，告诉我她多么想我。尽管心有疑虑——首先当然是担心我父母会发现我跟我们已经疏远的姨妈见面——我根据计划办事，向伊夫林姨妈吐露我怎样独自一人悄悄去新闻片影院看她在白宫的电影镜头的秘密。我在她办公桌旁的椅子上坐下来——这张桌子比就在克林顿街那边的我父亲的办公桌至少大一倍——要她告诉我，跟林德伯格总统夫妇一起进餐是一种什么样的感觉。当她具体而详尽地回答时——带着一种给人留下深刻印象的急切心情，但对一个承受不了她的严重背叛行为的小孩子来说，这是没有多少意义的——我不能相信，我就这么轻易地哄骗了她，使她以为这就是我到她这儿来的原因。

她办公桌后面墙上的大块软木布告牌上有两张大地图，上面插着很多彩色大头针。那张大的是美国四十八州地图，较小的是新泽西地图，该州与宾夕法尼亚州以一条长长的内河为边界，在学校里老师教我们把这条河看作一个印第安酋长侧面像的奇特轮廓线，上面的菲利普斯堡是脑门子，下面的斯托克顿是鼻孔，下巴则在特伦顿附近地区变窄成为脖子。该州人口稠密的最东地区包括泽西市、纽瓦克、帕塞伊克和帕特森，往北延伸至与纽约州最南部几个县交界的笔直边界线，这个地区表示印第安酋长戴羽毛的头巾包着的后脑勺儿。当时我是这样看全州地图的，现在还是这样看。像我这种背景的孩子，除了五种感觉外，那些日子里还有种第六感，即地理感，一种他住在何处以及他周围是谁和有啥的敏锐感觉。

在伊夫林姨妈的宽阔桌面上，除了放在不同镜框里的我那已故外婆和本杰尔斯多夫拉比的照片外，还有一张林德伯格总统夫妇一起站在椭圆形办公室里的大幅签名照片，和一张身穿晚礼服的伊夫林姨妈跟总统握手的较小照片。“这是欢迎队列，”她解释说，“在进国宴厅之前，客人们一个个排队经过总统和第一夫人以及晚上的贵宾身旁。你被点名引见，他们给你照相，白宫把照片寄给你。”

“总统说什么话了吗？”

“他说：‘很高兴在此接待你。’”

“你可以答话吗？”我问道。

“我说：‘我很荣幸，总统先生。’”她不加掩饰地流露了她的想法：这一交流对她、或许也对美国总统有多么重要。伊夫林姨妈身上总是有某种十分吸引人的热忱，尽管在我家的混乱环境中，我不会没有注意到她的热忱中有狡黠凶险的成分。我还从未对任何成年人进行这样严苛的评判——对我父母没有，甚至对阿尔文和蒙蒂伯伯也没有——直至那时我也没有懂得，地道傻瓜们厚颜无耻的虚荣心能如此有力地决定他人的命运。

“你见到冯·里宾特洛甫先生了吗？”

此刻，她几乎就像小姑娘一样羞怯地答道：“我跟冯·里宾特洛甫先生跳舞了呢。”

“在哪儿？”

“国宴之后在白宫草坪上的大帐篷里有一个舞会。这是一个美丽的夜晚。有个管弦乐队，大家跳舞，莱昂内尔和我被介绍给这位外交部长及其夫人，我们谈起话来，然后他向我鞠躬，邀我跳舞。他以出色的舞蹈著称，他确实是的，这是事实——一个绝对迷人的舞厅舞蹈家。他的英语毫无瑕疵。他曾就读于伦敦大学，年轻时还在加拿大住过四年。他称之为他青年时代的英勇历险。我发现他是个富有魅力的绅士，极度聪颖。”

“他说了些什么呢？”我问道。

“啊，我们谈总统，谈美国吸收与同化局，谈我们的生活——我们什么都谈。他能拉小提琴，你要知道。他就像莱昂内尔，一个知识渊博无所不谈的世界人物——你瞧我戴着什么？你瞧见我提的包了吗？是金的网眼织物。瞧这个？瞧这圣甲虫？金的，光亮的，青绿色的圣甲虫。”

“什么是圣甲虫？”

“这是一种甲壳虫。而这是雕成甲虫样的宝石。这是就在纽瓦克这儿由第一位本杰尔斯多夫夫人的家族做的。他们的作坊世界闻名。他们为欧洲国王和皇后们以及美国所有最有钱的人做珠宝。瞧我的订婚戒，”她一边说，一边把她洒过香水的小手伸到我脸前，伸得那么近，以致我觉得自己突然变成了一条狗，很想舔舔这只手。“瞧这宝石？这是绿宝石，我最亲爱的宝贝孩子。”

“这是真的吗？”

她亲了我一下。“是真的！照片上，这儿——这是环状手镯。金的，镶了蓝宝石和珍珠。真货！”她说道，又亲我一下。“外交部长说，他从未在任何地方见过比这更漂亮的手镯。你知道我脖子上围的是什么吗？”

“项链？”

“垂花饰项链。”

“什么是‘垂花饰’[1]？”

“一种花链，花环形项链。你知道‘喜庆’这个词。你也知道‘盛宴’这个词，是不是？嗯，它们都是相关的。再瞧，这两枚胸针，看见了吗？它们是蓝宝石的，宝贝——镶在金子里的蒙大拿蓝宝石。你看这谁戴着这胸针？谁？她是谁呀？她是伊夫林姨妈！这是杜威街的伊夫林·芬克尔！她在白宫呢！简直不可置信，是吧？”

“我想是的，”我说。

“啊，心肝宝贝，”她一边说，一边把我拉近她，这次亲遍我的脸，“我也这样想。我真高兴你来看我。我想你呢。”然后她轻轻地抚摸我，似乎要检查我口袋里是否塞满了偷来的东西。几年之后我才开始明白，或许是伊夫林姨妈善于触摸的手，使她的生活得以因莱昂内尔·本杰尔斯多夫这种地位的人物而迅速焕然一新。尽管这位拉比才华出众，博学多能，连他的自我主义也胜过所有人，伊夫林姨妈在他那儿也从来没有失手过。

这种包围带来的天堂般的享受，当时自然是无法辨别的。不论我把双手放到哪里，都有她身体的柔软表面。不论我把脸转向何方，都有她浓郁的香味。不论我往哪儿瞧，都有她的衣裳，新春装又轻又薄，

1 原文为 festoon，下文中“喜庆”原文为 festival，“盛宴”原文为 feast。

像透明的似的，连她衬裙的光泽也能显露出来。还有在此之前我从未以这种方式见过的另一个人类的眼睛。我尚未到有欲念的年龄，当然，尽管为“姨妈”这个词儿所蒙蔽，我还是发觉我那橡树果实般的小玩意儿一如既往地令人困惑而讨厌，竟随意地变得有点儿硬，我偎依在我母亲三十一岁的妹妹那富有曲线美的身子上，这个娇小而活泼的“萨姆琳娜”[1]的身体仿佛是照着山丘和苹果的模样成就的并看来一点儿没有害羞。我的愉悦是一种不知不觉的狂喜，就好像一枚罕见的、印得并不完美的珍贵邮票，我知道它是无价之宝，结果偶然给贴上了一封普通的信，让邮差投进了我们顶峰大道的信箱里了。

“伊夫林姨妈？”

“我的小宝贝。”

“你知道不知道我们要搬到肯塔基去了？”

“嗯。”

“我不想去，伊夫林姨妈。我想待在我的学校。”

她突然从我身边往后退开，此刻她身上只有情妇的气息，问我说：“谁派你到这儿来的，菲利普？”

“派我来？没有谁啊。”

“谁派你来见我的？告诉我实话。”

“这是实话。没有人派我来。”

1　安徒生童话里的小不点儿小女孩，亦译“拇指姑娘”。

她退到办公桌后边的椅子上，其眼神逼使我明白，我啥事都可做，就是不能站起来一跑了之。可我是太想太想跑掉了。

“在肯塔基没有什么可怕的，”她说。

“我不害怕。我就不想搬家。”

连她的沉默也是咄咄逼人的，如果我真撒谎的话，她会迫使我像她所要求的那样供认不讳。她的生活，这可怜的女人，永远处于紧张状态。

“塞尔顿和他母亲可不可以代我们去？”我问道。

“塞尔顿是谁啊？”

“我们楼下的男孩，他父亲死了。他母亲现在为大都会人寿保险公司工作。为什么我们得去而他们不用去？”

“是不是你父亲叫你来干这事儿，亲爱的？”

“不。不。谁都不知道我在这儿。”

可我发现她仍然不相信我——她对我父亲过于强烈的反感是不会因为这显而易见的事实而消除的。

“是塞尔顿想跟你们一块儿去肯塔基吗？”她问道。

“我没有问过他。我不知道。我只想问你，他们是不是可以代我们去。”

“我亲爱的小宝贝，你看见这张新泽西地图吗？你看见地图上的大头针吗？一根针标志一个选择迁居的家庭。现在你瞧这张全国地图。看见所有这些大头针了？它们标志分配给各个新泽西家庭的地方。做这个分配工作需要很多很多人——这个办事处的人，华盛顿总部的人，还有各家庭要迁去的州里的人一起协作。新泽西最大、最重要的协作是解决与一九四二年宅地法有关的雇员的迁居问题，所有这一切都需要更多部署，比你能想象的还要多得多。当然，任何决定都不是某一个人说了算的。不过，即使如此，如果我是那个人，我可以想办法把你放在靠近你朋友和你学校的地方，我会仍然认为，就你个人而言你将大大受益，不仅仅是一个被家长弄得害怕离开犹太居民区的犹太孩子。你看你家里对桑迪都干了些什么。那天晚上在新不伦瑞克你看见你哥哥了。你看见他对大家讲他在烟草农场的特殊经历。你记得那个晚上吗？”她问我道，“你不为他骄傲么？”

“为。”

“听起来生活在肯塔基好像是很可怕的，桑迪有哪怕片刻的害怕吗？”

“没有。”

这时，她站起来，伸手从她办公桌上拿了什么东西，又绕过桌子走到我坐的地方。她漂亮的面孔，连同其显著的面部特征和厚重的浓妆，突然乖戾地朝向我——一个贪婪成癖的肉感脸蛋，据我母亲判断，她感情冲动的妹妹不由自主地给那贪欲俘虏了。毫无疑问，就连路易十四世宫廷里的小孩儿也从不会感受到如同伊夫林姨妈这样一个野心勃勃、踌躇满志的亲戚给我造成的严重威胁气氛；就连如本杰尔斯多夫拉比这样的神职人员的追名逐利，在我父母看来也没什么可丢人的，假如他们自己是在宫廷里被作为侯爵和侯爵夫人养大的话。也许我表现得不能更差了——我本可表现得好得多——从莱昂斯大道公共汽车上的两个修女身上，而不是从沉湎于典型而可鄙的堕落之乐的某人身上寻找慰藉，每当人们即使为稍稍提高一点儿社会地位而竞争时，他们都会加快堕落。

“要勇敢，亲爱的。做一个勇敢的男孩。你愿意余生就坐在顶峰大道的房前台阶上，还是像桑迪一样走向世界，证明你跟别人一样优秀？假如因为像你父亲那样的人说总统的坏话，骂他，我就不敢去白宫见总统了，结果会怎样？假如因为他们骂那位外交部长，我就不敢去见他了，结果会怎样？你不能处处害怕所有你不熟悉的东西。你不能变得像你父母一样畏首畏尾。向我保证你不会。”

“我保证。”

“现在，”她说，“我要给你一样好东西。”她把手中两个小小薄纸板盒中的一个递给了我。“我在白宫里为你拿的。我爱你，亲爱的，我要你收下。”

“这是什么呢？”

“饭后巧克力。包在金纸里的巧克力。你知道巧克力上面印了什么吗？总统印章。这个是你的，要是我把桑迪的给你，你能替我带给他吗？”

“行啊。”

“这是白宫宴会末了放在餐桌上的。放在银碟上的巧克力。在我看见它们的那刻，我想到了这世界上两个我最愿意让他们感到高兴的男孩。”

我站起身来，手里紧捏着巧克力，伊夫林姨妈的双臂紧抱着我的肩膀，送我出去，从所有为她工作的人旁边经过，走进走廊，在那里她按了电梯的按钮。

“塞尔顿姓什么？”她问我。

“维希瑙。”

“他是你最好的朋友。”

我怎能讲实话说我受不了他呢？结果我只好撒谎说：“是的，他是的。”由于姨妈确实爱我，她说她愿意让我高兴也不是假话，没几天后，在我等到周围没有人，终于处理掉了白宫巧克力，把它们扔过孤儿院栅栏后，维希瑙太太收到大都会人寿保险公司的一封信，被通知说，她和她的家庭也十分荣幸地被选中迁往肯塔基。

五月底一个礼拜天的下午，在我们家起居室召开了一个犹太保险经纪人的秘密会议，根据一九四二年宅地法，他们和我父亲都是要从大都会人寿保险公司纽瓦克办事处被迫迁走的。他们来时都只带了妻子，大家都认为最好把孩子留在家里。这天下午稍早的时候，桑迪和我，还有塞尔顿·维希瑙，为这个会搬放好了椅子，其中有一套从维希瑙家搬上来的打桥牌坐椅。之后维希瑙太太开车把我们三人送到希尔赛德社区的梅费尔电影院，在那里我们可以看两部连映影片，父亲在会议结束后再来接我们。

其他客人包括没几天就要把家搬到温尼伯去的舍普希和埃斯特尔·特奇维尔夫妇，还有远房表兄门罗·西尔弗曼，他最近在欧文顿开了一个律师事务所，就在我父亲二哥莱尼开的男子服饰用品店的楼上，这个伯伯 “以成本价”给桑迪和我提供校服。一周前我母亲建议——由于她永远尊敬自己习惯尊敬的一切——应该邀请我们当地的拉比海曼·雷斯尼克参加会议，当时聚集在我们厨房里的会议组织者们中，没人表示出很大兴趣，经过几分钟的郑重讨论(讨论中我父亲像他平时谈论雷斯尼克拉比一样，用外交辞令说：“我喜欢这个人，喜欢他的妻子，在我的心目中，毫无疑问，他的工作干得十分出色，但是，你们知道，他确实不是非常聪颖。”)，母亲的建议被列入了议事日程。我家这些亲密朋友就像“弗雷德·艾伦喜剧广播节目”中的角色一样，以各种各样的嗓音声调说话，说得漫无边际、妙趣横生，每人的不同外貌又像晚报连环漫画里的人物一样各有特色——那时候人体衰变的俏皮幽默显然尚在风行，距后来成人们一本正经地追求面孔和身材的年轻化时期还早——尽管如此，尽管这一切让小孩子感到高兴，但从根本上来说，他们彼此都十分相似：他们养家糊口，花钱精打细算，照顾年迈的父母，为他们简朴的家庭操同样的心，对几乎所有公众议题都有一样的看法，政治选举中投一样的票。雷斯尼克拉比负责管辖我们社区边缘一座没有气派的黄砖犹太会堂，每年犹太历新年和赎罪日三天大家会穿上节日盛装去会堂出席仪式，其余时间很少会去，除非必须在规定时期内为死者吟诵每日祷文。拉比要主持婚礼和葬仪，为犹太家庭的儿子们举办成人礼，到医院去探视病人，在七日丧期内去慰问死者家属。除了这些，他在他们的日常生活中就不起什么重要作用了，他们——包括我谦恭的母亲在内——也都不期盼他另起什么作用，这倒并不仅仅因为雷尼克斯不那么聪颖。他们之所以是犹太人，并不是由于有拉比这个职衔或有犹太会堂，或少数几个正式的宗教礼仪，尽管年复一年，主要因为仍健在的家长每周来访和用膳的缘故，包括我家在内的一些家庭都恪守犹太教规，吃的是洁净可食的食品。他们之所以是犹太人甚至也不是为了上天堂。诚然，每个礼拜五日落时分，我母亲习惯地(并令人动容地，以她小时候观察自己的母亲所汲取的虔诚的高雅气息)点亮安息日蜡烛，她用希伯来语来称呼上帝，而其余时候没有一个人会提到“Adonoy”[1]。这是一些不需要引经据典、不需要修道誓约或宗教信条的犹太人，为了当犹太人，他们肯定不需要别的语言——他们有语言，他们的母语，他们掌握本国语，表达得流利自如，不论在牌桌上，还是在摆摊位时，运用得像土生土长的美国人一样熟练。他们成为犹太人也不是一种不幸，或一种厄运，或一种值得“骄傲”的成就。他们是犹太人是因为他们不能不成为犹太人——他们甚至不能去考虑不当犹太人。他们之所以是犹太人是由于他们是他们自己，就如他们之所以是美国人一样。事情是这样就是这样，这是自然本质，就如动脉和静脉为生来固有，不管后果如何，他们从未表露过一丝一毫希图改变或否认的欲望。

我一生都了解这些人。女人们是亲密可靠的朋友，分享秘密，交换食谱，电话上彼此表示同情，相互照看孩子，通常庆贺生日都要到十二英里以外的曼哈顿去看百老汇表演。男人们不仅在同一地区的办公

1 亦作“Adonai”，即上帝，希伯来文。

室一起工作好多年，一个月还有两个晚上要聚在一起打皮纳克尔牌，女人们则玩麻将。有时候，礼拜天早上，他们一伙人会带着他们年幼的儿子去默瑟街洗老式的蒸汽浴——这帮男孩的年纪碰巧都大约在桑迪和我之间。在扫墓节、七月四日和劳工节，各家各户通常会在我们社区以西约十英里的地方，在田园风味浓郁的南山自然保护区组织野餐活动。在那里，父亲们和儿子们玩掷蹄铁套柱游戏，组队打垒球，听某人手提式静电收音机里的球赛广播，这种收音机是当时我们的世界所知道的最神秘的科技产品。男孩们并非一定是最要好的朋友，但我们感到父亲们的关系把我们联系在了一起。所有孩子中间，塞尔顿是最不结实、最无自信的，而使之最痛苦的是，他也是最背时倒霉的，所以我勉力要使自己在童年时代剩下的岁月和更长的时期内与塞尔顿订交。自从他和他母亲知道要迁居后，他更是如影随形地跟着我，我只能这样去寻思：因为我们俩将是丹维尔小学系统内仅有的两名犹太孩子，我必定会成为——在丹维尔非犹太人和我父母的料想中——他顺理成章的盟友和最亲密的伙伴。塞尔顿和我形影不离，这也许并不是在肯塔基等着我的最坏的事情，但对一个九岁男孩来说，这意味着难以忍受的煎熬，从而加强了反抗的强烈欲望。

怎么办？我尚且不得而知。迄今为止我感受到的只有彻底爆发前的恼怒，我所做的就是找到一个被遗忘在地下室储藏间的渍过水的小纸板箱，它给放在了尚能使用的行李包的下面，然后弄干净箱里箱外的霉斑，把我从塞尔顿房间里偷偷摸摸拿来的衣服一件件地藏在里面——每次我母亲迫使我下楼去熬时间当牢骚满腹的国际象棋学生时，我就去偷他的衣裳。我会把自己的衣服也装在这纸板箱里，尽管我知道母亲会发现哪件衣服不见了，很快会有一天我得去向她解释清楚。她依旧在周末洗衣服，把洗好的衣裳放回去——还有衣服要干洗，每星期六从裁缝店取回干洗的衣服是我的工作——每个人所有衣服的清单在母亲的脑子里列得一清二楚，甚至连最后一双袜子放在哪里都一清二楚。从另一方面来说，从塞尔顿那儿偷衣服简直小菜一碟，而报复心理——由于他把我当作他的另一个自己而死缠着我——则是不可抗拒的。内衣和袜子很容易从塞尔顿房间里拿出来——然后跑下楼梯到地下室放进纸板箱——塞在我的汗衫底下。偷藏他的裤子、运动衫和鞋子则是一个比较困难的问题，不过，只要塞尔顿足够心不在焉，在一段时间内察觉不到衣服被偷就足够了。

一旦把我所需要的他的所有东西聚齐后，我却说不出来，下一步我打算做什么。他和我高矮胖瘦几乎都是一样的，那天下午，我斗胆藏身于地下室储藏间，脱下我自己的衣服，换上塞尔顿的，然后我就站在那里喃喃自语："你好。我的名字是塞尔顿 · 维希瑙，" 自觉像个怪胎，不仅是因为塞尔顿在我眼里是个怪胎而我现在又变成了他的模样，还因为根据我在纽瓦克四处的违规潜行活动——这活动在这一黑暗地下室里的化装晚会上达到高潮——毋庸置疑，我自己变成了一个还要可怕的怪胎。一个携带妆奁的怪胎。

阿尔文给的二十块钱剩下的十九块五毛也进了纸板箱，放在了衣服底下。然后我急忙穿回自己的衣服，用力把箱子推到别的行李包下面，赶在塞尔顿父亲的冤魂用刽子手的绳子把我勒死之前，跑向过道，跑向户外。后来的几天，我忘了我偷藏了什么，忘了这个行为的模糊目的。直到有天晚上之前，我甚至一直认为，这一最新的小小越轨行为无伤大雅，就像同厄尔一起跟踪基督徒一样没有什么危害。那天晚上我母亲急匆匆地跑下楼去，坐下来，抓住维希瑙太太的手，给她沏了一杯茶，把她扶上床，塞尔顿那劳累过度的母亲如此心神不宁，如此忐忑不安，因为她的儿子莫名其妙地“丢失了衣服”。

塞尔顿当时在楼上我们家里，他母亲让他来和我一起做功课。他本人也忐忑不安。“我没有丢衣服，”他含着泪说道，“我怎么会丢鞋子？我怎么会丢裤子？”

“她会忘掉这件事的，”我说。

“不，不会的——她什么也不会忘掉。‘你要把我们送到济贫院去，’她对我说。对我母亲来说，一切都是‘最后一根稻草’。”

“也许你上体育课把衣服落在健身房了，”我提醒他说。

“我怎么可能呢？我怎么可能一丝不挂就走出健身房呢？”

“塞尔顿，你肯定把衣服落在什么地方了。想一想。”

次日早晨，在我上学、母亲上班之前，她建议我把我自己的一套衣服作为礼物送给塞尔顿来替代他不翼而飞的衣服。“有一件你从没穿过的衬衫——那件从莱尼伯伯那儿买的，你说太绿了。还有桑迪的那条灯芯绒裤，褐色的，跟你总不合身——我相信给塞尔顿穿正合适。维希瑙太太感情失控，你这样做会非常贴心，”她说道。

“还有内衣内裤？你要我把我的内衣内裤也送给他吗？要不要我现在就脱下来，妈？”

“那倒不必，”她说道，并以微笑安抚我的怒气。“但那件绿衬衫，那条褐色灯芯绒裤子，都可以送，也许还可以从你不用的旧皮带里挑一条。全由你来决定，这对维希瑙太太来说意义重大，对塞尔顿来说，这可是天大的好事。塞尔顿崇拜你，你是知道的。”

我立即想到：“她知道。她知道我干了什么。她什么都知道。”

“可我不想让他穿着我的衣裳晃来晃去，”我说道，“我不想让他在肯塔基告诉每个人说：‘瞧我，我穿着罗斯的衣服呢。’”

“你为什么不能等我们真去了肯塔基，再操心肯塔基的事情？”

“在这儿他也会穿我的衣服上学，妈。”

“你这是怎么回事儿？”她答道，“你究竟怎么啦？你在变成……”

“你也一样！”我拿起课本就往学校跑去，中午回家吃午饭时我从卧房壁柜里抽出那件我不喜欢的绿衬衫、那条从不合身的褐色灯芯绒裤子，把它们拿到楼下去给塞尔顿，他正在他家厨房里，一边吃他母亲给他留下的三明治，一边跟自己下国际象棋。

“给，”我说，把衣服扔在桌子上。“我把这些衣服送给你。”接着我对他说，为的是这事儿给我们两个人的人生方向的改变带来的所有好处，“只是别再到处跟着我！”

桑迪、塞尔顿和我看完电影回到家，有剩下的从熟食店买来的三明治给我们当晚餐。大人们开完会后在起居室吃了三明治，除了维希瑙太太，现在都已经回家。维希瑙太太坐在厨房桌子旁，把拳头捏得紧紧的，仍然严阵以待，仍然日复一日地跟决意摧毁她及其丧父的儿子的一切扭打搏斗。她和我们三个孩子一块儿听星期日夜间喜剧节目，我们吃三明治时，她注视着塞尔顿，就像一头动物在闻到一股在路上悄悄爬行的东西的气味时注视着自己的新生儿一样。维希瑙太太洗涤、擦干了餐具，把它们放进碗橱。母亲在起居室用清扫器清扫地毯，父亲收集了垃圾，把它们放到外头去，又把维希瑙家的那套桥牌椅子送下楼去，放回维希瑙先生在里头自杀的壁柜的后部。家里仍然弥漫着香烟的味道，尽管屋内每扇窗都给打开了，烟灰和烟屁股都倒在马桶里给冲走了，几个玻璃烟灰缸也洗干净叠放到中凸橱柜的酒柜里去了(当时大多数生于美国的勤劳第一代移民家庭都切实戒酒，为此那天下午一瓶酒也没有从酒柜里拿出来，也没有一个客人要求喝一滴酒)。

此时此刻，我们的生活尚完好如初，我们的家尚适得其所，惯常的宗教仪式具有几乎足够的力量来维持一个孩子还未遭到破坏的永处和平时期的幻觉。我们有播送我们最喜爱的节目的无线电，我们的晚餐有滴油的咸牛肉三明治，有香浓的咖啡蛋糕当甜点，往后我们按惯例继续我们的学习周，继续看我们的双片连映。但由于我们不知道我们的家长为将来做了什么样的决定——也无法猜测舍普希·特奇维尔是否说服了他们移居到加拿大去，表兄门罗是否通过花费得起的法律行动来向那个迁徙异地计划挑战而不会使任何人被解雇，或者，在他们冷静地仔细研究过政府的免职规定之后，他们发现除了接受其公民权益不再得到保障的现实外别无选择——这个只有亲近者的聚会并非通常的礼拜天晚间的纵酒宴乐。

塞尔顿狼吞虎咽三明治时，抹了一脸的芥末，见他母亲伸手用纸巾去给他擦掉，我很惊讶。他竟让她去擦，我就更为惊讶。我寻思："这是因为他没有了父亲。"尽管此前我就认为丧父几乎影响了他的一切，或许这一次我也是对的，我寻思："将来在肯塔基也就是这个德性。"罗斯家庭反抗世界，塞尔顿和他母亲永远只求温饱。

沃尔特·温切尔，我们的战斗抗议之音，九点开始广播。大家连续几个礼拜天晚上都在等温切尔狠批一九四二年宅地法，可他没有这样做，我父亲企图消除自己的焦虑不安，便坐下来给这个除罗斯福之外、他视为美国最后的希望的人写信。"这是一场实验，温切尔先生。这是希特勒用过的做法。纳粹罪犯们从一些小事情着手，如果他们做成了，"他写道，"如果没有像你这样的人发出警告的呼声……"可他始终没有进一步列出由此会引发的恐怖，因为母亲很清楚，这信最终会落入联邦调查局办公室。这信寄给沃尔特·温切尔，她推断说，可永远也到不了沃尔特·温切尔手里——在邮局里就会转给联邦调查局，给放入标有"罗斯，赫尔曼"的档案夹里，就放在已有的标着"罗斯，阿尔文"的档案夹旁边。

父亲争辩说："绝不会。美国邮政局不会这样做的。"母亲通达事理的回答立刻动摇了他残存的一点儿信心。"你坐在那里给温切尔写信，"她说道，"你向他预言，这些人一旦知道他们可以把坏事做成，他们将不择手段地去做。你现在想告诉我，他们不能做他们要邮政系统做的事情？让别人给沃尔特·温切尔写信吧。我们的孩子已经让联邦调查局质询过了。因为阿尔文干的事儿，联邦调查局已经像鹰一样盯着我们了。""可这，"他对她说，"这就是我为何要给他写信。我该干什么呢？我又能干什么呢？如果你知道，就给我出主意。难道我就坐在这里，干等着最坏的事情发生？”

见他茫然若失、大惑不解的神情，她发现了自己的机会。并非因为她麻木不仁，而是因为她绝望而胆大，她抓住这个机会来进一步降服他。“你不会见舍希普坐在那儿写信，等着最坏的事情发生，”她说道。“不，”他答道，“别再提加拿大！”似乎加拿大是一种隐伏的、使我们大家衰竭的恶疾的名字。“我不想听到它。加拿大，”他坚定地对她说，“不是出路。”“这是唯一的出路，”她恳求道。“我不会逃跑！”他喊道，叫大家都大吃一惊，“这是我们的国家！”“不，”母亲伤心地说，“不再是了。是林德伯格的。是非犹太人的。是他们的国家。”她突变的嗓音，惊人的话语，对噩梦般的无情现实的直觉，都迫使我父亲，在他的盛年，在有着一个四十一岁的人所可能有的强健身体、明确目标和绝不自馁精神的盛年，羞愧地看清楚了他自己：一个精力极其充沛的慈父就如在壁柜里吊死的维希瑙先生一样不再能保护自己的家庭。

对桑迪而言——作为一个早熟孩子，由于他的重要地位被不公平地剥夺，所以仍然生着闷气——父母说的话听来都很愚蠢，跟我单独在一起时，他毫不迟疑地搬用伊夫林姨妈的话来说他们。“犹太聚居区的犹太人，”桑迪对我说，“胆怯的、有偏执狂的聚居区犹太人。”在家里，父母说的几乎所有事儿，任何话题，他都要嗤笑，当我对他的挖苦表示怀疑时，他就又嗤笑我。反正他现在或许已开始真的以嗤笑他人为乐，也许平时母亲和父亲早就发觉他们得尽量容忍一个不安分的青春期孩子的无礼嘲笑，可在一九四二年那会儿，使他们不仅仅气恼发火的是那种似真似假地威吓的尴尬场面，在这过程中他会当着他们的面继续嘲弄他们。

“什么是偏执狂？”我问他。

“害怕自己影子的人。以为整个世界都在反对他的人。以为肯塔基在德国、美国总统是纳粹冲锋队员的人。这些人，”他说道，模仿着我们那爱找茬儿的姨妈的口气，每当她高傲地把自己跟下等犹太人区分开来时用的就是这种口气。“你得为他们出搬家费，你得为他们的孩子敞开大门……知道什么是偏执狂了吗？”桑迪说道，“偏执狂就是疯子。他们俩是蝙蝠一样的瞎子——他们疯了。你知道他们是怎么疯的吗？”

答案是林德伯格，但我不敢对他说。“怎么疯的呢？”我问道。

“活得像该死的犹太聚居区的一群傻瓜蛋。你知道伊夫林姨妈说的，本杰尔斯多夫拉比怎么形容吗？”

“怎么形容？”

“这些人的生活方式，他称之为‘以确定无疑的犹太困顿坚持信仰’。”

“这是什么意思啊？我不懂。请解释一下。什么是‘困顿’？”

“困顿？困顿就是你们犹太人说的‘tsuris’。”

维希瑙母子下楼回家了，桑迪在厨房里完成他的家庭作业，父母在房子临街处把起居室收音机调到沃尔特·温切尔节目。我躺在床上，灯已熄掉：我不愿意再从任何人那里听到任何一句会令我惊恐的有关林德伯格、冯·里宾特洛甫或丹维尔、肯塔基的话，我不愿意设想我和塞尔顿的未来。我只想消失在淡忘一切的睡眠之中，第二天早晨在别处醒来。但因当晚天气热，窗户洞开，九点整开始，差不多每一刻钟我就不得不被家喻户晓的温切尔无线电节目主题乐所烦扰，那是电报机上连续而清晰的撞击声，是以莫尔斯电码（桑迪教过我）发出的毫无意义的信号。然后，在渐渐减弱的电报机声音之上，从我们街区所有人家里传出了温切尔本人的激烈抨击之声。“晚上好，美国先生和美国女士……”接着是大家盼望已久的连珠炮般轰击的言辞——涤罪的温切尔之鞭终于要改变一切。平时，一般在我母亲和父亲能力所能及将事情安排得当、把未知的不确定性解释得合情合理的情况下，事情全然不会如此，但由于目前这种叫人发疯的状况，温切尔，甚至对我而言，也成了不折不扣的、远比“Adonoy”重要的上帝。

“晚上好，美国先生和美国女士，以及海上的所有船只。让我们开始广播！新闻广播！为讨得阴险狡诈的乔·戈培尔及其党魁、柏林屠夫的欢心，林德伯格法西斯分子们正式把攻击目标对准了美国犹太人。在这自由国土上有组织地迫害犹太人行动的第一阶段，被美其名曰为一九四二年宅地法。此项宅地法得到最受人尊敬的美国强盗资本家们的支持和资助——请别担心，在下一届赞赏贪婪的国会里的林德伯格的共和党党徒们将以无偿的税额优惠奖赏他们。

“新闻一则：‘一九四二年宅地法犹太人’最终是否会被关进希特勒那布痕瓦尔德式的集中营，将由林德伯格的两名最高纳粹反犹头目——惠勒副总统和内政部长亨利·福特决定。我说的是‘是否’吗？原谅我的德语。我要说的是‘何时’。

“新闻一则：二百二十五户犹太家庭已被通知必须离开美国东北部城市，将被运至离其老家和朋友们数千英里的地方去。第一批载运人数比较少，此为战略考虑以躲避全国的注意。为什么？因为这标志着四百五十万犹太裔美国公民即将开始灭亡。犹太人将被四散到各处，流落到希特勒式美国第一人士最为密集的所有地方。那些右翼的民主破坏者——所谓的爱国者和所谓的基督徒——一夜之间就可以转而反对已被孤立的犹太家庭。

“下一个又会是谁呢，美国先生和美国女士？如今人权法案已经不再是这个国家的法律，种族仇恨者正在导演这出戏。在这个由政府资助的惠勒-福特迫害计划下，下一个轮到谁？长期受苦受难的黑人？勤劳的意大利人？最后的莫希干人[1]？我们中间还有谁在阿道夫·林德伯格的雅利安美国不再受欢迎？

“独家新闻！本记者获悉，一九四一年一月二十日，四二年宅地法就已在筹划之中。正是那天，美国法西斯新秩序将其一伙人搬进白宫，被纳入美国元首及其纳粹同谋犯之间签署的冰岛出卖协议。

“独家新闻！本记者获悉，只有以林德伯格雅利安人将美国犹太人逐步迁往异地——最终是大规模的监禁——为交换条件，希特勒才会

1　指印第安人。莫希干为印第安的一个部落。美国作家詹姆斯·费尼莫·库珀著有长篇小说《最后的莫希干人》(1826)。

同意不横渡英吉利海峡使不列颠群岛免遭大规模的武装入侵。这两位可爱的元首在冰岛达成一致看法，认为除非绝对必要，屠杀碧眼金发的纯正雅利安人毫无意义。这就没有什么奇怪了，希特勒必将认为这是绝对必要的，如果奥斯瓦尔德·莫斯利的英国法西斯党不能在一九四四年之前对唐宁街十号进行独裁控制的话。那时候就将实施其种族总计划，完成对三亿俄罗斯人的征服，在克里姆林宫上空竖起纳粹德国的国徽。

“美国人民对他们选举出来的总统所犯的背叛行为将容忍多久呢？美国人将继续沉睡多久呢，当他们珍爱的宪法被那些高举十字架和纳粹旗的共和党右翼法西斯第五纵队撕成碎片的时候？请继续收听我的广播，我是你们的纽约记者沃尔特·温切尔，下面我要抛出关于林德伯格叛国谎言的炸弹。

“我会带着讯息迅即返回！”

接着有三件事同时发生：播音员本·格劳尔开始用平静的嗓音为节目赞助人兜售洗手液；我卧房外过道里的电话铃响了，以前晚上九点之后这铃从未响过；桑迪开始大发脾气。他就冲着收音机（但是那么激动，父亲立刻从起居室椅子上站了起来），喊了起来：“你这卑劣的说谎大王！你这说谎的卑鄙家伙！”

“吁，”父亲像吆喝马停下一样要他住嘴，边说边跑进厨房。“在这个家里不能这样。不能用这种话。够了。”

“可你怎能听得下这种胡说八道？什么集中营？根本没有集中营！每句话都是谎言——胡言乱语，狗屁胡言乱语，你们这些人却还收听！全国都知道，温切尔满肚子空话大话，就你们这些人不知道。”

“这些人究竟是哪些人啊？”我听见父亲说。

“我在肯塔基生活过！肯塔基是四十八州之一！人们住在那里就像住在任何地方一个样！那不是集中营！这个家伙兜售他那糟糕的洗手液赚了几百万——可你们这些人还相信他！”

“我已跟你说过不要说脏话，现在我要跟你说说‘你们这些人’这档子事。你再说一遍‘你们这些人’，儿子，我就叫你离开这个家。如果你想住在肯塔基而不住在家里，我会开车送你去宾夕法尼亚车站，你可赶上下一班火车离开。因为我清楚地知道，‘你们这些人’意味着什么。你也清楚地知道。大家都清楚地知道。在这个家里你就别再用这两个词了。”

“嗯，我的看法是沃尔特·温切尔满肚子大话空话。”

“好，”他说道，“这是你的看法，你有权利这样看。可其他美国人持不同看法。恰恰是有几百万、几百万美国人每一个星期天晚上都在听沃尔特·温切尔——他们可不仅仅是你和你聪明的姨妈所说的‘你们这些人’。他的节目仍然是收听率最高的新闻广播节目。富兰克林·罗斯福曾私下告诉沃尔特·温切尔许多他从不告诉其他记者的事情。你能不能听我的话——这些是事实。”

“我可不能听你的。你对我说‘几百万’人，我怎能听你的？那几百万人啥也不是，白痴而已。”

这时母亲在过道里接电话，我在我床上也能听见她说的话。是的，她说，当然，他们在收听温切尔。是的，事情很可怕，比他们想的还可怕，但现在终于公开了。是的，等温切尔的节目一播完，赫尔曼就打电话。

她连续四次接电话和对方交谈，但当电话铃声第五次响起时，她没有急着跳起来去接，尽管这个打电话的人应是他们的另一个因温切尔的接连不断的公开揭露而感到震惊的朋友——她没有接电话，因为广播里的广告播完了，她和父亲回到起居室收音机旁。桑迪现在则在卧房里，当他打开小夜灯准备睡觉时，我假装睡着了，那盏有泵柄开关的小灯是他在工艺课堂上独自从无到有做成的，那时候他还只是个有艺术气质的孩子，专注于用自己灵巧的手制作可以制作的东西，托上帝的福，尚未被意识形态争斗的烟火所污染。

自从几年前我外婆去世之后，我们家的电话从来没有在夜里这么晚的时候如此频繁地使用过。父亲回完所有电话已近十一点，然后父母亲自己又一起在厨房里轻声说了一个小时的话，这才去睡觉。此后又过了两个小时，直到我可以确信他们已经熟睡，我旁边床上的哥哥也已入睡而不再对天花板怒目圆睁，确信我可以安全起床而不被发现，我便走往后门，打开锁，悄悄溜出屋子，下楼梯，进了地下室，在黑暗中让我的光脚丫子踩过潮湿的地板，进了储藏间。

我既没有丝毫冲动，也没有丝毫歇斯底里，我的决定没有丝毫传奇色彩，我也不认为自己有丝毫轻率冒失。事后人们说，他们不明白，我这个四年级学生看起来顺从听话、规矩礼貌，怎么会是这样一个令人震惊的不负责任、做白日梦的孩子呢。但这不是一个肤浅的白日梦。我不玩假扮游戏，我不为闹恶作剧而闹恶作剧。就如其结果证明的一样，跟厄尔·阿克斯曼闹恶作剧是有益的训练，但这次闹的目的全然不同。我在黑暗的储藏间里脱去睡衣，穿上塞尔顿的裤子，同时在心理上回避他父亲的鬼魂，也竭力不被阿尔文的空轮椅所吓倒，即使在这个时候，我也肯定没有觉得自己好像马上就要精神错乱了。我并非被别的什么东西所吞噬，而是决心抵抗一场我们家和我们的朋友们再也不能躲避，也许不能幸存的灾难。后来我父母说："他不晓得他在干什么。""梦游"成了被正式认可的解释。但我当时是完全清醒的，我的动机始终不是模糊的。唯一模糊不清的是我能否成功。我的一个老师推断说，我害了"夸大妄想症"，因为我在学校里学了关于"地下交通网"的历史，这个交通网是在南北战争之前为援助奴隶们往北奔向自由而组织的。并非如此。我根本不像桑迪，在他身上，机会很快就会变成做一个地位崇高、登上历史顶峰的孩子的欲望。我不想跟历史扯上任何关系。我只想做一个地位尽可能最低的孩子。我愿做个孤儿。

唯有一件东西我不能留下——我的集邮册。假如我确信我走后集邮册会在原处保存得完好无缺，我或许就不会在最后时刻，在就要迈出我睡房的时候，停下脚步来，打开我的衣服抽屉，尽量不出声地把藏在我的袜子和内衣下面的集邮册抽了出来。一想到集邮册会被弄坏，或者被扔掉，或者，最糟糕的，被完好无缺地送给另一个男孩，我就忍受不了，所以我把它拿了出来，夹在我的手臂下，同时还拿了那把我在芒特弗农买的滑膛枪状拆信刀，其喙状刺刀被我用来齐整地打开除生日贺卡以外唯一邮寄给我的信件——由“世界最大集邮公司”H. E. 哈里斯公司定期从马萨诸塞州波士顿十七号寄来供我选购的“各式邮票”。

我悄悄溜出家，沿空荡荡的街往孤儿院场地走去，翌日醒来看见我床前父母阴沉的脸色，在这之间的事情，我一点也记不得了。一个医生急急忙忙从我鼻子里取出管状的什么东西，告诉我说，我是贝斯以色列医院的病人，虽然我可能有剧烈头痛，但我会好的。我确实头疼，剧痛，但不是因为有血块压在脑子上——他们发现我流血、失去知觉，便担心有这种可能——不是因为脑子受了损伤。X光排除了颅骨折裂的可能性，神经检查说明神经未受损坏。除了三英寸长的伤口需要缝上十八针、第二周便可拆线，我对自己被袭击这件事毫无记忆外，我没有什么严重的问题。那位大夫说，头痛和失忆都是由一般性脑震荡引起的。我可能再也想不起来被马踢的情况——或导致这次撞击的一系列事件——但大夫说，那也是一般性的。除此之外，我的记忆完好无损。万幸。他把这话说了好几遍，可在我疼痛的脑袋听来就好似嘲笑。

他们观察了我一天一夜——差不多每隔一小时就唤醒我，以确定我没有又昏迷过去——次日上午我就被允许出院，只得到指示一两周内少进行体育活动。我母亲没有上班而是在医院里陪我，又带我坐公共汽车回家。因为约有十天我头痛一直没有止，又因为对此没有什么法子，便让我待在家里，不去上学。 除此之外，他们都说我不会有事的，这首先要好好感谢塞尔顿，是他从远处看到了几乎所有我没记住的情况。假若塞尔顿听到我走下后楼梯后没有悄悄下床，没有在夜色里沿顶峰大道跟着我，穿过中学操场，到孤儿院的戈尔德史密斯大道那一边，通过那道没闩上的门，进入孤儿院的树林，我就可能穿着他的衣服毫无知觉地躺在那里，流血不止直至死亡。塞尔顿一路跑回我家，叫醒我父母，他们立刻打电话求助，然后他跟他们上了我家的汽车，给他们指点我躺着的地方。那时近凌晨三点，天色漆黑。母亲跪在我旁边潮湿的地上，用她随身带来的毛巾按在我头上止血，父亲用放在汽车行李厢里的一块旧的野餐用毯子盖在我身上，给我保暖，直到救护车来到。我父母沉着而紧张地营救了我，塞尔顿·维希瑙则挽回了我的生命。

我显然惊扰了两匹马，由于惊慌失措，黑暗中我在那片向农田伸展过去的树林里跌跌撞撞，当我转身企图逃离这两匹马，穿过树林返回街道时，有一匹马用后腿直立起来，我绊了一跤，跌倒在地，另一匹马在逃跑中用高扬的蹄子击伤了我的后脑。有好几个礼拜，塞尔顿兴奋地对我（当然，还对全校）反复讲述我的夜间行动——离家出走试图让修女们把我当作无家可归的孩子收留的每一个细节，他尤其要添油加醋地讲一番我遭役马袭击的厄运，讲一番在深更半夜的户外，他怎样光着脚丫子，只穿睡衣，在孤儿院林地和我家之间崎岖不平的一英里路上匆促往返。

塞尔顿发现不是他自己莫名其妙地“丢失”了衣服，而是我为出走逃跑而偷了他的衣服，对此，不像他的母亲和我的父母，他总不能从这种刺激中缓过神来。这种绝不可能发生的事情倒是从未有过地为他先前一直忽视了的自己的存在确立了价值。他以救世主和共谋者的双重荣耀讲述这个故事——边讲边给大家看他那擦伤的脚——看来这终于使他甚至在自己眼里也变得重要起来了，成了一个在自己一生中第一次能使人视之为英雄的蛮勇男孩，而我则身心交瘁，不仅因为此事带给我的比头痛更难忍受、更为持续的羞愧，还因为我的集邮册，我赖以生存的最珍贵的财富，不见了。我不记得我出去时带着集邮册，直到从医院回家后早晨醒来穿衣服时才发现袜子和内衣下面的集邮册没有了。我把它放在那儿的首要原因就是它可以成为我每天早晨上学前穿衣服时见到的第一样东西。现在，我回家后的第一个早晨所见到的第一件事儿竟是我所拥有的那件最重要的东西没有了。消失不见又不可替代。就像——又根本不像——丢了一条腿。

“妈！”我喊道。“妈！大事不好了！”

“怎么啦？”她大声问道，从厨房跑进我房间。“出什么事儿了？”

她当然以为我的伤口又流血了，或是我要晕过去了，或是我头痛得忍不住了。

“我的邮票！”我能说的只有这些了，她领会了我的意思。

然后她就去寻找集邮册。她一个人去了孤儿院的林地，在我被发现的那块地方搜寻，但她哪儿也没有找到它——连单张邮票也没有看见。

“你确信是带着集邮册的？”她回家后问我。

“是的！是的！它们在那儿！它们应该在那儿！我不能弄丢我的邮票啊！”

“可我找啊找，找遍了所有地方。”

“可有谁会拿走它们呢？它们可能在哪儿呢？它们是我的！我们一定得找到它们！那是我的邮票啊！”

我忧心如焚。我仿佛看见一群孤儿在林地里发现了集邮册，用他们的脏手把它撕掉。我看见他们把邮票一枚枚抽出来吃进肚里，在邮票上踩来踩去，在他们又脏又臭的厕所里把邮票一把把扔进抽水马桶里冲掉。他们憎恨集邮册，因为这不是他们的——他们憎恨集邮册，因为他们一无所有。

由于我的央求，母亲没有把集邮册的去向和塞尔顿裤兜里的钱这两桩事告诉父亲和哥哥。“我们找到你时，裤兜里有十九美元五十分。我不知道这是从哪儿来的，我也不想知道。这件事就到此为止。我在霍华德储蓄银行给你开了个户头。我帮你把钱存进去了，你以后好用。”说着，她把一个银行小存折递给了我，里面写着我的名字，存款页上是用黑色印章盖的第一笔也是仅有的一笔钱：“19.50”。“谢谢您，”我说道。然后她对她的二儿子做出了评价，我相信，她后来把这个评价一直带进了她的坟墓。“你是个最古怪的孩子，”她对我说。“我以前不知道，”她说，“我还没有开始了解你。”接着她把我的拆信刀递给我，那把来自芒特弗农的袖珍锡镴滑膛枪。刀柄上有划痕，很脏，刺刀给弯得有点儿变形。她是那天下午找到这把刀的，她没让我知道她上班时用午饭时间冲回那片林地，第二次仔细地搜寻孤儿院树林里的那块地，希图发现那本已经融化在稀薄空气中的集邮册，哪怕是再小的一丁点儿残迹也好。

# 第七章 温切尔暴乱

一九四二年六月至一九四二年十月

在我发现我的集邮册丢失的头一天，我得知了父亲辞职的决定。星期二上午我从医院回到家后没几分钟，他开着蒙蒂伯伯那辆两边装有木板的货车回家来，开进过道，把车停在维希瑙太太的车后。他在米勒街菜市场刚上完第一个夜班。从那时起，自星期天晚上到星期五早晨，他每天都是上午九十点回到家，洗漱，大吃一顿，上床睡觉，十一点之前入睡，我放学回来就得轻手轻脚，不能把后门摔出巨响，以免吵醒他。差不多到下午五点时，他就起身出发了，因为到六七点左右，农夫们就把他们的产品送到菜市场来了，而从夜里十点到凌晨四点，零售食品杂货商会来购买，同时来的还有餐馆老板、旅馆经理和这城里最后一批用四轮运货马车兜售的小贩。他靠保温杯里装的咖啡和母亲为他准备的带去上班的三明治熬过一个个漫漫长夜。礼拜天早上他要去蒙蒂伯伯家探望他母亲，或者由蒙蒂带她来我家看我们。礼拜天的其余时间父亲用来补觉，我们就又得安安静静的，不去打扰他。这生计十分艰辛，尤其是有时候他得在天亮前开车去帕塞伊克和尤宁郡的农场主那里，独自一人把他们的农产品运回来，如果蒙蒂伯伯用此门道可以把生意做得更好的话。

我知道这生计艰辛，是因为他早晨一回到家就喝酒。平时在我们家，一瓶“四朵玫瑰”牌波旁威士忌酒要放上好几年。母亲是个滴酒不沾的人，甚至到了夸张可爱的地步，连冒泡的啤酒杯都不忍一看，更不消说威士忌烈酒的味道了；而我父亲，除了他们的结婚纪念日或他的老板来吃晚饭，他用加冰块的“四朵玫瑰”来敬他以外，他又何时喝过酒呢？可现在他从菜市场一回到家，连脏衣服也不脱，连澡也不洗，就先把威士忌斟满一小杯，扬起头来，一饮而尽，那样子就像是一口咬进了电灯泡里一样。“好酒啊！”他会大声说，“好酒！”饮毕他才松弛下来，才能把一顿饭全吃光而不会消化不良。

这让我惊慌失措，不仅因为父亲的职业地位突然下降——不仅因为那停在过道上的卡车和他脚上的厚底靴子——过去他上班总是穿西装、戴领带，黑皮鞋擦得铿亮——不仅因为他反常地一口就能饮下一小杯烈酒，上午十点钟才独自一人吃晚饭——还因为我哥哥，因为他出乎我意料的转变。

桑迪不再愤愤不平。他不再鄙视人。他不再做出任何傲慢无礼的行为。就好像他的头部也遭到了重击，只是这重击没有造成失忆，而是把他恢复为一个沉静、审慎的孩子，他心满意足，不是因为当了一个早熟且满脑子忤逆观念的名人，而是因为从早到晚伴随着他内心生活的那股强劲而平稳的心潮，在我看来，这才真正使他比同龄的孩子更为优秀。或许是当明星的热情——连同冲突的能量——已经耗尽；或许他从未具备应有的利己主义，并且暗地里为自己无需再变得万众瞩目而感到解脱。或许他可能从未相信过他宣扬的那些东西。或许是当我因有可能致命的血肿而昏迷在医院时，父亲和他谈过话并见效了。或许由于我突然身处危机，他只不过是把那个出类拔萃的自己藏在过去的桑迪后面，乔装打扮，工于心计，狡诈地匿影潜形，等待时机，直至……直至有人知道接下来还会有什么厄运降临我们头上。不管怎样，眼下这令人震惊的情势把我的哥哥引回了家庭的怀抱。

我母亲不再去上班了。如果我们不得不仓促逃亡的话，她存在蒙特利尔银行户头里的钱虽还没有她所希望的那么多，但也足以让我们跨越国界，在加拿大从头干起。她辞去哈恩百货公司的工作就像父亲辞职一样干脆利落。为了挫败政府要把我们迁往肯塔基的计划，为了保护我们免受那个他和温切尔都认为是反犹花招的四二年宅地法的影响，父亲放弃了他与大都会人寿保险公司十二年的职业保障。母亲又回来整天操持家务，我们回家吃午饭和放学回到家时，她又在家里了。暑假期间，她又会在家里监督桑迪和我，我们就不会因为无人监管而无法无天了。

父亲改变了故态，哥哥恢复了常态，母亲回到了原态，我脑袋上缝了十八针黑丝线，我最珍贵的财富一去不复返，所有这一切发生得都像奇妙的童话故事一样迅速。一个在一夜之间既失去社会地位又重新扎根而起的家庭，既未被流放，又未被驱逐，仍然固守在顶峰大道。这条街上，在短短三个月内，塞尔顿——我现在已无可奈何地跟他绑在了一起，因为他在我们社区到处津津乐道他怎样阻止穿着他的衣服来伪装的我因流血过多而死亡——塞尔顿要给运走了。自九月一日起，塞尔顿和他母亲将住在外地了，他将是肯塔基州丹维尔唯一的犹太小孩。

我的“梦游”原本可能会在我们当地引发更为丢人现眼的舆论，假如我逃跑的那个礼拜天晚上，沃尔特·温切尔没有在广播结束后仅几小时就被杰津斯洗液公司解雇的话。这消息确实令人震惊，大家都不可置信，温切尔也不打算让这个国家遗忘。作为十年来美国最杰出的广播记者，他在下周的星期日晚上九点就要被一个伴舞乐队顶替了，这个乐队会在一家设于曼哈顿中城旅馆露台上的高级夜总会进行广播。杰津斯公司对他做出的第一条指控是：这个在全国每周拥有两千五百多万听众的广播员，实际上是“在拥挤的剧场里大叫救火”；第二条是他以恶毒的诽谤来中伤美国总统，“只有最无耻的煽动家为了煽起暴民的怒火才会编造这种谤文”。

连相对温和的《纽约时报》，这份犹太人创办并属于犹太人的报纸——由于这个原因我父亲高度尊重该报，这份绝不会不批评林德伯格对希特勒德国政策的报纸——居然在其题为《职业耻辱》的社论中对杰津斯公司所采取的行动表示无条件的支持。“在反对林德伯格的企业家中，”该报写道：

一场竞赛已进行多时，以决定谁可以对林德伯格政府的动机做出最骇人听闻的评估。沃尔特·温切尔凭借其夸夸其谈走在了这伙人的前头。温切尔先生语义暧昧的怀疑和值得怀疑的品位不经意间成了不道德而不能宽宥的敌意发泄。其指控如此牵强附会，即使是一个毕生的民主党人也会发觉自己对总统抱有一丝意料之外的同情，温切尔无法挽回地丢了自己的脸面。杰津斯洗液公司雷厉风行地撤销了他的广播节目，此举应受到嘉许。我国如沃尔特·温切尔之流所作的新闻报道既是对公民中有识之士的侮辱，也是对准确、公正和负责的新闻准则的侮辱。对这些准则，温切尔先生，他那帮愤世嫉俗的小报分子，以及其背后贪图金钱的出版商们，一直以来都表现出最大程度的轻蔑。

《纽约时报》随后刊登了由该篇社论引出的第一封，也是最长的一封抨击信，某位大名鼎鼎的写信人代表林德伯格政府，在感激地提到这篇社论并用更多事例说明温切尔明目张胆地滥用宪法修正案第一条之后，得出结论："这种企图激怒和威吓自己的犹太同胞们的行为，其恶劣程度并不亚于贵报强烈谴责的对行为准则的漠视。毫无疑问，没有任何行为比用一个被迫害民族在历史上经受过的恐惧来折磨他们那样令人发指，当下尤其如此，全面参与建设一个没有压迫的开放社会，正是现政府努力通过美国吸收与同化局的工作为这一种族达到的目标。四二年宅地法是为了能使美国引以为骄傲的犹太公民们得以广泛而频繁地参与国家生活而设计的计划，沃尔特·温切尔却将之描述为一个孤立犹太人并把他们从国家生活中排除出去的法西斯战略，这可达到了新闻记者率性行事的顶点，充分证明了其耍花招大造谣言，这才是如今自由民主遭到的最大威胁。"

此函的落款为“首都华盛顿内务部美国吸收与同化局局长莱昂内尔·本杰尔斯多夫”。

温切尔在他为《每日镜报》撰写的专栏里进行了回应。此家纽约报纸属于美国最富裕的出版商威廉·伦道夫·赫斯特[1]，他拥有的出版企业旗下有约三十种右翼报纸以及七种通俗杂志，还有一个金氏特稿报业联合公司，温切尔的文章通过该公司广泛转载，读者有数百万之多。赫斯特鄙视温切尔的政治忠诚态度，尤其是他对罗斯福的赞颂。如果情势不同，他早几年就把他解雇了，而情势是纽约人无法抗拒这位专栏作家用独特的炮制手法来迎合大众趣味、揭露争议问题和厌弃爱国主义的粗俗魅力，《镜报》就是用纽约人的报费来跟《每日新闻报》竞争的。据温切尔说，赫斯特最终解雇他的原因，与其说是因为他这个专栏作家与这名出版人之间长期存在的敌意，倒不如说是来自白宫的压力，即使是像赫斯特这样一个有权有势、冷酷无情的商业巨鳄，也会因忧虑后果而不敢抗拒。

“林德伯格法西斯分子们”——以肆无忌惮、顽固不悔为特色的温切尔专栏开篇这样写道，这是他失去广播节目合同后没几天就发表的——“公开向言论自由发起了纳粹式攻击。今天，温切尔是他们要使其沉默的敌人。温切尔是‘战争贩子’、‘撒谎者’、‘危言耸听的家伙’、‘共党分子’、‘犹太佬’。今天是鄙人，明天是所有敢于揭露摧

1　见附录“作品中其他历史人物”。

毁美国民主的法西斯阴谋的真相的新闻广播员和记者。诸如狂热的撒谎精莱昂内尔·本拉比和胆小怕事的《纽约时报》势利公园大道[1]上的业主们之类的荣誉雅利安人，并非第一批趴在反犹主子面前的极端文明的犹太吉斯林，因为他们过于、过于高雅而不屑于跟温切尔之流争斗……他们也不会是最后一批。杰津斯的那帮蠢货们并非与专制的说谎机器合作的第一批法人懦夫，这部机器如今正在摧毁这个国家……他们也不会是最后一批。”

这篇专栏——进而列出了约十五名他视为美国主要法西斯同谋者的私敌——事实上，是他最后的专栏。

三天之后，在拜访海德公园确知罗斯福仍决心不脱离政治退休状态、不竞选第三任总统后，温切尔宣布他自己将在下一次普选中竞选美国总统候选人。至此时，考虑竞选的人有罗斯福的国务卿科德尔·赫尔；前农业部长、一九四〇年候选人名单上的副总统候选人亨利·华莱士；罗斯福的邮政部长和民主党主席詹姆斯·法莱；最高法院法官威廉·道格拉斯；两名走中间路线、均非新政支持者的民主党人，前印第安纳州长保罗·V. 麦克纳特和伊利诺伊州参议员斯考特·W. 卢卡斯。尚有一则未经证实的报道（由温切尔传播，可能也由他发出，那时他仍靠传播未经证实的报道而挣八十万元年薪），说是如果民主党全

1 指纽约曼哈顿公园大道，富翁集中的住宅区，富裕、豪华、上流社会的象征。

国代表大会陷入僵局，从这份并不激动人心的候选人名单来看多半可以预见到这点，埃莉诺·罗斯福[1]，其丈夫两任总统任职期间政治和外交上的得力助手——至今仍大受欢迎，其坦率性格和贵族本色相交融的气质，使她在民主党内的自由派选民以及右翼新闻界众多口头上的敌人中赢得了大批拥护者——将像林德伯格在一九四〇年共和党全国代表大会上一样登上民主党全国代表大会的讲坛，并在欢呼喝彩声中一举赢得提名。而一旦沃尔特·温切尔成了参与竞选的第一名民主党候选人，又鉴于他在一九四四年大选前几乎三十个月，甚至是在国会中期选举之前就身先士卒——更何况紧接着那一阵闹哄哄的吵嚷之后，那阵吵嚷是因“白宫内法西斯匪帮采取强制性暴力手段”(温切尔宣布竞选候选人时形容其敌人及其手法用语)将他从其行业中“清洗”出去造成的——红极一时的内幕新闻专栏作家便成了打头阵的热门人选，是唯一一个家喻户晓又有足够的魄力去猛烈攻击林迪这样受人爱戴的现任总统的民主党人。

共和党领袖们没有降贵纡尊地认真对待温切尔，不是猜想这名桀骜不驯的演员在穿插表演自我荣耀的小戏，从一小撮富裕的死硬民主党徒那里捞钱，就是把他看成为罗斯福夺人耳目的掩护马(或是为罗斯福的野心勃勃的老婆)，一上来就心情激奋，估量着这个国家可能秘密存在的反林德伯格情绪，但民意调查显示，林德伯格仍然得到创纪录

1　见附录“作品中其他历史人物”。

的百分之八十至九十各类各级选民的支持，犹太人除外。简言之，温切尔是犹太人的候选人，他本人又是最粗俗的那类犹太人，完全不像教养良好、气质高贵的犹太民主党圈子内部的人，如罗斯福的富裕知己伯纳德·巴鲁克，或银行家、纽约州长赫伯特·莱曼[1]，或最近退休的最高法院法官路易斯·布兰代斯。作为一个没有背景的犹太人，又表现出使犹太人在美国社交和商业社会较高的阶层中不大受欢迎的几乎所有粗俗的特质，好像还不足以使他成为纽约市犹太人聚居区之外任何地方政治圈子内位卑言轻、莽撞无礼的人似的。在纽约，他以不正当地追逐女性著称，嗜好引诱长腿歌舞女郎，在放荡的好莱坞和百老汇名流中间过花天酒地的夜生活，那些名流总是在纽约斯托克夜总会一醉方休。这一切使他在规矩守旧的人们中声名狼藉。他竞选总统候选人，在共和党看来只不过是一个笑话 。

然而那礼拜在我们街上，在温切尔被解雇又瞬息间以总统候选人的身份出现之后，这两个重要事件立刻成了这个社区几乎唯一可以在居民中间谈论的内容。将近两年来，他们一直不知是否应该相信最坏的消息，他们试图把精力集中在日常生活的需求上，无措地听进所有有关政府准备拿他们生事的传说，总是无法将自己恐慌或镇静的缘由与斩钉截铁的事实联系在一起——在那么多困惑不解的事情之后，他们在幻觉妄想方面却成熟了，当家长们晚上在房屋之间过道上聚在一

1　见附录“作品中其他历史人物”。

起，坐在海滩用椅子上闲谈时，这种已成了固定节目的猜谜游戏可以持续几个小时停不下来：温切尔总统候选人名单上的副总统会是谁？他会任命谁进他的内阁？他会任命谁进最高法院？谁会是更伟大的领袖，FDR，还是沃尔特·温切尔？他们一头扎进了奇思异想的大天地，连很小的小孩也感染上了他们的亢奋精神，在四周跳啊，舞啊，反复唱着“挡风玻璃当总统……挡风玻璃当总统”[1]。当然，没有犹太人会被选为总统——像温切尔这样口无遮拦的犹太人更不可能——即使像我这样年幼的孩子也已接受了这一点，就像“剥夺公权”在美国宪法里用了很多词句详加阐释似的。可就连这种不可更改的铁一般的事实也阻止不了大人们，他们宁弃常识于不顾，一夜又一夜地想象他们自己及孩子是天国里土生土长的公民。

本杰尔斯多夫拉比与伊夫林姨妈的婚礼于六月中旬的一个礼拜天举行。我父母未被邀请，他们也不期望受邀，受邀了也不会去，可母亲的苦恼却无法消除。以前我听到过她在她卧房里关起门来哭泣，尽管这不是常有的事儿，也不是我所喜欢的，而这几个月里，父母亲竭力揣摩林德伯格政府摆出的威胁姿态有多严重，从而做出对一个犹太家庭而言较为明智的反应，在此期间，我一直不知道母亲是如此无可慰藉。“为什么还得出这种事？”她问我父亲。“他们就是结婚呗，”他对

1 小孩子们把“Winchell”（温切尔）说成了“Windshield”（汽车挡风玻璃）。

她说，“这又不是什么世界末日。”“可我无法不想起我父亲，”她说。“你父亲已经死了，”他说道，“我父亲也死了。他们不是年轻人了，他们得了病，死了。”难以想象还有比他这更富同情心的语调了，可母亲如此难受以至于他的嗓音越温和，她就越感痛苦。“我还想我母亲，”她说道，“妈妈如果活着也不知道该怎样去理会这档子事了。”“亲爱的，事情可能会更加可怕——你知道这点。”“事实上确实如此，”母亲说。“也许不会，也许不会。也许一切都在开始变化。温切尔——”“啊，拜托，沃尔特·温切尔不会——”“嘘，嘘，”他对她说，“小的那个还在。”

于是我这个“小的那个”明白了，沃尔特·温切尔实际上不是犹太人的总统候选人——他是犹太人的孩子们的候选人，是一种让我们紧紧抓住不放的东西，就如没几年前给我们喂奶一样，不仅仅是为了营养，更是为了减缓婴儿期的恐惧。

婚礼是在拉比的会堂里举行的，仪式之后的婚宴则设于纽瓦克最豪华的旅馆埃塞克斯饭店的舞厅。出席的显要人物都有妻子或丈夫陪同，《纽瓦克礼拜日号声报》除发表婚礼本身的报道外，还在新娘和新郎的合影旁边加框列出出席者名单。名单长得惊人，令人肃然起敬，我在此详加介绍，是为了解释，就我而言，我为什么不能不感到疑惑，我父母及其大都会保险公司的朋友们是否完全脱离现实，是否因为一个政府计划由本杰尔斯多夫拉比这种身价的名人来执行，他们就想象会有灾难降临到他们身上。

先说婚礼上的大批犹太人，他们中间有家人和朋友，本杰尔斯多夫会堂的成员，来自新泽西斯州各地的崇拜者和同僚，还有一些专程从全国各地来的人。也有很多基督徒。据《礼拜日号声报》的文章说——此文占了那天两页社会版的一页半——有几名被邀请的客人没能前来出席，但通过西部联盟银行送来了他们最真诚的祝愿，其中有总统的妻子，第一夫人，安妮·莫罗·林德伯格，她被称为拉比的亲密朋友，“新泽西同乡和诗友”，他与她分享“文化和知识上的爱好”，在“白宫下午茶时间”经常会面，“促膝谈心，讨论哲学、文学、宗教和道德问题”。

代表纽瓦克市的是市政府里两名级别最高的犹太人，前两届市长迈耶·艾伦斯坦，市政府公务员哈里·S. 赖克斯坦；目前市政府内一批最杰出的爱尔兰人中的五名：公安厅厅长、税收与财政局局长、公园与公共财产局局长、市政府总工程师和公司法律顾问。纽瓦克的联邦邮政局局长出席了，还有纽瓦克公共图书馆馆长和图书馆理事会主席。参加婚礼的著名教育家中有纽瓦克大学校长、纽瓦克工程学院校长、各中小学校长、圣本尼迪克特预科学校校长。在出席的人员中还有一批有名的神职人员——新教的，天主教的，犹太教的。牧师乔治·E. 道金斯，来自纽瓦克最大的黑人教会第一浸礼会佩蒂纪念教堂；牧师阿瑟·达姆珀，来自三一大教堂；牧师查尔斯·L. 贡弗，来自恩典圣公会教堂；牧师乔治·E. 斯皮里扎基斯，来自圣尼古拉希腊东正教会；教长约翰·德莱尼，来自圣帕特里克大教堂。

缺席者——对我父母而言格外醒目，尽管新闻报道中没有一处提及——是本杰尔斯多夫拉比的敌手、纽瓦克拉比中最杰出的一位，亚伯拉罕之子教会的乔基姆·普林兹。在本杰尔斯多夫拉比名扬全国之前，普林兹拉比在全城范围和宽泛的犹太社区的犹太人中间，以及在各宗教的学者和神学家中的权威远远超过他的年长同僚。在领导纽瓦克市三个最富裕的教会的保守拉比中，他是唯一一个在反对林德伯格的斗争中从未退缩过的。另两名拉比，奥赫布·沙洛姆会堂的查尔斯·I. 霍夫曼和以色列之子会堂的所罗门·福斯特却出席了婚礼，福斯特拉比还主持了婚礼。

出席者中还有纽瓦克四家主要银行的总裁，该市两家最大保险公司的总裁，该市最大建筑公司的总裁，该市最有声望的律师事务所的两位创办合伙人，纽瓦克体育俱乐部主任，坐拥三家闹市区大电影院的老板，商会主席，新泽西贝尔电话公司总裁，两家日报的主编，以及P. 巴拉廷——纽瓦克最有名的啤酒厂的总裁。从埃塞克斯县政府来了不动产终身保有者董事会的监督人和三名董事会成员，从新泽西的司法部门来了衡平法院的副院长和州最高法院的陪审法官。从州议会来了多数派发言人和埃塞克斯县四名议员中的三人，从州参议院来了一名埃塞克斯县的代表。首席州官、司法部长大卫·T. 威伦茨[1]是个犹太人，他成功地主持了布鲁诺·豪普特曼诉讼案，但出席的州官中给我印象最深的是阿贝·J. 格林，也是犹太人，更重要的，他还是新泽西

1 见附录“作品中其他历史人物”。

州拳击督察官。新泽西州两名美国参议员之一，共和党人W. 沃伦 · 巴伯，以及我们的国会众议员罗伯特 · W. 基恩也来了。从美国新泽西地区法院来了一名巡回法官，两名地区法官，以及地区检察官（我在听广播剧《帮派警探》时认出了他的名字）约翰 · J. 奎因。

从华盛顿赶来的有这位拉比在美国吸收与同化局全国总部的一批亲近同事，以及代表内务部的数名官员。尽管婚礼上没有一个人是来自联邦政府最高层的，却有一位重要性不亚于总统本人的代表：婚宴上由福斯特拉比朗读的第一夫人的电报。电报念完后，婚礼宾客们自发地站起来为第一夫人的真挚情感鼓掌，新郎则请大家继续站着同他和他的新娘一起高唱国歌。

《礼拜日号声报》全文刊载了洋洋洒洒的电文，内容如下：

我亲爱的本杰尔斯多夫拉比和伊夫林：

我丈夫和我向你们致以我们最衷心的美好祝愿，我们共同祝愿你们极乐至福。

我们为有机会在白宫欢迎德国外交部长的国宴上会见伊夫林感到高兴。她是一个富有魅力、充满活力的年轻女子，显然是一个最值得敬重、最诚实正直的人，我与她只交谈片刻就马上意识到，正是她的个性禀赋和非凡才智为她赢得了像莱昂内尔 · 本杰尔多尔夫这样杰出男子的挚爱。

今天我回想起那天晚上我与伊夫林见面时在我脑海中浮现的几句言简意赅的诗句。是伊丽莎白 · 巴雷特 · 布朗宁的诗，她的《葡萄牙人十四行诗集》中第十四首开篇的词句，正好体现了我所见到的从伊夫林那双美得惊人的黑眼睛中流露出来的女性智慧。“假如你一心爱我，”布朗宁夫人写道，“让这爱不为别的/只为了爱而爱吧……”

本杰尔斯多夫拉比，自从美国吸收与同化局成立庆典之后我们在白宫会见以来，您一直是一个超越朋友意义的朋友；自从您迁居华盛顿担任OAA局长以来，您一直是一个睿智而尊贵的导师。我们全神贯注的交谈，还有您慷慨赠与我阅读的那些富有启迪意义的书籍，都对我教益甚多，不仅有关犹太人的信仰，还涉及犹太民族的苦难及其作为他们幸存三千年的主要原因的伟大精神力量的源泉。通过您我发现我自己的宗教传统是如何深深扎根于您的宗教传统，我因此而变得更为充实。

作为美国人，我们最重大的使命是作为一个统一的民族生活在和睦融洽和兄弟情谊之中。我从你们俩为OAA所做的出色工作中看出，你们是如何为协助我们达到这一宝贵目标而尽心尽力。在上帝赐予我们国家的很多恩惠中，没有什么比在我们中间有你们这样的公民更弥足珍贵的了，你们是一个不屈不挠的民族中令人骄傲、生气勃勃的勇士，这个民族关于正义和自由的古老概念一直支持着我们美国自一七七六年以来的民主制度。

致以一切最美好的祝愿，

安妮·莫罗·林德伯格

联邦调查局第二次进入了我们的生活，这次是我父亲被他们监视。在维希瑙先生上吊自杀那天那个在途中向我质询阿尔文情况的特工人员(他还在公共汽车上质询桑迪，在商店里质询我母亲，在公司里质询我父亲)，现在出现在蔬果市场，在一家小餐馆周围转悠，工人们会在午夜到那餐馆去吃东西喝咖啡。他的做法跟阿尔文开始为蒙蒂伯伯干活时一个样，现在则开始在四周询问阿尔文的叔叔赫尔曼的情况，询问他对大家说了什么有关我们国家和总统的话。朗吉·兹维尔曼的一个亲信把这个消息传给了蒙蒂伯伯，他把特工人员麦科克尔说给他听的话也向蒙蒂伯伯转述了——说是我父亲让一个为外国打仗的叛徒有住有吃，现在又辞去了大都会保险公司的好工作，就为了不参与旨在使美国人民团结、强大的政府计划。蒙蒂伯伯对朗吉的亲信说，他的弟弟是个没有文化的穷光蛋，有两个孩子和一个老婆要养活，每礼拜六个晚上拖菜篮运果箱，不可能做什么危害美国的坏事。据蒙蒂伯伯说，朗吉的亲信很同情地听着。一个星期六下午，蒙蒂伯伯在我家厨房里，完全没有我们家所习惯的文雅语气，给我们讲述了整个故事。——“还是那个家伙对我说：‘你弟弟得走。’我就对他说：‘这都是胡扯。告诉朗吉，这都是反对犹太人的一些瞎扯淡。’这家伙自己也是犹太人，他叫尼吉·阿普菲尔鲍姆，但我说的话没有引起什么反应。尼吉回到朗吉那儿，告诉他说，罗斯不肯乖乖听话。接下来怎样了呢？朗吉那高个自己露面了，就在那臭烘烘的小办公室里，穿着一套手工做的丝绸衣服，个子高高的，说话柔声细气，穿着时髦——敢情要赶上电影明星啦。我对他说：‘我从小学时候起就记住你了，朗吉。

那时候我就知道你会干出点名堂来。’朗吉对我说：‘我也记得你呢。那时候我就知道你是干不出什么名堂来的。’我们哈哈大笑，然后我对他说：‘我弟弟需要一份工作，朗吉。我能不给我的亲弟弟一份工作吗？’‘我能不让联邦调查局在四周探头探脑吗？’他问我。‘这我都知道，’我说，‘我不就是因为联邦调查局而把侄子阿尔文赶走了吗？可跟我自己的兄弟，就不能来同一手，是不是？瞧着吧，’我告诉他，‘二十四个小时，我会搞定一切。要是我搞不定，要是我不能搞定，赫尔曼就走人。’于是我一直等到第二天上午我们打烊之后，我上萨米·伊格尔餐馆去了，联邦调查局那个爱尔兰笨蛋正坐在柜台旁。‘让我给你买早餐吧，’我对他说。我给他要了一杯加啤酒的威士忌，在他旁边坐下来。我说道：‘你和犹太人有什么仇吗，麦科克尔？’‘根本没有，’他说。‘那你为什么这样子跟牢我弟弟呢？他对谁干了什么坏事吗？’‘瞧你说的，如果我做过什么反对犹太人的事儿，我会坐在这伊格尔餐馆里吗？如果我做过，萨米·伊格尔会是我的朋友吗？’他把柜台那边的伊格尔叫了过来。‘告诉他，’麦科克尔说，‘我做过什么反犹的事儿吗？’‘据我所知没有，’伊格尔说。‘你儿子成人礼时，我有没有去，有没有送他领带夹？’‘他现在还用着呢，’伊格尔对我说。‘瞧！’麦科克尔说道，‘我只是干我的工作，就像萨米干他的、你干你的一样。’‘我弟弟也在干他的活，’我对他说。‘行了。好了。那就别说我反对犹太人了。’‘是我的不对，’我对他说，‘我道歉。’说着我悄悄塞给他一个信封，一个褐色小信封，事情就完了。”

此时我伯伯转向我说道：“我知道你是个偷马贼。我知道你从教堂那儿偷了一匹马。聪明的孩子。让我瞧瞧。”我斜着身子给他看我脑袋上给马蹄踢伤的地方。他笑着用手指轻轻地从头到尾摸了摸那块伤疤和剃掉过头发，现在又开始长出来的地方。“祝你有更多伤疤，”他对我说——然后，他像打我记事以来一直做的那样——粗鲁地把我举起来放到他的一条腿上，我叉开腿坐在上面，像是骑着一匹马。“你行过割礼，不是吗？”他问道，并把他的那条腿抬起又放下，给我忽上忽下地骑着。“你知道他们在割礼上给婴儿做环切手术，你知道他们在干什么，是不是？”“他们把包皮割掉，”我说。“这一小点儿包皮他们干什么用呢？割下来以后——你知道他们干什么用吗？”“不知道，”我对他说。“嗯，”蒙蒂伯伯说道，“他们把包皮存起来，等攒够以后，他们就把包皮送给联邦调查局，用它们来造特务。”我忍俊不禁，尽管我知道我不该这样——尽管他上次已经给我讲过这个笑话。他说道：“他们把包皮寄到爱尔兰去造神父。”我大笑起来。“那信封里装的是什么？”我问他。“你猜，”他说。“我不知道。钱？”“对了，是钱。你是个聪明的小马贼。这钱把什么麻烦都解决了。”

后来我才从偷听到父母卧房谈话的哥哥那儿知道，行贿给麦科克尔的钱要全部还给蒙蒂伯伯，以后六个月内每周都要从父亲本来就微不足道的薪金中扣除十元。对此父亲无可奈何。苦力活儿的艰辛，为其兄效劳而感受到的屈辱，他能说的只有一句话：“他从十岁起就这个德性，一直到他死都会是这个德性。”

那年夏天，除了星期六、星期日上午，很少能见到父亲。相反，母亲无时无刻不在身边，桑迪和我中午都得回家吃中饭，下午三点左右又要向她报到，告诉她我们干什么去了，所以我们俩都不能游逛得很远，晚上又不许我们到学校操场以外的任何地方去，那操场离我们家只有一个街区的路。母亲不是严以律己，就是勉力暂将一切烦恼置之脑后，尽管父亲的薪俸大减，家庭收支预算不得不缩了又缩，面临这一年来许多似乎不可能发生的事情，她却并未表现出无能为力的样子。她精神上的恢复很大程度上与重操家务有关，对她而言，家务劳动给予她的补偿要比卖卖衣裳多得多，她没有畏避百货公司的工作，但以她的正常追求来衡量，这种工作对她来说是毫无意义的。只有我清楚，每当有埃斯特尔·特奇维尔写来的信报告她家在温尼伯的情况的，母亲依然如故地忧虑烦恼。每天午饭时分我从前门入口处的邮箱里拿出邮件上楼，要是有贴着加拿大邮票的信，她就会立即在厨房桌子旁坐下来，在桑迪和我吃三明治时，她把信看了两三遍，然后折叠好，放在围裙口袋里，随身带着它，还要看它个十遍，在父亲起床后要去菜市场时，才交给他看——信给父亲，盖过邮戳的邮票归我，这样我可以重新开始集邮。

桑迪的朋友们忽然间变成了他这个年纪的女孩子们，那些他在学校里认识的、先前他从未以这样贪婪的目光审视的少女。夏天，学校操场上每天从早到晚安排了很多活动，桑迪就会去那里找她们。我也在那儿，现在通常由塞尔顿陪伴。我注视着桑迪，惧喜交加，心潮起伏，仿佛我的亲哥哥成了扒手或职业托儿似的。他会在乒乓球台旁的长椅上坐下，女孩们通常会聚集在球台旁，他就开始用铅笔在他的写生簿上画画，把其中最漂亮可爱的画下来。她们总是要看他画的画，于是在一天快结束时，好机会就来了，他会如痴如梦地跟其中一人手拉手地步出操场。桑迪迷恋的癖好不再是替“老实人”项目宣传或为莫辛尼家的烟叶去梢激发起来的，而是由这些女孩子们诱发出来的。或许是新鲜刺激的欲望如在肯塔基时那样以不可思议的惊人速度改变了他的生存方式，他在十四岁半的时候，在一阵荷尔蒙的冲击下焕然一新，要么，如我所想——以我总认为他无所不能的癖性——带着女孩子们跟他扬长而去只是一种好玩的计谋，是他在努力争取时间直至……对于桑迪，我总觉得他身上发生的事情一定会比我能够理解的要多得多，事实上，尽管这个英俊的男孩有着自持的气质，他也不比别人更清楚，为何他抗拒不住那种诱惑。林德伯格的犹太烟草农夫发现了女性乳房，倏忽间他摇身一变成了另一个普通的青少年。

父母亲将桑迪对女孩子的迷恋归结为反抗，是一种“反叛”，是他被迫从林德伯格事业中退出来之后为了自我补偿而特意彰显出的独立性，似乎也有意认为这没有多大危害。有个女孩的母亲显然不能苟同，打电话来说得很明白。我父亲下班回家后，母亲和他在他们卧房里关起门来进行了一次长谈，后来哥哥和父亲又关着房门长谈了一次，结果这个礼拜剩下的几天他们都不允许桑迪离开我家附近。当然，他们不能把他整个夏天都圈在顶峰大道，很快他又回到操场上，大胆地给那些漂亮女孩画肖像，这些女孩和他单独离开时，允许他动手动脚做这做那——那些年头，八年级的孺子在性方面尚属无知，故不会太出格——她们不会急着回家报告家长，所以也就不再有激忿的电话打给我父母，给身处一大堆麻烦事中的他们添乱。

塞尔顿。塞尔顿是我 的夏天。面对塞尔顿时我只能保持缄默，就像狗给套上了口套一样，我出生后认识的所有孩子都嘲笑我，把我叫做“迷糊蛋”。他们把双臂笔直地伸在胸前，以缓慢、笨重、僵直的脚步走着，应是模仿我在睡梦中步履蹒跚地走向孤儿院的样子，而每当球赛分组时，我一击球，球场上的队伍就会反复喊着：“嗨—啃—西尔弗[1]！”

那年劳工节在南山自然保护区没有大型的夏末野餐活动，因为我父母在大都会保险公司的所有朋友都在九月前带着他们的孩子迁离了纽瓦克，以便在学年开始之前分别在全国各地安顿下来。整个夏天，一家接一家，各家各户都在星期六开车前来拜访和告别。对我父母而言，这是很难过的。在当地大都会分区公司里根据四二年宅地法被指定迁居的人员中，只有我父母选择了留在我们原来居住的地方。他们是我父母最亲密的朋友，在炎热的礼拜六的午后，大人们在街头含泪拥抱，所有小孩儿都凄楚地望着他们——这些午后都以我们四个人站在街边挥手道再见而告终，母亲总是在驶离的汽车后面喊道：“别忘了写信！”——这是迄今为止最令人痛苦的时刻，我们的孤弱无助对我而言真的变成了事实，我感知到我们的世界已开始毁灭。也是在这时我

1 二十世纪三四十年代美国广播连续剧、小说和电影《孤胆巡警》中的一匹白马。此处用以讽刺菲利普被马踢伤。

意识到我父亲是所有那些人中最执拗倔强的一个，因他更为准确的直觉及其过度的需求而无助地受到束缚。那时我才明白，他辞去他的工作，不仅仅是因为他害怕如果我们像其他人一样同意迁徙异地的话注定会遭遇的命运，而且还因为不论好坏，当他遭到他视之为邪恶的强大势力的胁迫时，他的本性就是不屈不挠——在这种情况下，就是既不像母亲急切地要我们做的那样逃往加拿大，也不屈从显然不公正的政府指令。强者有两种类型：那些像蒙蒂伯伯和艾贝·斯坦海姆一样无情无义拼命挣钱的人；那些像我父亲一样坚决遵循他们所相信的公平理念的人。

“来吧，”在六个“宅地”家庭中的最后一家看起来将永远消失的那个星期六，父亲为使我们振作起来这样说道，“来吧，孩子们。我们出去吃冰淇淋。”我们四人沿法官大道走到一家兼营杂货的药店，那里有个药剂师是他最老的人寿保险顾客之一，夏天，那里通常要比外头街上舒服。那儿有张开的凉篷阻挡阳光照入平板玻璃窗，天花板上三台电风扇的扇片在头顶上转着，轻柔地发出嘎吱嘎吱的声音。我们在一个小隔间悄然入座，要了圣代冰淇淋，父亲劝母亲也吃，她却没有心思尝一口，不过最后还是没让眼泪淌下脸来。但我们对不可知未来的忧虑毕竟不亚于我们被迫漂泊他乡的朋友们，所以我们坐在这个凉快的、给凉篷遮挡得有点幽暗的药店里一小勺一小勺吃圣代冰淇淋时，谁也没有说话，全都身心交瘁，直至母亲终于从那堆给她撕得整整齐齐的纸餐巾上抬起头来，露出了哭得筋疲力尽的人才会有的那种被抽空似的扭曲微笑，对我父亲说：“好吧，不管你乐不乐意，林德伯格教会我们做犹太人意味着什么。”接着她又补充说：“我们只当自己是美国人。”“胡说。不是的，”父亲答道，“是他们认为我们只当自己是美国人。这点不必提出来讨论，贝丝。这点不必提出来磋商。这些人不理解我视之为理所当然的事情，真活见鬼了！别的人？他胆敢说我们是别的人？他才是别的人呢。一个看来最像美国人的人——可他是个最不是美国人的人！此人不合格。他不应该在那儿。他不应该在那儿，事情就那么简单！”

对我来说，塞尔顿的离去让我最感沉重。当然，我高兴看他走。一夏天我都在掐指数日子。可八月最后一个星期的那个清晨，当维希瑙家母子俩开车离开时，真够奇怪的，我这个人竟哭得停不下来。他们那辆普利茅斯旧车，车顶上绑着两个床垫（我父亲和哥哥头天晚上把它们捆在一块柏油帆布底下），后座上衣服塞到了顶（我母亲和我帮他们把这一大堆衣服从他们家抱过去，其中有我自己的几件）。我记得有一天下午，那是塞尔顿和我才六岁的时候，维希瑙先生还活着，看上去还很健康，每天仍为大都会保险公司工作，维希瑙太太像我母亲一样还是个家庭妇女，专注于她家日常生活的需要，有时候，如果我母亲得出去做家长-教师协会的工作，桑迪又不在附近，我放学后一人在家时，她还照看我呢。我记得她和我母亲共同享有的母性——不用说，我曾沉浸于这被救助的温暖——那天下午，我强烈地体会到了这一点，当时我给堵在她家厕所里出不来了。我记得在我反复试着把门打开却就是打不开的时候，她是怎样和蔼体贴地对待我，自然而真切地为我担心，不管我们的外貌、性格和眼下的境况有何不同，我们四个人——塞尔顿和塞尔玛，菲利普和贝丝——仿佛就是四位一体。我记得她心目中最重要的东西也就是我母亲心目中最重要的东西——当时她只是当地犹太母权制社会里警觉的一员，其首要任务就是为下一代建立一种热爱家庭的生活方式。我记得维希瑙太太在她松开拳头、无需忧悒满面时，她是镇定而平静的。

那是一个像我们家里一样的小厕所，相当逼仄，门就在马桶旁边，马桶紧靠着水池，浴缸挤在水池旁边。我拉门，却拉不开。在家里我只是把厕所门关上，但在维希瑙家我把门锁上了——先前，在我生下来后，我还从未做过这事。我锁了门，撒了尿，抽了水，洗了手，因为我不想碰他们的毛巾，所以在我灯芯绒裤的后裤腿上擦干了我的手——一切都顺顺当当，可当我要走出厕所时，却打不开球形门把手上面的锁。我可以把它转动一下，可接着又锁上不动了。我没有嘭嘭地敲门，也没有把那门弄得格格响，只是一直尽可能轻地转动那锁。可总是白费劲，我便又坐回马桶上去，心想说不定它自己就开了。我在那儿坐了一会儿后就觉得闷了，便站起来再试。仍然打不开，我便开始轻轻地敲门，维希瑙太太闻声而来，说道："啊，这门上的锁有时就是这样。你得这样转。"她给我解释该怎么做，可我依然打不开，她就非常冷静地说："不，菲利普，你转的时候得往后拉。"我照她的话去做，可还是不管用。"宝贝，"她说，"转动和往后拉得同步进行——同时转和后拉。""往后是往哪儿？"我问。"往后。往后朝墙。""啊，朝墙。行。"我说，但不管我怎么做，还是无济于事。"这没有用啊。"我说。我开始出汗了，接着听见塞尔顿说话。"菲利普？我是塞尔顿。

你干吗锁上门？我们又不会进去。”“我没有说你们会进来，”我说。“那你为什么还锁门？”“我不知道，”我说。“妈，你觉得我们是不是该给消防站打电话？他们可以用梯子把他弄出来。”“不，不，不，”维希瑙太太说。“得了吧，菲利普，”塞尔顿说，“这没有那么难。”“可这真是难。它卡住了。”“他怎么出来呢，妈？”“塞尔顿，安静。菲利普？”“我在。”“你不碍事吧？”“嗯，这儿热。开始热起来了。”“喝杯凉水吧，宝贝。药柜里有一只玻璃杯。装一杯水，慢慢喝，你会感到舒服的。”“好的。”可那杯底里有什么黏糊糊的东西，我虽把它拿了出来，可我假装用它来喝水，其实我是用双手捧着喝的。“妈，”塞尔顿说，“他怎么搞的呢？菲利普，你怎么搞的呢？”“我怎么知道呢？”我说，“维希瑙太太？维希瑙太太？”“我在，宝贝。”“这儿现在太热了。我真的出汗了。”“那就开窗。打开淋浴间小窗。你个子够得上吗？”“我想够得上。”我脱了鞋，只穿袜子跨进浴缸，我踮起脚尖能碰到那窗——一扇朝向过道的碎石花纹玻璃小窗——可我试着打开它时，它也卡住了。“这不行啊。”我说。“你敲一下，宝贝。敲窗框底下，但不要敲得太重，我相信会开的。”我照她话做了，那窗却纹丝不动。此时我的衬衫已给汗水湿透了。我斜着身子换了个角度，好往上用力推开那窗子，可转身时一定是胳膊肘碰到了淋浴器的开关，水突然喷了出来。“啊，不好了！”我说，那冰冷的水浇在我脑袋上，沿着衬衫后面流下去，我从浴缸跳到了瓷砖地板上。“怎么回事啊，宝贝？”“那莲蓬头出水了。”“怎么会呢？”塞尔顿问道。“莲蓬头怎么会出水呢？”“我不知道！”“你淋得很湿吗？”她问我。“有那么点儿。”“拿条毛巾，”

她告诉我，“从壁柜里拿条毛巾。毛巾都在壁柜里。”我家有个同样又窄又小的厕所壁柜，就在维希瑙家厕所壁柜的上头，我家也用来放毛巾，可我去开那壁柜门，却又开不开——那门卡死了。我使劲拉，可就是拉不开。“现在又怎么啦，菲利普？”“没有事。”我不能告诉她又有事。“拿到毛巾了吗？”“拿到了。”“那就把身子擦干。你要保持镇静。没有什么可担心的。”“我很镇静。”“坐下来。坐下来把身上擦干。”我浑身湿透，现在连地板也湿了，我坐在马桶盖上，这时我才发现厕所的功能——瞧那上端的排污管——这时我才感到眼里泪水涌起。“别担心，”塞尔顿朝厕所里的我说，“你母亲和父亲很快就回家了。”“可我怎么出去呢？”这时突然间，厕所门开了——塞尔顿就在那儿，他背后是他母亲。“你是怎么弄的？”我问道。“我把门打开了，”他说。“怎么打开的？”他耸了耸肩膀。“我推了推。我就推了一下。这门一直开着呢。”这时我才号啕大哭，维希瑙太太抱住我说道：“行了。这种事是常有的。任何人都会遇到的。”“门开着呢，妈。”塞尔顿对她说。“嘘，”她对他说，“嘘。这不要紧。”然后她进了厕所间，把冷水关掉——那水还在流向浴缸——又轻而易举地开了壁柜的门，拿出一条干净毛巾，开始给我擦头发，擦脸，擦脖子，同时和蔼地对我说，这不要紧，这种事情人们随时都会遇到。

然而，这与一切都开始错乱已相隔甚远了。

国会竞选于劳工节后的星期二早晨八点开始，沃尔特·温切尔踏上了放在百老汇大街与四十二街交界处的肥皂箱——这是个有名的十字路口，他就是站在这同一个货真价实的木制肥皂箱上宣布竞选美国总统的——沐浴着敞亮的日光，他的模样完全像星期日夜间九点在国家广播公司演播室广播时的新闻照片一样：不穿外套，只穿衬衫，袖口卷起，领带松垂，头戴费多拉软呢浅帽，这位新闻记者神情倔强，连帽子也从前额推到了后脑勺。仅在几分钟内，就需要六七名纽约市骑警指挥车辆转向改道，以免阻挡急切地冲上街来要见他本人的劳工人流。一旦有话传开，说这个手持扩音器话筒的演说家不单是另一本为罪恶美国传递预告厄运噩耗的《圣经》，而且这名斯托克夜总会的常客直至最近还是全国最有影响的电台广播员、纽约市最肆无忌惮的小报记者，围观旁听的人数就从数百名增加到数千名——报上说，将近一万群众为这位具有独立立场的人及其放荡不羁的行为所吸引，据说都是从地铁车站涌来、从公共汽车里倾巢而出的。

“广播电台的懦夫们，”他对他们说，“还有出版烂污货色的亿万富翁，都受控于白宫林德伯格帮，扬言说温切尔被炒鱿鱼是因为在挤满观众的剧场里大喊：‘救火！’纽约市的先生和女士们，我喊的可不是‘救火’。温切尔喊的是‘法西斯主义’——现在喊的还是这个。法西斯主义！法西斯主义！我将继续对所有美国听众高喊‘法西斯主义’，直至大选日那天林德伯格先生亲希特勒的叛党被撵出国会。希特勒分子们可以夺走我手中的话筒，你们知道，他们已经这样做了。他们可以撤销我报纸上的专栏，你们知道，他们已经这样做了。一旦美国走向法西斯化——但愿上帝阻止这样的事发生——林德伯格的纳粹冲锋队会把我关进集中营，堵住我的嘴——你们知道，他们也会干这种事。他们甚至可以把你们关进集中营，堵住你们的嘴。我现在相信你们肯定知道这一点。然而，我们土生土长的希特勒分子们不能夺走的是我和你们对美国的热爱，我和你们对民主的热爱，我和你们对自由的热爱。他们不能夺走的是——除非那些轻信的、怯懦的、惊恐的人蠢得把他们又一次送回华盛顿——投票箱的威力。这场希特勒式的反美阴谋必须被阻止——而且由你们来阻止！由你们，纽约先生和女士们！由一九四二年十一月三日星期二这个伟大城市热爱自由的人们的投票威力！”

这整个一天——一九四二年九月八日——直至晚上，温切尔在曼哈顿所有社区登上他的肥皂箱。在华尔街，他很大程度上不被理会；在小意大利，他被人们叫喊着下了台；在格林尼治村，他受到了嘲笑；在服装业区，他得到一阵阵喝彩；在上西城，他像救星一样受到拥护罗斯福的犹太人的欢迎。最后往北去哈莱姆区，数百名黑人在薄暮中聚集于雷诺克斯大道和一百二十五街交界的街头听他演讲，有几个人笑，有少数人鼓掌，大多数人则保持既敬重又不甚满意的态度，似乎要引起他们的共鸣需要使用另一种方式来高谈阔论。

那天温切尔对投票民众产生的影响很难确定。对温切尔以前的报纸、赫斯特的《每日镜报》而言，这种要在全国范围内集聚地方草根群众的支持来击溃国会内共和党的张扬行为，看上去不像别的，更像是一个抛头露面的花招——一个被解雇了的、忍受不了不再被人瞩目状况的社会新闻专栏作家——这个自大狂所要的可以预料的抛头露面的花招——尤其因为在曼哈顿，没有一个竞选国会议员的民主党候选人会挑任何听得见温切尔扩音器声音的地方露脸。任何候选人要在户外竞选，他们都会待在远离温切尔屡犯政治大错的地方，他的错误就是把阿道夫·希特勒的名字跟美国总统绑在一起，而这个总统的英勇气概仍然为世人所崇拜，连德国“元首”也钦佩他的成就，他那压倒性数量的同胞依然敬仰他，视之为上帝般促进国家和平与繁荣的催化剂。《纽约时报》在一篇简短的讽刺社论《又干上了》中，从温切尔最新一轮 “追逐私利的鬼把戏”中得出这样一个结论：“沃尔特·温切尔已江郎才尽，”《纽约时报》写道，“独剩自己。”

温切尔在纽约市另四个行政区各花了整天的时间，接下来的一个星期向北前往康涅狄格州。尽管仍然需要一个愿意用刚起步的国会竞选来配合其煽动性辞令的民主党候选人，温切尔还是赶去把他的肥皂箱放在布里奇波特的工厂大门外和新伦敦的造船厂入口处，在那里他把他的费多拉帽往后推，把领带扯了下来，当着听众的面高喊：“法西斯主义！法西斯主义！” 他又从康涅狄格的沿海工业区北赴普罗维登斯的劳工阶级聚居区，接着横穿罗得岛州进入马萨诸塞州东南区的工厂城镇，向聚集在福尔河镇、布罗克顿和昆西街头为数不多的人讲演，所付出的热情不亚于他在时报广场上的首次演说。他从昆西到了波士顿，在那里他打算花三天工夫先后出入爱尔兰裔聚居的多尔切斯特、南波士顿和意大利裔聚居的北端。然而，由于他离开纽约(他的出生地)后就失去了由该市反林德伯格的共和党市长菲奥雷罗·拉瓜迪亚向他保证的警卫保护，所以他在南波士顿热闹的珀金斯广场的第一个下午，因他是犹太人而出言不逊的质问者竟从寥寥数人迅即扩大成了骚乱的人群，他们挥舞的手工做的牌子令人想起布置在麦迪逊广场花园德美同盟会会场上的横幅和标牌。就在温切尔开口讲演的那刻，有个人手挥燃烧的十字架冲向肥皂箱企图烧他，同时有人向空中放了两枪，这或许是策划者对骚乱分子发出的信号，也或许是对这个来自"犹约"[1] 的风云人物的警告，或者两者兼而有之。在这片古老的砖瓦结构的城市景色中，有家庭经营的小店，有有轨电车，有遮阳树木，有小房子，当时还没有电视，每所房子顶上附加的只是高耸的烟囱；在这个经济大萧条一直没能告一段落的波士顿，在对美国主街而言神圣不可侵犯的商店——冰淇淋店、理发店、药房的店面之间，就在从圣奥古斯丁教堂影影绰绰、多尖顶的轮廓那里过来的那条路上，手持棍棒的暴徒们高喊着"宰了他"一拥而上。如温切尔所料，两星期前在纽约五个行政区起步的温切尔竞选，依然还在进行中。他终于让林德伯格的诡诞怪异浮出了水面，把他谦恭、温良外表下隐藏的阴暗面赤裸裸地揭开了。

尽管波士顿警方没有采取任何遏制暴乱者的措施——在警车前来调查现场前，枪击声响了整整一小时——整个竞选之行期间温切尔身旁都安置有武装的职业保镖便衣队，他们泼水浇灭了他身上的火(烧掉了他一条裤腿)，在他只挨了几下揍后就把他从第一拨人群中解救了出来，并把他扶到停在离肥皂箱仅几码远地方的汽车里，把他送到电报小丘上的卡尼医院治疗脸部伤口和轻度灼伤。

1 "Jew York"，反犹分子给"New York"（纽约）的讽刺语。

第一个去医院探望他的不是波士顿市长莫里斯·托宾，也不是被托宾击败的市长竞选对手、前州长詹姆斯·M. 科尔莱(另一个罗斯福民主党人，他和民主党人托宾一样，不愿与沃尔特·温切尔掺和)。也非当地的众议员约翰·W. 麦科尔迈克，他的流氓弟弟则是个酒吧侍者，外号“打手”，他像这位受人欢迎的民主党代表一样靠极大的权威管辖着社区。让所有人，从温切尔自己开始，感到惊讶的是，他的第一名探望者竟是新英格兰名门望族后裔、具有贵族气派的共和党人、马萨诸塞州两任州长利弗雷特·萨尔汤斯托尔[1]。一听说温切尔住院了，萨尔汤斯托尔州长就离开其州议会办公室向温切尔当面表达他的不安(私下里他对他只有厌恶)，并保证会对这场显然有备而来、精心策划的暴乱——仅因侥幸，才未造成严重伤亡——进行彻底调查。他还保证，温切尔在马萨诸塞竞选多久，州际警方就保护他多久，如果需要，还可调动国民警卫队来确保其安全。在州长离开医院前，温切尔就已留意到门外安置有两个武装骑警，离他的病床只有几英尺远。

《波士顿先驱报》将萨尔汤斯托尔的介入视为一种政治花招，想借此让大家将其视为一个无畏、诚实、公正的稳健派，足以在一九四四年名正言顺地接替民主党副总统伯尔顿·K. 惠勒在党内的职务，后者干了一九四〇年竞选中要求他干的工作，但现在许多共和党人认为，他作为一个演说家所表现出来的轻率鲁莽，或将又一次损害总统的声

1　见附录“作品中其他历史人物”。

誉。在医院的记者招待会上，温切尔出现在摄影师前面。他身穿睡袍，手术纱布遮住了半张脸，左腿绑着厚绷带。他感谢州长的好意，但又传达了消息表示拒绝其佑助(现在他身遭攻击，所以措辞更符合一个政治家的身份，而非其典型的张狂风格)。他在病房里向二十四五名电台和报刊记者发布了这则声明。声明这样开头：“当有一天一名总统候选人需要一支由武装警官和国民警卫队组成的庞大队伍来保护其言论自由权利的时候，这个伟大国家也就将堕落成为一个法西斯野蛮国家。我不能接受这种现状：源自白宫的宗教不宽容已经如此严重地毒害了普通公民，以致使他对信念或信仰与自己不同的美国同胞的尊重丧失殆尽。我不能接受这种现状：阿道夫·希特勒与查尔斯·A. 林德伯格对我的宗教的共同憎恶已经起了腐蚀作用……”

自此之后，温切尔所到之处，那些煽动反犹的家伙都紧追不放，虽然在波士顿，他们没有成功，因为萨尔汤斯托尔没有理睬温切尔的大话，依然命令他的部队强行维持治安，必要时可使用武力，把暴乱者抓进监狱，他的部队虽不大情愿，可还是执行了这项命令。在此期间，温切尔——因腿烧伤而支着拐杖，下巴和前额还包着绷带——在每一个教区向教徒们显示其伤痕，从南波士顿的天门教堂到布赖顿的圣伽布里尔修道院，又都招致愤怒的人群反复高喊：“犹太佬滚回老家去！”除了马萨诸塞州，在纽约上州的许多社区，在宾夕法尼亚州，在整个中西部，在这些早以种族和宗教偏见著称的地方——温切尔爆炸性的策略必然使他在这里成为众矢之的——地方当局大多不像萨尔汤斯托尔那样不愿容忍民间骚乱，所以尽管温切尔的随行便衣保镖增加了一倍，这名候选人每次登上肥皂箱谴责“白宫内的法西斯分子”、把“在美国街道上怂恿前所未闻的野蛮行径”的责任直接归咎于美国总统的“宗教仇恨”时，他几乎都要被殴伤。

最严重、规模最大的暴乱发生在底特律，这是“无线电神父”库格林及其仇犹基督教同盟以及杰拉尔德·L. K. 史密斯牧师[1]的中西部总部所在地。哗众取宠的史密斯以“反犹教长”著称，宣称“基督教特性是真正的美国传统的真实基础”。底特律当然也是美国汽车工业以及林德伯格年迈的内政部长亨利·福特的老家，福特的公开反犹报纸《迪尔伯恩独立报》发行于二十年代，致力于“调查犹太人问题”。福特最后将之重印成四卷书，总篇幅近千页，标题为《国际犹太人》。他在书中武断地说，在净化美国过程中，“作为盎格鲁-撒克逊人所代表的一切文明的自觉的敌人，国际犹太人及其追随者是不能饶恕的”。

诸如美国公民自由权联盟这样的组织，以及约翰·根室和多萝西·汤普森这样的著名自由派记者，会被底特律暴乱所激怒，并迅即公开表示他们的愤慨，完全是可以预料的，而许多传统的中产阶级美国人也是如此，尽管他们觉得沃尔特·温切尔及其激烈言辞固然令人反感，明白他是在“自找麻烦”，可他们也因暴乱的直击新闻而感到震惊。有关报道称，骚乱始于温切尔在汉姆特拉姆克的第一站（主要是汽车工人及其家属居住的住宅区，据说是除华沙外世界上波兰人最多的

1　见附录“作品中其他历史人物”。

地方），几分钟内就可疑地扩展到第十二街、林伍德街，然后又到了德克斯特大道。在那里，在该市最大的犹太社区，商店被抢劫，橱窗被砸碎，被困在户外的犹太人遭到袭击，受到殴打。在芝加哥大道两旁高档房屋前的草坪上，在韦布街和塔克西多街上那些房屋油漆工人、管子工、屠夫、面包师、废品旧货商和食品杂货商的普通两家庭房子前，在平格利街和欧几里得街最穷的犹太人住的又小又脏的院子里，暴徒们点燃了泡过煤油的十字架。下午三四点钟，就在学校放学前不一会儿，一颗燃烧弹给扔进了温特霍尔特小学的前门廊，该校有一半学生是犹太孩子，另一颗给扔进了中央中学的门廊，该校学生百分之九十五是犹太人，第三颗穿过肖勒姆·阿莱赫姆学社的窗户——这是一个文化机构，库格林荒谬地称之为“共产主义”学社，第四颗扔在了库格林的另一个“共产主义”目标——犹太工人联盟的外面。接着是袭击礼拜堂。该市三十多所正统犹太会堂有约一半窗户被砸破，墙壁被捣毁，不仅如此，芝加哥大道上著名的夏瑞·泽德克会堂的晚祷按时开始时，有一颗炸弹在台阶上爆炸了。这一爆炸严重破坏了建筑师艾伯特·卡恩设计的摩尔式作品中富有异国情调、最引人注目的那部分——三个大型拱形门道，门道卓越地向劳工阶级民众展现了独特的非美国风格。五名过路人，碰巧其中没有一个是犹太人，被从会堂门面上飞来的砖砾击伤，但并无严重伤亡的报道。

在夜晚来临之前，该市三万名犹太人中有数百人逃到底特律河对岸加拿大安大略省的温泽避难，美国历史将其对犹太人的首次大规模集体迫害记载了下来，这一事件显然仿效了迫害德国犹太人的所谓

"自发示威行动"，即众所周知的"Kristallnacht"——"碎玻璃之夜"。纳粹在四年前策划并施行了"碎玻璃之夜"的暴行，库格林神父当时在他的一周小报《社会正义》刊文为之辩护，说这是德国人为反对"犹太人煽动的共产主义"做出的反应。底特律的"碎玻璃之夜"在《底特律时报》社论版上得到了类似的辩解，说这是对捣乱分子行为的不幸却又不可避免、总之是可以理解的集体反对，该报将这名捣乱分子称为"蛊惑人心的犹太政客，其目的一开始就是以他的谋反煽动来激起爱国的美国人的愤怒"。

九月袭击底特律犹太人事件一个星期后——对此事件密歇根州长和底特律市长均未迅即处理——在克利夫兰、辛辛那提、印第安纳波利斯和圣路易斯，相继发生了针对犹太社区家庭、商店和教堂的新一轮暴力行为。温切尔的敌人们把这些暴行归咎于他在底特律挑起动乱后又故意在这些城市以挑战的姿态出现，温切尔自己——他在印第安纳波利斯差一点给从某个屋顶上猛掷下来的铺路石击中，他身边的保镖的颈骨却给砸断了——解释说，这是由从白宫散发出来的"仇恨气氛"造成的。

我们自己位于纽瓦克的街道离底特律的德克斯特大道有数百英里之远，四周没有一个人去过底特律。一九四二年九月之前，街上男孩子们所知道的有关底特律的所有事情就是有组织的棒球队里唯一的犹太队员是老虎队球星，第一守垒员汉克·格林伯格[1]。可温切尔暴乱一

1 见附录"作品中其他历史人物"。

发生，忽然间连孩子们都叫得出为暴行所震撼的底特律社区的名字。鹦鹉学舌般重复着从家长那儿听来的话，他们反复争论相关问题，如沃尔特·温切尔是勇敢抑或愚蠢，是自我牺牲抑或追逐私利，他让非犹太人自认为犹太人遭到的苦难完全是自作自受，这样做是否失算而有利于林德伯格。他们争论说，事情是否会好一些，如果——在温切尔激起全国性集体迫害事件之前——他就克制自己，让犹太人与其美国同胞之间的“正常”关系得以恢复，或者，通过揭露从美国这一端到另一端的反犹主义势力的威胁恫吓，他继续向越发踌躇满志的美国犹太人发出警告——同时激起基督徒们的良知——从长远来看，这样做是否更好。在上学路上，放学后在运动场上，课间在学校的走廊里，你会看见最聪明的孩子们——桑迪这样年纪的孩子们，也有几个比我大一些的孩子，面对面站着，激烈地辩论沃尔特·温切尔携其肥皂箱在全国往返奔波，是否有力地揭露了德美同盟会会员、库格林分子、三K党徒、银衫队员、“美国第一”组织成员、黑衣团和美国纳粹党，是否使这些有组织的反犹分子及其成千上万的无形支持者暴露了他们的真面目——是否使美国总统暴露了其真面目，身为政府最高行政长官和国家武装部队总司令，他居然没有费心去承认有国家危机状态存在更不必说调动联邦部队来防止进一步的骚乱——对犹太人而言究竟是好事还是坏事。

在底特律暴乱之后，纽瓦克的犹太人——在这个五十多万人口的城市里共计有五万左右——开始自个儿针对他们自己街道上可能突发的严重暴乱做好准备，这或许是因为温切尔转身返回东岸时会在新泽西逗留，或许因为这骚乱不可避免地会向某些城市蔓延，在那里，就像在纽瓦克，都有犹太人密集的社区，与爱尔兰、意大利、德国和斯拉夫裔劳工阶级大社区相毗连，这些社区早已是暴乱发生的重地。人们的设想是，那些人在亲纳粹阴谋的蛊惑下不用多加鼓动就会变成没有头脑、破坏性极大的暴民，亲纳粹阴谋在底特律成功地策动了那场暴乱。

几乎在一夜之间，乔基姆·普林兹拉比以及纽瓦克另五个有名的犹太人——其中包括迈耶·艾伦斯坦——成立了纽瓦克热心公益犹太公民委员会。该组织迅即成为其他大城市类似的犹太公民专门小组的典范，这些小组都决意谋取当局支持，制定应对不测事件、做好最坏可能性准备的计划，以保证其社区的安全。纽瓦克委员会首先与纽瓦克警察局长、消防局长和公共治安部长一起筹划了一次市政厅会议——由市长默非[1]主持，他的当选终止了艾伦斯坦的八年任期。次日，该委员会与民主党州长查尔斯·爱迪生、新泽西州警方警长和新泽西国民警卫队指挥官在特伦顿的州议会开会。与六名委员均相识的首席检察官威伦茨也出席了会议，纽瓦克委员会发给新泽西各报的公告说，他向普林兹拉比保证，任何企图攻击纽瓦克犹太人的人都将受到最大程度的法律制裁。接着，该委员会致电报予本杰尔斯多夫拉比，要求在华盛顿与他会见，但得到的回音是他们的议题是地方的，而不是联邦

1　见附录“作品中其他历史人物”。

的，建议他们像他们正在做的那样将其忧虑禀告州、市官员。

本杰尔斯多夫拉比的狂热支持者们称赞他对恶劣的沃尔特·温切尔事件采取了超然物外的态度，同时却在白宫与林德伯格夫人私下交谈，冷静地敦促她帮助全国各地那些无辜的犹太人，他们为这名变节候选人的邪恶行径付出了悲惨的代价，这个挑唆者肆无忌惮地怂恿完全没有必要感到受困的美国公民死抱住其最陈旧、最有害的焦虑不放。本杰尔斯多夫的支持者们组织了一个颇有影响的小集团，吸收德裔犹太社团内高度同化的上层人士参加。他们中间有相当多的人生来富裕，属于上英才中学和常春藤大学的第一代犹太人，由于他们人数极少，所以在学校里与非犹太学生混在一起，继而又与他们在公共、政治和商业活动中交往，非犹太人有时似乎对他们平等以待。对这些养尊处优的犹太人而言，本杰尔斯多夫拉比的机构所制订的活动计划是无可非议的，这些计划目的在于协助较穷、文化程度低的犹太人学会与全国的基督徒更和谐地生活在一起。遗憾的是，按照他们的观点，像我们这些犹太人，由于历史上的压迫所造成的对外族人的恐惧憎恶，所以仍然在纽瓦克这样的城市抱成一团，而那种压迫如今已经不复存在。由经济上和职业上的优势带来的地位使他们不愿相信，那些缺乏声望的人遭到大社会的冷遇，主要是由于狭隘的宗族观念，而不是任何所谓的对排斥基督教多数派一方的嗜好，像我们这样的社区的形成主要不是差别对待的产物，而是血统世系日积月累的后果。诚然，他们承认在美国还有一小批落后的人，在他们中间对犹太人的恶毒仇视仍然是其最强烈、最着魔的狂热情绪，而这看来恰恰是美国吸收与同化局局长所作所为的另一个理由——他要鼓励因隔离生存的局限性而处于不利条件的犹太人至少能允许他们的孩子进入美国主流，让他们自己看到，像我们的敌人所散布的犹太人漫画形象之类的东西是根本不存在的。这些富裕、文雅、自信的犹太人之所以特别厌恶自我漫画化的温切尔，就是因为他蓄意加深敌意，而他们以为自己已经以对待其基督徒同事和朋友的模范行为淡化了这种敌意。

除普林兹拉比和前市长艾伦斯坦外，纽瓦克热心公益犹太公民委员会其余四名成员是负责纽瓦克学校系统移民子女美国化计划成功实施的年迈的平民领袖，他们是贝斯以色列医院最杰出外科医师的妻子，詹妮·丹奇斯；百货公司经理、S. 普劳特公司创办人之子及宽街协会连任十届主席，摩西·普劳特；著名的本市房地产业主、纽瓦克犹太慈善协商会前主席、社区领袖迈克尔·斯塔维斯基；贝斯以色列医院医务人员的上司，尤金·帕索奈特大夫。至于纽瓦克的有名痞子朗吉·兹维尔曼未被吸收加入一个类似“纽瓦克委员会”这样著名的当地犹太人团体，没有人会对此感到惊奇，尽管朗吉是个影响极大的富翁，对反犹分子们摆出的威胁姿态的忧虑也几乎不少于普林兹拉比。在很多人看来，排犹者只是以受到沃尔特·温切尔挑衅为借口，实际上已迎来了解决亨利·福特所谓的“犹太人问题”的第一阶段。

不同于很多向普林兹拉比允诺全面合作的公民权威人士，朗吉独自宣布保证，倘若纽瓦克警察和新泽西州部队对骚乱不能做出比波士顿和底特律警方更强有力的反应，该市的犹太公民也不会得不到保护。朗吉给“子弹”阿普菲尔鲍姆——全城都知道朗吉的这个亲密伙伴是他执黑法的杀手——和他的哥哥尼吉·阿普菲尔鲍姆布置了任务，要他们征召那些零零散散的中学肄业、不求上进的犹太孩子，把他们训练成为仓促建立的名为“临时犹太警察”的志愿部队的骨干分子，以补充纽瓦克热心公益犹太公民委员会的力量。这是一些当地孩子，没有任何深印在我们其他一些孩子脑海中的理想，早在五年级时就散发出无法无天的气场，在学校厕所里给避孕套吹气，在十四路公共汽车上用拳头打架，在电影院外摔跤直至血流水泥人行道。他们在学校里的那些年，家长们都吩咐自己的孩子不要跟他们混在一起，他们现在都是二十几岁，干干卖彩票、打台球、在社区这家或那家熟食餐馆洗洗碗这一类的活儿。我们大多数人即使知道他们，也只因为他们具有年轻无赖魔力的夸张绰号——利奥·“狮子”·纳斯鲍姆、“蹄子”基梅尔曼、“大个子”格里·施瓦茨、“蠢货”布赖特巴特、“决雌雄”格里克“公爵”——还有他们两位数的智商[1]。

现在，我们社区少数没出息的这伙人，就给安置在每隔一条街的街口儿。他们会熟练地把唾沫从牙缝里吐进路边的排水沟，会把手指弯起来放进嘴里吹口哨来回发信号。他们都是些麻木不仁、呆头呆脑、精神上有缺陷的家伙，正是这些犹太人种的非正常人，正像休登岸假伺机肇事的水手一样在街上溜达。他们是一些引起我们可怜和害怕的没有头脑的家伙，石器时代的粗人，跳跳蹦蹦的矮子，不吉利而又说

1 智力商数平均数一百为中等智商，一百三十以上为优等，六十九以下有智力缺陷。

大话的“大力士”，他们在法官大道上抓住像我这样的小孩的衣钮强留我们听他们讲话，要求我们随身带着我们的棒球棍，一旦需要，夜间我们会被召上街，晚上要去基督教男青年会，礼拜天要去球场，工作周内要去当地商店，要在社区成年男子中强行征召身强力壮者，由他们组成治安小队，一街区一小队，总共三小队，在紧急情况下好派用场。居住在第三区贫民窟，童年身无分文，在他们身上集中体现了粗鄙和卑劣，我们的家长都叮嘱要躲开他们，而在这儿，我们的这些恶棍歹徒居然身价百倍，成了我们的保护者，每人都在裤腿里别了一支上了子弹的左轮手枪，那枪是从“子弹”阿普菲尔鲍姆的武器库中借来的，众所周知，此人活着就是专为朗吉始终不渝地恫吓百姓，威胁他们、殴打他们、严刑折磨他们，如果老板有意愿，还会终止他们的生命——可这个“子弹”外表看来却温文尔雅，为了仿效至少比他瘦三十磅、高一英尺的老板，他总是穿着三件套的西装，胸前口袋上饰有叠得整整齐齐、与领带一个颜色的丝手帕，脑袋上雅致地斜戴着一顶很贵的博尔萨利诺宽檐软毡帽，高出那双刻薄怒视的眼睛仅几英寸，眼眸极端严酷地审视着人性。

使沃尔特·温切尔的死亡值得全国范围内迅即报道的原因，不仅仅是因为他非正统的竞选激起了二十世纪德国之外最严重的反犹暴乱，而且还因为一个只是总统候选人的人被谋杀在美国史无前例。尽管在十九世纪下半叶林肯和加菲尔德总统遭到枪杀，二十世纪初麦金利被枪杀，尽管一九三三年罗斯福逃过了被刺杀这一劫，代他丧生的是他的民主党支持者、芝加哥市长瑟玛克，可直至温切尔被暗杀后二十六年，才有第二名总统候选人因枪击倒下——一九六八年六月四日，星期二，纽约州民主党参议员罗伯特·肯尼迪在该党加利福尼亚州初选中获胜后，头部中弹而死。

一九四二年十月五日，星期一，我放学后一人在家，在起居室收听世界棒球锦标赛广播，那是红衣队与扬基队之间第五场比赛中的最后一局，打到第九局也即最后一局，红衣队以二比二先击球——暂以胜三场、扬基队胜一场领先——有个嗓音突然打断实况广播，这声音吐字清晰，略带英国口音，是当年广播较早时期备受欢迎的广播网新闻播音员的声音："我们中断这个节目以便向你们播报一则重要公告。总统候选人沃尔特·温切尔遭枪击而死。我们重复一遍：沃尔特·温切尔死了。他在肯塔基州路易斯维尔一个露天政治集会上演讲时遭到暗杀。这是至此刻为止我们所知道的关于民主党总统候选人沃尔特·温切尔在路易斯维尔遇刺的全部情况。现在我们返回我们正常安排的节目。"

这时还不到下午五点。我父亲刚坐上蒙蒂伯伯的卡车离开菜市场，我母亲几分钟前出门到法官大道为做晚饭买什么东西去了。我那一根筋的哥哥出去寻觅幽会地点，继续从放学的女孩子中物色一个来纠缠纠缠，好让他靠近她的胸脯。我听见了街上传来的喊声，然后是来自附近一家的尖叫声，但棒球赛又回来了，胜负尚悬而未决：扬基队的雷德·拉芬投球给红衣队的新队员、第三守垒员怀迪·库罗夫斯基，红衣队的接球手沃克·库珀在第一垒，这是他五场比赛中的第六次安打，此打一赢红衣队便可得锦标赛冠军。里祖托为扬基队赢了一个本垒打，姓氏很有凶兆的埃洛斯 · 斯劳特[1]为红衣队赢了一个本垒打。由于矫情的小球迷们喜欢互相吹嘘，我在拉芬第一次投球前就“早知”库罗夫斯基会打出红衣队的第二个本垒打，从而使红衣队在开赛日失利后四次连胜。我等不及奔到外头就喊了起来：“我早知道！我猜对了！库罗夫斯基应得这个分！”库罗夫斯基赢了本垒打，球赛结束了，我以最快速度下楼奔向过道，可此时我看见的却是犹太警察局的两名成员——“大个子”格里和格里克“公爵”，他们从街的一端跑向另一端，挨家挨户地敲门，朝门厅里大喊：“他们枪击了温切尔！温切尔死了！”

这时，有更多的孩子冲出家门，因世界锦标赛而兴奋得如醉似痴。但当他们吆喝着库罗夫斯基的名字一到街上，“大个子”格里就朝着他们大叫大喊：“去拿你们的棒球棍！战争开始了！”他指的可不是反对德国的战争。

到了晚上，我们街上的犹太家庭没有一家不躲在上了两道锁的家里。为了收听最新公告，他们的收音机不停地开着。大家互相打电话转告说，温切尔对路易斯维尔听众没有说一丁点儿煽动性的话，事实上，他的开场白是用来公开呼吁公民自尊心的：“肯塔基州路易斯维尔先生和夫人们，这个独特的美国城市的感到自豪的公民们，这个城市

1　原文为 Slaughter，意为“屠杀”。

是世界上最了不起的赛马的故乡，是美国最高法院第一位犹太裔法官的诞生地——”可他尚未来得及大声说出路易斯·D. 布兰代斯的名字，便因三颗子弹击中其后脑勺而倒了下来。稍晚时刻广播的第二则报道将谋杀地点确定为杰斐逊县政府大楼附近，离其中一座建筑仅数码之远。杰斐逊县政府大楼是整个肯塔基州最漂亮的市政建筑，希腊复兴风格，威严的托马斯·杰斐逊雕像面临大街，又长又宽的台阶通向带雄伟圆柱的门廊。打死温切尔的子弹显然是从这大楼的一扇前窗里射出来的，那些窗户并无装饰，却有均衡匀称之美。

我母亲买东西回来后就立即开始打她的第一个电话。我自己就站在门口，好等她一到家就立刻告诉她沃尔特·温切尔的事儿，可当时她已经知道那一点儿大家都已该知道的消息，首先是因为那个卖肉的人在包装我母亲买的肉时，他太太打电话到店里，给她丈夫重复了新闻公告的内容，二是因为街上行人中间显而易见的混乱状况，人们都在为趋安避危而急匆匆地赶回家去。父亲坐的卡车当时尚未开到菜市场，母亲和他联系不上，她自然就担心起我哥哥来了，桑迪又把时间抠得很紧，很可能直到晚饭前几秒钟才会冲上后楼梯，急忙洗掉白天沾在手上的脏东西，擦干净脸上的口红，坐到厨房桌子旁。或因他们离家在外，或因不明其确切下落，这是可以想象的最焦虑时刻，但母亲没有急着去打开食品袋，也没有面露惊恐之色，却对我说：“给我地图。把你的美国地图拿来。”

我们有一张大开面折叠式的北美大陆地图，摺成方形放在那套百科全书某卷的纸袋内，我开始上学那年，一个挨户兜售的推销员把这套百科全书卖给了我们。我快步走进阳光房，那里，在一对父亲从芒特弗农买来的乔治·华盛顿黄铜书挡之间，排列着我们家的所有藏书：六卷本百科全书，大都会人寿保险公司奖赏的皮面装帧本《美国宪法》，以及未删节版的韦伯斯特词典——伊夫林姨妈送给桑迪的十岁生日礼物。我打开地图，把它摊开在厨房桌子的漆桌布上，母亲便用放大镜在地图上寻找肯塔基州中北部的一小点——丹维尔城，那个放大镜连同那本不可替代、难以忘怀的集邮册一样是我七岁生日时父母给我的礼物。

几秒钟后我们俩回到前厅电话桌旁，桌子上方挂着我父亲卖人寿保险所得的另一份奖品——装在镜框里的铜雕版《独立宣言》复制品。在埃塞克斯县，当地拨号电话服务只有十年历史，在纽瓦克整整三分之一的人迄今为止根本没有享用过任何电话服务，像我们这样有电话的人家，大多数用的是同线电话——所以长途电话仍然是一种奇妙现象，不仅因为对我们这种财力的家庭而言打一个长途电话远非一个普通家庭的体验，还因为哪怕是最基本的技术解释也不能使这种奇妙现象完全褪去魔幻色彩。

我母亲对接线员说得很清楚，为的是保证不出任何差错，也不会因差错而额外多收我们的钱。“接线员，我要给一个指定受话人打长途电话。打到肯塔基州丹维尔。跟塞尔玛·维希瑙直接通话。接线员，打满三分钟时请不要忘记告诉我。”

接线员从号码接线员那里取号码时，停顿了良久。当母亲终于听到电话接通了后，她示意我把耳朵贴近她的耳朵，但不要说话。

"哈啰！"是塞尔顿在热情地回答。

接线员："这是长途电话。我有一个指定受话人电话打给塞尔玛·维斯特弗尔夫人。"

"嗯嗯，"塞尔顿咕哝着说。

"这是维斯特弗尔夫人吗？"

"哈啰？我母亲现在不在家。"

接线员："我打给塞尔玛·维斯特弗尔夫人——"

"维希瑙，"母亲喊着，"维希——瑙。"

"你是谁呀？"塞尔顿问，"谁在打电话？"

接线员："年轻女士，你母亲在家吗？"

"我是个男孩，"塞尔顿说。他感到惊慌。又一个打击。打击总是接踵而来。可他听起来确实像个女孩子，嗓子的音调比住在我们楼下时还高。"我母亲还没有下班回家，"塞尔顿说。

接线员："维希瑙夫人不在家，太太。"

母亲望着我说道："怎么会这样呢？这孩子独自一人。她会在哪儿呢？他就自个儿一个人。接线员，我跟谁说都可以。"

接线员："说话吧，先生。"

"你是谁呀？"塞尔顿问道。

"塞尔顿，我是罗斯太太。从纽瓦克打来的。"

"罗斯太太？"

"是的。我打长途电话要跟你母亲说话。"

"从纽瓦克？"

“你知道我是谁。”

“可听起来你好像就在这条街的那头。”

“哟，我可不在你们那边。这是长途电话。塞尔顿，你母亲在哪儿呢？”

“我刚才在吃点心。我在等她下班回家。我吃了一些牛顿牌无花果条。喝了些牛奶。”

“塞尔顿——”

“我在等她下班回家——她工作得很晚。她总是工作得很晚。我就坐在这儿。有时候我就吃点心——”

“塞尔顿，你停一会儿。静个片刻。”

“然后她回家来，她做晚饭。可她每天都很晚回来。”

这时母亲转向我，要把电话递给我。“你跟他说。我说他不听。”

“跟他讲什么呢？”我说，挥手挡住电话。

“菲利普在吗？”塞尔顿问。

“你等一下，塞尔顿，”母亲说。

“菲利普在吗？”塞尔顿又问。

母亲对我说：“你来接电话，拜托了。”

“可我该对他说什么呢？”我问。

“你就拿着电话，”她把听筒搁在我一只手里，又拿起话筒放在我另一只手里。

“哈啰，塞尔顿？”我说。

他难以置信，用柔和的口气试探道：“菲利普？”

“是的。嘿，塞尔顿。”

“嗨，你知道，我在学校里没有朋友。”

我对他说：“我们想跟你母亲说话。”

“我母亲在上班。每天她都工作得很晚。我在吃点心。我在吃牛顿无花果条，喝一杯牛奶。还有一个礼拜左右就是我的生日了，我母亲说我可以开一个派对——”

“塞尔顿，等一下。”

“可我没有朋友。”

“塞尔顿，我得问我母亲一个问题。稍等一下。”我捂住话筒，悄声问她：“我该对他说什么呢？”

母亲悄声答道：“问他知不知道在路易斯维尔发生什么事了。”

“塞尔顿，我母亲想知道你是否知道今天在路易斯维尔发生什么事了？”

“我住在丹维尔。我住在肯塔基的丹维尔。我正在等我妈妈回家。我在吃点心。路易斯维尔发生什么事了吗？”

“等一下，塞尔顿，”我说。“现在该说什么？”我对母亲悄声说。

“跟他说话就是了，拜托了。跟他说下去。如果接线员说三分钟到了，你告诉我。”

“你们为什么打电话来？”塞尔顿问道，“你们要来访吗？”

“不。”

“还记得我救了你的命吗？”他问道。

“是的，记得。我记得。”

“喂，你们那里几点了？你们在纽瓦克吗？你们在顶峰大道吗？”

“我们对你说过了，是的。是。”

“这真清楚，是吗？听起来你就像在街的那头。我希望你能来这儿，跟我一块儿吃点心，然后下星期你可以在这儿参加我的生日派对。我没有一个可以邀请来参加我生日派对的朋友。我没有人可以一起下国际象棋。我现在坐在这儿练习一开始的出棋。记得我一开始怎么出棋吗？我把兵出到王的跟前。记得我试着教过你吗？我出了王的兵，记得吗？接着我出象，接着我走马，接着走另一匹马——记得王和车之间没有棋子时怎么走棋吗？我把我的王走了两步来保护他？”

“塞尔顿——”

母亲悄声说：“告诉他你想他。”

“妈！”我叫了她一声。

“告诉他，菲利普。”

“我想你了，塞尔顿。”

“那你愿不愿意到这儿来吃点心？我是说这听起来就像——你们真的就在这条街的另一头吗？”

“不是，这是长途电话。”

“你们那儿几点了？”

“现在，嗯——大概五点五十分。”

“噢，这儿还有十分钟也要六点了。我妈妈五点左右就应该在家了。最晚也就是五点三十分。有一天晚上她九点才回到家。”

“塞尔顿，”我说，“你知道不知道沃尔特·温切尔给杀死了？”

“那是谁？”他问道。

“让我讲完。沃尔特·温切尔在肯塔基路易斯维尔被人杀害了。在你们州。今天。”

“听到这事我很难过。那是谁啊？”

接线员：“你的三分钟到了，先生。”

“他是你的伯伯吗？”塞尔顿问，“是那个来看过你的伯伯吗？他死了？”

“不，不，”我说。我寻思，他一个人在肯塔基，听起来好像他才是那个脑袋被踢过的人。他听起来昏头昏脑。发育不良似的。他听起来就像脑子短路了。可他曾是我们班里最聪明的孩子呢。

母亲接过电话。“塞尔顿，我是罗斯太太。我要你记下一些话。”

“好的。我得去找张纸。还有铅笔。”

等啊等。“塞尔顿？”母亲叫他。

再等。

“来了，”他说。

“塞尔顿，把我的话写下来。这电话现在要花很多钱了。”

“对不起，罗斯太太。我刚才没能在家里找到铅笔。我在厨房桌旁呢。我在吃点心。”

“塞尔顿，把这话写下来：罗斯太太——”

“好的。”

“——从纽瓦克打电话来。”

“从纽瓦克。天哪。我希望我还在纽瓦克，住在你们楼下。你知道，我救了菲利普的命。”

“罗斯太太从纽瓦克打电话来为了确保——”

“等一下。我在写呢。”

“——为了确保一切都很好。”

“有什么应该不好的事情吗？我是说菲利普好好的。您很好。罗斯先生好吗？”

“是的，谢谢你的问候，塞尔顿。告诉你母亲，我就是为这个打了电话。这里没有什么要担心的事儿。”

“我该担心什么事情吗？”

“不。你就吃你的点心吧——”

“我想，我已经吃够牛顿无花果条了，不过还是要谢谢您。”

“再见，塞尔顿。”

“虽然我爱吃牛顿无花果条。”

“再见，塞尔顿。”

“罗斯太太？”

“是的。”

“菲利普会来看我吗？下礼拜是我的生日，我没有一个人可邀请来参加我的生日派对。我在丹维尔没有一个朋友。这里的孩子都叫我萨尔汀。我不得不跟一个六岁的小孩儿下棋。他住在隔壁。他是我唯一可以一块儿玩的人。一个小孩儿。我教他下棋。有时候他走棋不照规矩。要不然他就动他的皇后，我得告诉他不能这样干。每次都是我赢，可这实在没有乐趣。可我没有别的人一起玩啊。”

“塞尔顿，大家都很艰难。现在大家都很艰难。再见，塞尔顿。”她把听筒放回挂钩上，抽泣了起来。

就在几天前，十月一日，顶峰大道上由“一九四二年宅地拥有者”腾出来的两套公寓房——一套在我家楼下，另一套在斜对面隔了三扇门的地方——被来自第一区的意大利裔家庭占用了。实际上，他们的新居是根据已公布于众的政府法令指定的，尽管享有五年内房租打八五折的诱人甜头(即 42.50 美元月租减少 6.37 美元)，在最初三年租赁期间以及续租三年的头两年，房租由内务部直接交付给房东。该措施产生自 “好邻居”项目，属于城市房产计划中原先没有公开的那部分，旨在把人数持续增多的非犹太居民迁入犹太人占绝大多数的社区，以此来“加深”涉及到的所有人的“美国情结”。然而，我们在家里听说——有时甚至在学校里听我们的老师说——“好邻居”项目，就如“老实人”项目一样，其潜在目的是为了打散团结一致的犹太社会结构，同时削弱犹太社区在地方和国会选举中可能有的任何选举实力。假如按照内务部这一重要计划的时间表来迫使犹太家庭背井离乡，又强制非犹太家庭取而代之，那么，待到林德伯格总统第二任伊始，并将通过各种手段解决“美国犹太人问题”时，美国二十个犹太人口最多的社区当中，至少有一半可能成为基督徒多数派的天下。

被招纳搬到我们楼下的那一家——有个母亲，有个父亲，有个儿子，还有个祖母——是库库扎家。我父亲在第一区兜售人寿保险那些年里，他每月向之收取微薄保险费的客户大体上都是意大利裔，所以他跟新房客早已熟识。那天早晨父亲下班回到家，库库扎先生，一个夜间看守人，已用运货卡车把家里的东西从他们那个没有暖气设备的租赁楼房里搬来了，那楼在一条小街上，离圣墓坟场不远。父亲先在一楼门口停了下来，想看看在他没穿外套也没戴领带又两手脏脏的情况下，那位老祖母是否还能认出他就是那个卖保险给她丈夫、使他家能有钱安葬他的经纪人。

“另一户”库库扎们（“我们的”库库扎的亲戚，从他们在第一区没有暖气设备的公寓房搬到了隔三个门洞的房子里）是个大得多的家庭——三个儿子，一个女儿，两个家长，一个祖父——很有可能是一家更喧闹、事儿更多的邻居。他们那个当爷爷的和那个当爸爸的跟歹徒里切·“皮靴”·博亚尔多[1]扯上了关系。这个“皮靴”掌控着纽瓦克意大利人的地盘，形成了该市唯一能和朗吉的黑社会垄断霸权较劲的势力。当然，汤米，那个当父亲的，就和他退休了的父亲一样，只是一帮小喽罗中的一员，不去兜售彩票时就在博亚尔多的大众化餐馆“维托里奥城堡”里兼差当侍者。他在第三区的贫民区跑遍了小旅馆、理发店、妓院、学校操场和糖果店，从坚持每天玩彩票赌博的黑人那里榨取零花钱。不计宗教，那另一家库库扎绝不是那种我父母想让自己易受影响的年幼儿子与之往来的邻居。为了安慰我们，星期天吃早饭时，父亲解释说，如果我们不是跟那个夜间看守人及其儿子乔伊，而是

1　见附录“作品中其他历史人物”。

跟那个兜售彩票的家伙和他那三个儿子相好，那我们的情况会糟糕得多。乔伊今年十一岁，最近报名进了圣彼得学校，据我父亲说，他是个本性和善的孩子，听力有问题，跟他粗野愚昧的堂兄弟很不一样。尽管在第一区时汤米·库库扎的四个孩子上的都是当地公立学校，但现在他们和乔伊一起都报名进了圣彼得学校，而不是像我们学校那样收满了聪明小犹太的公立学校。

温切尔遇刺后仅几小时，我父亲就下班了，并不顾蒙蒂伯伯愤然反对就开车回家了，为了能在这个紧张夜晚的剩余时间跟自己的妻子和孩子们一起度过。我们四人一块儿坐在厨桌旁，等着听最新新闻广播。此时，库库扎先生和乔伊从后楼梯上来看我们。他们敲了敲门，站在那里等着，直至我父亲弄清楚了是谁才开门。

库库扎先生是个秃子，魁伟粗壮，身高六英尺半，体重二百五十多磅，穿着夜间看守人上班时穿的制服，深蓝衬衫，刚熨的深蓝裤子，系一条束住裤子的黑色宽皮带，上面挂了几磅重的东西，集中了各种不同寻常的用具，我离得很近，几乎可以伸手触摸。两串大如手榴弹的钥匙挂在两个裤兜旁边，有一副真的手铐，一只守夜人用的带黑套的时钟用一根铁皮条悬挂在光亮的皮带搭扣上。乍看上去，我以为那钟是炸弹，但他腰上皮套里装的是手枪我绝不会看错。一支比较长的手电筒朝天插在后裤兜里，必要时它可兼作金属棍棒。他的制服上过浆，一只袖子的上方有一块三角形白色臂章，上面用蓝色字母写着“特种警卫”。

乔伊也很粗壮——只比我大两岁，却比我重一倍——在我看来，他配备的用具几乎也像他父亲的一样令人好奇。插在他右边耳朵眼儿里的助听器看起来就像一团用模子塑造出来的泡泡糖，附有一根金属细线，线端是一个黑色圆盒，盒上有音量调节器，他把它别在衬衫口袋上；另一条金属线连着一节大小同大型点烟打火机一样的电池，他把电池放在裤兜里。他双手端着一块蛋糕，是他母亲送给我的礼物。

乔伊带来的礼物是蛋糕，库库扎先生带来的是一把手枪。他有两把手枪，一把他带着上班，另一把藏在家里。他现在把闲置的那把拿来赠给我父亲。

“你真好，”父亲对他说，“可我真不知道怎么开枪。”

“你就扣扳机。”库库扎先生个子高大，嗓音却柔和得令人吃惊，虽然声调尖得有点刺耳，这似乎是由于他这个看守人值勤巡视时在户外待的时间太长的缘故。他的口音是那么好听，以致我一人独处时，有时候会假想他说话的方式就是我说话的方式。不知有多少次，我靠大声地说“你就扣扳机”来自娱自乐。除乔伊出生在美国的母亲外，库库扎家的人嗓音都很奇特，那个长有胡须的祖母的嗓音最最奇特，甚至比乔伊的还奇特，听起来与其说是嗓音，不如说是嗓音没有走调的回声。其奇特之处不仅在于无论她到哪儿，无论对旁人（包括我）还是自言自语时，都只讲意大利话——打扫后楼梯时，或在我们极小的后院里跪在地上种菜时，或就站在昏暗的门口小声咕哝时。她的嗓音最为奇特还因为这声音听起来像是男人的嗓音——她的模样就像一个穿着黑色长衫的小老头，尤其是当她厉声喝令、吩咐、叮嘱别人时，听上去也像一个小老头，乔伊从不敢违抗她。其实，就我跟乔伊两人在一起时，我所遇到的几乎全是他顽皮嬉戏的一面，接触到的是那神父修女们未能察觉从而没有拯救的灵魂。对乔伊的失聪你几乎不会感到太难过，因为他本身是一个非常快活、爱胡闹的孩子，呵呵呵地笑起来别具一格，又是一个健谈、好奇、极易上当的孩子，他头脑敏捷，也难以预测。你很难替他感到难过，他在家时表现出的百依百顺是如此煞费心机，以致让我觉得几乎像思忖舒夏·马古利斯煞费心机的违法犯法时一样令人惊讶不已。在纽瓦克的整个意大利社区，没有比乔伊更出色的儿子了——他完美的孝心，他又长又浓的睫毛，他那哀怜地瞅着大人们、盼着告诉他做什么事情的神情，这一切都使我母亲无法抗拒，把她内心用来防备非犹太人的不自在的冷漠弃置一旁。不过，那位意大利古国的祖母使她——还有我——感到紧张不安。

“你瞄准，”库库扎先生向我父亲一边讲解，一边用食指和拇指做示范，“然后，嗯，射。你瞄准，然后，嗯，射，这就完了。”

“我不需要枪，”父亲说。

“可要是，嗯，他们来了，”库库扎先生说，“你怎么自卫？”

“库库扎，我一九〇一年生在纽瓦克，”父亲对他说，“我这一辈子都及时缴房租，及时缴税，及时付账单。我从没有向雇主欺诈过一毛钱。我从未想过要欺瞒美国政府。我相信这个国家。我爱这个国家。”

“我也是，”我们魁梧的楼下新邻居说道，他宽宽的黑皮带上也许挂着几个萎缩的脑袋，继续朝我散发出一种魔力，“我是，嗯，十岁，嗯，来这儿的。哪儿都比不上的最好国家。这里没有墨索里尼。”

“我很高兴你能这么想，库库扎。这是意大利的悲剧，这是对诸如你这样的人来说的人类悲剧。”

“墨索里尼，希特勒——使我，嗯，感到恶心。”

“你知道我喜爱什么吗，库库扎？选举日，”父亲对他说，“我爱投票。自从年龄合法以来，我一次选举也没有落掉。一九二四年我投了柯立芝先生的反对票和戴维斯先生的赞成票，结果柯立芝先生赢了。现在我们都知道，柯立芝先生为本国穷人们做了些什么。一九二八年，我投票反对胡佛先生，赞成史密斯先生，结果胡佛先生赢了。我们现在也知道了他为本国穷人们都干了些什么。一九三二年，我第二次投胡佛先生的反对票，第一次投罗斯福先生的赞成票，感谢上帝，罗斯福先生赢了，他使美国重新站立起来。他带领这个国家摆脱了经济大萧条，他给了人民他所允诺的东西——新政。一九三六年，我投票反对兰登先生，赞成罗斯福先生，他再次赢了——缅因和佛蒙特，是兰登先生仅赢得的两个州。他连堪萨斯也赢不了。罗斯福先生以先前从未有过的最多的总统选票横扫全国，并又一次履行了他在竞选期间对劳动人民的所有承诺。可在一九四〇年选民们干了什么好事呢？他们竟选了一个法西斯分子。不仅是一个像柯立芝那样的白痴，不仅是一个像胡佛那样的蠢货，而且是一个彻头彻尾的法西斯分子，甚至还有一块纳粹勋章来证明这一点。他们放进了一个法西斯分子，还把一个煽动暴民的法西斯分子——惠勒先生选作他的跟班，他们把福特先生放进内阁，此人不仅是与希特勒一路货色的仇犹家伙，而且是一个把工人当奴隶、把他们变成机器的苛刻工头。于是，今天晚上，你到我这儿来，先生，到我本人家里来，主动给我一把手枪。一九四二年，在美国，一个新来的邻居，一个我甚至还不了解的人，不得不到这儿来，主动给我手枪，为的是让我保护我的家人，免受林德伯格先生的反犹暴徒们的侵袭。好啊，你不会以为我不知感激吧，库库扎。我永远不会忘记你的关心。但我是美利坚合众国的公民，我妻子也是，我的孩子们也是，还有，”他说道，嗓音哽咽，“沃尔特 · 温切尔先生也是——”

可此刻，突然间，无线电开始广播关于沃尔特 · 温切尔的公告。“嘘！”父亲要大家不作声。“嘘！”仿佛在厨房里除了他自己，还有一个演说家要滔滔不绝地讲下去。我们大家都听着——连乔伊也好像在听——宛如鸟儿成群迁徙，鱼儿结队戏水。

沃尔特 · 温切尔是这天在肯塔基州路易斯维尔的一个政治集会上被美国纳粹党一名与三 K 党合谋的嫌疑刺客杀害的，他的遗体将连夜用火车从路易斯维尔运往纽约市宾夕法尼亚车站。由菲奥雷罗 · 拉瓜迪亚市长下令，整个上午遗体将在纽约市警方保护下在火车站大厅接受公众瞻仰。根据犹太习俗，丧礼将在同一天举行，已定于下午两点，地点为纽约最大的犹太会堂——伊曼努-厄尔会堂。某有线广播系统将在会堂内外实况转播，聚集在第五大道上的送葬者预期将有好几万。演讲者除拉瓜迪亚市长外，还将有民主党参议员詹姆斯 · 米德、纽约州犹太州长赫伯特 · 莱曼，以及美国前总统富兰克林 · D. 罗斯福。

“终于来了！”父亲叫了起来，“他回来了！罗斯福回来了！”

“我们非常需要他，”库库扎先生说。

“孩子们，”父亲问道，“你们明白发生什么事了吗？”说着他伸出双臂搂住了桑迪和我。“这是美国法西斯主义开始瓦解的序幕！这里没有墨索里尼，库库扎——这里不会再有墨索里尼！”

# 第八章

## 坏日子

一九四二年十月

第二天夜里，阿尔文开着一辆崭新的绿色别克牌汽车，带着他那名叫米娜·斯哈普的未婚妻来到我家。小时候听到人家说“未婚妻”这个词，我总是感到着迷。不管这个未婚妻是谁，听起来都像一个特殊人物——到时她露面了，原来她只是某个姑娘，在会见男方家庭时，她会担心说错话。眼下的特殊人物可不是这位准妻子，而是准岳父，一个霸道的生意人，准备把阿尔文从博弈机生意中解脱出来——我的堂兄在那儿被雇来装运和装配那些非法赌博机器，两个膀大腰粗的恶棍帮他抬货物、挡坏人——让他去当大西洋城一家餐馆的老板，穿上定制的香港丝绸西装和白白净净、绣着名字首字母的衬衫。斯哈普先生自己在二十年代以“弹球戏比利·斯哈普”之名开张做生意，他是个不老实爱欺诈的商人，与一帮最差劲的痞子有瓜葛，那些人来自南费城劣地暴行最频的街上最破败的联排房屋——其中有舒夏·马古利斯的伯父——一九四二年之前他靠弹球机和投币口得到的收益每周最高可达一万五千美元，“弹球戏比利”晋升为“威廉·F. 斯哈普二世”，成了犹太行会组织布里斯·阿希姆绿谷乡村俱乐部(礼拜六晚上他在那里带着他活力四射、珠光宝气的太太，随着杰基·雅各布斯及其快活爵士乐队的音乐跳舞)和哈·基昂犹太会堂(通过其丧葬协会他在会堂公墓风景美丽的一侧买下一片家族坟地)备受敬重的成员，他还是宾夕法尼亚州梅里昂郊区一座有十八个房间的豪宅的主人，每年冬天则享用为他保留的、穷孩子们所梦想的迈阿密沙滩伊甸岩饭店的豪华顶层公寓。

米娜三十一岁，比阿尔文大八岁，是一个黄油色皮肤女人，带着被吓唬而惊骇的神情，当她哆哆嗦嗦用婴儿似的嗓音说话时，发出来的每个音都像是她刚刚学会报时间。她完全是一个专横霸道的家长养大的孩子，但因为她父亲除了“市际运送公司”——为博弈机赌博生意打的招牌——之外，还拥有钢铁码头对面占地半公亩的龙虾屋，周末人们要在街上排两倍长的队才进得去，还因为早在三十年代初期，禁酒令已经结束时，“弹球戏比利”对瓦克西·戈登的州际非法贩酒集团这个利润颇丰的副业的附带兴趣突然消失了，于是开办了费城的“正宗斯哈普”——一家颇受欢迎的牛排餐厅，在费城人们称之为“犹太团伙”——“弹球戏比利”充当米娜的律师和阿尔文谈判。“这契约是这样子的，”斯哈普把给女儿买订婚戒指的钱递给阿尔文时对他说道，“米娜照顾你的腿，你照顾米娜，我照顾你。”

就这样，我的堂兄穿上了定制的西服，给自己僭取了指引有名食客至餐桌入座的这份令人向往的重任。这些食客中有泽西市的刁滑市长弗兰克·黑格，新泽西州的重量级职业拳击冠军格斯·雷斯纳维奇，非法团伙巨头，如克利夫兰的莫·达利兹、波士顿的所罗门王、洛杉矶的米吉·科恩，甚至还有“大老板”迈耶·兰斯基本尊——当他们来费城参加黑社会头目会议时总会光顾。每年九月，通常都要欢迎刚从选美活动凯旋而来、戴上桂冠的“美国小姐”以及陪伴她的那些喝得醉醺醺的亲戚。一旦所有人都给恭维得晕晕乎乎并露出脸红如龙虾的烂醉蠢样，阿尔文就兴高采烈地打着响指，噼噼啪啪地给侍者发信号——牛排屋要接收埋单了。

“弹球戏比利”未来的独腿女婿很快就得到一个他自己的外号——“出风头”。阿尔文告诉大家说，这绰号是轻量级拳击世界冠军争夺者艾列·斯托尔兹[1]给取的。阿尔文从费城北上前来拜访斯托尔兹——跟格斯·雷斯纳维奇一样，也是纽瓦克孩子——这天他和米娜最后到我们家来吃晚饭。去年五月，斯托尔兹在麦迪逊广场花园竞技场与轻量级拳击冠军比赛，结果输了十五回合判定，为迎接十一月与博·杰克的比赛，这个秋季他在马斯洛市场街健身房训练，如果这场比赛他赢了，就能得到与蒂皮·拉金较量的机会。“一旦艾列击败博·杰克，”阿尔文说，“在他跟冠军之间就只剩下拉金了，而拉金的下巴不堪一击。”

不堪一击的下巴。瞎扯淡的鬼话。痛殴。硬汉。他发什么牛脾气？我要猪呼噜肉。世界最古老的伎俩。阿尔文满嘴新词语，说话用全新的卖弄口气，显然让我父母听了感到难受。他敬慕斯托尔兹的慷

1　见附录“作品中其他历史人物”。

慨大方，他说："艾列是个飞快花'多拉'[1]的家伙。"我都等不及要在学校里让自己说起话来也像个硬汉，重复他把许多俚语混在一块儿的这种令人惊异的表达方式，现在他是用"多拉"来代替"钱"这个字。

用餐时米娜悄不作声——尽管我母亲竭力想让她开口——我不禁怕生而羞怯，我父亲则是别的啥也不想，就想着头天晚上辛辛那提犹太会堂爆炸的事儿，想着在分布于两个时区的美国城市里发生的抢劫犹太人商店的事儿。这是他连续第二个晚上不去给蒙蒂伯伯干活，他不愿让家人单独留在顶峰大道，在这种时候他可不担心他哥哥大发雷霆，而是在整个一顿饭时间里不断地站起身来，到起居室去打开收音机，听听在温切尔葬仪后有什么新闻。与此同时，阿尔文只知谈论"艾列"和他对世界拳击比赛桂冠的追求，好像这名纽瓦克土生土长的轻量级拳击冠军争夺者体现了阿尔文对全人类能有的最深刻的理解。那曾使他丧失一条腿的道德规范会不会被更彻底地抛弃了？他舍弃了他与舒夏·马古利斯之流共同梦寐以求的东西，他也舍弃了我们。

见到米娜时，我很想知道，阿尔文有没有告诉她他的一条腿给截除了。我没有想到的是，她依顺屈从的个性恰恰使她成了阿尔文可以坦率相告的第一个也是仅有的一个女人，我也并不懂得米娜是他面对女性无能的证明。其实，阿尔文的残肢恰恰是他赢得米娜的杀手锏，尤其是一九六〇年斯哈普去世、米娜的窝囊废弟弟接管了弹球机之后，阿尔文此时只满足于并进几家餐馆，并开始与两个州内最标致的

1 原文为 dollar，意为美元。

妓女交往。不论何时那残肢破裂了，疼痛了，出血了，感染了——那确实是他干许多蠢事的结果——米娜就立即介入，不让他用假肢。阿尔文会对她说："看在基督面上，别为此担心，一切都会好的。"可在这当口儿只有米娜占上风。"你不能再给那条腿增加负担了，"她会对他说，"直到你把它修好。"——她指的是那条假腿，在我不足九岁、像米娜现在这样细心呵护他的时候，阿尔文就教我用做假腿的人的惯用语这样说："渐渐不合身了。"当阿尔文年纪渐长，他的残肢由于承受不了体重的增加而不时出毛病，他不得不几个礼拜不能用假肢而一直要等到残肢痊愈，夏天时米娜就驾车把他送到公共海滩，自己不脱一件衣服躲在大阳伞下面，瞧着他几个钟头地玩包治百病的冲浪，在海浪上飞上飞下，仰天漂来漂去，把咸咸的海水像柱子般喷向空中，然后故意惊吓挤满沙滩的游客，尖叫着冒出水面："鲨鱼！鲨鱼！"同时惊恐地指着他那残肢。

阿尔文和米娜前来吃晚饭的那天早晨，他给我母亲打过电话，告诉她说，他要去北泽西，想顺路来访，感谢叔父和婶母在他离开突击队回家、给大家带来艰难时刻之际为他所做的一切。他说，他感激不尽，他愿和他们两人言归于好，想要看看两个孩子，还要介绍介绍他的未婚妻。这是他所说的话，或许是在他来当面见到我父亲之前就想好的话，或许他对我父亲改造他人的本性还记忆犹新——他们彼此间固有的反感，作为不同类型的人之间的反感，这一点的确从一开始就根深蒂固。这就是为何我从学校回到家一听到这个消息，就在我的抽屉里翻寻，找到了他的勋章，在他去费城之后我第一次把它又别在了我的贴身内衣上。

自不待言，这一天并非这位有辱门楣之人进行和解之旅的理想日子。此晚在纽瓦克和新泽西州其他主要城市虽均无有关反犹暴力行为的报道，但是从路易斯维尔沿俄亥俄河北上大约一百英里，在辛辛那提，有人向一座犹太会堂扔燃烧弹，结果把该会堂焚烧殆尽，在另外八个城市(圣路易斯、布法罗和匹兹堡为其中最大的三个)，暴徒们肆意砸橱窗，抢劫犹太人开的店铺——这些情况对减少我们的忧惧只能帮倒忙，我们担心在哈得孙河对岸的纽约举行的沃尔特·温切尔犹太葬礼的场面——加上与此隆重丧礼同时发生的游行示威和反游行示威——很容易在离我们家近得多的地方突然引发暴乱。在学校里，早晨第一件事情就是召集四年级至八年级的学生开半小时的特别会议。校长和一名教育委员会代表、一名市长办公室代表以及现任家长和教师联谊会主席一起研究拟定了保障我们白天安全的措施，提出了十条保护我们在上、下学路上不受伤害的规定。“子弹”阿普菲尔鲍姆的犹太警察并未被提及——他们整夜在街上，早晨也还在那里，桑迪和我在上学路上，见过他们喝着保温瓶里的热咖啡，嚼着勒霍夫面包店赠送的撒上糖霜的甜甜圈——市长代表向我们保证说，市警察局将额外增加人手巡逻社区，“直至恢复常态”。他告诫我们如果看到穿制服的警察站在校门旁或走廊里，则不必提心吊胆。然后发给每个孩子两张用蜡纸油印的纸，一张列有在街上要遵守的规定，我们回教室后老师要跟我们一起练习，另一张是给我们家长的，向他们通知新的安全措施。若有问题，家长们应直接与西瑟尔曼女士联系，她是接任我母亲的家长和教师联谊会主席。

我们在餐厅吃晚餐，上一次在这里用餐还是伊夫林姨妈带本杰尔斯多夫拉比来看我们的时候。阿尔文来电话后，我母亲(她不会抱有个人恩怨，就在听到她接电话的瞬间阿尔文就知道这点了)就出门为做这顿尤其想讨他欢心的晚饭买这买那，尽管每次她都因要打开门锁、出门上街而感到忧心忡忡。纽瓦克武警有的在步行巡逻，有的开着警车在当地街道巡视，这给她的安全感只比“子弹”阿普菲尔鲍姆的犹太警察的扫视多那么一点儿，所以她就像围城里的所有购物者一样，在法官大道上来回紧张地奔忙，把需要的这个那个统统买回来。在厨房里，她着手烤制阿尔文最爱吃的巧克力夹层蛋糕，表面上撒有巧克力糖霜、里面裹着剁碎的核桃仁；又是削土豆皮、剁洋葱，做阿尔文会整块吞下去的土豆烙饼；在阿尔文把他的新别克车开进过道时，家里还弥漫着因他突然回家而烤出的、炸出的和煮出的香味。在过道上(我们曾一起用我偷来的橄榄球在那里玩传球)，阿尔文把车停在了一辆福特牌小卡车后面，那辆车是库库扎先生业余兼差为人们搬运家具用的，因为这位守夜人这天夜里不上班，所以这辆车难得地停在了车库内，他不上班的日子，会连睡一整天。

阿尔文身穿一套垫肩厚重的紫灰色鲨鱼皮西装，脚蹬一双有孔眼带的、鞋底打有前掌的双色翼波状盖饰皮鞋，为我们所有人都带了礼物：给贝丝婶婶的是一条饰有红玫瑰的白色围裙，给桑迪的是一册速写本，给我的是一顶费城人帽子，给赫尔曼叔叔的是一张供四人家庭在大西洋城饭店享用免费龙虾晚餐的凭证。他这样给每人赠礼使我相信，仅凭他出走去了费城这一点不能说明问题，他没有淡忘他失去一条腿之前在我们家里感受到的所有好处。此时此刻看上去，这肯定不会是一个分崩离析的家庭，或晚饭一吃完——米娜已在厨房里听课，向我母亲学土豆烙饼的做法——就可能在我父亲与阿尔文之间爆发一场混战。假如阿尔文这次露面不是穿着奢华衣服、开着时髦汽车，不是几乎浑身是马斯洛健身房里那种赤裸裸的肉欲气息和过去梦想不到的财富居然唾手可得的踌躇满志……假如温切尔没有在二十四小时之前被刺杀，而林德伯格第一次上任时我们所害怕的最坏局面看上去并不比以往任何时候都要离我们更近……或许这两个我整个童年时代最为重要的成年男子就不会几乎杀死对方。

在此夜之前，我一直不知道我父亲那么擅长宣泄性的破坏，或有能耐来个闪电式转换，从精神健全变成神经错乱，为发泄不可遏制的毁灭之欲，那错乱的神经是必不可少的。不像蒙蒂伯伯，他从不喜欢讲述第一次世界大战之前鲁尼恩街上一个住在多户分租房里的孩子的苦难经历，那时候，用木棒、石头和铁棍武装起来的爱尔兰人经常鱼贯而行，穿过爱朗邦德区高架桥下的通道，要寻隙报复犹太第三区那些“杀害基督的人”，尽管在有精彩拳击赛票时，他会乐意带上桑迪和我去斯普林菲尔德大道上的月桂花园看比赛，对手们在拳击台外的互相角逐使他惊骇不已。他的体格一直很强壮，这是我从一张他十八岁时拍的快照上知道的，母亲把这张快照贴在家庭影集里他年幼时留下的仅有的另一张照片旁边，那是他六岁那年的留影，站在比他大三岁、比他高约一英尺半的蒙蒂伯伯身边——两个穷孩子，拘谨地摆着姿势，穿着老式的工装裤和脏兮兮的衬衫，帽子往后推到能露出他们鬈发的地方。在他十八岁时的深褐色照片上，他跟童年相比已相差十万八千里——一个羽翼已丰、强健有力的生命穿着泳衣，双臂交叉，站在阳光照耀下的新泽西州斯普林莱克沙滩上，像不可撼动的拱顶石，在六个享受下午假的落拓不羁的饭店侍者构成的叠罗汉的最下层。如这张一九一九年的照片所示，他的整个胸部非常强壮，肩膀可以承受牛轭，双臂肌肉发达，他的强健体格甚至一直保持到他为大都会人寿保险公司挨家挨户敲门的那些岁月，所以现在，四十又一，在整个九月份一周六夜拖动沉重货箱、举起百磅麻袋之后，或许在他身体里储存了比他一生中任何时候都要巨大的爆炸力。

在此夜之前，我无法想象他会殴打谁——更不消说把他敬爱的兄长的遗孤打得头破血流——无法想象他会不顾母亲阻拦，尤其是在我们的欧洲血统丧失殆尽、我们的美国野心保留不弃的犹太人中间，似乎没有比众所周知的反对用武力解决争端这条不成文的禁令更严厉的禁忌了。在那个时代，一般犹太人的习性大体上是非暴力和不喝酒的，这是一种美德，遗憾的是，我这一代处于敌对好斗状态的大批年幼者，没有好好接受这种教育。诉诸武力是其他族群的第一准则，当你不能通过谈判来避免暴力或无法从中脱身时，武力就有无可争议的巨大价值。比方说，在我们小学数百名五岁到十四岁的孩子中，我们身上的染色体不会注定让我们成为像艾列·斯托尔兹这样的轻量级拳击冠军，或成为像朗吉·兹维尔曼这样飞黄腾达的诈骗者。可以肯定地说，我们这里挥拳斗殴的事儿比工业城纽瓦克其他任何社区的学校发生的都要少得多，在其他社区对孩子的道德约束的界定有所不同，而学生们用来显示好斗性的手段我们尚且不能接受。

于是，我就有一切可以假设的理由说，这是一个具有毁灭性的夜晚。这可怕的一幕都意味着什么，在一九四二年我尚不具阐释的能力，仅仅目睹我父亲的血和阿尔文的血就足以使我震惊。血大片大片地洒在我们仿东方风格的地毯上，血从我们已成残骸的咖啡桌上滴下来，血把父亲的整个前额涂成了个符号，血从我堂兄的鼻孔里喷出——这两个人与其说是在拳斗、在摔跤，倒不如说是在撞击，互相用嶙峋之骨骇人地猛撞，一会儿后退，一会儿前冲，仿佛两个脑门上长有鹿角的家伙，两种人与动物杂交而成的怪物，从神话中跳进了我们的起居室，彼此用其獠牙般的大头角撕烂对方的肉。在室内，你通常会相应地减少你的动作，会相应地放缓你的速度，可此刻，事物的尺度颠倒而置，惨不忍睹。南波士顿暴乱，底特律暴乱，路易斯维尔刺杀，辛辛那提燃烧弹爆炸，圣路易斯、匹兹堡、布法罗、阿克伦、扬斯敦、皮奥里亚、斯克兰顿和锡拉丘兹等地的暴力行为……而现在竟是：在一个普通家庭的起居室——传统上是我们集体努力组成的抗击敌对世界闯入的防线的集结待命区——反犹分子们因此会幸灾乐祸，欣见我们自己操起棍棒、歇斯底里地通过自我毁灭的方式来解决美国最严重的问题。

这个可怕场面因库库扎先生的出现而收场。他身穿衬衫式长睡衣，头戴睡帽(他这身衣着，除了在一部滑稽电影里，在别人——成年男子或男孩身上我以前从未见过)，端着手枪冲进我们的公寓房。从乔伊的“旧大陆”祖母那里传来了一声发狂似的尖叫，她在我们楼下把自己裹得像意大利卡拉布里亚的幽灵皇后——在破裂的后门被蓦地打开的瞬间，我们自己的公寓房里也发出了同样叫人毛骨悚然的尖叫，我母亲看见那个穿着睡衣闯进来的人带着手枪后瞬间叫出声来。米娜开始呕吐，把晚饭时刚咽下去的所有东西都吐在了手里，我立马失禁尿了裤子。桑迪，我们中只有他找到了合适的话和把话说出来的音量，大声喊道：“别开枪！他是阿尔文！”可库库扎先生是私人财产的职业看守，训练有素地要立即行动、稍后分辨——没有停下来问一下：“阿尔文是谁？”——就用一只手臂勒住我父亲的袭击者的一个肩膀，另一只手拿枪对准了他的脑袋。

阿尔文的假肢断裂成了两截，他的残肢皮开肉绽，一个手腕骨折。我父亲三颗门牙碎裂，两根肋骨折断，右颧骨的伤口要用几乎两倍于缝我给孤儿院的马踢出的伤口的线才能缝合，脖子严重扭伤，以后要围好几个月钢制高领。那张玻璃面、深色桃花心木框的咖啡桌是母亲节俭多年在巴姆百货公司买的(晚上度过愉快的阅读时光后，她把所读的赛珍珠或范尼·赫斯特或埃德娜·费伯新出的长篇小说放在咖啡桌上，把有饰带的书签夹在读到的地方，那些书是从当地药房的小小租书图书馆借来的)，现在成了满地狼藉的碎片，一些极细的玻璃碎屑扎进了父亲的双手。地毯、墙壁和家具斑斑点点地沾满了巧克力糖霜(来自他们吃的几块夹层蛋糕，他们在起居室坐下来一起吃甜点说话)，还有他们的血，还有血腥味——窒闷而令人作呕的屠宰场味道。

这是令人心碎肠断的景象。暴力行为一旦发生在家里——就如一场爆炸后看到树上的褴褛衣衫。你也许已有心理准备目睹死亡，但树上的碎条破片叫人防不胜防。

这一切都是我父亲不明白阿尔文的本性即使通过训诫和严厉的关爱也无法使其真正改变的结果——这一切都是试图挽救他、使他摆脱纯粹是其本性所致的东西而收留他的结果。这一切都是我父亲审视阿尔文、回想起阿尔文已故父亲短促而悲剧的一生的结果，他在绝望中伤心地摇着头说："一辆别克车，一身时髦衣，一群渣滓一样的狐朋狗友——可你知道不知道，你关心不关心，你究竟在乎不在乎，今晚在这个国家发生了什么事情？多年前，你在乎，很在乎。我清清楚楚记得那些日子你很在乎。可不是现在。现在是大雪茄烟和汽车。可你究竟明不明白，就在我们坐在这儿的此时此刻，对犹太人而言，到底发生了什么事情？"

可对于阿尔文而言，命运终于有了转机，他的前程从未像现在这样充满希望，所以他现在忍受不了，将来也不能容忍自己的监护人和亲戚说他一点儿都不争气，尽管这个监护人的教导曾经意味着一切，这些亲眷在没有任何人愿意收留他的情况下两度把他接来住进威夸希克小巧而舒适的公寓房，置身于一个温存的家庭及其亲切的关怀之中。阿尔文嗓子发哑，带着被伤害一方的委屈情绪，断断续续却没有停顿地朝我父亲叫喊着，虽非报复性的，却全然是诋毁、申斥、威逼和虚张声势的吓唬之词："犹太人？我为了犹太人毁了自己的一生！我为了犹太人丢掉了他妈的一条腿！我为了你丢掉了他妈的一条腿！我跟林德伯格有啥子屁关系？可你却派我去他妈的跟他打仗，我这个他妈的小笨蛋，我就去了。你瞧，你瞧，他妈的克星叔父——我一条腿他妈的没了！”

说到这里他一把提起那条他穿在身上显得熠熠生辉的紫灰色裤腿，露出了那个有血有肉、有肌腱有骨头的下腿早已不复存在的地方。然后，这个觉得受了侮辱、给人否定、内心又一次失去男子气概的男子汉(还是个流浪汉)，最后来了一个“英雄壮举”——朝我父亲脸上吐唾沫。我父亲常爱说，家庭既是和平也是战争，可这场家庭战争是我完全不能想象的。他像往那个已死的德国士兵脸上淬唾沫一样往我父亲脸上淬唾沫！

要是在他没有康复的状况下就让他走自己的歪门邪道就好了，可事情不是这样的，结果我们便受到如此严重的威胁，恶劣的暴力行为就这样闯入了我们家门，我因此目睹了愤懑如何使人丧失理智，亵渎如何应运而生。

为什么，为什么他要先大打出手？为什么他出手伤人了又为什么倒下了？因为有场战争正在进行，他选择了这个方式——愤怒的、叛逆的直觉与历史相呼应使他成了犹斗的困兽！要是时代不同就好了，要是他明智一点就好了……可他要打架。他和他想极力摆脱的父辈一样。这就是该问题残暴专横之处。试图忠于他试图摆脱的人。试图同时既忠于又摆脱他忠于的人。这就是为何他要首先动手打人，我至多也只能这样去理解了。

那天夜里晚些时候，在阿尔文的两个哥们儿开来一辆挂宾夕法尼亚州车牌的凯迪拉克车停下之后(其中一人把阿尔文和米娜送到伊丽莎白大道上艾列·斯托尔兹医生的诊所，另一人把他们的别克车开回费城)；在我父亲从贝斯以色列医院急诊室回家之后(在那里他们从他手里取出了碎玻璃渣，缝了脸上的伤口，用 X 光透视了他的头颈，给他的胸廓贴上了胶布，在他离开医院时，给了他可待因镇痛剂)；在库库扎先生急忙用小卡车把我父亲送去医院又把他平安送回我们一片狼藉、脏乱不堪如同战场般的公寓后，法官大道上突然响起了枪声。射击声、惊叫声、吼喊声、警报声——对犹太人的集体迫害开始了，就在库库扎先生刚下楼又冲上楼来猛敲我们损坏的后门跑进来几秒钟之前。

我已困倦欲睡，被哥哥从床上拽了起来，可我的腿站不起来，因无法控制的恐惧而瘫软，父亲只能从他手里把我接过去。母亲——她没有上床试试能否入睡，却围着围裙、戴着手套，着手用水桶、扫帚和拖把来给这个脏乱的家进行大扫除——一丝不苟的母亲，正在清扫起居室的烂摊子，库库扎先生把她领到门口，我们四个人便结队下了楼梯，进了维希瑙家的老房子躲起来。

这次库库扎先生主动把手枪给我父亲时，他接受了。他可怜的人类身躯上青一块紫一块，几乎浑身都是绷带，满口断牙裂齿，可还是跟我们一起坐在库库扎家没有窗户的后门廊里，专心致志地细看着手中的武器，仿佛这不再是一件武器，而是自打他接过新生的亲骨肉抱在怀里起便托付给他的最为严肃的使命。母亲端坐在桑迪和我之间，哥哥自我意识坚毅顽强，我则昏昏沉沉呆若木鸡。她用手臂尽可能贴近地把我们俩搂在她身边，尽可能地保持一层薄薄的勇气而不向孩子们流露自己的恐惧。与此同时，我此生见过最魁伟的那个人，正持枪在这昏暗的公寓房里来回走动，悄悄地从这扇窗走到那扇窗，用其资深守夜人那鹰一般的眼睛观察清楚，是否有人带着斧子、枪支或绳子、煤油罐潜伏在附近什么地方。

库库扎先生叫乔伊及其母亲、祖母留在床上，尽管那位老妇人不大能抵御所有这些混乱状态，被我们四人猝然出现的情景所吸引。她一小阵一小阵地用纯意大利语，对客人毫无敬意地吼叫着，她从黑黑的厨房门道里探出头来——她习惯和衣睡在厨房炉子旁的一张小床上——用她发疯的眼睛(因为她是疯子)死死盯着我们，好像她是反犹主义的守护神似的，而所有一切发生的事都源于这个守护神佩戴的银十字架。

那枪响持续了不到一个小时，但拂晓之前我们没有上楼回家，库库扎先生像侦察员一样勇敢地冒险前往法官大道警戒封锁区，他回来之后我们才获悉这场枪战不是在市警察与反犹分子之间，而是在市警察与犹太警察之间进行的。那天夜里纽瓦克没有发生集体迫害性的屠杀，只是一场枪战，不同寻常的是它发生在我们家可以听得见的范围内，否则与夜晚在任何其他大城市可能会爆发的骚乱并无多大区别。尽管三个犹太人给枪杀了——格里克“公爵”、“大个子”格里和“子弹”阿普菲尔鲍姆——这也并不一定因为他们是犹太人(“即使这样也没有什么损失，”我的伯父蒙蒂说)，而是因为他们恰恰就是新市长默菲要将之逐出街头的恶棍，主要是给朗吉发个信号，让他晓得他不再是纽瓦克司法行政长官委员会的名誉委员了(迈耶·艾伦斯坦的敌人造谣说他在默菲的犹太前任手下担任过此职)。警察局长解释说，枪战是由“爱乱开枪的治安维持者”于午夜前不久在未受挑衅的情况下向两名徒步巡逻人员开枪引起的。对他的解释，谁也不会太当真，在我们社区，谁也没有因为这三个人如此随随便便地就给撂倒在地上而明显流露出悲痛——这是些自作自受的危险人物，没有一个正派人会想着寻求他们的保护。当然，暴徒们的血一定玷污了社区孩子们每天上学路上要踩过的路面，这固然可怕，但至少这血不是在与三 K 党或银衫队或德美同盟会的冲突中洒下的。

没有集体迫害，然而早晨七点父亲便往温尼伯打长途电话，向舍普希 · 特奇维尔坦言说，犹太人惊恐万状，反犹分子胆大包天，在纽瓦克再也不可能像正常人一样生活了——幸运的是普林兹拉比的威望对当局继续产生影响，尚未发生比强迫单个犹太家庭迁居更糟的事情。由政府公开支持的迫害是否不可避免，谁也说不清楚，但对迫害的忧惧已经到了这种程度，连一个实干家也不能埋头于日常工作，连一个竭力克制焦躁、忧虑和愤恨而服从理智支配行事的人，也无法再期望保持一颗平常心了。

是的，我父亲承认，他一直以来都错了，贝丝和特奇维尔夫妇是对的——然后，他尽力把他的局促不安抖搂在所有他处置不当和判断错误的事情上，包括这场未必会发生的武斗，还有我们的咖啡桌，这场武斗粉碎了介于其受到的严格教育和成熟理想之间的坚信自己正确的终身屏障。“完了，”他对舍普希 · 特奇维尔说，“不知道明天会发生什么事，我就不能再活下去了。”接着他们的电话交谈转向移民问题以及需采取的步骤和需做好的安排，如此一来，在桑迪和我离家上学时，毫无疑义，也难以置信地，我们已被联合起来反对我们的势力压倒了，我们将要逃亡去当外国人了。一路上我哭个不停。我们无与伦比的美国童年结束了。不久我的故乡将只是我的诞生地而已。连在肯塔基的塞尔顿现在也比我们强了。

但是，这一切没有发生。这场噩梦终止了。林德伯格失踪了，我们安全了，尽管我再也不能恢复最早我当小小孩时所有的安全感，由一个强大的、呵护备至的共和国以及他极其负责任的家长所赐予的安全感。

## 引自纽瓦克新闻片影院的档案资料

一九四二年十月六日，星期二

三万哀悼者拥入宾夕法尼亚火车站大厅瞻仰沃尔特·温切尔覆盖着国旗的灵柩。前来人数之多甚至超过了菲奥雷罗·拉瓜迪亚的预想。这位纽约市长决意将此暗杀事件变为全市范围的“纳粹暴行的美国牺牲者”追悼日，其高潮为罗斯福致悼词环节。车站外(还有全市其他许多地方)，穿着深色衣服、肃静的男男女女分发着半美元硬币大小的黑色圆形小徽章，上面的白色字母组成一个问题：“林德伯格在哪里？”还不到正午，拉瓜迪亚市长便来到市广播站演播室，摘下头上黑色的宽边斯特森帽[1](作为一个美国陆军乐团指挥的儿子，这是他扎根

1　即牛仔帽，宽边、高顶，由费城制帽匠斯特森创制。

于亚利桑那州的童年的纪念品），背诵主祷文，然后又戴上帽子，用希伯来语大声朗读致死者的犹太祷文。中午十二点整，根据市议会政令，在全市五个行政区默哀一分钟。纽约警察四处可见，他们主要监视由一系列右翼集团组织的抗议游行，这些集团集中在德国人占优势、强烈支持总统及其政策的约克维尔——这个曼哈顿社区位于上东城北边、哈莱姆区南边，是美国纳粹运动的主要指挥部。下午一点，由臂佩黑布的警察组成的摩托仪仗队与在宾夕法尼亚车站外形成的送葬行列排成队，由坐在摩托车边斗里的市长引路，陪护送葬行列缓慢地沿第八大道北行，沿五十七街东行，再沿第五大道北上，抵达六十五街上的伊曼努-厄尔会堂。那里，在由拉瓜迪亚召来坐满会堂所有席位的达官贵人中，有罗斯福一九四〇年内阁的十名成员、罗斯福任命的四名最高法院法官、产联主席菲利普·默莱、劳联主席威廉·格林、矿工联合会主席约翰·L.刘易斯、美国公民自由权联盟的罗杰·鲍尔德温，以及纽约、新泽西、宾夕法尼亚和康涅狄格等州的前任和现任民主党州长、参议员和众议员，其中包括民主党一九二八年失利的总统竞选人、前纽约州长艾尔·史密斯。市政府的劳工连夜安装好了扬声器，在全市范围用金属丝把喇叭捆扎在电线杆、理发店旋转彩柱和门窗的过梁上，以便把追悼仪式传播给聚集在曼哈顿所有社区（除了约克维尔）街道上的纽约人，以及数千名与他们云集在一起的外城人——所有那些自沃尔特·温切尔开始广播以来每周听他播讲、前来他的家乡致以敬意的美国先生和美国女士们。事实上，他们中间的每个男子、女子和孩子都佩戴着此时到处都是的以彰显团结和挑衅的黑底白字徽章，上面写着："林德伯格在哪里？"

菲奥雷罗 · H. 拉瓜迪亚——该市劳动人民脚踏实地的偶像；满腔热忱、蝉联五届的前国会众议员，旗帜鲜明地代表穷苦意大利人和犹太人密集的东哈莱姆区，早在一九三三年就把希特勒形容为"走火入魔的疯子"，并呼吁抵制德国货；工会、穷人和失业者的坚定代言人，在大萧条第一个阴暗的年头，几乎是单枪匹马地对抗胡佛手下那些无所事事的共和党众议员，更令其自己的政党失望的是，他呼吁"榨干富人"——对有钱人课以重税；美国人口最多的城市多党联合推选的连任三届市长，反对坦慕尼[1]的自由改革派共和党人，其大都会是西半球集聚最多的犹太人的家园——拉瓜迪亚在其政党成员中孑然一身表达了他对林德伯格和纳粹的"雅利安人优越论"的蔑视（他自己是一个来自奥地利特里雅斯特、散淡随意的犹太母亲和作为船上音乐家来到美国、思想自由的意大利父亲的儿子），他认为这是对林德伯格的信条和美国总统崇拜狂热的本质的规诫。

拉瓜迪亚站在灵柩旁边，用大家熟悉的因容易激动而声调高昂的嗓音向达官贵人们发表演讲，他就是用这种嗓音在纽约新闻界罢工期间每周日上午在市政府广播电台向孩子们讲述周日连环漫画故事，有如一个模范叔叔一样不厌其烦地讲着，一幅画接一幅画，一句对白接一句对白，从《至尊神探》讲到《小孤儿安妮》，以及所有其他连载的

1　十九世纪纽约市民主党总部设于麦迪逊大道坦慕尼大楼，其核心集团后来贪污腐化，"坦慕尼"因此成为该核心集团和腐败政治的同义词。

滑稽故事。

“我们不必一上来就讲客套话，”市长说，“大家都知道，沃尔特不是一个可爱的人。沃尔特不是那种坚强冷静而遮掩一切的人，而是一个憎恶遮掩一切、爱披露丑闻的人。任何浏览过他的专栏的人都会告诉你，沃尔特不总是像他应该做的那样严谨准确。他不羞怯、不谦逊，他不温文尔雅、不谨饬审慎、不仁慈宽容，等等。我的朋友们，假如我要给你们列出沃尔特·温切尔所不具有的所有可爱之处，我们得在这里等到明年的赎罪日。沃尔特·温切尔只是不完美的人群中一个呱呱叫的标本。宣布自己为美国总统竞选人，他的动机是否纯洁得像象牙牌肥皂？沃尔特·温切尔的动机是什么？他的荒谬可笑的竞选是否未受极度的自我膨胀所污染？我的朋友们，只有这个查尔斯·A. 林德伯格竞选总统时的动机才纯洁得像象牙牌肥皂。只有这个查尔斯·A. 林德伯格才温文尔雅，才谨饬审慎，等等——哦，才严谨准确，总是绝对准确地每隔几个月就鼓起他屈尊合群的劲头，向全国发表其最喜欢的十条老生常谈。只有这个查尔斯·A. 林德伯格才是无私的统治者，才是坚强、冷静的圣人。沃尔特，恰恰相反，是个碎嘴子专栏作家先生。沃尔特，恰恰相反，是个百老汇先生：喜欢小酒杯，喜欢夜生活，喜欢谢尔曼·比林斯莱这样的夜总会老板——有人有一次告诉我说，他甚至喜欢女孩子。赫伯特·胡佛先生所谓的‘崇高的实验’的废除，那虚假的、费钱的、不可实施的宪法修正案第十八条——禁酒法的废除，对沃尔特·温切尔而言，并不比对在纽约这儿的我们其余人更觉得不光彩。简而言之，沃尔特缺乏那个安坐在白宫的清廉的试飞驾驶员每日显示出来的所有高风亮节。

“啊，是的，错误百出的沃尔特与毫无错误的林迪之间有更多的迥异之处也许值得一提。我们的总统是法西斯的支持者，更可能是个十足的法西斯分子——沃尔特·温切尔却是法西斯分子们的敌人。我们的总统不爱犹太人，更可能是个彻头彻尾的反犹分子，而沃尔特·温切尔是个犹太人，是反犹分子们不屈不挠、大声呐喊的敌人。我们的总统是阿道夫·希特勒的崇拜者，更可能自己就是个纳粹分子——沃尔特·温切尔却是希特勒的头号美国敌人，他最坏的美国敌人。在这件事上我们不完美的沃尔特廉洁无瑕——这才是重要的事。沃尔特嗓音太大，沃尔特说话太快，沃尔特说得太多，可两相对照，沃尔特的粗俗有点儿了不起，林德伯格的高雅却令人厌恶。沃尔特·温切尔，我的朋友们，是所有地方的纳粹的敌人，其中包括‘双剑’、‘脚镣’组织和在美国国会为其‘元首’效劳的帕内尔·托马斯[1]们，其中包括为《纽约美国日报》和《纽约每日新闻报》撰稿的希特勒的徒子徒孙们，其中包括那些用纳税人的钱在我们美国的白宫大摆宴席盛情款待纳粹凶手的人。正因为他是希特勒的敌人，正因为他是纳粹的敌人，沃尔特·温切尔便于昨日在典雅的老路易斯维尔最富历史意义、最美丽的公众广场上，在托马斯·杰斐逊总统雕像的阴影里，被枪击而倒下。因为在肯塔基州说出他心中的话，沃尔特·温切尔竟被美国的纳粹刺

1 Parnell Thomas(1895—1970)，新泽西州共和党国会众议员，竭力反对罗斯福总统的新政。

杀了，这些纳粹分子，多亏我们坚强、沉静、无私的总统的默认，今天在这片伟大的国土上四处横行霸道。难道事情不会在这儿发生吗？我的朋友们，事情正在这儿发生——可林德伯格在哪里？林德伯格在哪里？”

大街上，那些围着广播喇叭聆听的人与市长的呼声相呼应，他们有节奏的反复呼喊迅即像瀑布一样在全城轰响——“林德-伯格在哪里？林德-伯格在哪里？”——会堂内市长一遍又一遍地重复着这句愤懑的问话，气愤地敲击着讲坛，不像一个戏剧性地强调某个观点的演说家，却像一个义愤填膺、要求知道事情真相的公民。“林德伯格在哪里？”这是一句咆哮而出的结束语，脸色通红的拉瓜迪亚以此让集聚在一起的哀悼者做好高潮来临——富兰克林·D. 罗斯福出现——的准备。罗斯福使其最亲密的政治至交（霍普金斯、摩根索、法莱、伯尔、巴鲁克，他们都戴着犹太小圆帽坐在离殉难竞选人灵柩只有一英尺的地方，死者生前从未得到白宫内圈人物的赏识，但他可以是他们首领有用的代言人）都感到震惊的是，他委任拉瓜迪亚接替温切尔竞选总统。拉瓜迪亚，一个精明、倨傲、急躁、冲动、胖得圆滚滚的政治活动家，身高只有五点二英尺，他的忠诚选民们深情地称之为“小花”[1]。从伊曼努-厄尔会堂讲坛上，民主党的名誉领袖保证支持纽约的共和党市长作为“团结全国”的竞选人来对抗林德伯格一九四四年连任的

1 拉瓜迪亚的意大利名“菲奥雷罗”意为“小花”。

要求。

一九四二年十月七日，星期三

“圣路易精神号”由林德伯格总统驾驶，上午离开长岛，滑行起飞的跑道即一九二七年五月二十日其越洋单人飞行的起点。没有护航，该机疾驶于新泽西、宾夕法尼亚和俄亥俄等州上空万里无云的秋空，一直飞到肯塔基州。他在正午阳光中降落在路易斯维尔商用机场，仅仅一小时之前这位总统才将其目的地通知白宫。他这个时间安排只勉强来得及告诉路易斯维尔市长威尔逊·怀特、这个城市及市民为迎候总统的到来做准备。一名机修工已在机场准备检查飞机，并为其返航进行调整和装备。

路易斯维尔三十二万市民中，警方估计至少有三分之一的人从城里出发进行了五英里的跋涉。当总统着陆、将其飞机平稳地滑行到一个已为他接通麦克风供他向人山人海演讲的平台时，人们已经挤满了鲍曼机场附近的空地和道路。当他们鼎沸的欢呼声终于变小，可以听见他的嗓音时，总统根本不提沃尔特·温切尔，既没有提及两天之前的刺杀案，也没有提及头天的葬礼，或是拉瓜迪亚市长就富兰克林·罗斯福在纽约犹太会堂委任他为温切尔的竞选接替人一事所发表的演说。他不必这样做。罗斯福执意追求史无前例的第三届总统任期，拉瓜迪亚，就如他之前的温切尔，不过是他的一匹掩护马，那些站在“诽谤我们总统的邪恶的拉瓜迪亚”身后的人，就是一九四〇年企图迫使美国走向战争的同一伙人——关于这些，头天晚上副总统惠勒已在华盛顿美国军团大会上的即兴演说中向全国进行了精彩的阐释。

总统向听众只说了这样一段话："我们的国家处于和平。我们的人民在工作。我们的孩子在上学。我飞到这儿来是让你们知道这些。现在我就要回华盛顿，要让事情保持现状。"一串无关痛痒的句子，可对这两天来成了全国关注对象的好几万肯塔基人而言，他似乎宣布了世界上一切灾难都将终止。当言简意赅的总统只挥了一下手表示告别，将其瘦长身子挤进飞机座舱时，又响起一阵欢呼声和掌声。在跑道上，一个机修工微笑着用扳手发出信号——一切都已检查完毕，可以准备走了。引擎发动起来了，"孤鹰"最后又挥一次手道别，"圣路易精神号"急速滑行一阵、轰鸣一阵后起飞了，离开了丹尼尔·布恩壮丽的旷野之州，一英寸一英寸地，一英尺一英尺地(就像他年轻时进行特技飞行表演忽而延缓张伞跳伞，忽而在机翼上漫步一样，他在西部地区的乡镇上空低飞——好让发狂的群众喜不自禁)，林迪逐渐远逝，变得比五十八号公路沿线电杆上成行的电话线还细。平稳地升上天空，进入温暖、和畅的顺风气流，这架航空史上最著名的小型飞机——当代哥伦布的"圣母马利亚号"、英国清教徒移民的"五月花号"——消失在东方，从此再也没有复现。

一九四二年十月八日，星期四

路易斯维尔与华盛顿之间正常航线的地面搜索并未发现飞机残骸，尽管秋天的大好天气使地方的搜索人员有可能深入西弗吉尼亚州崎岖不平的山脉，排查马里兰州已收割过的农田，也使各州当局有可能调遣警察摩托艇在白天沿马里兰州和特拉华州的海岸线搜寻。下午，陆军、海岸警卫队和海军展开联合搜索，同时还有密西西比河以东各州的数百名成年和青年男子志愿协助由各州州长召集的国民警卫队单位。至晚饭时分华盛顿仍然没有得到发现飞机或其残骸的报告，晚上八点内阁成员便被召至副总统家开紧急会议。伯尔顿·K. 惠勒宣布说，经与第一夫人和众议员、参议院多数派领袖以及最高法院大法官协商，根据美国宪法第二条第一款规定，他将担任代总统的职责，他认为此举符合国家的最高利益。

数十份报纸，这天晚上均在头版用自一九二九年股市崩溃以来最大、最黑的字体刊印通栏标题(蓄意使菲奥雷罗·拉瓜迪亚蒙羞)，读来令人沮丧：林德伯格在哪里?

一九四二年十月九日，星期五

在美国人醒来开始新的一天时，在整个美国大陆以及准州和领地已经实施戒严令。中午，代总统惠勒在军方保护下前往国会大厦，在那里他向国会紧急闭门会议宣布，联邦调查局所获情报证实总统已被绑架，被未知团体扣押在北美洲某地。代总统向国会保证说，将采取一切措施使总统获得自由，并将罪犯们绳之以法。与此同时，将封锁美国与加拿大和墨西哥的边界，关闭机场和港口。美国武装部队将维持首都哥伦比亚特区的法律和秩序，代总统说，国民警卫队将与联邦调查局和地方警察局合作维持其他地方的法律和秩序。

## 又一次！

国内每份赫斯特报纸都用了这个标题，刊印在林德伯格小宝宝的照片上方，那是一九三二年拍摄的小宝宝的最后一张生前的照片，几天之后他就被绑架了，当时才二十个月大。

一九四二年十月十日，星期六

德国国家广播电台宣称，业已查明，美国第三十三任总统、美国与第三帝国具有历史意义的冰岛协议的签署者查尔斯 · A. 林德伯格被绑架，此乃"犹太利益集团"所干的阴谋活动。德国国防军的最高机密情报资料被引用来确证来自美国国务院的原始报告。报告说，这一阴谋由战争贩子罗斯福策划——与其犹太财政部长摩根索、最高法院犹太法官法兰克福特和犹太投资银行家巴鲁克合谋——由国际犹太高利贷者瓦伯格和罗斯柴尔德资助，在罗斯福的混血儿喽罗、半犹歹徒、犹太纽约市市长拉瓜迪亚及有权有势的纽约州州长、金融家莱曼的指挥下进行，旨在使罗斯福重返白宫，并发动一场犹太人反对非犹太世界的全面战争。由德国驻华盛顿大使馆转交给联邦调查局的这份情报资料声称，刺杀沃尔特 · 温切尔也是由同一个罗斯福犹太阴谋集团策划执行，并由他们将此犯罪行为断然嫁祸于德裔美国人——从而搞一场"林德伯格在哪里？"的邪恶运动，以此促使总统开飞机飞到刺杀现场，让肯塔基州路易斯维尔的公民们感到放心，他们情有可原地担心犹太人会有组织地进行报复。但是——据德国国防军的报告——在总统向群众演说之际，机场一名机修工受犹太阴谋集团的贿赂（他自己后来也消失了，可以相信是拉瓜迪亚下令把他谋杀了），做手脚使飞机的无线电失灵。总统一往华盛顿方向起飞，他就无法与地面或其他飞机取得联系，于是在“圣路易精神号”遭数架高空飞行的英国战斗机拦截的情况下，他别无选择，不得不投降。那些战斗机迫使他离开其航道，数小时后，降落在一个只有一条跑道的小机场，秘密养护这个机场的是从莱曼的纽约州越过美加边境而来的犹太利益集团分子。

在美国，德国这一宣布促使拉瓜迪亚市长对市府记者们说：“任何相信纳粹这套出色谎言的美国人一定是降到了不可能更低的水平。”不过，据消息灵通人士说，联邦调查局特工人员跟市长和州长都进行了长时间的面谈，内政部长福特要求加拿大总理麦肯齐·金在加拿大领土上仔细搜寻林德伯格总统以及俘获他的人。据报道，惠勒代总统将与白宫助手们审查德国文件资料，对其所言情况在搜寻总统飞机结束之前将不加评论。眼下海军驱逐舰正与海岸警卫队鱼雷快艇寻找飞机失事的迹象，往北远至新泽西州开普梅，往南远至北卡罗来纳哈特勒斯角，陆军、海军陆战队和国民警卫队的地面部队则正在二十个州继续寻找有关失踪飞机下落的线索。

实行全国性宵禁的国民警卫队单位报告说，没有发生因总统失踪引起的暴行事件。在军事管制之下，美国保持镇定平静，尽管三K党头目“大巫”和美国纳粹党首领联合要求代总统“采取极端手段保护美国免遭犹太政变”。

与此同时，一个由纽约斯蒂温·怀斯拉比领导的美国犹太神职人员委员会致电第一夫人，对她家庭处于危急关头表示最深切的同情。有人看见莱昂内尔·本杰尔斯多夫拉比在傍晚时分进了白宫，据报道，他是应林德伯格夫人要求前去为其家庭做精神指导，她们现在已是第三天不眠守夜了。人们普遍认为，白宫邀请本杰尔斯多夫拉比，这说明第一夫人拒绝接受那种“犹太利益集团”与她丈夫失踪有关的说法。

一九四二年十月十一日，星期日

全国各地教堂都在为林德伯格家庭做祷告。三大广播网撤销了已安排的固定节目，改为转播在华盛顿国家大教堂举行、第一夫人及其孩子们出席的祈祷仪式，这天的其余时间和晚间，广播节目只用来播送具有鼓舞力量的音乐。晚上八点，代总统惠勒向全国发表演讲，要他的美国同胞们放心，他并无放弃搜寻的打算。他报告说，应加拿大总理的邀请，美国执法机构的代表将协助皇家加拿大骑警队迅即搜索美加边境的东部及加拿大东部省份最南边的数郡。

莱昂内尔·本杰尔斯多夫拉比作为第一夫人的正式代言人露面了。他对一大批等在白宫柱廊的新闻记者说，林德伯格夫人敦促美国人民不要听信任何外国政府就她丈夫失踪事件所散布的猜测性消息。她愿公众回顾一下，拉比说，一九二六年，作为圣路易斯-芝加哥航线上的航空邮件飞行员，总统遇到两次失事，飞机毁坏了，他本人却两次都幸免于难，而且没有受伤。此时此刻，第一夫人相信，如果又一次发生飞机失事，总统将又一次幸存并被找到。对由代总统递交给她的有关绑架一说的证据，拉比说，第一夫人不予相信。当本杰尔斯多夫拉比被问及为何林德伯格夫人自己不出来说话，为何记者不能直接向她发问时，他回答说："记住这一点，在她人生三十六年间，这已不是第一次了，在承受最严重的家庭危机之际，林德伯格夫人还得对付记者们的盘问。我倒认为，不论搜寻工作还要延续多久，如果美国人都能接受第一夫人所决定的一切安排，这将是对她及其孩子们的隐私的最好保护。"有记者问他，有传言说，林德伯格夫人现在过于焦躁不安，以致自己不能决定事情，代她做决定的正是莱昂内尔·本杰尔斯多夫，这个传言有几分真实性吗？拉比答道："任何一个注意到今天上午第一夫人在大教堂里的神态举止的人，都可以看出她神志完好，能应对各种情况，尽管事态严重，她的理智或判断力均无丝毫受损。"

尽管拉比言之凿凿，有消息传布说，各电讯社报道了一名"政府高级官员"——据认为是福特部长——所持有的怀疑态度，说是第一夫人已经成为"拉斯普京拉比"的俘虏，这个犹太代言人因其对总统夫人的影响而被比作那个疯疯癫癫的西伯利亚农民修道士，这名所谓的"神医"阴鸷地控制了俄国沙皇和皇后的思想，在导向俄国革命的那些日子里几乎执掌皇宫大权，直到爱国的俄国贵族们密谋把他暗杀了，他的疯狂统治才告结束。

一九四二年十月十二日，星期一

伦敦各晨报报道说，英国情报部门转交给美国联邦调查局的编成密码的信息毫无疑义地证实，林德伯格总统还活着，现在身处柏林。

英国情报部门已查明，十月七日，为配合一项由空军元帅赫尔曼·戈林策划的长期计划，美国总统成功地将“圣路易精神号”降落在预先确定的华盛顿以东大约三百英里处大西洋上的坐标位置。在那里他察看到了正在等他的德国潜艇，艇上水手把他转送到一艘等候在葡萄牙海岸外的德国海船，这艘海船把他送到亚德里亚海上被意大利占领的南斯拉夫成员共和国黑山的科托港。总统受损的飞机被强占了，被装上一艘德国军用货船，给拆卸装箱，运到了不来梅的盖世太保仓库。总统本人由空军元帅戈林陪同，乘坐一架涂上保护色的纳粹飞机，由科托港的简易机场飞往德国，一到一个纳粹空军基地，就被汽车送往希特勒在贝希特斯加登的隐匿处，与元首晤谈。

南斯拉夫的塞尔维亚抵抗组织证实了英国的情报消息，其根据由德国扶植的米兰·内迪奇将军的贝尔格莱德政府内部消息人士提供。

在纽约，拉瓜迪亚市长对记者们说：“如果我们的总统自愿飞往纳粹德国的消息属实，如果自他宣誓上任以来确实是一直以纳粹特务的身份在白宫工作，如果我们的国内外政策确实是由如今正在蹂躏整个欧洲大陆的纳粹政权发布给我们总统的，那么，我就找不到任何言辞来形容这种背叛，其邪恶程度在人类历史上没有可与之等同者。”

尽管实施军事管制和全国性宵禁，尽管在每一个美国重要城市都出动全副武装的国民警卫队巡逻街道，太阳一下山，在亚拉巴马、伊利诺伊、印第安纳、艾奥瓦、肯塔基、密苏里、俄亥俄、南卡罗来纳、田纳西、北卡罗来纳和弗吉尼亚，反犹暴乱就开始了，延续了整整一夜，直至翌日清晨。到大约上午八点，联邦部队——由代总统惠勒调遣来支援国民警卫队——才得以平定那些骚乱，把暴乱者纵火引起的最严重的火灾控制住。至此，已有一百二十二名美国公民丧生。

一九四二年十月十三日，星期二

在中午广播讲话中，代总统惠勒将暴乱归咎于“英国政府及其好战的美国支持者”。

“以讹传讹，散布可能是针对查尔斯 · A. 林德伯格这样高尚的爱国者的最恶毒的指控，这些人究竟想从一个已因心爱的领袖失踪而倍感悲痛的国家得到什么呢？为了谋取他们自己的经济和种族利益，”代总统说，“这些人选择企图抑制一个沮丧不振的国家的良知，他们究竟期待发生什么样的事情呢？我可以报告说，整个南部和中西部地区被毁坏的城市的秩序已经恢复正常，可为了我们国家的安定究竟要付出什么样的代价呢？”

紧接着，莱昂内尔 · 本杰尔斯多夫拉比宣读了总统夫人的声明。第一夫人再次劝导其同胞们不要理会所有从外国首都传来的那些关于她丈夫失踪的未经证实的假设，并要求美国政府立即终止对她丈夫的飞机长达一周的搜寻。第一夫人希望全国人都回忆一下阿米莉娅 · 厄尔哈特[1]的飞行悲剧，这名最了不起的女飞行员，以林德伯格总统为榜样，于一九三二年进行了备受赞誉的横越大西洋的单独飞行，可一九

1　见附录“作品中其他历史人物”。

三七年试作横越太平洋的单独飞行时却消失得无影无踪。“作为一个凭她自己努力而取得丰富经验的飞行员，”本杰尔斯多夫拉比对记者们说，“第一夫人推断说，发生在阿米莉娅·厄尔哈特身上的类似事情现在让总统遇到了。生命不无风险，而飞行，当然，也不无风险，尤其是像阿米莉娅·厄尔哈特和查尔斯·A. 林德伯格这些人，他们作为单独飞行员的胆量和勇气开创了如今我们活在其中的航空时代。”

记者们要见第一夫人的请求又一次被她的正式代言人委婉拒绝，以致惹得福特部长要求逮捕“拉斯普京拉比”。

一九四二年十月十四日，星期三

晚上稍早时拉瓜迪亚市长召开记者招待会，特别指出“荒谬透顶而有损国家理性”的三种表现形式。

第一，《芝加哥论坛报》发自柏林的头版文章报道说，总统和林德伯格夫人十二岁的儿子——即那个据认为一九三二年在新泽西被绑架谋杀的孩子——被纳粹分子从波兰克拉科夫的地牢中救出来之后与其父在贝希特斯加登团聚，自从他失踪之后，他一直作为犯人被关押在克拉科夫市的犹太人区，每年从这个被俘男孩身上抽的血，用于配制该社区逾越节仪式上吃的节日面包。

第二，众议院里的共和党议员们提出一项法案，假如金总理不能在四十八小时内发现美国失踪总统的下落的话，就要向加拿大联邦共和国宣战。

第三，南部和中西部的执法部门报告说，十月十二日的“所谓反犹暴乱”是由“当地的犹太分子”煽动起来的，这是他们“一项旨在破坏本国道德规范、深谋远虑的犹太阴谋计划”的一部分。暴乱中死去的一百二十二人中，有九十七名已被确认为“犹太挑唆分子”，他们属于那个该对动乱负责的团体，正企图转移对该团体的怀疑并策划夺取联邦政府控制权。

拉瓜迪亚市长说道：“确实有个阴谋在进行中，我很乐意说出驱动这个阴谋的各方势力——歇斯底里、无知、敌意、愚蠢、憎恨，以及畏惧。我们的国家成了令人厌恶的奇观！到处是虚伪、野蛮和疯狂，躲在幕后的残暴势力正等着消灭我们。我们现在读《芝加哥论坛报》竟能看到，这些年来，机灵的犹太师傅在波兰用被劫持的林德伯格孩子的血来做逾越节节日面包——这个故事在今天看来，与五百年前反犹狂热杜撰出来的第一个故事一样荒谬。用这种荒谬邪恶的胡扯来毒害我们的国家，这该叫纳粹元首感到多高兴啊。犹太利益集团。犹太分子。犹太高利贷者。犹太复仇。犹太阴谋。一场反全世界的犹太战争。用这些胡诌的咒语来奴役美国！不说一句真话就能征服世界上最伟大国家的思想！啊，我们应将这一乐趣给予地球上用心最为险恶的人！”

一九四二年十月十五日，星期四

因涉嫌为“犹太反美阴谋主谋之一”，莱昂内尔·本杰尔斯多夫拉比在拂晓前被联邦调查局羁押。同一时间，第一夫人据称因患上“极度神经衰弱”由救护车从白宫送往沃尔特·里德陆军医院。在清晨围捕中被抓的其他人还包括莱曼州长，伯纳德·巴鲁克，法兰克福特法官，法兰克福特的门生、罗斯福政府行政官员戴维·利连撒尔，新政顾问阿道尔夫·伯尔和萨姆·罗森曼，劳工领袖戴维·杜宾斯基和锡德尼·希尔曼，经济学家伊萨多·卢宾，左翼记者I. F. 斯通和詹姆斯·韦克斯勒，以及社会主义者路易斯·瓦尔德曼。据称即将逮捕更多人，但联邦调查局没有透露，绑架总统阴谋的指控是否会针对嫌疑犯中的某人或所有人。

美国陆军的坦克和步兵部队进入纽约支援国民警卫队以平定街道上不时发生的反政府暴力行为。在芝加哥、费城和波士顿，人们试图举行反联邦调查局的示威游行——游行活动有违军事管制令——事后只有少数人受伤，然而警方报告说逮捕人数有数百名。

领头的共和党议员在国会赞扬联邦调查局挫败阴谋者们的计划。在纽约，据说埃莉诺·罗斯福和美国公民自由权联盟的罗杰·鲍德温一起出席了拉瓜迪亚市长举行的记者招待会。他们要求立刻释放莱曼州长以及他所谓的同谋者。拉瓜迪亚接着在市长官邸被捕。

一个纽约公民委员会召开了紧急抗议集会，前总统罗斯福从他在海德公园的家赶到纽约在集会上发表演讲；“为保护他的人身安全”，他迅即被警方羁押。美国陆军查封了纽约所有的报社办公楼和广播电台，在另行通知之前，天黑之后那里将实行全天二十四小时的戒严宵禁。坦克封阻了进入该市的所有桥梁和隧道。

在布法罗，市长宣布他打算给市民们提供防毒面具，附近罗切斯特市的市长则提出一项防空洞计划，“以备在加拿大万一突然发动攻击时保护居民”。据加拿大广播公司报道，在缅因州与新不伦瑞克省之间的边界，离罗斯福在芬迪湾坎贝洛岛上的夏季别墅不远处，发生了小规模的交火。丘吉尔首相在伦敦警告说，德国即将入侵墨西哥，据称是为了在美国试图从英国手中夺取对加拿大的控制权时，保护美国的南侧。“这不再是件事儿，”丘吉尔说，“伟大的美国民主政治采取军事行动来挽救我们不再是件事儿。美国公民们采取文明行为挽救他们自己的时刻到了。美国人与英国人，不是两出孤立的历史剧，从来都不是。只有一场磨难，现在也好过去也罢，我们都同仇敌忾。”

一九四二年十月十六日，星期五

自上午九点开始，一个秘密设于我国首都某处的发射台播送了第一夫人的讲话，她在秘密情报部门内部忠于林德伯格的人士的协助下，设法逃离了沃尔特·里德医院——据权威人士称，她被鉴定为精神病人，由陆军精神病专家看护——她被迫穿上精神病患者穿的麻布紧身衣，被当作囚犯关押了二十四个小时。她的语气温和感人，说出来的话毫不尖刻，也没有自以为公正而蔑视他人的味道——总之，这是由一个完全值得尊重的人以平稳的节奏发出来的声音，她的教养使她能不失自制地压倒悲痛和沮丧。她不是旋风，即使肩上的重担非同寻常，她也没有显得害怕。

“我的美国同胞们，美国执法机构的非法行为是不可能也不会得逞的。我以我丈夫的名义，要求所有国民警卫部队都解除武装并加遣散，让队员们回归公民生活。我要求所有美国武装部队成员离开我们的城市，在自己的基地并在指定的资深军官的指挥下实行改组。我要求联邦调查局释放所有因被指控密谋伤害我丈夫而被捕的人，并立即恢复他们作为公民的所有权利。我要求全国各地的执法当局对被拘禁在地方和州监狱里的人采取同样的做法。没有丝毫证据表明有任何被拘留者需对一九四二年十月七日或在此之后发生在我丈夫及其飞机上的任何事情负责。我要求纽约市警察撤出所有由政府查封的报纸、杂志和广播电台被非法占领的产业，这些设施应在美国宪法修正案第一条的保障下恢复正常活动。我要求美国国会提出撤销美国现任代总统职务的程序，并根据一八八六年总统继任法任命一位新总统，该法规定在副总统空缺的情况下，应指定国务卿作为下一任总统接班人。一八八六年继任法也规定，在上述情况下，国会将决定是否需要举行一次特殊的总统选举，所以我请求国会遵循以上法令并授权让总统选举与定于十一月第一个星期一后的第一个星期二举行的国会选举同时进行。”

第一夫人每隔半小时重复一次自己早晨的广播讲话，到中午，她宣告说，不顾代总统之令——她点名指控他下令将她非法绑架和监禁——她将带着孩子们回到白宫居住。最后，特意用结束语来与美国民主制度最受尊崇的文本相呼应，她总结道：“面对一个煽动骚乱的政府的非法代表，我不会屈从，也不会被吓倒，我对美国人民没有更多要求，只要他们能效仿我，拒绝接受或支持不可宽宥的政府行为。现任政府的历史是一部屡遭侵权和篡位的历史，其直接目标均为在各州之上建立绝对专制。这个政府一直对正义之声充耳不闻，把不合法的权力扩展到我们头上。因此，为了维护一七七六年七月弗吉尼亚的杰斐逊、宾夕法尼亚的富兰克林和马萨诸塞湾的亚当斯在合众国同样出色的人民的授权下伸张的那些同样不可剥夺的权利，并恳请同一个这世上至高无上的审判者正确判断我们的意向，我，安妮·莫罗·林德伯格，新泽西州生人，哥伦比亚特区居民，美国第三十三任总统的配偶，宣布侵权篡位的历史已落下帷幕。敌人的阴谋不攻自破，自由和正义得以恢复，那些违背美国宪法的人将由政府的司法机构依据这个国家的法律严肃处理。”

“我们的白宫女士”——哈罗德·伊克斯勉强给林德伯格夫人取的绰号——那天晚上稍早些时候回到了总统居住区，从那里，作为殉难婴儿的悲伤母亲、失踪男神的坚毅遗孀，她调集自身的神秘力量，督导国会和法院迅速解散违宪的惠勒政府，该政府执政仅仅八天，犯下的罪行却远远超过二十年前沃伦·哈丁的共和党政府。

在林德伯格夫人的倡议下，民主程序开始有条不紊地恢复起来，并于两个半星期后，即一九四二年十一月三日这个星期二达到了高潮，民主党一举拿下了众议院和参议院，富兰克林·德拉诺·罗斯福以一边倒的胜利赢得第三次总统任期。

下一个月——紧接着日本人对珍珠港的毁灭性突袭，以及四天后德国和意大利对美国宣战——美国正式加入了这场始于约三年前德国入侵波兰以及之后将全世界三分之二人口卷入其内的全球冲突。少数留在国会内部的共和党议员，因曾与代总统同流合污而大伤脸面，又因选举惨败而消沉失落，现在也保证会支持民主党总统及其为消灭轴心国军事力量而进行的斗争。众议院和参议院在两院均无反对票的情况下批准美国参与战争。罗斯福总统就职第二天就发布了二五六八号公告“赦免伯尔顿·惠勒”，部分内容如下：

鉴于免除其代总统职务之前他的某些行为，伯尔顿·K. 惠勒有可能因其反美罪行遭到起诉和审讯。为使国家免受这种对前代总统进行犯罪起诉而引发的煎熬，防止在战争时期出现分裂涣散的局面，我，美国总统富兰克林·德拉诺·罗斯福，根据美国宪法第二条第二款赋予我的赦免权，已给予并根据本文件确认给予伯尔顿·惠勒在一九四二年十月八日至一九四二年十月十六日期间所犯下的或可能犯下或参与的所有反美罪行以全面的、享有个人自由的绝对赦免。

众所周知，林德伯格总统没有被找到，也不再有其音讯，尽管整个战争期间及战后十年内一直有故事流传，同时流传的还有那个动荡时期失踪的其他名人的谣言，如希特勒的私人秘书马丁·伯尔曼，据称他巧妙地从同盟国部队里逃脱并逃亡到胡安·庇隆的阿根廷——但更可能的是他已死于纳粹柏林的最后时日——还有瑞典外交官饶乌尔·沃伦伯格，他给纳粹死亡集中营里约两万名匈牙利犹太人发了瑞典护照，从而挽救了他们的生命，他自己却失踪了，很有可能在一九四五年俄国人占领布达佩斯时进了苏联监狱。在人数逐减的林德伯格阴谋案研究学者中，有关线索和目击的报告还继续出现在断断续续出版的专用于推测美国第三十三任总统之命运谜题的时事通讯上。

最精妙且最令人难以置信的故事——虽然未必是最不具说服力的——是伊夫林姨妈在本杰尔斯多夫拉比被捕后首先告诉我们家的，她的消息来源不是别人，正是安妮·莫罗·林德伯格，据说就在有些人违背其意愿将她驱出白宫、把她当囚犯一样关在沃尔特·里德陆军医院精神病房的前几天，她向拉比透露了详情。

本杰尔斯多夫拉比说，林德伯格夫人追溯了一九三二年她襁褓里的儿子查尔斯被劫持的每个细节，她仍然认为，这是希特勒上台前不久由纳粹党秘密策划并资助的。根据拉比概述的第一夫人的故事，布鲁诺·豪普特曼把婴儿交给了布朗克斯一个住在他家附近的朋友照看——这个德国移民同胞，其实是名纳粹间谍——小孩儿被从新泽西霍普韦尔家里的小床上抱起，在豪普特曼的手臂里下了临时搭的梯子，仅几小时后，小查尔斯就被偷偷运出美国并带往德国。那具十周后被发现并鉴定为林德伯格的儿子的尸体，其实是另一个孩子，由于长得跟林德伯格的孩子相像，纳粹分子就把他选来杀了，在其身子腐烂后把他埋在林德伯格家附近的林子里，以此来确保定豪普特曼的罪行并将其处以死刑，绑架的真实情况对所有人保密，除了林德伯格夫妇本人。通过一个以外国报纸记者身份驻站在纽约的纳粹特务，他们夫妇俩及早得知小查尔斯抵达德国的消息，说他很健康，毫发无伤，并得到保证说他会得到由专门挑选的纳粹医生、护士、教师和军事人员小组提供的最好照管——作为世界上最伟大飞行员的头生子，他理应受到最佳照料——前提是林德伯格夫妇要与柏林全面合作。

这一威胁的结果是，接下来的十年里林德伯格夫妇及其被绑架的孩子的命运——且渐渐地，还包括美利坚合众国的命运——都由阿道夫·希特勒来决定了。通过他那些在纽约和华盛顿的老练能干的特务——在伦敦和巴黎也是如此，在这对知名伉俪俯首听命作为被流放者“逃往”欧洲、开始定期访问纳粹德国并吹捧其军事机器的成就后——法西斯分子们着手利用林德伯格的名声来为第三帝国谋取利益、使美国付出代价，下令这对夫妇该住在哪里，该跟谁交朋友，更重要的是，在公开讲话、发表文章时应支持什么样的观点。一九三八年，在柏林招待林德伯格的宴会上，这位飞行员欣然接受了赫尔曼·戈林颁赠的素负盛名的勋章，作为乐意受勋的报偿，并在安妮·莫罗·林德伯格把数不胜数的求情信秘密传递给元首本人后，林德伯格夫妇终于得到许可看望他们的孩子，那时这个漂亮的金发孩子已快八岁，从他到德国的那天起就按希特勒主义模范少年的方式来培养。这个说德语并受军事教育的学生不晓得，也没人告诉他，在其精英军校列队训练后，那两个被介绍给他及同班同学的著名美国人就是他的母亲和父亲，林德伯格夫妇也未被允许跟他说话或合影。就在这次看望期间，安妮·莫罗·林德伯格已经断定纳粹编造的绑架故事是一个恶劣得让人说不出口的野蛮骗局，对他们夫妇而言，早就该摆脱阿道夫·希特勒的桎梏。尽管如此，自一九三二年查尔斯失踪以来他们第一次见到他的活人后，林德伯格夫妇在一种不可抗拒地受制于他们国家最危险敌人的状况下离开了德国。

他们接受指令结束流亡生涯返回美国，回去后林德伯格上校必须要搞一场“美国第一”运动。他们会给他提供用英文写的讲稿，要他谴责英国、罗斯福和犹太人，支持美国在欧战中的中立立场；有具体指示规定他该何时何地发表演讲，甚至规定每次抛头露面时所穿服装的式样。每个源自柏林的政治计谋，林德伯格都以同样小心谨慎、十全十美、可显示其航空追求精神的方式展现出来。那天夜里他身穿飞行员制服到达共和党全国代表大会会场、用纳粹宣传部长约瑟夫·戈培尔为该场合撰写的演说辞接受总统候选人提名，就做得很到位。纳粹策划了接下来所有的竞选策略，林德伯格击败罗斯福后，则由希特勒本人担纲，开始为美国制定——在每周与其指定接班人、德国经济主管戈林和德国内政部长、负责监护小查尔斯·林德伯格的秘密警察组织盖世太保的头目亨利奇·希姆莱开会时——对德国战时目标及其宏伟帝国蓝图而言最有利的对外政策。

不久后希姆莱便以给林德伯格总统——在盖世太保头目的备忘录里被幽默地贬称为“我们纳粹党派出的美国地方长官”——施加压力的方式直接干预美国内务，制定对四百五十万美国犹太人的镇压措施，正是从这时起，据林德伯格夫人说，总统开始重新掌握自己的权力而加以抵制，尽管起初只是消极为之。作为第一步，他指令成立美国吸收与同化局，依他看来，这是个微不足道而不会使犹太人受到实质伤害的机构，但看上去又能符合——用诸如“老实人”和“四二年宅地法”等计划——希姆莱的指令：“在美国开创一个在可预见的将来可以没收所有犹太财富、使犹太人口及其资产和附属产业消失殆尽的有系统的边缘化程序。”

亨利奇·希姆莱可不是能被这种显而易见的把戏蒙蔽的人，也不会在林德伯格胆敢为自己辩解时尽力掩饰自己的失望情绪——由希姆莱派往华盛顿的冯·里宾特洛甫，表面上是在进行礼节性的国事访问，实际上是协助总统制定更为严酷的反犹措施——总统向希特勒的集中营的最高司令官解释说，美国宪法所牢牢保障的权利，以及由来已久的美国民主传统，导致在美国最终解决犹太人的问题不可能像在欧洲大陆那样迅速或有效，在欧陆，反犹的千年历史深深地扎根于普通人民心中，又有绝对的纳粹统治。在招待冯·里宾特洛甫的国宴上，总统被其尊敬的客人拉到一边，递给他一份早些时候在德国大使馆译出的希姆莱的电报。“想想那孩子，”电文说，“在你又以一派胡言来作答之前。想想大无畏的小查尔斯，一个杰出的德国军校学生，在十二岁这个年纪就比他有名的父亲更懂得我们元首赋予宪法保障和民主传统的价值，尤其是涉及到那些寄生虫权利的地方。”

希姆莱对“怯懦孤鹰”（希姆莱的内部秘密备忘录如此形容林德伯格）的严厉训斥标志着林德伯格这个对第三帝国有用的宠儿与之摆脱关系的开端。他击败了罗斯福及其政党内反纳粹的干涉主义者，从而向德国军队提供了额外时间来平息苏联方面连续不断又突如其来的抵抗，使德国不必去冒同时与美国的工业和军事实力产生冲突的危险。而更重要的是，林德伯格的总统任期使德国工业和德国科技机构——已经秘密研制成一种以原子分裂为动力、爆炸力空前强大的炸弹，还有一种可以将此武器载越大西洋的火箭发动机——多出两年时间做好与美国最后决战的准备，此决战的结果，据希特勒的想象，将决定下个世纪西方文明的进程和人类的进步。如果希姆莱如其设想的那般在林德伯格身上看到了一名德国最高指挥部从情报中预测并期待看到的仇犹者，而不是一个希姆莱轻蔑地称之为“宴会反犹者”的人，这位总统很可能被允许履完这一任期，并再任职第二个四年，直至退休并将政府转交给亨利·福特，尽管他年事已高，希特勒已把福特安排为林德伯格的继任者。如果希姆莱能够仰仗一个其美国信用无可非议的美国总统来最终解决美国的犹太人问题，当然，若能推迟用德国资源和人力在北美完成那个使命的时间就再好不过了，林德伯格的飞机就不会像柏林认为有必要的那样于一九四二年十月七日从天空中消失——代总统惠勒也就不会在翌日晚间就急忙篡权，令那些直到那时还依然认为他不过是个丑角的人惊喜的是，他证明了自己才是这一计划中的真正领袖，自发且及时地实施了冯·里宾特洛甫向林德伯格建议的措施，据希姆莱认为，这位美国飞行英雄之所以未能实行这些措施，是因为他妻子幼稚地从道德上加以反对。

在林德伯格失踪的一小时内，德国大使馆就通知林德伯格夫人说，她孩子的安危现在全取决于她一个人了，假如她除了从白宫搬出去、从公众生活中悄悄退出之外还干任何别的事儿，小查尔斯就会被军事学校开除，给派往俄罗斯前线参加十一月份的斯大林格勒进攻战，在那儿作为第三帝国最年轻的战斗步兵执行任务，直至为了德国人民更伟大的荣光英勇牺牲在战场上。

在本杰尔斯多夫拉比被联邦调查局特工用手铐从他在华盛顿的

旅馆带走后几小时，伊夫林姨妈出现在我们家，以上这个故事的要点就是她传达给我母亲的。这个故事在《我在林德伯格统治下的生活》一书中得到更详尽的叙述。这部五百五十页的辩解书战后作为内幕知情者的日记由本杰尔斯多夫拉比出版，当时林德伯格家庭代言人在发给记者的声明中则简单地称之为“没有事实根据而应予谴责的诽谤书，其动机是报复和贪婪，以妄想和自大为依据，为庸俗的商业利益而胡诌乱编，对此，林德伯格夫人将不会进一步回答以抬高其身价”。我母亲第一次听闻这个故事时，认为这一具有说服力的证据表明她妹妹在目睹本杰尔斯多夫拉比被捕时因震惊而暂时失去了理智。

伊夫林姨妈突然来访的第二天是一九四二年十月十六日，星期五。这一天，林德伯格夫人在回白宫之前，在华盛顿一个秘密地点发表广播讲话，仅以“美国第三十三任总统的配偶”的身份宣告：由代总统政府实行的“侵权篡位的历史已落下帷幕”。第一夫人的大无畏精神是否让迫害降临到她被绑架的孩子头上，小查尔斯是否真的从婴儿期幸存下来而遭遇希姆莱注定要给他的可怕命运，更别提要忍受作为德国政府的宝贝人质在其特殊牢房里度过的孩提时代；希姆莱、戈林和希特勒，在促使林德伯格上升到“美国第一人”的政治高位，或在林德伯格在位二十二个月期间决定美国政策，或在造成林德伯格神秘失踪等方面，是否起过重要作用——这一切都让人们争议了半个多世纪，尽管如今这远非一场大范围的激烈争论，可在一九四六年，大约有三十多个星期，《我在林德伯格统治下的生活》

（尽管韦斯特布鲁克·佩格勒[1]，这个憎恨罗斯福的美国右翼记者们的头领，在他常被引用的描述里将此书称为“一个不折不扣的说谎狂的狂想日记”）一直位列美国畅销书榜首，同在榜单上的还有两本罗斯福的个人传记，罗斯福于前一年死于任上，距纳粹德国向同盟国无条件投降仅差数周。德国的投降标志着第二次世界大战在欧洲的终结。

1　见附录“作品中其他历史人物”。

# 第九章

## 永久的恐惧

一九四二年十月

塞尔顿打电话来时，我母亲、桑迪和我都已上床睡觉。这天是十月十二日，星期一，吃晚饭时我们从广播里听到了关于在中西部和南方突然发生暴乱的报道。暴乱发生于英国情报部门宣布的消息之后，消息称：林德伯格总统有意将飞机降落在三百英里以外的海面上，从那里被纳粹德国的海军和空军部队匆忙送去与希特勒秘密会面。直到第二天，早晨的报纸才提供了由此消息引发的这场暴乱的详情，这消息传到厨房用桌旁我们的耳朵里不到几分钟，母亲就准确地猜到了暴乱是冲着谁来的，又是为了什么。那时跟加拿大的边界已经封锁三天了，我曾经认为离开美国是一种难以忍受的前景，可现在连我都很清楚，几个月前父亲拒绝听母亲的话、不带我们出国是他犯过的最严重错误。他现在又回菜市场去上夜班了，母亲每天上街买菜——奇怪的是，一天下午她还去学校参加了一个为之后十一月选举的投票监督员们开的会——桑迪和我每天早晨跟朋友们一起上学，不过，从代总统惠勒政府掌权的第二周开始，到处都弥漫着恐惧的气氛，尽管林德伯格夫人劝导美国人不要听信从国外传来的关于总统下落的报道，尽管本杰尔斯多夫拉比这个具有新闻价值的人物仍占优势，现在他还是我们家族的一员，通过联姻成了我们的姨父，有一次甚至还在我家吃晚饭，但他不会做任何能帮助我们的事儿，即使能帮也不会帮，因为他和我父亲互相鄙视。到处是恐惧，到处是审视，尤其是在我们的保护者眼里，这种审视就如你把门锁上后突然想起没有带钥匙的那个瞬间一样。以前我们从来没有见过大人们这样无助地持有同样的想法。他们中最坚强的人尽量做到镇静和勇敢，在对我们说我们的忧惧很快会结束，正常的生活马上会恢复时，努力使自己听起来真实可信，但当他们打开收音机一听新闻，就被那急剧发生的种种可怕事情压垮了。

接着，在十二号晚上——我们都躺在床上，却无法入眠——电话铃响了：塞尔顿从肯塔基打来了受话人付费电话。那已是晚上十点了，他母亲却还没有回家，因为我们家的电话号码他烂熟于心(又不知还可以打给谁)，他便摇动电话机上的曲柄，打到接线员那儿，急匆匆地赶在他失去说话能力之前把要说的话逐字逐句地说清楚："受话人付费电话，劳驾。新泽西州，纽瓦克。顶峰大道八十一号。电话号韦弗利 3-4827。我的名字是塞尔顿·维希瑙。我想跟指定受话人罗斯先生或者罗斯太太说话。或者桑迪。或者菲利普。谁都行，接线员。我母亲不在家。我十岁。我还没吃饭，她不在这里。接线员，请拨——韦弗利 3-4827！我跟谁说都行！"

那天早晨维希瑙太太开车前往路易斯维尔大都会人寿保险公司地区办事处，应公司要求向地区管理人汇报。从丹维尔到路易斯维尔有一百多英里远，道路大部分都很糟糕，来回一趟几乎要花一整天的时间。谁也搞不懂，那个地区管理人为何不写封信或打电话告诉她他要说的话，也没有人要求他自己解释一下。我父亲的猜测是，公司打算在这一天解雇她——叫她交出账册和收费的手写纪录，然后打发她走，让她在离老家七百英里的地方被雇仅六周后就失业。在博伊尔县乡村地区开始的这几周内，她的生意乏善可陈，虽然不是因为工作不努力——主要是因为那里没有生意可做。事实上，大都会保险公司凭借四二年宅地法调动的最后一批来自纽瓦克地区的推销员，全都倒了霉遭了殃。在他们及其家庭迁去的那些人烟稀少的偏僻远州，他们中没有人能挣得在大城市集中的北泽西时挣得的惯常佣金的四分之一——所以说，即使仅因这个原因，我父亲在辞职转而替蒙蒂伯伯干活这一点上，已表现出了出色的先见之明。至于在加拿大边界封锁、戒严令下达之前带我们越过美加边界这一点上，他并不是那么有远见。

“如果她还活着……”塞尔顿在我母亲接受付费、接听电话后对她说，“如果她还活着……”起初因为哭泣，他就只能重复这句话，即使这只言片语听起来也不大好懂。

“塞尔顿，好了，好了。你这样做是苦了你自己。你把自己弄得歇斯底里。你母亲当然还活着。她只是晚回家而已——就这么回事儿。”

“要是她活着，她就会打电话！”

“塞尔顿，她会不会就是遇到塞车了呢？会不会是汽车出什么问题了，她得停到路边修理呢？以前你们住纽瓦克时，不也发生过这种事吗？记不记得那天夜里，下着雨，她的车胎瘪了，你上楼来跟我们待在一起？这次也许不过又是车胎瘪了，所以，宝贝儿，请你冷静下来。你不能再哭了。你母亲没有事的。你现在说的话只能使自己伤心，你说的不是真的，所以请你，请你马上克制一下，试着冷静下来。”

“可她是死了，罗斯太太！就像我父亲！现在我的父母都死了！”

当然，他是对的。塞尔顿对路易斯维尔那里的暴乱一无所知，也几乎不知道在美国其余地方发生了什么事儿。由于在维希瑙太太的生活中除了孩子和工作以外再无其他，在这个丹维尔家里从来没有报纸可看，当母子俩坐下来吃晚饭时也不像我们在纽瓦克这样有新闻可听。更有可能的是，她在丹维尔疲劳得连新闻也不听了，精神上现在已麻木得自身之外别人的不幸都顾及不到了。

可塞尔顿说得完全准确：维希瑙太太死了，尽管在第二天有人发现一辆被烧毁的汽车里有他母亲的尸体之前，谁也不会知道。当时那辆车还在路易斯维尔南部平野一块马铃薯地旁的排水沟里闷燃。显然，此晚暴乱开始的头几分钟里她就被殴打、被抢劫，汽车也被放火烧了，这场暴乱并不限于路易斯维尔市中心开有犹太商店的街道，也不限于住有犹太公民的住宅区街道。三 K 党徒们知道，一旦点起火炬、燃起十字架，“害虫们”就会设法跑出来，所以他们已为此做好了准备，不仅在朝北通往俄亥俄的主要通道上，还在往南的乡间窄路上进行围堵，维希瑙太太正是在那里因林德伯格的良好声誉遭人诋毁而付出了生命，诋毁总统名声的先是已故的沃尔特·温切尔，现在则是由犹太人控制的宣传机器——英国首相丘吉尔和国王乔治六世。

我母亲说："塞尔顿，你一定要吃点东西。那样会帮你镇静下来。到冰箱里找些东西来吃。"

"我吃了牛顿牌无花果条。没有剩下的了。"

"塞尔顿，我说的是你要吃顿饭。你母亲很快就会回家的，可你总不能坐在那儿等她来喂你——你得自己弄来吃，不是吃曲奇。放下电话，去看一看冰箱，回来告诉我里头有什么可以吃的。"

"可这是长途电话呀。"

"塞尔顿，照我的话去做。"

桑迪和我在后门厅里紧挨着母亲。她对我们说："她回家晚了，他还没有吃饭，只有他一个人，她没有打电话，这可怜的孩子慌乱了，又饿得要命。"

"罗斯太太吗？"

"是的，塞尔顿。"

"有一罐奶酪。可已搁久了。看起来不太好了。"

"还有什么东西？"

"甜菜。放在一个碗里。是吃剩的。凉的。"

"还有别的吗？"

"我再看一下——就一分钟。"

这次塞尔顿放下电话后，母亲问桑迪："莫辛尼家离丹维尔有多远？"

"开卡车大约二十分钟。"

"在我梳妆台里，"母亲对我哥哥说，"最上面，在我零钱包里——

有他们的电话号码。在我的褐色零钱小包里有一片纸。请替我拿来。”

“罗斯太太？”塞尔顿说。

“是的。我在这儿。”

“还有奶油。”

“就这些？没有一点儿牛奶？没有果汁？”

“可那是早餐。那不是晚饭。”

“有克里斯比米[1]吗？有玉米片吗？”

“当然，”他说。

“那就挑你最喜欢的谷类食品。”

“克里斯比米。”

“去拿克里斯比米，再把牛奶和果汁取出来，我要你自己做早饭。”

“现在吗？”

“请照我的话做，”她对他说，“我要你吃早饭。”

“菲利普在吗？”

“他在这儿，但你不能跟他说话。你得先吃饭。我会在半小时后，等你吃好饭，给你把电话打回去。现在是十点十分。”

“现在纽瓦克是十点十分？”

“在纽瓦克和丹维尔都是十点十分。两个地方的时间完全一样。我

1　一种谷类早餐食品，其名源自制作方法（煮熟、烘干、烤脆）之一“烤脆”所用动词“crisp”。

会在十点三刻给你打回去。”她对他说。

“那时我可以跟菲利普说话吗？”

“可以，但我要你先坐下来，把需要的东西放到厨房桌子上。我要你用勺、叉、餐巾和刀。慢慢吃。用盘子。用碗。有面包吗？”

“已经不新鲜了。就几片了。”

“你有烤面包片机吗？”

“当然。我们把它放在汽车里带来了。记得那天早晨我们大家一块儿往车上装东西吗？”

“听我说，塞尔顿。集中注意力。给自己烤几片面包，跟谷类食品一起吃。用黄油。涂上黄油。给自己倒一大杯牛奶。我要你好好吃一顿早饭，你母亲回来时，我要你告诉她立刻给我们打电话。她可以打对方付费电话。告诉她不要担心电话费。知道她到家了，这对我们很重要。要不然，我会在半小时内给你打回去，你不要去别的地方。”

“外面很黑。我会到哪儿去呢？”

“塞尔顿，吃你的早饭。”

“好嘞。”

“再见，”她说，“一会儿再见。我在十点三刻给你打回去。你待在你现在待的地方。”

接着她给莫辛尼家挂电话。哥哥递给她上面有电话号码的纸条，她请接线员拨通电话，当另一端有人回答时，她说道：“是莫辛尼太太吗？我是罗斯太太。我是桑迪·罗斯的母亲。我从新泽西纽瓦克给你打电话，莫辛尼太太。我很抱歉，要是我把您闹醒了，可我们需要你们帮助我们，为了一个小男孩，他一个人在丹维尔。什么？好的，当然，好的。”

她对我们说：“她去叫她丈夫。”

“唉，不，”哥哥叹道。

“桑福德，这种时候没办法。我也不喜欢我现在干的事儿。我知道我不认识那些人。我知道他们不喜欢我们。我晓得农夫们早睡早起，他们干活很辛苦。可你告诉我，我还该做什么。要是让他孤独一人再多待一会儿，这个小男孩会发疯的。他不知道他母亲在哪儿。得有人在那里。对他这个年纪的孩子来说，他已经受了太多的惊吓。他失去了父亲。现在母亲又失踪了。难道你不能明白这意味着什么吗？”

“我当然能，”哥哥气呼呼地说，“我当然明白。”

“好。那你就会明白有人得去看他。有人——”这时莫辛尼先生接了电话，母亲向他解释为什么她给他打电话，他立即同意做她要求的所有事情。她在挂上电话时说道：“在这个国家至少还尚存一些情理。至少在某些地方还尚存一些情理。”

“我跟您说过，”哥哥悄声说。

在我看来，她似乎从未像那天夜里表现得那么出色，不仅是因为她在接肯塔基电话、给肯塔基打电话时的那种潇洒态度。比这更多，多得多。先是一星期前阿尔文攻击我父亲。父亲给以爆炸式回应。我们的起居室一片狼藉。父亲断裂的牙齿，断裂的肋骨，脸上伤口的缝线，脖子上的支架。法官大道上的枪战。我们肯定这是一场集体迫害。一整夜的警报声。一整夜满街的惊叫声、呼喊声。我们躲藏在库库扎家的门廊里，父亲把上了子弹的手枪放在腿上，库库扎先生把上了子弹的手枪握在拳头里——这只是上个星期的事儿。还有上个月的，去年的，前年的——所有那些旨在削弱和威胁犹太人的打击、侮辱和突袭都无法损毁我母亲的力量。我听到她在七百多英里之外叮嘱塞尔顿，要他自己做点东西来吃，要他坐下来吃饭；我听到她给莫辛尼家打电话——对上教堂的非犹太人先前她从不看一眼——要求他们挽救急得要发疯的塞尔顿；我听到她请求跟莫辛尼先生说话，然后告诉他，如果有什么严重的事情发生在维希瑙太太身上，莫辛尼家不必担心他们会给塞尔顿缠住，我父亲已做好开车去肯塔基把塞尔顿接回纽瓦克的准备(她这样答应莫辛尼先生，当时还没有人知道惠勒们和福特分子们打算让美国暴民们闹多久)。——在我听到这所有的一切之前，我并不理解那些年里她的人生经历。直至塞尔顿紧张万分地从肯塔基打来电话前，我都无法算出林德伯格当总统使我母亲和父亲付出了多少代价——在此之前，我无法计算出这么高的代价。

母亲在十点三刻打电话给塞尔顿，跟他讲清和莫辛尼家商量好的计划。他要把牙刷、睡衣、内衣和一双干净的袜子放进一个纸袋，他要找出厚运动衫、保暖外套和法兰绒帽，在家里等莫辛尼先生开卡车来接他。莫辛尼先生是一个很仁慈的人，我母亲对塞尔顿说，一个仁慈而慷慨的人，有个好心的太太，四个孩子，桑迪夏天住在莫辛尼农场时跟他们认识的。

“那么她是死了！”塞尔顿尖叫着。

不，不，不，绝对没有——他母亲第二天上午会到莫辛尼家来接他，开车送他去学校。莫辛尼夫妇会为他安排好一切，他一点儿也不用担心。不过同时还要做件事儿：塞尔顿得用最清楚的字迹给他母亲写一张条子留在厨房桌子上，字条要告诉她他去莫辛尼家过夜，并给她留下莫辛尼家的电话号码。他还要在字条上叫她一回到家就给罗斯太太打对方付费电话。然后塞尔顿得坐在起居室里等候，直至他听见莫辛尼先生在外头按汽车喇叭，然后他要把家里所有的电灯都关掉……

她给他指点离家前的每一个步骤，然后，她不顾我无法再计算的电话费继续拿着电话，直至他做完她指示他做的事，回到电话上告诉她做完了，她还不挂电话，一直到塞尔顿终于叫了起来："是他，罗斯太太！他在按喇叭！"她这才停止叮嘱这个叮嘱那个。"好啊，很好，不过现在要镇定，塞尔顿，镇定——拿上你的包，关掉灯，出去后别忘了锁门，明天早晨，一早，天一亮，你就可以见到你母亲。现在，祝你好运，宝贝，别跑，嗯——塞尔顿？塞尔顿，挂上电话！"可他忽略了做这件事儿。他尽可能快地急忙离开他那骇人、冷清、没有父母的家，他放下电话，就让它悬荡在那里，尽管这已无关紧要。即使这座房子被烧为平地也不是什么大事了，因为塞尔顿再也不会举步迈进去了。

十月十八日，星期日，他回到了顶峰大道。我父亲在桑迪陪同下开车去肯塔基接他。装着维希瑙太太遗体的灵柩随后由火车运回。我知道，她在她的汽车里被烧得面目全非，我一直想象她在棺材里仍然紧握着拳头。我还时而回想起我被锁在他们家厕所时维希瑙太太在外面教我如何把门打开。她多耐心啊！多像我自己的母亲！可现在她躺在棺材里，正是我将她置于死地的呀。

那天夜里我母亲有如一名战斗指挥官般指挥塞尔顿给自己弄饭吃、指挥他整装待发、使他平安抵达护佑他的莫辛尼家时，我能想到的却只有这些。是我干的。我当时能想到以及现在唯一可以想到的只有这些。我给塞尔顿惹了这事儿，我给她惹了这事儿。本杰尔斯多夫拉比干了他干的事儿，伊夫林姨妈干了她干的事儿，可我才是那个肇事者——是我使维希瑙一家家破人亡。

十月十五日，星期四——这天惠勒政变的非法程度到达了巅峰——清晨五点三刻我们家的电话铃响了。母亲以为是父亲和桑迪从肯塔基打来报告坏消息的，或者更糟，有可能是有人打来告诉我们他们两人遭遇了什么不幸，可眼下这个坏消息却是来自我姨妈的。就在几分钟之前，联邦调查局特工人员敲响了本杰尔斯多夫拉比下榻的华盛顿旅馆的房门。伊夫林姨妈头天刚从纽瓦克去华盛顿，所以那天晚上碰巧也在那里——不然的话，她就无从知晓拉比失踪的情况。特工人员们犯不着要房间里的哪位来开门，旅馆经理的万能钥匙就乖乖地为他们开了门。他们向本杰尔斯多夫拉比出示了逮捕证，默默地等他穿好衣服，然后，他们一句话也不向伊夫林姨妈解释就把戴上手铐的拉比押出了房间。姨妈眼睁睁看他们带他坐上一辆没有车牌的汽车开走之后立即打电话向我母亲求助。但这个时候母亲不可能把我留给别人照看，自己坐五个小时的火车去帮助一个与自己疏远数月的妹妹。三天前，已有一百二十二名犹太人惨遭杀害——其中有我们刚获悉其死讯的维希瑙太太——我父亲和哥哥还在危机四伏的路上前去营救塞尔顿，连我们这些在顶峰大道家里的人，也无从得知会有什么样的命运在等待着我们。到眼下为止，在纽瓦克发生的最严重的事件是与该市警察的交战，造成当地三名歹徒的死亡；不过，由于枪战就发生在法官大道的拐角处，所以街上所有人都觉得从前保护他们家庭的层层壁垒似乎都倒塌了——不是犹太人区的墙（它们没有保护过任何人，至少无法让你摆脱恐惧和排斥病理学），不是一堵把他们阻挡在外或封闭在内的墙，而是一堵立于他们与犹太人区混乱状态之间象征着法律保障的防护之墙。

那天下午五点，伊夫林姨妈出现在我家门口，因本杰尔斯多夫拉比被捕她在电话上已很失常，现在显得更严重。在华盛顿无人愿意或能够告诉她，她丈夫被关押在何处，或者他究竟是否还活着，后来，当她听说如拉瓜迪亚市长、莱曼州长和法兰克福特法官等看来无懈可击的人物也遭到逮捕，她便慌乱失控，从华盛顿乘火车北上了。因为害怕一个人回到拉比在伊丽莎白大道的豪宅——也害怕如果她先打电话，我母亲会叫她别过来——她便在宾夕法尼亚火车站叫了一辆出租汽车直奔顶峰大道来哀求我们收留她。仅几小时之前电台广播了一则令人震惊的最新消息——这条新闻说罗斯福总统在进入纽约出席在麦迪逊广场花园举行的晚间抗议集会时被纽约警察“拘留”——正是这条消息促使我母亲在学校日快结束时离开家来接我——这是自从一九三八年我开始上幼儿园以来母亲第一次来接我。直至此时她一直像街上所有人一样乐意遵照普林兹拉比给社区的指示，继续像平时一样生活，而把治安问题留给他的犹太公民委员会，但那天下午，她意识到事态发展到现在已经超出了拉比的智慧，于是跟其他百名母亲一起得出了相似的结论，在最后的下课铃声响起、孩子们开始涌向校门回家的时候，她就转身出门去学校接她的儿子了。

“他们盯上我了，贝丝！我得躲起来——你得把我藏起来！”

仿佛我们的世界在一星期多一点儿的时间里变得还不够乱七八糟似的，我那活泼伶俐又神气活现的姨妈这时又出现了，我们大家另眼相看的最重要人物的妻子(现在恐怕已是遗孀)——眼下却是小不点儿的姨妈伊夫林，没有涂脂抹粉，头发乱蓬蓬的，突然变成了吃人女妖，那给临头大祸弄得丑陋而孱弱的外貌仿佛是她自己演戏演出来的。我母亲挡住了我们的门道，满脸怒色，比我能够想象的还要气愤。我从未见过她如此暴怒，以前也没有听见过她说一句骂人话。我甚至不知道她会骂人。

“你干吗不躲到冯·里宾特洛甫那儿去？”母亲说道，“你干吗不去找你的朋友冯·里宾特洛甫来保护你？傻妞！我的家人怎么办呢？你难道不觉得我们也害怕吗？你难道不认为我们也危在旦夕吗？自私的小母狗——我们大家都很害怕！”

“可他们会来抓我！他们会拷问我，贝丝，因为我知道真相！”

“你不能待在这儿！这是不可能的！”母亲说，“你有房子，有钱，有用人——能保护你的东西你都有。那些东西我们啥也没有，根本什么都没有。你走开，伊夫林！走！滚出这间房子！”

令人震惊的是，姨妈竟转向我，求我来庇护她。“亲爱的孩子，心肝宝贝——”

“你怎么敢！”母亲叫了起来，嘭一声关上门，差一点打着伊夫林姨妈那无助地伸向我的手。

母亲紧接着伸出双臂搂住我，紧紧抵住我的前额，我可以感受到她心脏的剧烈跳动。

“她怎么回家呢？”我问道。

“公共汽车。这不用我们费心。她会像别人一样坐公共汽车。”

“可她说的真相是指什么呢，妈？”

“啥也不是。别管她指什么。你的姨妈我们再也不管了。”

回到厨房，她把脸埋在手里，立刻哭得浑身颤动。一旦卸下家长的负责任态度，她严格用来掩饰懦弱、控制局面的力量也随之消失了。

“塞尔玛·维希瑙怎么会死了呢？”她问道。“他们怎能逮捕罗斯福总统？这些事儿怎么会发生呢？”

“因为林德伯格失踪了？”我问道。

“因为他的出现，”她答道，“一切的缘由都是因为他的出现，一个驾驶愚蠢飞机的非犹太白痴！啊，我绝不应该让他们去接塞尔顿！你哥哥在哪儿呢？你父亲在哪儿呢？”她似乎也在问，先前有意义的安定生活在哪儿？我们好端端的一家四口在哪儿？“我们连他们在哪儿都不知道，”她说道，可听起来好像是她自己迷路了。“就那样派他们出去……我究竟是怎么想的呀？要他们去，当整个国家……当……”

说到这里她谨慎地停了下来，但她的思路很清楚：当非犹太人在街头杀害犹太人的时候。

除了看她把眼泪哭干，我什么都做不了，随之而来的是，我对她的整个看法起了惊人的变化：我母亲也是人。对此项新发现，我惊讶万分，我太年幼，还不理解这其实是最强烈的情感。

“我怎么可以赶她走？”她说道，“啊，亲爱的，什么，唉，什么，外婆现在会说什么呢？”

可想而知，懊悔是其痛苦的表现形式，是自我谴责的无情鞭笞，好像在这异乎寻常的时期，对其他人而言，他们还能分清什么是对的、什么是错的似的，好像面临这样的尴尬处境，还没有什么人做过蠢事似的。她还为自己的判断错误而自责，其实当任何事情都不再有合乎逻辑的解释时，她的判断不仅是自然的，且出自她无须质疑的情感。最为糟糕的是，她确信自己铸成了灾难性大错，即使她违背了自己的直觉，她也有不少理由来谴责自己的所作所为。对这个目睹她面对如此令人痛苦的困惑而大受打击(他自己也因恐惧而颤栗)的孩子而言，他发现一个人若不做些错误的，甚至错误至极的事，是做不出什么正确的事情的；尤其在到处是一片混乱，一切都处于危急之中的时候，等待着，什么事儿也不做似乎才是更好的选择——不只是不做任何事儿也相当于在做某件事儿……在这种情况下不做任何事儿等于在做相当多的事儿——他发现即使对每天面临生活中难以控制的变化仍表现得井井有条的母亲来说，现在也没有办法来对付如此凶险的混乱局面。

鉴于当天事态的急剧发展(其专制的不容异说或背信弃义，连早于一七九八年通过的外籍法和惩治叛乱法以及杰斐逊称之为“巫师统治”的联邦党人也远比不上）[1]，那天晚上当地四个学校召开了紧急会议，这些学校招收了纽瓦克小学教育系统中几乎所有的犹太孩子。每个会议都由热心公益的犹太公民委员会的一名成员主持。下午稍晚些时候有一辆大喇叭宣传车开来，要求大家在社区里传播开会消息，并欢迎人们带上孩子，如果他们不愿把孩子单独留在家里的话，还要他们放心，默非市长已答应普林兹拉比调动整个南区的所有警力——警察防护远至东边的弗里林海森大道，北至斯普林菲尔德大道。警察局的整个骑警编制——两小队的十二匹马被分圈在四个不同警区——被召出动，重点巡逻与欧文顿交界的威夸希克地区西边的街道（头天晚上主要购物街上的一家犹太酒店被人闯入抢劫，随后被烧毁），与尤宁郡和希尔赛德几个镇交界的威夸希克地区南边的街道（在我看来，那里以二十二号公路旁规模浩大、生产我们使用的伊帕纳牌牙粉的布里斯托尔-玛尔斯工厂著称，前一天那里一座犹太会堂的玻璃窗被砸碎），以及伊丽莎白城（我母亲的移民父母于世纪之交时定居下来的地方——对一个九岁孩子最具诱惑力的是，在利文斯敦街上的新泽西椒盐卷饼厂，据说，从州里雇用聋哑人来把这种椒盐饼弯成纽结状——那里，就在离威夸希克公园高尔夫球场只有几条街远的地方，耶书仑之子会堂墓地上的坟墓遭人亵渎）。

1　由当时控制国会的联邦党强硬派制定的外籍法和惩治叛乱法，旨在随意驱逐外侨，并限制言论和出版自由，遭民主共和党杰斐逊等人强烈反对。

不到六点半，母亲便飞快出门去参加在法官大道学校举行的紧急会议。我留在家里，代她接电话，如果父亲从路上打电话来的话，认可受话人付费。库库扎家答应会照看我到她回家，果然，她还在下楼梯，乔伊就三步并一步奔上楼梯来了——库库扎太太派他来在我等长途电话时陪我——长途电话应告诉我们说父亲和哥哥都很好，很快就要带塞尔顿回到家了，结果却是白等。由于实行军事管制，陆军把贝尔电话公司的设施征为军用，给平民用的长途电话虽然还通却给忙得堵住了，距我们最后一次得到关于父亲的消息已经过去四十八个小时了。

纽瓦克-希尔赛德铁路线就在我们家南边几百码的地方，那天晚上就算关上窗也能在警马很响的笃笃蹄声中感受到某种慰藉，那些马就在近处的基尔大道小丘上来回巡逻。我把卧房的窗子打开，俯身向前在变黑的过道上空倾听，即使警马已漫步在一段下坡路上(在那里顶峰大道终止而变成希尔赛德的自由大道)，我仍可以隐约听见那马蹄声。自由大道穿过希尔赛德与二十二号公路相接，二十二号公路向西进入尤宁郡，再从那里往南蜿蜒延伸到陌生的基督教世界，那里的凯尼尔沃思、米德尔塞克斯和苏格兰平原上的城镇都有地道的盎格鲁-撒克逊乡音。

那些地方不是路易斯维尔的郊区，但它们比我去过的任何地方都要靠西边，尽管你得横越新泽西州的另三个县才能到达宾夕法尼亚州的东部边界，十月十五日晚上，我却以梦魇似的幻觉使自己感到惊恐，设想如果没有纽瓦克警马闪着光泽的宽厚身躯形成的强固屏障，美国的反犹喧嚣之声就会通过二十二号公路的管道往东而来，从二十二号公路汹涌进入自由大道，又从自由大道直接倾泻到我们顶峰大道的过道，犹如洪水般涌上我们的后楼梯。纽瓦克的卓越拉比，德高望重的普林兹，将这些骏马的力量、速度和健美都具化在我们的街头了。

不出所料，乔伊对室外发生的事儿几乎什么也听不见，于是从这个房间跑到那个房间，从房子这头的窗户到那头的窗户往外凝视，试图至少能对其中一匹马的躯体瞄上一眼——这种血统的马，与孤儿院里那些粗里粗气、踢伤我脑袋的耕马相比，四肢要修长得多，躯干要苗条得多，细长的颅骨要优雅得多——还要看一眼穿制服的警察，每人都穿着双排扣紧身短上装，两排铜扣闪闪发光，一把有皮套的手枪挂在臀部一侧。

几年前一个礼拜天上午，我父亲带桑迪和我去威夸希克公园一个公共摊位上玩掷蹄铁套柱游戏，一名警察骑马飞奔穿过公园去追捕一个抢女人钱包的家伙——就好像亚瑟王[1]宫廷在纽瓦克重现。好多天之后这种异常兴奋的感觉才渐渐消失，我才不再为这勇武行为激动不已。他们招收警察中最机敏、最强壮者训练为骑警，一个小孩子一看就会着迷，瞧那个骑警懒懒散散却又神气活现地骑马沿街而行，停下来开停车罚票，然后在马鞍上斜着身子把罚票塞在汽车挡风玻璃的雨刷器下面，假若真有这么一种人体姿势，定是对机器时代屈尊俯就的高贵姿态。在纽瓦克市中心有个叫做“四角”的著名十字路口，那里有

1　中世纪传奇故事中的不列颠国王，圆桌骑士团首领。

骑警巡逻岗哨，各自面朝不同的方向。礼拜六，许多孩子会被带到市中心去看值勤的马，拍它们没有鼻子的鼻子，喂它们吃方糖，并学到一名马上警察可抵四个步行者的作用，当然，还要向骑警问一些寻常的问题，如："它叫什么名字？"、"它是真的马吗？"和"它的脚是什么做的？"有时候你或许会看到一匹给拴在市中心繁忙街道边上的警马，好像因盖着蓝白两色、标有"纽瓦克警察局"的首字母"NP"的鞍布而神色镇定、泰然自若。这是一匹去势的马，身高超过六英尺，体重超过一千磅，身侧用带子系着一根吓唬人的长长警棍，看上去就像最红的电影明星那样漠然。那个刚下马的警察站在附近，穿着深蓝色马裤和黑色高统靴，他的手枪皮套鼓鼓囊囊的模样十分像男性生殖器，颇有色情意味。他置身于轿车、卡车和公共汽车喇叭争鸣的魔窟般的混乱之中，却不顾受到伤害的危险，机敏地用手臂发信号，就这样使进城的车辆重新又流畅行驶。这是一些全能警察——令我父亲感到恼怒的是，他们甚至还有策马疾驰冲进罢工的人群、使纠察员们四散奔逃的才能——他们离我那么近，看起来那么英武迷人，这都有助于在灾难来临之际及时稳定我的神经。

在起居室里，乔伊摘下他的助听器递给我，交给了我，让人摸不着头脑地塞给了我——耳机，连同黑色的麦克风圆盒，电池，以及所有的金属线。我不明白他为什么认为我会想要它，尤其是在这样一个夜晚，可这整个玩意儿就这样被我捧在手掌心里，即使尚可容忍，看起来却比他戴着时更叫人恶心。我不知道他现在是盼我问他有关助听器的问题，还是要我赞赏它，或者要我把它拆了加以修理。结果他要我戴上它。

“戴上它，”他用沉闷似雁叫的声音说道。

“为什么？”我叫了起来，“这不适合我。”

“它不适合任何人，”他说，“戴上它。”

“我不知道怎么戴，”我用最大的嗓音抱怨道，乔伊便把麦克风圆盒别在我衬衫上，把电池放在我裤袋里，在检查完所有的金属线后，要我把这用模子制作的助听器塞进耳朵。我在塞的时候闭上了眼睛，想象这是一枚贝壳，我们沿着海滩走，他要我听大洋的咆哮……可当我轻轻转着把它塞入耳朵时，我得压制那一阵恶心感，因为它还带着他耳内的余温。

“行吗，现在怎么样？”

接着他把手伸了过来，这助听器仿佛转化成了他扔过来的电椅，而我成了“头号公敌”，他高兴地转动着麦克风圆盒中央的刻度盘。

“我啥也听不见，”我对他说。

“等一下，我把声音弄大。”

“戴这玩意儿会把我变成聋子吗？”我仿佛看到自己既聋了，又哑了，整个余生就给圈在伊丽莎白城里，在新泽西椒盐卷饼厂把椒盐饼卷成纽结状。

我把这话告诉他，他竟开怀大笑，尽管我不是把它当笑话来说的。

“瞧，”我说，“我不想玩这个。不是时候。外面有许多不那么愉快的事情发生，你知道。”

可他已经淡忘了那些不那么愉快的事情，或者因为他是个无忧无虑的天主教徒，或者只是因为他是个不受约束的乔伊。

“你知道那个卖助听器的骗子说什么来着？他连医生也不是。”乔伊告诉我说，“可他还给我胡来什么试验。他拿出他的袋表，把它举起搁在我耳边，对我说：‘你听得见表的滴答声吗，乔伊？’我只能听见一点儿，于是他开始往后走，问我：‘你现在听得见吗，乔伊？’我听不见，什么也听不见，于是他在一张纸上写了些数字。然后他从他口袋里掏出两枚五角钱硬币，又重来了一遍。他用硬币在我耳边发出咔嚓声，两个硬币一齐用，他问道：‘你听得见硬币咔嚓声吗，乔伊？’然后他又开始走远，我见他咔嚓着硬币，可啥也听不见了。‘还一样。’我告诉他——他便写了下来。然后他检查他写下来的东西，看得很认真很认真，接着他从一个抽屉里拿出这个镀锡的臭玩意儿。他把整个儿东西给我装上，对我父亲说：‘你儿子会听见草长的声音，这模型就有那么好。’”说着乔伊又转动刻度盘，直到我听见水流进澡缸的声音——我就是那澡缸。接着他用力转了一下——雷声隆隆而响。

“关掉它！”我叫道，“够了！”可乔伊还在快乐地跳来跳去，我就举起手猛地把助听器从我耳朵里拉了出来，此刻我就像火车出轨一样感到震动，心想紧接着拉瓜迪亚市长被捕、罗斯福总统被捕以及连本杰尔斯多夫拉比也被捕，这个楼下新来的小子和他之前的那个小子一样都不是省油的灯，就是在此刻，我决意再次逃跑。我仍然太像一只刚长羽毛的小鸟，没有读懂人心的经验，从长远的观点看，没有一个人是省油的灯，我自己也不是一盏省油的灯。从前我不能容忍楼下的塞尔顿，现在又不能容忍楼下的乔伊，我决定要立即逃离他们俩。我要在塞尔顿来到之前逃走，我要在反犹分子们来到之前逃走，我要在维希瑙太太的尸体来到这儿而我得参加葬礼之前逃走。就在那天晚上，在骑警的保护下，我要逃离跟随我的一切，逃离憎恨我、企图杀害我的一切。我要逃离所有我做过的事情和所有未做的事情。我意识到，立刻意识到，我该往哪儿逃——去伊丽莎白城，去椒盐卷饼厂。我要用书写的方式告诉他们，我是聋哑人。他们会给我做椒盐卷饼的工作，我将永远不说话，假装什么也听不见，没有人会发现我究竟是谁。

乔伊问道："你知道那个喝马血的小子吗？"

"什么马的血？"

"圣彼得教堂的马。那小子夜里进了农场，喝了马的血。他们在找他。"

"他们是谁？"

"那些家伙。尼克。那些家伙。大一点的家伙。"

"谁是尼克？"

"孤儿中的一员。他十八岁。这小子就是像你这样的犹太人。他们确信他是犹太人，他们要找到他。"

"他怎么能喝马血呢？"

"犹太人喝血。"

"你不明白你在说什么。我不喝血。桑迪不喝血。我父母不喝血。我认识的人没有一个喝血。"

"那个小子真的喝血。"

“是吗？他叫什么名字？”

“尼克还不晓得呢。可他们在找他。别担心，他们会找到他。”

“他们接着会干什么呢，乔伊？喝他的血？犹太人不喝血。说这个话的是疯子。”我把助听器递还给他——心想我现在可以把尼克加在我要逃离的一切东西上面——乔伊又很快从这扇窗跑到那扇窗，试图能瞧一眼那些马儿，他再也忍不住要看到那壮观的场面，在他脑子里这个场面可以和“野牛”比尔的“西大荒表演”[1]进城来、在我们家前搭起大帐篷相媲美，最后他突然跳起来飞跑出门，那是我那晚见他的最后一眼。传说在纽瓦克有一匹警马像骑它的那个警察一样会津津有味地咀嚼烟草，还能轻叩右前蹄做加法，乔伊后来声称他在我们街区看见它了，是第八警区的一匹马，名叫奈德，它会让孩子们抓住它尾巴让身体悬空，且不会用后蹄踢他们。或许他真的见到了神奇的奈德，或许这值得这样胡编一通。不过，由于那天夜里他弃我而走，且不再返回，只顾自己贪玩而不听从其母亲的嘱咐，翌日早晨他父亲下班回家后，乔伊就受罚挨了打，那个守夜人解下身上挂时钟用的黑色铁皮条，对着他那马一般的臀部狠狠地鞭打了一顿。

乔伊溜走后，我把门上两道锁都锁上了，如果不是出于害怕又有一则中断固定广播节目的最新消息传送给我、仅供我一人听，甚至比这一整天里播送给我们听的新闻更可怕，我会打开收音机来使自己分

1 西部拓荒时代传奇人物“野牛”比尔一八八三年组织的西大荒表演包括赶拢畜群、猎杀野牛、与印第安人打仗等，曾轰动一时。

心而减少忧虑。不一会儿我又开始考虑逃往椒盐卷饼厂的事儿。我记起大约一年前发表在《礼拜日号声报》上的那篇关于这家厂的文章，我剪下这篇文章带到了学校，因为我得写一篇关于新泽西州工业状况的报告。文章引用了厂主库恩泽先生的话来驳斥那种显然扬名世界的主流说法，似乎要花很多年才能教会人做椒盐卷饼。“我一夜之间就可以教会他们，”他说道，“如果他们教得会的话。”曾有许多文章涉及椒盐卷饼是否要加盐这个争议问题。库恩泽先生认为，在椒盐卷饼外表加盐是不必要的，他加盐只是为了“符合生意要求”。重要的是，他说，要把盐加在生面团里，在新泽西州的所有椒盐卷饼生产商中，只有他一个人这样做。文章说，库恩泽先生有一百名雇员，其中有相当多的聋哑人，也有“放学后打工的男孩和女孩”。

我知道哪一路公共汽车经过椒盐卷饼厂——就是有天下午厄尔和我跟踪一个基督徒去伊丽莎白城的那路公共汽车，那天厄尔在关键时刻发现那人是个“仙子”——搞同性恋的人。我得祷告，希望那个男同性恋不在同一辆公共汽车上——万一他在车上，我就下车坐下一辆。我还得随身带一张便条，这次不再是修女玛丽·凯瑟琳写的，而是一个聋哑人写的。“亲爱的库恩泽先生。我在《礼拜日号声报》上读到有关您的文章。我想学做椒盐卷饼。我相信我在一夜之间就可以学会。我既聋又哑。我是个孤儿。您能给我一份工作吗？”落款是“塞尔顿·维希瑙”。我这一辈子都想不到要用另一个名字。

我需要一张便条，我还需要衣服。我得让库恩泽先生一看就知道我像一个他可以信任的孩子，要出现在他面前我不能没有像样的衣服。这次我还需要一个计划，我父亲所说的“长远计划”。我顿时灵光一现：我的长远计划将是把我从椒盐卷饼厂挣来的钱存起来，足够买一张前往内布拉斯加州奥马哈市的单程火车票，弗拉纳根神父[1]在那里创办了童子镇。童子镇和弗拉纳根神父——美国的所有男孩都知道——我是从电影里知道的，斯潘塞·特雷西因扮演这位大名鼎鼎的神父而荣获电影艺术与科学学院奖，并将奥斯卡奖品赠予真实存在的童子镇。一个周六下午跟桑迪在罗斯福影院看这部电影时我还只有五岁。弗拉纳根神父收容流落街头的男孩子，其中有些人已沦为小偷和小流氓。他把他们带回他的农场，在那里他们有吃有穿，接受教育，在那里他们打棒球，唱合唱，学会做个好公民。不分种族和信仰，弗拉纳根神父是他们所有人的父亲。大多数男孩是天主教徒，有些是新教徒，但也有少数穷苦的犹太男孩住在这个农场——这是我从父母那里知道的，他们也像成千上万个美国家庭一样含泪观看了这部影片，把每年的普世教会捐款捐给童子镇。一旦我到了奥马哈，我不会说明自己是犹太人。我会说——我终于能大声地说——我不知道自己是什么人，或不知道自己是谁。我啥也不是，我是个小人物——只是个男孩，别的什么都不是，这样一个人也许不该对维希瑙太太的死亡及其儿子变为孤儿负有责任。从今以后就让我父母把她的儿子当作他们自己的儿子来抚养吧。“他”可以睡我的床。“他”可以有我的哥哥。“他”可

1　见附录“作品中其他历史人物”。

以有我的未来。我将在内布拉斯加跟弗拉纳根神父一起过日子，内布拉斯加离新泽西甚至比肯塔基还要远。

突然我想到了另一个名字，于是重写了便条，署名为“菲利普·弗拉纳根”。然后我就去地下室找那个藏着我首次逃跑前从塞尔顿那里偷来的衣服的纸板箱。这次我要在纸板箱里装上我自己的衣服，要在我口袋里带上我在芒特弗农买的微型锡镴滑膛枪裁纸刀，当时我拥有那本正儿八经的集邮册，也收得到邮件，我用它来打开邮票公司寄来的信封。那枪上的刺刀只有一英寸长，但若要永远离家出走，我需要防护用具，这把拆信封的小刀是我的仅有之物。

几分钟后，当我拿着手电筒下楼梯时，我得以重振元气使我的双腿不至于瘫软，因为我意识到，这是我最后一次不得不到地下室去，去面对绞干机或过道里的猫或排水沟或死人。或是那潮湿而肮脏的朝街墙壁，有一次独腿的阿尔文曾向这堵墙射泄他的悲郁。

对我们来说天气还没有冷到要生煤炉的程度，我走到地下室楼梯底部时打开手电筒，照在又大又重、浅灰色的无火炉子上，在我看来它就像是徒有其表的墓穴，不管这能给他们什么好处，有钱有势的人最终都埋葬在里头。我站在那里，希望塞尔顿父亲的鬼魂早已游荡出去，到肯塔基(或许隐身于我父亲汽车后面的行李厢里)去接他死去的妻子了，但我完全明白，他没有游荡出去，作为鬼魂，他的账得找我算——他的幽灵之心充满了咒语，所有的骂人话都冲我而来。“我的意思不是要让他们搬家。”我喃喃自语，“那是个错误。我不是真正应该负责的人。我没有要把塞尔顿当作靶子的意图。”

即使我恳请那些无情的死者发出点声音，周围势必也会是一片静默，对此我当然有心理准备，不料却听到了回应，有人——一个女人在叫我的名字！从炉子那边传来一个女人叫我名字的呻吟声！才死了几个小时就已经回来了，开始缠住我，要缠我一辈子！

“我知道真相，”她说道，犹如一个神秘的女祭司一样从我家储藏间的德尔斐[1]神庙中钻了出来，我的姨妈出现了。“他们在追捕我，菲利普，”伊夫林姨妈说，“我知道真相，他们要杀了我！”

因为她得上厕所，得吃东西——因为我不知道除了满足我姨妈的需要外还能做什么——我除了带她上楼外别无选择。我从晚饭剩下的半个长方形大面包上切下一片，涂上奶油，倒了一杯牛奶，她上完厕所后——我拉下厨房窗帘以免有人从对面往里头看——进了厨房，狼吞虎咽地把东西吃个精光。她把外套和小提包放在腿上，她仍戴着帽子，我希望她一吃个够就会站起身来回家去，以便我下楼去找纸板箱，打好包，赶在我母亲开完会回家之前逃出去。可她一吃完就开始唠叨个不停，一遍又一遍地说她知道真相，因此他们要杀了她。他们出动了骑警，她告诉我说，要找到她的藏匿之处。

她这些话令我吃惊，在那种情况下，突然间不再会有可以预料的事情发生，我，一个十足的孩子，几乎就要信以为真了，在接着的静默

1　德尔斐为古希腊城市，以藏有神谕的阿波罗神庙著称。

中，我们凝神听着一匹马一路腾跃着向法官大道跑来。“他们知道我在这儿，”她说。

“他们不知道，伊夫林姨妈，”可我说这话连自己也把握不准，“我就不知道你在这儿。”

“那你为什么来找我？”

“我没找你。我在找别的东西。警察在外头呢，”我对她说，尽量表现得真诚，但自知在有意撒谎，“警察在外头，因为有人反犹。他们在街上巡逻保护我们。”

她笑了，笑出了轻信者才有的笑。“告诉我一些别的事，菲利普。”

我所知道的事情现在没有一件是跟无论是她还是我正在说的事情相吻合的。她的幽灵之影悄悄笼罩了我，此刻我尚未明白，在她躲藏在我们的储藏间时——或许比这更早，在看到联邦调查局把戴上手铐的拉比带走时——她就已经神经错乱了。除非，当然，早在那天晚上她在白宫和冯·里宾特洛甫跳舞时就已经开始不可救药地陷入疯狂状态了。那是我父亲的看法——在拉比被捕之前很久，在本杰尔斯多夫深受总统器重不合时宜地爬得很高以致使整个纽瓦克的犹太社区感到惊讶时，她就抛弃了自己的信念而盲从那使整个国家变成疯人院的歪门邪道：崇拜林德伯格及其世界观。

“你要躺下来吗？”我问道，却又担心她说“要”。“你要休息吗？你要我找医生吗？”

此时她把我的手攥得紧紧的，以致她的手指甲戳进了我的肉。“菲利普，最亲爱的，我知道一切。”

“你知道发生在林德伯格总统身上的事情？你是指这个吗？”

“你母亲在哪儿？”

“在学校。在开会呢。”

“你会给我送吃的和水，亲爱的孩子。”

“我会送？当然。送哪儿？”

“地下室。我不能喝洗衣池里的水。有人会发现我的。”

“你不要喝那水。”我说，顿时想起乔伊的祖母和从她那里飘来的那种疯子的狂热气息。“我什么都给你送去。”可答应了她，我就可能跑不了了。

“你们碰巧有苹果吗？”伊夫林姨妈问。

我打开冰箱。“不，没有苹果。我们没有苹果了。我母亲没能常去买东西。可有个梨，伊夫林姨妈。你要吗？”

“要。再来一片面包。再切一片面包。”

她的嗓音不断变化。现在她说话听起来就像我们不是在做别的事儿，而是在准备野餐，把我们手头有的做成最好吃的东西，拿到威夸希克公园在湖畔树荫里去吃，好像这一天发生的事情对我们来说是不重要的，也许对在美国的所有人来说都是不重要的：要是那样的话，对基督徒们而言不过是微不足道的烦恼。既然在美国有三千万基督徒家庭，犹太家庭只有大约一百万，事实上，又怎么会使他们烦扰呢？

我从长面包上又切下一片，涂了一层特别厚的奶油，让她带到地下室去。如果事后问起面包怎么缺了一段，我会说是乔伊吃的，还有那梨，都是他跑出去看马之前吃掉的。

母亲回到家得知父亲没有打电话来时，她无法掩饰自己的反应。她失望地看着厨房里的钟，也许记起了平时这个点的作息：就寝时刻，对孩子们的要求就是为一天工作完成、圆满结束、样样满意而洗脸刷牙。现在是九点——或者是我们因确信的不可改变的日常生活而习惯相信的这个“九点钟”，现在竟变成了一种欺骗。

那么，哪天上学，哪天又不上学的惯例——难道也是一种欺骗，一种为了用合理的期许来安抚我们、培养无意义的信任感而搞的狡猾欺骗？“为什么没有课？”当母亲告诉我明天我们不上学时我问道。“因为，”母亲答道，借助于那种供家长们用的、能使孩子们相信从而不会过分受到惊吓的平淡表述，“情况在进一步恶化。”“什么情况？”我问道。“我们的情况。”“怎么啦？现在发生什么事了？”“什么也没有发生。只是你们小孩子明天最好待在家里。乔伊在哪儿？你的朋友在哪儿？”“他吃了些面包，拿了梨，就走了。他从冰箱里拿了那个梨，就跑外头去了。他去看马了。”“你能肯定一个电话也没有来过？”她问道，只是因为过于疲劳，才不因乔伊在这种时刻使她失望而生他的气。“我想知道为什么明天不上课，妈。”“今天晚上你就想知道？”“是的。为什么我不能去上学？”“嗯……这是因为可能要跟加拿大打仗。”“跟加拿大？什么时候？”“谁也不知道。在我们搞清楚是怎么回事之前，你们最好都待在家里。”“可我们为什么要跟加拿大打仗呢？”“请听我说，菲利普，今晚我不能解答更多问题了。我已经给你讲了我知道的一切。你问个不停，我都回答你了。现在我们就只能等。我们得像大家一样走一步看一步。”然后，似乎我父亲和哥哥的下落不明并未使她发挥最坏的想象力——现在我们只有两个人，就像维希瑙家一样，只有一个遗孀和她的儿子——她说（试图坚持执行“老九点”的常规）：“我要你去洗漱、上床。”

床——仿佛是一个温暖而舒适的处所，而不是恐惧的孵化器，依然存在着的床啊。

对我来说，与加拿大的战争问题远非伊夫林姨妈夜里如何如厕这个问题神秘。我顶多能理解的是，美国终于加入了世界大战，不是站在英国和不列颠联邦一边——罗斯福当总统时大家都指望我们支持他们——而是站在希特勒及其盟国意大利和日本一边。此外，离上次听到我父亲和哥哥的音信，已经整整过去两天了，说不定他们已像塞尔顿的母亲一样被暴乱的反犹分子们可怕地杀害了；还有，明天学校不上课，对我来说，这就是意味着如果惠勒总统给我们施加我们知道是纳粹施加于德国犹太孩子们的法律，那大概就永远不能上学了。一场其程度不可想象的政治灾难正在把一个自由社会变成一个警察国度，但小孩子就是小孩子，我躺在床上所想的只有伊夫林姨妈要大解的时候，她不得不在我们储藏间的地板上干这个事儿。这件不可控制的事情取代了其他一切压在了我心头，像其他所有事情一样具体地浮现在我头脑中，从而把其他一切都玷污了。我要做的事儿说有危险也微不足道，却具有重大意义——午夜时分我蹑手蹑脚地进了厕所，在毛巾柜底层后面找到了那个便器，那是阿尔文刚从加拿大回到家时我们为他买的，供他急需时用。我已经到了后门，准备下楼把便器送给伊夫林姨妈，就在此刻穿着睡衣的母亲竟站在了我面前，见我这小男孩以这副样子出现，她惊吓得目瞪口呆，一定以为他神经错乱了。

几分钟后母亲领伊夫林姨妈上楼到了我们的公寓房。没有必要去描述由此而在库库扎家里引起的骚动，或乔伊那个可怕的奶奶对我姨妈这个可怕人物做出的敌对反应——那痛苦而可笑的尖叫大家都很熟悉。母亲让我睡父母的床，母亲和姨妈睡我的卧房，母亲接下来的一个重大使命就是防止她妹妹从桑迪的床上爬起来，偷偷溜进厨房把煤气打开，把我们都害死。

这场一千五百英里的往返旅行是桑迪终身难遇的历险。对父亲而言，此行更具灾难性。我猜这大概是他的瓜达尔卡纳尔岛[1]，他的“突出部战役[2]”。十二月，林德伯格政策名声扫地，惠勒失去地位，罗斯福重返白宫，美国终于向轴心国宣战，我父亲四十一岁，应征当兵年纪太大，可此次旅行，他几乎就像一个前线士兵那样饱尝恐惧、疲惫和肉体上的痛苦。戴着高高的钢制护脖，小心呵护着两根断裂的肋骨、脸上缝合的伤口，露着一口断牙裂齿——还在手套夹层里带着库库扎先生的另一支手枪，用它来自卫，对付那些在他的汽车前往的美国地区途中可能遇到的已经杀害了一百二十二个犹太人的家伙——他开了七百五十英里的

1 第二次世界大战期间美、日两国曾激战于西南太平洋的瓜达尔卡纳尔岛。

2 又称“阿登战役”，是第二次世界大战欧洲西线战场的一次战役。

路前去肯塔基，只在加油和上厕所时才停一下。在莫辛尼家睡了五小时、吃了点东西之后就掉头开回来，尽管此时他脸上那段缝线处因伤口感染而隐隐作痛，塞尔顿呢，坐在后座上，想呕吐且焦躁不安，在幻觉中瞅见了他母亲，几乎是要魔术般地尽力要让他母亲起死回生。

此行去的时候只用了二十四个钟头，回来时却花了三倍的时间，因为好多次他们不得不停下来，让塞尔顿到路边去呕吐，或扯下裤子去蹲明沟，还因为在西弗吉尼亚州查尔斯顿仅二十英里半径的范围内（在那里他们兜圈子，彻底迷路，错误地往东、往北开向了马里兰州），在一天多一点的时间内汽车先后坏了六次：一次停在阿洛伊镇的铁轨、电力线和大型传送装置中间，该小镇只有二百来人，在电力冶金公司的厂房四周，矿砂和硅石堆积如山；一次是在小镇布默附近，那儿从煤焦炉里蹿出很高很高的火舌，父亲在太阳落山后站在没有路灯的街上，居然还能凭那极亮的火光看清（或看错）道路图；一次在贝尔，那些地狱般的工业小村庄中的一个，在那里他们下车掀开引擎罩，想弄明白出了什么问题，从杜邦公司阿摩尼亚厂冒出来的浓烈气味几乎把他们熏倒在地；在南查尔斯顿又停了一次，这个城市在塞尔顿看来就像一只“怪兽”，因为那蒸汽和烟雾笼罩着货场、仓库以及给煤烟熏黑的厂房又长又黑的屋顶；在西弗吉尼亚州首府查尔斯顿郊区，停了两次。在那里，午夜时分，为了叫一辆拖车，父亲得步行跨过铁道路堤，然后走下一个小山般的垃圾堆，到一座跨河的桥跟前，那河上煤船、挖泥船和拖船排列成行，然后找河边一家有付费公用电话的低级酒馆，而把两个孩子一起留在停靠河边的车里，河对岸就是一家有一大片乱七八糟东西的工厂——棚屋和小房，薄铁板建筑和敞开的煤车，起重机和装货吊杆和钢架铁塔，电炉和轰鸣的锻铁炉，矮而宽的储藏柜，高高的金属网栅——一家工厂，如果你相信那广告牌一般大的招牌上写的大字："世界上最大的斧槌、短柄小斧和长柄大钐刀制造厂"。

这家满是锋利刀刃的工厂给了塞尔顿最后一击，使他彻底失去了心情的平静——到了早上他尖叫起来，说印第安人要剥去他的头皮[1]。说来奇怪，他对有些事竟有所明了：即便并非十分恰当，也可以和不请自来的白人殖民者做一个类比，这些殖民者首先越过阿巴拉契亚山屏障，涌进特拉华和阿尔冈昆部落最喜爱的猎地，他们是陌生的、外表古怪的白人，满怀贪欲，对当地居民侮慢以对，而此时不同的是，这是些陌生的、外表古怪的犹太人，他们仅仅现身就是一种挑衅。尽管这一次那些以暴力保卫自身土地不被强占、保卫他们的生活方式不被破坏的人，不是以伟大的特库姆塞[2]为首的印第安人，而是由美国代总统放手纵容的"公正的"美国基督徒。

那天是十月十五日，正是那个星期四，拉瓜迪亚市长被捕，第一夫人被禁闭于沃尔特·里德医院，罗斯福及"罗斯福犹太人"一起因所谓的策划绑架"林德伯格"而被"拘留"，本杰尔斯多夫拉比在华盛顿

1 这家厂造的"短柄小斧"传统上是印第安人用的武器和工具。白人殖民者曾公开悬赏，怂恿白人移民去残杀印第安人并剥取其头皮，后有些印第安部落为报仇也开始剥白人的头皮。

2 Tecumseh（约1786—1813），印第安肖尼部族酋长，军事领袖，勇敢善战，曾联合中西部印第安诸部族进行反抗白人、保卫家乡土地的斗争。

被捕，还有伊夫林姨妈惊恐万状地躲在我家的储藏间。就在这同一天，我父亲和桑迪在西弗吉尼亚山区县里寻找一名有行医执照的医生（而不是那个有执照的理发师，尽管他已提供过服务），想让他配些药使塞尔顿镇静下来。他们在乡下一条土路旁找到的那个人已经七十多岁，散发出一股股威士忌酒味，是一个善良、和蔼、活泼的老大夫，他的这个乡村诊所办在一所木板房里，在前门廊里排队等候轮到自己的病人们，据桑迪后来对我的描述，是他从未见过的一群最为邋遢的白人。那大夫诊断说，塞尔顿的神志不清主要是由于脱水引起的，叮嘱他要用一个钟头的时间一勺接一勺地喝取自木板房后面小河床附近的井里的水。他还挤掉了我父亲脸上感染的脓包，以免血液中毒，当时抗生素还刚发明，不是哪里都有，在那些日子里，血液中毒很可能会遍及其全身，抵家之前就会丧生。这老头儿能诊断初期败血症，却在补缝伤口方面缺少才能，结果使我父亲余生看起来就像是在德国海德堡当学生时留下了决斗伤疤一样。后来这伤疤看起来不仅仅是那次旅行偶然留下的痕迹，在我眼里，这也是他极端坚韧的标记。最后回到纽瓦克时，他既发烧又发冷，浑身心力交瘁——那剧烈咳嗽令人惊恐的程度不亚于维希瑙先生——吃晚饭时他晕倒在桌旁，库库扎先生径直从我家的厨房护送他，又一次进了贝斯以色列医院，在那里他差一点就要死于肺炎。可在塞尔顿获救之前，什么也阻挡不了他。我父亲是个救星，救助孤儿是他的专长。失去父母成为孤儿要经历的动荡甚至比要调动到尤宁郡去或要迁徙到肯塔基去更为严重。他会告知你，发生在阿尔文身上的事情就是证明。我外婆死后发生在他小姨子身上的事情就是证明。没有人应该失去母亲、失去父亲。一旦失去母亲、失去父亲，你就变得脆弱而易受操纵、易受影响——你失去了根，你脆弱而容易受到一切伤害。

与此同时，桑迪栖坐在那诊所前门廊的栏杆上给病人们画速写，其中有一个十三岁，名叫塞西尔的女孩。那些年里，我早熟的哥哥在二十四个月的过程中先后成了三个不同的男孩；那些年里，由于他泰然自若地我行我素，他看上去没有做任何令人满意的事情，即使有什么突出表现也不能令人满意：父母不喜欢他去替林德伯格效劳，成为伊夫林姨妈能言善辩的佼佼者和烟草农场方面的首要权威，他们不喜欢他离开林德伯格朝女孩们转移注意力，一夜之间成了社区最年轻的“唐璜”。现在，他自愿给父亲领路穿越大陆的广阔地区前往莫辛尼农场——期望以表现真正的无畏精神来重获他作为长子的声名，重返他忍痛离开的家庭——实际上，他却因一种在他看来完全无害的艺术兴趣毁了他的正事：画那个性感的塞西尔。当父亲——脸颊上蒙着新的绷带——从诊所出来见桑迪忙着干那个事情，他一把抓住桑迪裤腰上的皮带，拉他就走，还有写生簿及其他所有东西，一并离开门廊旁侧，到了路上，进了汽车。“你疯了，”父亲低声说道，从他的钢制护脖上愤怒地凝视着他，“你发疯了，画她？”“只画她的脸。”桑迪试图解释，把写生簿抱在胸口——他在说谎。“我不管你画什么！你就从来没有听说过利奥·弗兰克[1]？你从来没有听说过在佐治亚州他们因为那

1　见附录“作品中其他历史人物”。

个工厂小女工而把犹太人以私刑处死吗？别画她，该死的！别画他们中的任何人！这些人不喜欢让人画——你难道看不出来吗？我们到肯塔基来接这个孩子，因为他们把他的母亲烧死在汽车里！看在上帝的分上，丢掉那些画，再也不要画女孩子！”

终于又上路了，他们不知道费城(父亲希望在十七日拂晓时抵达)已被美国陆军坦克和部队占领，父亲也不知道蒙蒂伯伯不顾我母亲的恳求，对他人的困苦无动于衷，因父亲连续第二周没有上班便把他开除了。我父亲选择的是抵抗，本杰尔斯多夫选择的是合作，蒙蒂伯伯则选择他自己。

为了去博伊尔县的莫辛尼家，他们往南斜行穿过新泽西州到坎登，穿过特拉华州到费城，从那儿往南到巴尔的摩，往西南穿过整个西弗吉尼亚州，然后进入肯塔基，再行一百英里左右，到达列克星敦，在一个名叫凡尔赛的地方附近再向南转，驶往博伊尔县起伏的丘陵地带。母亲在我百科全书里的四十八州和加拿大各省的折叠地图上追踪他们的行迹，每当她忧心如焚时，便把地图摊在餐厅桌子上细看，此时在路途上的桑迪，他备有天黑时用的手电筒，正在一张埃索道路图上标明他们的行程，对看来可疑的人物则小心戒备，尤其是当他们经过脏乱的、只有一条街的小镇时便更加注意，这些镇的名字桑迪在地图上是找不到的。回程中汽车坏过六次不计在内，桑迪算了一下，在西弗吉尼亚至少还另有六次，父亲一边开车，一边叫他打开手套的夹层把库库扎先生的备用手枪递给他放在腿上——父亲讨厌那辆尾随其后、破烂不堪的卡车的样子，讨厌那些随意停在路边酒馆旁的货车，也不喜欢加油站那个小伙子，他给他们加油，检查他们汽车前面的轮胎，收他们钱的时候往地上吐唾沫——每次要枪时，听起来就好像如果需要，他将毫不迟疑地“扣扳机”，尽管他一生中从来没有放过一枪。

桑迪一回到家就根据记忆画下其少年时代的杰作——他们突访美国贫穷地区的插画故事——他承认一路上几乎一直担惊受怕：当他们经过那些三K党徒们必定在等候竟有胆驾车经过的犹太人的城市时，他感到惊恐；当他们出了那些不吉利的城市，离开了那些陈旧的广告牌、小小的加油站以及那些衣衫褴褛的最穷苦的人居住的最后的棚屋，进入我父亲所谓的“蛮荒世界”时，他也没少惊恐——桑迪把那些破烂简陋的木屋描绘得很细致，它们的四个墙角由不平的石堆支垫着，木墙上挖出的洞就是窗户，屋旁粗制滥造的烟囱已摇摇欲坠，受风雨侵蚀的屋顶上几块石头分散放着压住了松动的木瓦。桑迪说，在一辆车也不见的情况下，快速驶过牛群、马群、谷仓和青贮塔时，他感到惊恐；在路旁既无路肩又无护栏的山上拐U字形急转弯时，他感到惊恐；铺平的道路变成了沙砾，森林把他们团团包围起来，他们似乎就是路易斯和克拉克[1]时，他感到惊恐。尤感惊恐的是我们车上没有无线电，他们不知道对犹太人的杀害是否已经终止，也不知道他们是否正好开进了这个国家对我们这样的民族最为仇恨而要蓄意谋杀的地区。看来，唯一没有使我哥哥感到惊恐，却使我父亲在医生诊所门外大惊

1　一八〇三年，路易斯和克拉克探险队受杰斐逊总统委派前往路易斯安那购置地勘探，历尽艰险。

失色的插曲是：桑迪给那个西弗吉尼亚山区女孩画画，她的外貌显然使他浑身激动起来。事情原来是这样的，她正好与那个“工厂小女工”（当时全国都知道她）同岁，大约三十年前在亚特兰大，那个小女工被其犹太管理人谋害，这名管理人二十九岁，已婚，名叫利奥·弗兰克。这是一九一三年的著名谋杀案，可怜的玛丽·法甘在被害那天去弗兰克的办公室领工资袋，后来她的尸体被人发现，躺在铅笔厂地下室的地板上，脖子上套着绳索。此案当时登满了北方和南方报纸的头版，我父亲那时候才十二岁，记性好，刚离开学校，为了帮着养家糊口，在东奥兰治一家帽子厂干活，在那里司空见惯的诽谤中受到了一流教育，那种教育使他无法摆脱地与基督被钉死在十字架上的故事联系在了一起。在弗兰克认罪（基于不完全可靠，如今看来几乎不可信的次要证据）之后，一个同室囚犯因猛砍他的喉头，差一点儿把他弄死而成了全州的英雄。一个月之后，体面的公民们组成了一伙搞私刑的家伙把事情做了了结，他们从牢房里劫持了弗兰克——使我父亲厂里的同事们深感满意——在佐治亚州玛丽埃塔（玛丽·法甘的家乡镇）把这个“尸奸者”吊在了一棵树上，这是对其他“犹太淫荡鬼”的公开警告，要他们滚出南方，远离他们的女人。

诚然，弗兰克一案只是使我父亲于一九四二年十月十五日下午在西弗吉尼亚乡村产生危机感的部分原因。一切的起因还要追溯到比这更久远的过去。

塞尔顿就这样来和我们生活在一起。他们从肯塔基安全回到纽瓦克以后，桑迪就搬到了阳光房去睡，塞尔顿，作为一个被林德伯格统治下的美国恶意侮辱并毁灭的受害者，占据了阿尔文和伊夫林姨妈留下的位置——我的床对面的双人床。这次我不用再照顾残肢。这个男孩本身就是残肢，在十个月后他被他母亲的已婚妹妹接到布鲁克林去住之前，我就是那条假腿。

# 附录

# 附录一 致读者的说明

《反美阴谋》是虚构作品。此附录为有兴趣了解哪些是历史事实、哪些是历史想象的读者而编写。所援引的历史事实取自如下资料（为便于读者参考查阅，以下保留作者名和书名英文原名。——译者按）：

约翰·托马斯·安德森：《参议员伯顿·K. 惠勒与美国外交关系》（弗吉尼亚大学研究院博士学位论文，1982）

John Thomas Anderson, *Senator Burton K. Wheeler and United States Foreign Relations*, 1982.

内尔·鲍尔德温：《亨利·福特与犹太人：制造深仇大恨》（2001）

Neil Baldwin, *Henry Ford and the Jews: The Mass Production of Hate*, 2001.

A. 斯科特·伯尔格：《林德伯格》（1998）

A. Scott Berg, *Lindbergh*, 1998.

传记资料中心：《纽瓦克晚报》和《纽瓦克星报》

Biography Resource Center, *Newark Evening News* and *Newark Star-Ledger*.

艾伦·博德纳：《当拳击是犹太运动时》（1997）

Allen Bodner, *When Boxing Was a Jewish Sport*, 1997.

威廉·布里德沃特和赛莫尔·科尔兹主编：《哥伦比亚大学百科

全书》（1963）

William Bridgwater and Seymour Kurtz，ed.，*The Columbia Encyclopedia*，1963.

詹姆斯·麦克格雷戈尔·伯恩斯：《罗斯福：自由战士》（1970）和《罗斯福：狮子与狐狸》（1984）

James MacGregor Burns，*Roosevelt: The Soldier of Freedom*，1970；*Roosevelt: The Lion and the Fox*，1984.

韦恩·S. 科尔：《美国第一：反介入之战(1940—1941)》（1953）

Wayne S. Cole，*America First: The Battle Against Intervention 1940-1941*，1953.

桑德尔·A. 戴蒙德：《美国的纳粹运动(1924—1941)》（1974）

Sander A. Diamond，*The Nazi Movement in the United States，1924-1941*，1974.

约翰·德雷克塞尔主编：《二十世纪资料档案百科全书》（1991）

John Drexel ed.，*The Facts on File Encyclopedia of the Twentieth Century*，1991.

亨利·福特：《国际犹太人：世界最紧迫的问题》第3卷《犹太人对美国生活的影响》（1920—1922）

Henry Ford，*The International Jew: The World's Foremost Problem*，vol.3，*Jewish Influences in American Life*，1920-1922.

尼尔·伽布勒：《温切尔：内幕新闻、影响力和名流文化》（1994）

Neal Gabler，*Winchell: Gossip，Power，and the Culture of*

*Celebrity*, 1994.

《当代作家》(第 182 卷), 盖尔集团出版社(2000)

Gale Group Publishing, *Contemporary Authors*, vol.182, 2000.

约翰 · A. 加拉蒂和马克 · C. 加恩斯主编: 《美国国家传记》(1999)

John A. Garraty and Mark C. Carnes, eds., *American National Biography*, 1991.

苏珊 · 赫尔托格: 《安妮 · 莫罗 · 林德伯格: 她的一生》(1999)

Susan Hertog, *Anne Morrow Lindbergh: Her Life*, 1999.

理查德 · 霍夫斯达特和彼特里斯 · K. 霍夫斯达特主编: 《美国历史重大事件: 自南方重建至今(1864—1981)》第 3 卷(1982)

Richard Hofstadter and Beatrice K. Kofstadter, eds., *Great Issues in American History: From Reconstruction to the Present Day, 1864 - 1981*, vol.3, 1982.

约瑟夫 · G. 霍普金主编: 《美国传记词典》补编第 3—9 卷(1974—1994)

Joseph G. E. Hopkins ed., *Dictionary of American Biography*, supplements 3 - 9, 1974 - 1994.

约瑟夫 · K. 霍华德: 《伯顿 · K. 惠勒的衰败》(《哈珀氏杂志》1947 年 3 月号)

Joseph K. Howard, "The decline and Fall of Burton K. Wheeler," *Harper's Magazine*, March 1947.

哈罗德 · L. 伊克斯：《哈罗德 · L. 伊克斯的秘密日记(1939—1941)》(1974)

Harold L. Ickes, *The Secret Diary of Harold L. Ickes, 1939 - 1941*, 1974.

托马斯 · 科斯纳：《菲奥雷罗 · H. 拉瓜迪亚及建设现代化纽约》(1989)

Thomas Kessner, *Fiorello H. La Guardia and the Making of Modern New York*, 1989.

赫尔曼 · 克勒菲尔德：《温切尔：他的一生及其时代》(1976)

Herman Klurfeld, *Winchell: His Life and Times*, 1976.

安妮 · 莫罗 · 林德伯格：《未来之波：信念的表白》(1940)

Anne Morrow Lindbergh, *The Wave of the Future: A Confession of Faith*, 1940.

艾尔伯特 · S. 林德曼：《被指控的犹太人：三起反犹事件(德雷福斯，贝利斯，弗兰克)(1894—1915)》(1991)

Albert S. Lindemann, *The Jew Accused: Three Anti-Semitic Affairs (Dreyfus, Beilis, Frank), 1894 - 1915*, 1991.

阿瑟 · 曼：《拉瓜迪亚：对抗时代的战士(1882—1933)》(1959)

Arthur Mann, *La Guardia: A Fighter Against His Times, 1882 - 1933*, 1959.

萨缪尔 · 埃利奥特 · 莫里森和亨利 · 斯蒂尔 · 卡马格：《美国共和体制的成长》第 2 卷(1962)

Samuel Eliot Morison and Henry Steele Commager, *The Growth of the American Republic*, vol.2, 1962.

查尔斯·莫利兹主编:《当前传记年鉴(1988)》(1988)

Charles Moritz, ed., *Current Biography Yearbook*, 1988, 1988.

约翰·莫里森和凯瑟琳·赖特·莫里森:《持不同政见者: 蒙大拿政治传奇人物的生平和斗争》(1997)

John Morrison and Catherine Wright Morrison, *Mavericks: The Lives and Battles of Montana's Political Legends*, 1997.

《兰登书局英语词典》(1983)

*Random House Dictionary of the English Language*, 1983.

小阿瑟·M. 施莱辛格:《罗斯福时代》的第 2 卷《新政之形成(1933—1935)》(1958)和第 3 卷《政治大动荡(1935—1936)》(1960)

Arthur M. Schlesinger, Jr., *The Coming of the New Deal, 1933 - 1935*, 1958; *The Politics of Upheaval, 1935 - 1936*, 1960 (vols. 2 and 3 of *The Age of Roosevelt*).

彼得·狄德:《二十世纪历史词典(1914—1990)》(1992)

Peter Teed, *A Dictionary of Twentieth-Century History, 1914 -1990*, 1992.

沃尔特·尤斯特主编:《不列颠年鉴汇编(1937—1942)》和《不列颠年鉴(1943)》

Walter Yust, ed., *Britannica Book of the Year Omnibus, 1937 -1942*; *Britannica Book of the Year, 1943*.

本 · D. 泽温选编：《无所畏惧：富兰克林 · D. 罗斯福演讲选集（1932—1945）》（1961）

Ben D. Zevin, ed., *Nothing to Fear: The Selected Addresses of Franklin D. Roosevelt, 1932 - 1945*, 1961.

# 附录二　主要人物真实年谱

**富兰克林·德拉诺·罗斯福**
(Franklin Delano Roosevelt，1882—1945)

一九二〇年十一月　在威尔逊总统手下任海军部助理部长后，罗斯福与俄亥俄州长詹姆斯·考克斯上民主党名单竞选副总统；哈丁以压倒多数击败民主党。

一九二一年八月　罹患脊髓灰质炎，使他终身严重跛足。

一九二八年十一月　当选纽约州长，任期两年，后又连任两年。竞选总统的前州长艾尔弗雷德·E. 史密斯败给赫伯特·胡佛。作为州长，罗斯福是坚定不移的进步自由派，主张由政府救援经济大萧条受害者，其中包括失业救济金，另反对禁酒。一九三〇年竞选连任州长大胜，从而名列民主党总统候选人前茅。

一九三二年七月至十一月　在七月民主党全国代表大会上当选总统候选人；十一月以57.4%的选票击败胡佛，民主党全盘赢得国会两院。

一九三三年三月　三月四日作为总统就职；面对一个因大萧条而瘫痪的国家，在就职演说中说："我们唯一不得不感到恐惧者就是恐惧本身。"迅即为农业、工业、劳工和商业提出新政复苏法案以及借贷者和失业者救济计划。内阁成员包括内务部长哈罗德·L. 伊克斯、农业部长亨利·A. 华莱士、劳工部长弗朗西丝·珀金斯——美国历史上第一名女性内阁成员，财政部长小亨利·摩根索——美国第二名犹太内阁成员（一九三三年十一月十七日接替患病的威廉·伍丁部长）。开始作被称为“炉边谈话”的简短广播讲话，从白宫向全国播出。开始约请记者参加新闻招待会。

一九三三年十一月至一九三四年十二月　承认苏联，某种程度上因日本在远东的军事活动而迅即开始重建美国海军。到一九三四年很多黑人选民从政治上忠于林肯的共和党转向罗斯福的民主党，以回报总统为下层穷苦人制定的优惠政策。

一九三五年　提出一系列被称为“第二新政”的改革倡议，结果形成社会安全法、全国劳工关系法，并成立工程进展管理局，该局每月雇佣二百万工人。鉴于欧洲的动荡局势，签署第一项中立议案。

一九三六年十一月　大选中击败堪萨斯共和党州长艾尔弗雷德·M. 兰登，赢取除缅因和佛蒙特以外的所有州；民主党扩大国会领导权。在就职演说中宣称：“我们的民主制度正受到挑战……我看到三分之一的国人住得糟糕、穿得糟糕、营养糟糕。”到一九三七年，经济顺利恢复，可经济危机接踵而来，加上工潮，导致一九三八年共和党赢得国会。

一九三八年十一月至十二月　担心希特勒在欧洲的企图，呼吁纳粹领导人在与捷克斯洛伐克的争端中接受谈判解决办法。九月三十日慕尼黑会议上，英国和法国屈从德国对捷克苏台德地区实行自治及分割捷克斯洛伐克领土的要求；十月德国部队在希特勒的率领下侵入捷克斯洛伐克（五个月后征服整个国家，承认斯洛伐克作为德国支持的法西斯共和国实行独立)。十一月罗斯福下令大批增加战斗机的制造。

一九三九年四月　要求希特勒和墨索里尼同意在十年内停止攻击欧洲弱小国家；希特勒在德国国会进行演讲，对罗斯福冷嘲热讽，并吹嘘德国的军事力量。

一九三九年八月至九月　发电报给希特勒，要求他与波兰谈判解决领土纠纷问题；希特勒以九月一日入侵波兰作为回应。英国和法国向希特勒宣战，第二次世界大战开始。

一九三九年九月　欧洲战争促使罗斯福设法修改中立法，以允许英国和法国从美国获取武器。希特勒在一九四〇年上半年入侵丹麦、挪威、比利时、荷兰、卢森堡和法国，罗斯福大幅增加了美国武器生产。

一九四〇年五月　设国防委员会，后又设生产管理局，为可能进行的战争筹备工业和军事力量。

一九四〇年九月　正与中国交战又入侵法属印度支那(并已于一九一〇年吞并朝鲜、一九三一年占领满洲里)的日本在柏林与意大利和德国签署三国条约。经罗斯福敦促，国会通过美国历史上第一个和平时期征兵法案，规定所有二十一至三十五岁男子必须应征登记，准备征召八十万人应征入伍。

一九四〇年十一月　被右翼共和党人斥责为“战争贩子”，罗斯福以希特勒和法西斯的死敌的身份竞选总统，并保证尽一切可能使美国不介入欧战，结果以449对82选举人票击败共和党的温德尔·L.威尔基，赢得史无前例的第三任期。这次竞选以国防和美国与欧战的关系为主要问题。威尔基仅赢得缅因州、佛蒙特州和孤立主义的中西部。

一九四一年一月至三月　一月二十日宣誓就职。三月国会通过他的租借法案，授权总统向他认为其防御对美国自身防御而言极为重要的国家“销售、转让、借与、出租”武器、食物和服务。

一九四一年四月至六月　德国军队先后入侵南斯拉夫和希腊后，希特勒撕毁互不侵犯条约入侵俄国。四月美国将格陵兰置于自己保护之下；六月罗斯福批准美国军队在冰岛登陆，并将租借法案扩展至俄国。

一九四一年八月　罗斯福与丘吉尔在海上会晤，起草“共同原则”的大西洋宪章，其中包括和平目标八点宣言。

一九四一年九月　宣布已命令海军击毁所有进入美国水域、威胁美国防御的德国和意大利潜水艇；要求日本从中国和印度支那撤军，但战争部长东条英机将军予以拒绝。

一九四一年十月　要求国会修改中立法案以允许对美国商船进行武装并准许它们进入战区。

一九四一年十一月　日本在太平洋秘密地大规模集结突击部队，同时派遣日本使节抵达美国进行所谓的“和平谈判”，与美国有关军事和经济问题的谈判表面上还在继续进行。

一九四一年十二月　日本对美国的太平洋属地和英国的远东属地发起突袭；在总统发表紧急讲话后，国会翌日一致对日宣战。十二月十一日德国和意大利对美国宣战。（日本偷袭珍珠港伤亡人数：两千四百〇三名美国海军水手、陆军士兵、海军陆战队士兵和平民死亡，一千一百七十八人受伤。）

一九四二年　指挥战事几乎占据了总统的所有时间。在致国会的国情咨文中他强调增加战时生产，宣布说“我们的目标十分清楚——粉碎军阀式首脑们强加于被他们奴役的人民身上的军国主义”。提议为战争费用提供破纪录的589.27亿美元预算。与丘吉尔宣布在东南亚成立联合军事指挥部。六月与丘吉尔进行战略会谈，决定派同盟国部队于十一月在德怀特·D. 艾森豪威尔将军的指挥下进入法属北非（七个月后德国军队被逐出非洲）；总统向法国、葡萄牙和西班牙保证说，同盟国并无觊觎其领土的企图。六月要求国会承认美国与轴心国盟国罗马尼亚、保加利亚和匈牙利三国的法西斯政权处于战争状态。七月任命一委员会审讯在美国海岸从敌方潜水艇登陆时被联邦特工人员捕获的八名纳粹破坏分子；秘密审讯之后，两人入狱，六人在华盛顿被处决。九月总统密使温德尔·威尔基在莫斯科受到斯大林接见，强烈要求开辟西欧第二战线。十月总统对战时生产设备进行两周秘访，宣布达到目标。要求国会将征兵年龄放宽至十八和十九岁。

一九四三年一月至一九四五年八月　欧战（与此同时希特勒大规模屠杀欧洲犹太人、没收其财产）持续进行至一九四五年。四月墨索里尼被意大利游击队处死，意大利投降。阿道夫·希特勒在其柏林地堡自杀一周后，德国于五月七日无条件投降，距罗斯福总统因脑溢血猝亡还不到一个月，此时正是其总统第四任期的第一年。罗斯福的继任人、副总统哈里·S. 杜鲁门宣誓就职。八月十四日日本无条件投降，远东战争结束。第二次世界大战结束。

**查尔斯·A. 林德伯格**
(Charles A. Lindbergh, 1902—1974)

一九二七年五月　查尔斯·A. 林德伯格，生于明尼苏达州的二十五岁特技飞行员和航邮驾驶员，驾驶微型单翼“圣路易精神号”经三十三小时又三十分钟后从纽约飞抵巴黎，完成第一次越洋直达单人飞行，使他成为世界名人。柯立芝总统授予林德伯格卓越飞行十字勋章，委任其为美国陆军航空后备队上校。

一九二九年五月　林德伯格与安妮·莫罗结婚，她是美国驻墨西哥大使二十三岁的女儿。

一九三〇年六月　查尔斯和安妮·林德伯格的儿子小查尔斯·A. 林德伯格在新泽西诞生。

一九三二年三至五月　小查尔斯在新泽西州霍普韦尔郊外四百三十五英亩地上自家隐蔽的新房子里被绑架；约十周后婴儿的腐烂尸体在附近林子里被偶然发现。

一九三四年九月至一九三五年三月　布鲁诺·R. 豪普特曼，一个贫穷的德国移民、木匠、前科犯人，在纽约布朗克斯因绑架和谋杀林德伯格婴儿被捕。在新泽西弗莱明顿的六周审讯被报界称为“世纪审判”。一九三六年豪普特曼被判有罪，在电椅上被处死。

一九三五年四月　安妮·莫罗·林德伯格出版了第一本书《北去东方》，该书叙述她与林德伯格一九三一年的飞行历险记，成为榜首畅销书，被评为国家图书奖最佳非虚构作品。

一九三五年十二月至一九三六年十二月　为求隐居独处，林德伯格夫妇携两个年幼的孩子离开美国，直至一九三九年春才回国，主要居住在英国肯特郡的一个小村庄。应美国军方邀请，林德伯格前往德国了解并汇报纳粹飞机研制状况，并为此目的在后来三年内多次访德。他参加了一九三六年柏林奥运会，当时希特勒也在场，后在致友人的信件中这样描述希特勒："他无疑是个伟人，我相信他为德国人民造福甚多。"安妮·莫罗·林德伯格陪同其丈夫赴德，事后写文章批判"国内清一色的清教徒观点，这种观点认为独裁政府必定是错误的、邪恶的、不稳定的，是不会有好结果的——跟我们那些滑稽报纸认为希特勒是小丑的观点相吻合——跟犹太人办的报纸上声势浩大的(自然如此)犹太意识形态宣传相吻合"。

一九三八年十月　在美国驻柏林大使馆宴会上，空军元帅赫尔曼·戈林"依照元首的命令"，向林德伯格颁发德国秃鹰服务十字勋章——一种授予为第三帝国效劳的外籍人士的金质大奖章，上有四个纳粹党小党徽。安妮·莫罗·林德伯格出版第二本飞行历险记《听！风声》，一部非虚构畅销书，尽管其丈夫在美国反法西斯的人群中越来越不得人心，有些犹太书商则拒绝备有此书。

一九三九年四月　在希特勒入侵捷克斯洛伐克后，林德伯格在日记中写道："尽管我不赞成德国做的很多事情，但我相信最近这些年里德国实行了欧洲仅有的一贯政策。"应美国空军司令"哈普"·阿诺德上将的要求，且得到罗斯福总统的批准后——他不喜欢也不信任林德伯格——作为美国陆军航空队上校服兵役。

一九三九年九月　在德国于九月一日入侵波兰后，林德伯格在一则日记中特别提到需要“保护自己并防范外国军队的侵袭和外来种族的稀释……以及劣等血统的渗透”。飞机，他写道，是“那些使白色人种能在日益迫近的黄色、黑色和褐色海洋中得以生存的无价之宝之一”。他特别提到早些时候跟共和党全国委员会一名高级成员及保守派记者小富尔顿·刘易斯的私下谈话，“我们因犹太人对我们报刊、广播和电影的影响产生的结果深感不安……事情太糟糕了，因为只有少数具代表性的犹太人，我相信，才对任何国家有价值。”在一九三九年四月的一则日记(在一九七〇年出版的他的《战时日记》中被删除)中，他写道：“在纽约这些地方已经有太多的犹太人。有一小群犹太人可以为国家增添力量和特色，而人数一多只会制造混乱。可现在我们国家的犹太人口就太多了。”一九四〇年四月在哥伦比亚广播公司进行广播讲话时，他说：“我们有可能即将被卷入这场战争的唯一原因是在美国有一群有权有势的人渴望我们参战。他们只代表美国人民中的少数派，但却掌控着大多有影响力的宣传机器。他们抓住每一个机会把我们推向战争的边缘。”当爱达荷州共和党参议员威廉·E. 博拉怂恿林德伯格竞选总统时，林德伯格说，他宁愿以公民身份表明自己的政治立场。

一九四〇年十月　春季美国第一委员会在耶鲁大学法学院成立，反对罗斯福的介入政策，宣扬美国中立主义；十月林德伯格在耶鲁向三千人集会发表讲话，鼓吹说美国承认那些“欧洲新强国”。安妮·莫罗·林德伯格出版第三本书《未来之波》，是一本反对干涉主义的小册子，副标题为“信念的表白”，引起巨大争议，尽管内政部长哈罗德·

伊克斯斥之为“所有美国纳粹分子的《圣经》”，却迅即名列非虚构畅销书榜首。

一九四一年四至八月　先后在芝加哥和纽约举行的美国第一委员会万人集会上演讲，促使他的死对头伊克斯部长将其称为“美国头号纳粹同伙”。当林德伯格写信给罗斯福总统控诉伊克斯对他的攻击，尤其指责他接受德国勋章一事时，伊克斯写道：“如果林德伯格先生因人们准确无误地称呼他为‘德意志秃鹰骑士’感到卑躬屈膝，为何不将那不光彩的勋章寄回去一了百了呢？”（早些时候，林德伯格拒绝退回勋章，理由是这将对纳粹领导人构成“不必要的羞辱”。）总统公开质疑林德伯格的忠诚，促使林德伯格提出辞呈，辞去罗斯福政府国防部长手下的陆军上校职务。伊克斯指出，林德伯格一边迅即声明放弃陆军职责，一边仍顽固拒绝退回从纳粹德国得来的勋章。五月，与蒙大拿州参议员伯尔顿 · K. 惠勒一道出席在麦迪逊广场花园举行的“美国第一”集会，惠勒在主席台上坐于安妮 · 莫罗 · 林德伯格旁边，林德伯格向两万五千名听众发表演讲；他亮相时与会者高喊“我们的下一任总统”欢迎他，讲话结束后全场起立鼓掌欢呼了四分钟。整个春季和夏季在全国各地给大批听众演讲，反对美国介入欧战。

一九四一年九月至十二月　九月十一日在得梅因举行的“美国第一”集会上发表题为“谁是战争煽动者？”的广播讲话；当他提到在推动美国——“为了并非美国的理由”——介入战争的那些最有权势、最起作用的人中包括“犹太种族”时，八千名听众欢呼喝彩。他又说：“我们不能指责他们寻求他们所相信的自身利益，但我们也应该寻求我们的自身利益。我们不能允许其他种族与生俱来的欲念和偏见把我们的国家引向毁灭。”他的得梅因讲话第二天就遭到民主、共和两党的抨击，但北达科他州共和党参议员、坚定的“美国第一人”杰拉尔德·P.奈为林德伯格受到的批判辩护，并像其他支持者一样再次指控犹太人。原定于十二月十日在波士顿的“美国第一”集会上发表讲话，因日本突袭珍珠港，美国向日本、德国和意大利宣战而撤消。领导层终止美国第一委员会的活动，组织解散。

一九四二年一月至十二月　前往华盛顿试图恢复陆军航空队的职务，但罗斯福内阁的主要成员强烈反对，很多报刊也反对此事，罗斯福说“不”。反复尝试在航空业界谋职也均失败，尽管在二十年代末和三十年代初与“横越大陆航空运输公司”（“林德伯格航线”）关系密切赚了不少钱，另作为泛美航空公司顾问报酬甚丰。春季终于获得政府批准找到工作，在底特律郊外威洛伦担任福特的轰炸机研制计划顾问，全家迁居底特律郊区。（九月一个下午罗斯福总统访问威洛伦视察战时生产项目，林德伯格特意避开。）参加梅奥诊所航空医学实验室旨在减少高空飞行生理危险的实验活动；后作为试飞员参加携氧气装置进行高空飞行的实验活动。

一九四二年十二月至一九四三年七月　在培训海军和海军陆战队“海盗”战斗机驾驶员中发挥积极作用，该新型战斗机是由他协助康涅狄格州联合飞机公司研制的。

一九四三年八月　已是四个孩子的母亲的安妮·莫罗·林德伯格出版了描述一次危险的飞行历险的中篇小说《陡直升高》；这是她的作

品第一次受挫，主要原因是评论者和读者对林德伯格家庭的战前政治态度持有敌意。

一九四四年一月至九月　在佛罗里达试验包括波音新B－29轰炸机在内的各种战机的限期工作结束后，获政府允许前往南太平洋考察投入战斗的“海盗”战斗机；一到那里即开始从新几内亚基地做针对日本目标的战斗和轰炸航行，起初担任观察员，后很快成为热心参与者，获得巨大成功。教飞行员们如何在战斗中节省燃料以增加战斗行程。执行五十次任务——击落日本战斗机一架——九月回美国继续从事联合飞机公司战斗机项目工作，家由密歇根州迁往康涅狄格州韦斯特波特。

**菲奥雷罗·H．拉瓜迪亚**
(Fiorello H. La Guardia，1882—1947)

一九二二年十一月　第一次世界大战之前和之后曾代表曼哈顿下东城任国会议员，作为东哈莱姆区意大利和犹太选民的共和党众议员，拉瓜迪亚返回国会连任五届。带领众议院反对胡佛总统的营业税，谴责他没有处理好经济萧条时期的严重问题；也反对禁酒运动。

一九二四年十一月　总统大选中公开支持进步党候选人罗伯特·M. 拉福利特，而不是共和党的柯立芝总统。

一九三一年一月　纽约州长富兰克林·D. 罗斯福召开全国州长会议讨论处理经济萧条时期失业问题；拉瓜迪亚称赞他推动调查研究以制定劳工法和失业法，他自己曾敦促胡佛总统立法，但未成功。

一九三二年　作为持不同政见的共和党人，同时是被击败且即将离任的国会议员，在一九三二年民主党取得压倒性胜利后，由当选总统罗斯福举荐在即将换届的第七十二届国会提出新政法律。

一九三三年十一月　作为反民主党坦慕尼核心集团的候选人竞选，当选共和-联合党(后又加美国劳工党)纽约市长，后连任三届；作为市长，积极活跃，通过促进公众工作计划以及建立并增加公众服务等措施，使萧条时期的纽约经济开始逐步恢复。谴责法西斯主义和美国纳粹；为回敬纳粹给他贴的“纽约犹太市长”这个标签，他讽刺说：“我从未想过我血管里有足够的犹太血液来为这种吹嘘炫耀提供正当性。”

一九三八年九月　在希特勒瓜分捷克斯洛伐克后，拉瓜迪亚抨击共和党孤立主义者，在干涉主义与孤立主义日趋严重的争议中站在了罗斯福一边。

一九四〇年九月　尽管据说温德尔·威尔基考虑让他成为副总统竞选搭档，拉瓜迪亚又如在一九二四年一样唾弃共和党；为了罗斯福，与参议员乔治·诺里斯组成独立党，公开为罗斯福第三次连任竞选。

一九四〇年八月至十一月　随着战争临近，罗斯福倾向让拉瓜迪亚担任国防部长，结果却选了共和党的亨利·史汀生，任命拉瓜迪亚为美加国防委员会美方主席。

一九四一年四月　继续任纽约市长，同时接受罗斯福无薪的民防主任一职。

一九四三年二月至四月　竭力要求罗斯福让他作为准将回陆军服

役，罗斯福既没有给予他内阁职务，也不考虑他成为自己的竞选伙伴，因为罗斯福的密友们担心拉瓜迪亚挑衅性过强，罗斯福听从他们的劝告，拒绝了他的要求；失望的市长重穿“街道清洁夫制服”。

一九四三年八月　先前曾发生在博蒙特、莫比尔、洛杉矶和底特律的战时种族冲突——三十四人死于六月二十一日暴乱中——爆发在纽约哈莱姆黑人区。在三天的破坏、抢劫和杀戮后，黑人领袖们称赞拉瓜迪亚在暴乱期间的领导工作既强有力又富同情心。此次暴乱造成六人死亡，一百八十五人受伤，以及五百万美元的财产损失。

一九四五年五月　罗斯福逝世后一月，宣布不竞选第四次连任纽约市长；众所周知，退休之前，在一次新闻界罢工期间，他在广播电台给纽约儿童朗读幽默故事。离职后，担任联合国善后救济总署署长。

**沃尔特·温切尔**
(Walter Winchell，1897—1972)

一九二四年　前综艺表演演员沃尔特·温切尔被《纽约晚报》雇用，作为百老汇记者和专栏作家迅即享有盛名。

一九二九年六月　开始为威廉·伦道夫·赫斯特的《纽约每日镜报》当专栏作家，这项工作他后来做了三十多年。赫斯特的“专题王”联合企业在全国范围内发售其专栏，结果有两千多家报纸加以转载。现代漫谈专栏创始者，还是纽约名流夜总会斯托克俱乐部的常客。

一九三〇年五月　开始当百老汇漫谈新闻广播员，以“交上好运之舞时刻”节目名声大噪。一九三二年十二月，在全国广播公司蓝色广播网为杰津斯洗液公司开办周日晚上九点节目。这档每周一刻钟与知情人闲聊并播报大众新闻的节目很快赢得数量最多的广播听众，他的开场白——“晚上好，美国先生和美国女士，以及海上的所有船只，让我们来听新闻！”——成了美国用语的一部分。

一九三二年三月　开始报道林德伯格绑架案，报道中有联邦调查局局长J. 埃德加 · 胡佛透露的消息。从一九三四年布鲁诺 · 豪普特曼被捕到一九三五年的审讯，持续报道此案。

一九三三年二月　开始公开抨击希特勒和美国纳粹分子，其中包括德美同盟会头目弗里茨 · 库恩，这在公众时事评论员和著名犹太人中几乎是独一无二的；通过电台和专栏连续抨击纳粹直至第二次世界大战爆发；创造新词“族粹分子”和“纳粹党徽分子”来嘲笑纳粹运动。

一九三五年一月至三月　其对豪普特曼审讯的报道工作得到了J. 埃德加 · 胡佛的表扬。后胡佛和温切尔交换了有关温切尔专栏涉及到的美国纳粹分子的情报。

一九三七年　因支持罗斯福及其新政，五月受到白宫邀请，后常与总统交流信息。因温切尔公开支持罗斯福，赫斯特与温切尔之间的争端加剧。温切尔与其在纽约的邻居、犯罪集团成员弗兰克 · 科斯特洛之间的友谊加深。

一九四〇年　温切尔专栏的读者和广播听众约计五千万，超过美国人口的三分之一。其年薪八十万美元，被列入报酬最高的美国人之一。温切尔在专栏中用类似“温切尔专栏对抗第五纵队”[1]这样的特写来加强对亲法西斯活动的抨击。强烈支持罗斯福史无前例地连任三届总统。赫斯特审查删改温切尔在《每日镜报》批评共和党总统候选人威尔基的文章后，温切尔用笔名为《午后报》撰写专栏抨击威尔基。

一九四一年四月至五月　抨击林德伯格的孤立主义和亲德声明；警告纳粹外交部长冯·里宾特洛甫说，美国有决心战斗，因此受参议员伯尔顿·K. 惠勒攻击，说他“对美国人民实行闪击将其拖入战争”。

一九四一年九月　林德伯格在得梅因演讲中控诉犹太人逼迫美国投入战争后，他写道，林德伯格的“光环成了他的绞索”，一再抨击林德伯格和参议员惠勒、奈、兰金及他指认的其他亲法西斯分子。

一九四一年十二月至一九七二年二月　美国介入第二次世界大战后，温切尔的新闻广播和专栏主要报道战时新闻；作为海军后备队中尉指挥官，要求罗斯福委派任务，一九四二年十一月应征服役。战后变为极右，成为苏联的劲敌，参议员约瑟夫·麦卡锡反共活动的支持者。五十年代中期变得几乎默默无闻。一九七二年去世，葬礼仅有女儿出席。

**伯尔顿·K. 惠勒**
(Burton K. Wheeler，1882—1975)

一九二〇年十一月至一九二二年十一月　在作为蒙大拿州议员支

1　英语中“专栏”和“纵队”为同一词。

持劳工权益、打击该州强大的巨型企业阿纳康达铜矿公司及在战后“红色恐怖”期间反对侵犯人权行为之后，一九二〇年竞选州长惨败，但在一九二二年得到农场主和劳工的大力支持，作为民主党人当选美国参议员，后三次连任。通过多年经营将蒙大拿州政府变成两党支持的惠勒核心组织。

一九二四年二月至十一月　当选参议院茶壶山贿赂丑闻调查委员会负责人，其调查导致柯立芝总统的司法部长哈里·M. 道多尔蒂辞职，使柯立芝的司法部蒙耻。脱离民主党——放弃列于以约翰·W. 戴维斯为首的民主党候选人名单的机会——而与威斯康星州参议员罗伯特·M. 拉福利特名列进步党候选人名单竞选副总统。柯立芝以压倒性优势击败民主党和进步党，尽管进步党在全国获得五百万张选票，在蒙大拿州获得将近百分之四十选票。

一九三二年至一九三七年　一九三二年民主党全国代表大会之前走访了十六个州推动对罗斯福的提名。尽管是全国支持民主党候选人的第一人并基本上赞同新政社会改革，一九三七年惠勒强烈反对总统提出的扩大最高法院法案，并与新政支持者们一起在投票时“做手脚”。惠勒带头反对，导致此有争议法案未获通过，他与总统个人之间的敌意加深。

一九三八年　惠勒的蒙大拿核心组织下工夫损坏他的民主党对手、众议员杰里·奥康奈尔的名声，支持选举右翼共和党人雅各布·索克尔森进国会，沃尔特·温切尔称索克尔森为“国会纳粹运动的喉舌”。索克尔森称温切尔为“犹太诽谤者”，被温切尔在《自由》杂志上发表的系列文章《我们美国人会对付过去》点到名后提出诉讼。众议员奥康奈尔在评论惠勒民主党人的选举行为时形容惠勒是“其政党的本尼迪克特·阿诺德(译者注：美国独立战争时期的将军、叛徒)及总统的叛徒”。

一九四〇年至一九四一年　一批有影响力的民主党人在蒙大拿成立“选惠勒当总统俱乐部”；在罗斯福宣布竞选第三次连任之前，惠勒在家乡州及其他地方均被认为是民主党提名的强劲竞争者。在参议院，惠勒加强了与共和党人及南方民主党人的结盟以反对民主党的罗斯福自由派。大声疾呼反对美国介入欧战。一九四〇年六月扬言要退出民主党，“如果它要成为战争党的话”。该月为制订“回击战争鼓动和宣传”计划会见查尔斯·A. 林德伯格和一批孤立主义参议员；在参议院议员席上为被指控为亲纳粹分子的林德伯格辩护。数月后，在罗斯福公开将林德伯格比作南北战争时期的“铜头蛇”(即同情南方的北方人)之后，称此说法“令所有思想健全的美国人感到震惊和害怕”。在全国广播公司广播网发表讲话，提出与希特勒谈判的八点和平建议，接获林德伯格的贺电。会见策划成立“美国第一委员会”的耶鲁大学学生，并充当非官方顾问角色；与林德伯格一起成为美国第一委员会集会上最受欢迎的讲演者。发表讲话反对征兵，称罗斯福的和平时期征兵计划是“通往极权主义的步骤”。在参议院议员席上反对对盟国的租借法案，辩称：“如果美国人民想要一个独裁政府——如果他们想要一个极权形式的政府，如果他们想要战争——这个法案就应如罗斯福总统惯常所做那样在国会强行通过。”声称租借法案一旦通过，它

"将埋葬四分之一的美国男儿"。罗斯福称惠勒这番言论是"我一代人公众生活中所讲的……最不真实……最卑怯而无爱国心的货色"。公开——过早地——泄露美国往冰岛派兵的消息；白宫和丘吉尔首相一起谴责惠勒危及美国人和英国人的生命。一九四一年十一月，他将国防部发布的一旦发生战争美国所用战略的保密文件泄露给支持孤立主义的《芝加哥论坛报》，被再次指控泄露军事秘密。

一九四一年十二月至一九四六年十二月　珍珠港事件之后转而支持美国参战，但辩称美国与苏联结盟有助于共产党政府继续生存。一九四四年，站出来反对自由派，宣称"密苏里河流域管理局背后有共产党"，在水利开发之争中与蒙大拿电力公司和阿纳康达铜矿公司一起协助田纳西河流域管理局击败密苏里河流域管理局。随之失去蒙大拿民主党的最后支持，一九四六年参议院初选中败给年轻的蒙大拿自由派利夫·埃里克松。

二十世纪五十年代　在华盛顿当律师。在意识形态上和政治立场上与参议员约瑟夫·麦卡锡结盟。

**亨利·福特**
(Henry Ford，1863—1947)

一九〇三至一九〇五年　由亨利·福特设计、其新建的福特汽车公司制造的第一辆双缸八马力 A 型福特汽车于一九〇三年问世，售价八百五十美元。随后几年价格更高的型号上市。

一九〇八年　推出为美国乡村设计的 T 型汽车，一九二七年前，其公司只生产该型号的汽车。福特成为美国首位汽车制造商，正在实现其“为大众造汽车”的计划。

一九一〇至一九一六年　与其汽车合伙人建立连续生产工序及逐步形成流水作业装配线的劳工部门——被视为工业革命出现之后最重大的进展——T型汽车得以大规模生产。一九一四年福特宣布一天八小时工作的基本工资为五美元；实际上福特公司只有一部分工人得此待遇。不过，他所倡议的“五元一日”倒为之带来赞誉，似乎他即便不是一个开明的思想家，也是一个开明的商人。“我不爱读书，”他解释说，“书本弄乱我的思想。”“历史，”他断言，“多多少少是骗人的鬼话。”

一九一六年至一九一九年　在共和党全国代表大会上被提名为总统候选人，第一轮投票得三十二票。成功地采取行动对整个福特企业行使绝对权力。至一九一六年，公司每日生产两千辆汽车，至此，T型汽车生产总数已达一百万辆。第一次世界大战爆发后主张和平主义，积极反战，抨击发战争财行为。在福特公司官员会议上宣称：“我知道是谁引起这场战争。德国犹太银行家们。我这儿有证据。有事实。德国犹太银行家们引起了这场战争。”美国介入战争后起誓在实施政府合同时“不拿一分钱利润”，但未能照此话去做。因威尔逊总统力劝，作为民主党人竞选参议员——尽管以前的身份是共和党人——在这场势均力敌的选举中失败。将失利归咎于华尔街“利益集团”和“犹太人”。

一九二〇年　五月，福特在一九一八年收购的地方周报《迪尔伯恩独立报》上刊登九十一篇详细揭示“国际犹太人：世界问题”的文章中的第一篇；在接着的几期中，连载伪作《锡安长老会纪要》，声称此文件——及其对犹太人一项统治世界计划的揭露——是真实可信的。该周报第二年的发行量增至三十万份；要求福特的发行商将周报作为公司出版物来订阅。反犹檄文结集成四卷出版，书名为《国际犹太人：世界最紧迫的问题》。

二十世纪二十年代　一九二一年生产五百万辆福特车；在美国销售的半数为T型车。在迪尔伯恩建造大规模的罗格河工厂和工业城。购买森林、铁矿和煤矿，为汽车公司提供原材料。福特汽车生产线多样化。他的一九二二年自传《我的生活和工作》为非虚构作品畅销书，其名声和传奇故事传遍世界。民意测验显示，其声望超过哈丁总统，传说有可能是共和党总统候选人；一九二二年秋季考虑竞选总统。阿道夫·希特勒一九二三年被采访时说：“我们指望亨利·福特成为美国正在发展中的法西斯运动的领袖。”二十年代中期，芝加哥一名犹太律师控告他诽谤的诉讼案获庭外和解，一九二七年收回对犹太人的攻击，同意终止出版反犹书刊，关闭《迪尔伯恩独立报》，公司亏损将近五百万美元。一九二七年八月，林德伯格驾驶“圣路易精神号”到底特律，他在福特机场会见福特，并带他登上这架他用于首航的著名飞机。林德伯格使福特对飞机制造产生兴趣。两人后又会见多次，一九四〇年在底特律被采访时福特说：“林德伯格来到这里时，我们只谈犹太人问题。”

一九三一至一九三七年　尽管发明了福特V－8型引擎，由于与雪佛莱、普利茅斯汽车竞争及经济大萧条的影响，公司大幅亏本。因增产不增工资、生产不安全和劳工监视等问题，罗格河工厂劳资关系恶化。汽车工人联合会努力在福特以及通用和克莱斯特汽车公司组织工会，福特以暴力威胁；底特律警备队在罗格河殴打工会组织人员。全国劳工关系局谴责福特公司的劳工政策，认为它是汽车制造业界中最差的。

一九三八年　七月，在底特律有一千五百名知名人物出席的其七十五岁的生日宴会上，接受希特勒纳粹政府授予的德国秃鹰服务十字勋章。（十月在德国一个仪式上同样的勋章颁予了林德伯格，内政部长伊克斯因此在十二月克利夫兰犹太复国运动协会会议上说："亨利 · 福特和查尔斯 · A. 林德伯格是自由国家内仅有的两名恭敬地接受这种傲世荣誉勋章的自由公民，这正是勋章颁发者认为他们不犯反人性新罪行的日子已不复存在之时。"）两次中风的第一次发生。

一九三九至一九四〇年　第二次世界大战爆发后伙同其朋友林德伯格支持孤立主义和美国第一委员会。福特被任命为美国第一委员会执行委员后不久，西尔斯与罗巴克百货公司的犹太董事莱辛 · J. 罗森沃尔德因福特的反犹名声而宣布辞职。有一段时期经常会见反犹广播神父库格林，罗斯福和伊克斯认为库格林的活动得到了福特的资助。为反犹煽动者杰拉尔德 · L. K. 史密斯的每周广播节目及其本人的生活开销提供财政援助。（数年之后，史密斯再版福特的《国际犹太人》，六十年代仍坚称福特"从未改变过他对犹太人的看法"。）

一九四一至一九四七年　第二次中风。战争临近时福特公司转为国防生产；大战期间，在威洛伦用大型设施制造B-24轰炸机，林德伯格被聘为顾问。因病不再能管理公司，一九四五年辞职。一九四七年去世，十万人瞻其遗容。公司股票中的巨资主要转入福特基金会，该基金会迅即成为世界最富有的私人基金会。

# 附录三　作品中其他历史人物

**伯纳德·巴鲁克**(Bernard Baruch，1870—1965)　金融家和政府顾问。作为伍德罗·威尔逊总统手下的战争工业委员会主任，曾为第一次世界大战调动全国的工业资源。罗斯福政府白宫圈内成员。一九四六年由杜鲁门总统任命为美国驻联合国原子能委员会代表。

**拉杰罗·"里切·皮靴"·博亚尔多**(Ruggiero "Ritchie the Boot" Boiardo，1890—1984)　纽瓦克犯罪分子，当地诈骗者朗吉·兹维尔曼的竞争对手；在该市意大利第一区影响最大，开在那里的餐馆生意很好。

**路易斯·D. 布兰代斯**(Louis D. Brandeis，1856—1941)　生于肯塔基州路易斯维尔一个从布拉格移民来的有教养的犹太家庭。波士顿公共利益和劳工法律师。美国犹太复国运动早期组织者。由威尔逊总统任命为联邦最高法院法官，但在参议院司法委员会和全国范围内展开的为期四个月的激烈辩论后，布兰代斯才成为美国第一名犹太裔最高法院法官。任期直至一九三九年，历时二十三年。

**查尔斯·E. 库格林**(Charles E. Coughlin，1891—1979)　罗马天主教神父，密歇根州罗亚尔欧克小花圣地兄弟会指导人。视罗斯福为共产党人，狂热赞赏林德伯格。三十年代在每周全国广播节目及其《社会正义》杂志中大肆散布反犹思想，战时该杂志因违反间谍法被美国邮政局禁发，一九四二年停止出版。

**阿米莉娅·厄尔哈特**(Amelia Earhart，1897—1937) 一九三二年以十四小时五十六分钟从纽芬兰飞至爱尔兰创越洋飞行纪录；为第一位单人驾机飞越大西洋以及从火奴鲁鲁飞越太平洋至加利福尼亚的女性。一九三七年与飞行员费雷德里克·J. 努南试图作环球飞行，其飞机在太平洋某处失踪。

**迈耶·艾伦斯坦**(Meyer Ellenstein，1885—1963) 当过牙医和律师，一九三三年被纽瓦克市政府同僚们推选为纽瓦克市长。该市第一位、也是唯一一位犹太裔市长，共任两届(1933—1941)。

**爱德华·弗拉纳根**(Edward Flangan，1886—1948) 一九〇四年由爱尔兰移居美国，开始研读神学，一九一二年当上神父。一九一七年为救济不同种族、不同宗教信仰的无家可归的男孩，在内布拉斯加州奥马哈创办“弗拉纳根神父男孩之家”，一九三八年因广受欢迎的电影《童子镇》而名闻全国，斯潘塞·特雷西在影片中扮演弗拉纳根神父。

**利奥·弗兰克**(Leo Frank，1884—1915) 亚特兰大铅笔厂经理，一九一三年四月二十六日被控谋杀十三岁的雇员玛丽·法甘有罪；狱中遭同室囚犯持刀攻击，一九一五年八月当地公民将他从狱中劫持并以私刑处死。据信，反犹主义在此案中起了重要作用，其定罪值得怀疑。

**费利克斯·法兰克福特**(Felix Frankfurter，1882—1965)　由罗斯福任命的联邦最高法院法官(1939—1962)。

**约瑟夫·戈培尔**(Joseph Goebbels，1897—1945)　德国纳粹党早期成员，一九三三年成为希特勒的宣传部长和国民教育部长，主管监视报刊、广播、电影和戏剧以及警戒游行和集会等公众活动。希特勒党伙中最忠诚、野蛮的人之一。一九四五年四月，随着德国被摧毁、俄国人进入柏林，他与妻子杀死了他们六个年幼的孩子后，一起自杀。

**赫尔曼·戈林**(Hermann Göring，1893—1946)　盖世太保即秘密警察的创办人兼第一任头子，主管创建了德国空军。一九四〇年希特勒指定他为接班人，战争末尾取消此令。在纽伦堡国际法庭被定下战争罪，被判死刑，在处决前两小时自杀。

**亨利·(汉克)·格林伯格**(Henry [Hank] Greenberg，1911—1986)　二十世纪三四十年代底特律老虎棒球队安打第一守垒员；一九三八年差两个本垒打而未企及贝布·鲁思(1895—1948)创下的纪录。犹太棒球迷心目中的英雄，为入选棒球名人堂的两名犹太选手中的第一人。

**威廉·伦道夫·赫斯特**(William Randolph Hearst，1863—1951)　美国出

版人，被视为“黄色新闻报道”的最早提倡者，这种报道耸人听闻，鼓吹沙文主义，读者众多。其报纸企业兴盛至三十年代。原与民主人民党人结盟，后来变得越来越右，成了罗斯福总统的死敌。

**亨利奇·希姆莱**（Heinrich Himmler，1900—1945） 纳粹领袖，掌控集中营的黑衫党部队司令，盖世太保头目；主管种族“净化”计划，权力仅次于希特勒。一九四五年五月被英国部队俘获后服毒自尽。

**J. 埃德加·胡佛**（J [ohn] Edgar Hoover，1895—1972） 美国联邦调查局局长（1924—1972）（该局前身为司法部的附属机构“调查局”）。

**哈罗德·L. 伊克斯**（Harold L. Ickes，1874—1952） 进步共和党人，后成为民主党人，担任罗斯福的内政部长近十三年，罗斯福内阁中第二名任期最长的成员。热诚提倡保护自然资源。坚决反对法西斯主义。

**弗里茨·库恩**（Fritz Kuhn，1886—1951） 生于德国，第一次世界大战退伍军人，一九二七年移居美国。作为德美同盟会头目，自认为是“美国元首”，所创办的德美同盟会是美国最有权势、最活跃、最有钱的纳粹团体，成员两万五千人。一九三九年被判定盗窃罪，一九四三年被取消美国籍，一九四五年被驱逐出境回德国。一九四八年非纳粹化法庭判其犯有试图将纳粹主义移植美国，并与希特勒关系密切罪，判行十年苦役。

**赫伯特·H．莱曼**（Herbert H. Lehman，1878—1963） 其家族所办莱曼银行的合伙人。纽约州长罗斯福手下的副州长，后接任州长（1932—1942）。新政支持者，强烈主张干预第二次世界大战。作为来自纽约州的民主党参议员（1949—1957），很早就反对参议员约瑟夫·麦卡锡。

**约翰·L．刘易斯**（John L.Lewis，1880—1969） 美国劳工领袖。曾任矿工联合会主席，与劳工联合会（劳联）决裂，成立了新的产业工会委员会，一九三八年改名为产业工会联合会（产联）。先前为罗斯福的支持者，一九四〇年大选中支持共和党的威尔基，威尔基失利后辞去产联主席职务。战争期间因矿工联合会罢工而加深了刘易斯与罗斯福政府之间的敌意。

**安妮·斯宾塞·莫罗·林德伯格**（Anne Spencer Morrow Lindbergh，1906—2001） 美国作家，飞行员。生于新泽西州恩格尔伍德一个富裕的特权家庭，其父德怀特·莫罗为J. P. 摩根投资公司的合伙人，胡佛当政期间曾任美国驻墨西哥大使；其母伊丽莎白·里弗·卡特·莫罗为作家、教育家，曾短期担任史密斯学院代院长，安妮·莫罗一九二八年在该校获得文学士学位。一九二七年查尔斯·林德伯格在墨西哥城拜访莫罗大使公馆时与之相识，她其后的生平见“主要人物真实年谱”查尔斯·A. 林德伯格部分。

**小亨利·摩根索**（Henry Morgenthau，Jr.，1891—1967） 由罗斯福任命的财政部长（1934—1945）。

**文森特·默菲**(Vincent Murphy，1888—1976)　继任迈耶·艾伦斯坦的纽瓦克市长(1941—1949)。一九四三年获民主党新泽西州长提名。一九三三年当选州劳联财政部长后的三十五年间一直是新泽西州劳工界的重要人物。

**杰拉尔德·P. 奈**(Gerald P. Nye，1892—1971)　来自北达科他州的共和党参议员(1925—1945)，积极鼓吹孤立主义。

**韦斯特布鲁克·佩格勒**(Westbrook Pegler，1894—1969)　右翼记者，一九四四年至一九六二年赫斯特各报载其专栏《佩格勒所见》。一九四一年因揭露劳工界诈骗案获普利策奖。猛烈抨击罗斯福及其新政，称新政是“共产党的授意”。公开仇视犹太人。参议员约瑟夫·麦卡锡的亲密支持者和朋友，当过麦卡锡的调查委员会顾问。

**乔基姆·普林兹**(Joachim Prinz，1902—1988)　拉比、作家、民权积极分子，曾任纽瓦克亚伯拉罕之子教会拉比(1939—1977)。

**乔基姆·冯·里宾特洛甫**(Joachim von Ribbentrop，1893—1946)　一九三三年希特勒对外政策的主要顾问，一九三八至一九四五年任德国外交部长。一九三九年与苏联外交部长莫洛托夫签署互不侵犯条约，其中包括瓜分波兰的秘密协定。该条约为第二次世界大战揭开序幕。一九四六年十月六日纽伦堡国际法庭裁定其犯下战争罪，成为被判刑的纳粹分子中第一名被绞死者。

**埃莉诺·罗斯福**(Eleanor Roosevelt，1884—1962) 西奥多·罗斯福的侄女，她的远房堂兄富兰克林·德拉诺·罗斯福的妻子，生有一个女儿、五个儿子。作为第一夫人，伸张自由社会事业，为少数民族、下层社会和妇女代言，旗帜鲜明地反对法西斯主义，通过联合报业为六十家报纸撰写每日专栏，第二次世界大战期间任民防局联合主席。由杜鲁门总统任命为美国驻联合国代表，支持建立犹太国。一九五二、一九五六年支持艾德莱·史蒂文森竞选总统。肯尼迪总统再次任命她为驻联合国代表，但她反对入侵古巴猪湾。

**利弗雷特·萨尔汤斯托尔**(Leverett Saltonstall，1892—1979) 理查德·萨尔汤斯托尔爵士的后裔，这位爵士为马萨诸塞湾公司最早的成员，一六三〇年抵美洲。马萨诸塞州共和党州长(1939—1944)；共和党参议员(1944—1967)。

**杰拉尔德·L.K.史密斯**(Gerald L. K. Smith，1898—1976) 教长、著名演说家，先与国会参议员休·朗，后与库格林神父和亨利·福特结盟，后两者支持其强烈的仇犹立场。其反犹杂志《十字架与旗帜》谴责犹太人引起经济萧条和第二次世界大战。一九四二年在密歇根州获得十万张共和党参议员提名选票。断言罗斯福是犹太人，伪作《锡安长老会纪要》并声称是可靠文件。战后断言对犹太人的大屠杀从未发生过。

**艾列·斯托尔兹**(Allie Stolz，1918—2000)　纽瓦克犹太轻量级拳击手。四十年代在八十五次拳击赛中获胜七十三次，输掉两次冠军赛，第一次，十五回合判定有争议，输给冠军萨米·安戈特；第二次，十三回合时被击倒，输给冠军勃布·蒙哥马利，导致一九四六年退休。

**多萝西·汤普森**(Dorothy Thompson，1893—1961)　女记者、政治积极分子、专栏作家，三十年代其专栏通过联合报业在一百七十家报纸发表。很早就反对纳粹主义和希特勒，强烈批评林德伯格的政见。一九二八年与小说家辛格莱·刘易斯结婚，一九四二年离婚。四五十年代反对犹太复国运动，支持巴勒斯坦阿拉伯人。

**大卫·T．威伦茨**(David T．Wilentz，1894—1988)　新泽西州司法部长(1934—1944)，检察并起诉林德伯格幼儿被绑架案，导致布鲁诺·豪普特曼被定罪、处决。后在新泽西民主党组织内很有影响，曾给三位民主党州长当顾问。

**艾布纳·“朗吉”·兹维尔曼**(Abner “Longy” Zwillman，1904—1959)　纽瓦克人，禁酒时期非法贩酒，二十年代至四十年代新泽西州的主要犯罪集团成员。东岸诈骗集团“大六”成员，其他成员包括拉基·鲁西安诺、迈耶·兰斯基和弗兰克·科斯特洛。一九五一年参议院犯罪委员会举办的电视听证会全面揭露其罪行。八年后自杀。

# 附录四　若干文献

一九四一年九月十一日查尔斯·林德伯格在得梅因“美国第一委员会”集会上发表的演讲《谁在煽动战争？》。以下文本出现于 www.pbs.org/wgbh/amex/lindbergh/filmmore/reference/primary/desmoines-speech.html

自最近的这场欧洲战争开始以来，已经过去了两年。从一九三九年九月里的那天起，直到现在，一直有一种不断高涨的力量在迫使美国进入这场战争。

这种力量既源自外部的利益集团，也来自我们自己人民中的少数派；但这股力量是如此成功，以致今天我国已经在战争的边缘了。

现在，战争将要进入第三个冬天，是时候该回顾一下导致我们处于当前状态的情况。我们为何处于战争边缘？我们究竟有无必要深度介入？究竟是谁应该对我们的国策由中立和独立变为卷入欧洲事务负责？

我个人认为，与其在反对我们干预战争问题上争论不休，不如研究一下当前这场战争的起因和进展情况。我常常说，如果把真正的事实和问题摆在美国人民面前，那我们就不会冒着风险介入其中。

在这里，我想向你们指出两群人之间的根本区别，一群人拥护国外战争，另一群人信奉美国独立的命运。

如果你们重温一下我们讲过的话，你们会发现，我们之中那些反对干预战争的人始终设法澄清事实和问题；那些主张干预的人则企图掩盖事实、混淆是非。

我们请你们看一看上个月、去年，甚或战争开始之前我们说过的话。我们的讲话记录公开而清楚，我们为之骄傲。

我们没有用规避手段和宣传伎俩来误导你们。我们没有为了把美国人民带到他们不愿去的地方而采取不正当的步骤。

在大选之前我们说过的话，我们说了又说，今天还要继续说。到了明天我们也会对你们说，这仅仅是竞选演讲。你们有没有听到过一名主张干预的人、一名英国特工人员或一名在华盛顿的政府成员要你们回头研究一下战争开始以来他们说过的话？他们自封的民主保卫者愿意把战争问题交给我们的人民来投票解决吗？你们发现这些为外国言论自由奋斗的斗士了吗，或发现我们自己国家里的审查制度取消了吗？

在我国，规避手段和宣传伎俩显然到处存在。今晚，我将试着戳穿其中一部分，把隐藏在暗处的事实揭露出来。

这场战争在欧洲开始时，美国人民显然一致反对介入。为何我们不应该介入？我们拥有世界上最好的防御条件；我们具有独立于欧洲之外的传统；我们参加过的那次欧战留下了并未解决的欧洲问题，以及没有偿还给美国的债务。

全国民意调查显示，一九三九年英国和法国向德国宣战时，我国人口中不到百分之十的人赞成美国采取类似的行动。

但在国内和国外，有各类群体，他们的利益和信念需要美国介入战争。今晚我要指出这些群体中的一部分，概括他们的手段和步骤。为此，我应以最坦率的态度说出来，为了抵制他们的孤注一掷，我们得清楚地知道他们是谁。

始终在迫使我国走向战争的至关重要的三群人是英国人、犹太人和罗斯福政府。

在这几群人背后，有些次要的人，他们是一批资本家、恐英人士和知识分子，这些人认为人类的未来取决于英帝国的统治。除此之外，还有几周前尚在反对干预的共产党集团，我相信，我已经指出了我国主要的战争煽动者。

我这里说的只是战争煽动者，而不是那些真诚却被误导的男男女女，他们给错误消息搞得糊里糊涂，给宣传吓得惊恐万状，便紧跟着战争煽动者的领导。

正如我说过的一样，这些战争煽动者只由我们中的少数人组成；但他们拥有巨大的影响力。他们动用他们的宣传手段、他们的金钱和他们的赞助人来反对美国人民置身于战争之外的决心。

让我们来逐一打量一下这几群人。

首先，英国人：这点显而易见也完全可以理解，大不列颠想要美国在战争中站在她一边。英国现在正处于危急状态。要进入欧洲大陆、赢得这场对德战争，她的人口不够多，她的军队不够强大。

不管我们送给她多少飞机，她的地理位置使她不能单靠空军力量就赢得这场战争。即使美国参战，同盟国军队也未必能进入欧洲并制服轴心国的军事力量。但有一点确定无疑。如果英国能把我国拖入这场战争，她就会把打仗和军费开支的大部分责任都转移到我们头上。

你们都知道，上一次欧战还给我们留了一笔债务；除非我们今后比过去更为谨慎，否则我们还将背上当前这场战争的债务。如果英国不是希望由我们在财政上和军事上负担这场战争，我相信，她在好几个月之前就会跟欧洲展开和平协商，这样做情况可要好得多。

英国一直致力、并将继续尽一切努力来把我们拉入战争。我们都清楚，上一次战争期间，为了把我们卷进去，她在我国花了很多钱。英国人为这种聪明的用钱手法还写过几本书呢。

我们也都知道，在当前这场战争期间，英国又花了大价钱来向美国作宣传。假如我们是英国人，我们也会这样做。但我们的利益首先是在美国；作为美国人，对我们而言最重要的是要意识到，英国利益集团所做的努力就是要把我们拖进他们的战争中。

我提到的第二群人是犹太人。

不难理解为什么犹太人渴望打倒纳粹德国。他们在德国遭受的迫害足以使任何种族成为纳粹的死敌。

没有一个具有人类尊严感的人可以宽恕犹太一族在德国遭到的迫害。可今天在这里，也没有一个诚实而有远见的人在他们拥护战争的政策中看不到这一政策对我们和他们都会构成的危险。这个国家的犹太集团不应煽动战争，而应尽一切可能来反对战争，因为他们将成为第一批受战争后果波及的人。

容忍是一种保障和平和力量的美德。历史显示，有战争和蹂躏就难以生存。少数有远见的犹太人意识到这一点而挺身反对介入，但大多数人尚未有这种认识。

他们对这个国家最严重的威胁在于他们在我们的电影、我们的报刊、我们的广播和我们的政府都拥有巨大的所有权和影响力。

我既不是在攻击犹太人，也不是在攻击英国人。这两个种族，我都很钦佩。我说的是英国和犹太这两个种族的领导人物，他们以从他们的观点来看是可以理解的、但从我们的观点来看是不明智的理由，企图把我们卷入战争。

我们不能指责他们寻求他们所相信的自身利益，但我们也应该寻求我们的自身利益。我们不能允许其他种族与生俱来的欲念和偏见把我们的国家引向毁灭。

罗斯福政府是正在把这个国家带向战争的第三方势力集团。其成员利用战争紧急状况获得美国历史上从未有过的第三届总统任期。他们用战争给已有的、我们从未见过的最高债台又加上了无限亿美元。他们用战争来为国会权力受限辩解，为总统及其被任命者一方采取独裁手段辩解。

罗斯福政府的力量仰仗于保持战时紧急状态。罗斯福政府的威望仰仗于大不列颠的成功，在大多数人以为英国和法国会轻易取得战争胜利之际，总统把他的政治未来押在英国身上。罗斯福政府的危险在于耍花招。政府成员们在答应给我们和平之际，却放弃他们凭此当选的政纲把我们带往战争。

在将这三群人视为战争的主要煽动者时，我只把那些对战争党派起主要支持作用的人包括在内。这三群人中只要有任何一群人——英国人，犹太人，或政府——停止战争煽动，我相信，我们介入的危险就会很小。

我不认为任何两群人在没有第三群人支持的情况下会有足够的力量把这个国家带入战争。对这三群人而言，正如我所说过的，所有其他拥护战争的团体与之相比都是次要的。

一九三九年，当欧洲出现战争行动时，这三群人意识到，美国人民不打算参战。他们知道那时候若要我们宣战不但无用，而且更糟。但他们相信，这个国家会像参加第一次世界大战时一样进入战争。

他们这样计谋：首先，在美国国防的幌子下为美国参加国外战争做准备；第二，一步一步地在我们没有意识到的情况下把我们引入战争；第三，制造一系列事故来迫使我们进入真正的军事冲突。这些计划当然会受到其政治宣传的全力掩护和帮助。

我们的剧场很快就会充斥着表现战争荣光的戏剧。新闻片丢掉了所有客观的表象。报刊开始不登附有反战文章的广告。对反对干预的人进行诋毁。无论是谁，只要胆敢表示参战不是美国的最大利益，他们就会把“第五纵队”、“叛徒”、“纳粹”和“反犹分子”这些帽子一顶一顶地都给他们戴上。人们因公开反战而失业。很多其他人不敢再说话。

不久，为战争拥护者开放的演讲厅便会让反战讲演者吃闭门羹。一场恐怖运动开始了。有人对我们说，军用飞机使英国舰队不能靠近欧洲大陆，也使美国在入侵前更易受到攻击。宣传正在全力进行。

在保卫美国的幌子下得到几十亿美元军火费不费吹灰之力。我们的人民在国防计划上态度一致。国会通过了一项又一项给枪炮、飞机和战舰拨款的条案，并得到绝大多数公民的认可。那些拨款大部分都用来为欧洲制造武器，但我们很晚才会知道这点。那是另一个步骤。

举个具体的例子，如一九三九年，我们被告知，我们应该使我国空军部队的飞机总数增至五千架。国会通过了这台必要的法案。几个月后，政府对我们说，为我们国家的安全，美国至少要有五万架军用飞机。可那些战斗机一出我们的工厂就给送到国外去了，尽管我们自己的空军部队最需要新的设施；所以今天，在这场战争打响两年后，美国军队只有几百架完全现代化的轰炸机和战斗机——事实上比德国在一个月内就能制造的数量还要少。

从一开始，我们的武器生产计划就是为进行欧战制订的，其目的远不是为了给美国建立充分的国防力量。

现在，在我们正在为国外战争做准备的同时，就有必要，正如我说过的，把我们自己也卷入战争。要在“放慢战争脚步”这句名言下达到目的。

我们被告知，只要美国取消武器禁运、贩卖军火赚钱，英国和法国就能打赢。然后开始采用一种常用的克制态度，这种克制态度表明很多月内我们走向战争的每一步——“保卫美国和置身战争之外的最佳方式”，我们被告知，就是“支援同盟国”。

首先，我们同意出售军火给欧洲；其次，我们同意把武器租给欧洲；然后我们同意为欧洲巡视海洋；接下来我们在战区占领欧洲的一个岛。现在，我们已经触及战争的边缘了。

这些战争团伙在已经完成了进入战争的三个主要阶段中的前面两个。我们历史上规模最大的战备计划正在运作中。

其实从每一个角度来看，除了真的开枪以外，我们已经进入战争。只是尚待制造必要的“事故”；你们看到，根据计划——一项从未放到美国人民面前得到批准的计划——其中的第一批事故已经在发生了。

艾奥瓦的男人和女人们：今天只有一件事可以使这个国家不进入战争。便是让美国人民起而反对战争。我们的民主制度和代议制政府如今正受到前所未有的考验。我们正处于战争的边缘，这场战争的唯一胜利者将是混乱和衰竭。

我们正处于战争的边缘，对这场战争我们尚无准备，也没有人提出可行的计划保障胜利的到来——不派我们的士兵越洋去强行登上敌人的海岸与比我们自己强大的军队作战，这场战争就不可能打赢。

我们正处于战争的边缘，但置身于战争之外尚未太晚，我们还有机会证明：没有金钱、没有宣传、没有恩赐可以迫使一个独立自由的民族违背自己的意愿投入战争。我们还有机会找回并保持我们的先辈们在这新大陆上奠定的美国的独立命运。

所有的未来都落在了我们的肩头。未来靠我们的行动、我们的勇气、我们的智力。假如你们反对我们卷入战争，现在正是你们发声的时刻。

协助我们安排这些会议；写信给你们在华盛顿的代表。我要告诉你们，在这个国家，民主制度和代议制政府的最后堡垒便是我们的众议院和我们的参议院。

瞧，我们仍然可以表明我们的意志。如果我们，美国人民，这样行动，那么独立和自由将会继续在我们之间长存，那就不会有什么国外战争了。

A. 斯科特·伯尔格的《林德伯格》(1998)(节选)

林德伯格认为，只有当“我们联合起来维护最珍贵的无价之宝，维护我们的欧洲血统遗传，只有我们保卫自己防范外国军队的侵袭和外来种族的稀释”，和平才可能存在。他把飞机视为“上天赠给那些在他们的时代里已是领导者的西方国家的礼物……一种专为西方能手制造的工具，一种别的一些人只能平庸复制的科学艺术，在亚洲芸芸众生与欧洲希腊传统之间的又一道屏障——那些使白色人种能在日益迫近的黄色、黑色和褐色海洋中得以生存的无价之宝之一。”(第 394 页)

**图书在版编目(CIP)数据**

反美阴谋/(美)菲利普·罗斯(Philip Roth)著;
陈安译.—上海:上海译文出版社,2019.11(2021.3重印)
(菲利普·罗斯全集)
书名原文:The Plot Against America
ISBN 978-7-5327-8233-8

Ⅰ.①反… Ⅱ.①菲… ②陈… Ⅲ.①长篇小说—美
国—现代 Ⅳ.①I712.45

中国版本图书馆CIP数据核字(2020)第065752号



图字:09-2018-727号

**反美阴谋**
[美]菲利普·罗斯 著 陈 安 译
责任编辑/李玉瑶 装帧设计/COMPUS·汐和

上海译文出版社有限公司出版、发行
网址:www.yiwen.com.cn
200001 上海福建中路193号
杭州宏雅印刷有限公司印刷

开本890×1240 1/32 印张15.5 插页5 字数266,000
2020年6月第1版 2021年3月第2次印刷
印数:5,001—7,000册

ISBN 978-7-5327-8233-8/I·5051
定价:88.00元